中外文学传播与接受研究丛书
武汉大学十五"211工程"项目

当代中国台港澳小说在内地的传播与接受

赵小琪
张　晶◎著
余　坪

中国社会科学出版社

图书在版编目（CIP）数据

当代中国台港澳小说在内地的传播与接受/赵小琪著.
北京：中国社会科学出版社，2010.10
ISBN 978-7-5004-9077-7

I.①当… II.①赵… III.①小说－文学研究－中国－
当代 IV.①I207.42

中国版本图书馆 CIP 数据核字（2010）第 170357 号

责任编辑 李炳青
责任校对 王雪梅
封面设计 回归线视觉传达
技术编辑 张汉林

出版发行 中国社会科学出版社
社　　址　北京鼓楼西大街甲 158 号　　邮　编　100720
电　　话　010－84029450（邮购）
网　　址　http：//www.csspw.cn
经　　销　新华书店
印　　刷　北京新魏印刷厂　　　　装　订　广增装订厂
版　　次　2010 年 10 月第 1 版　　印　次　2010 年 10 月第 1 次印刷
开　　本　880×1230　1/32
印　　张　12.5　　　　　　　　　　插　页　2
字　　数　315 千字
定　　价　35.00 元

目　录

中编　当代香港小说在内地的传播与接受

下编　当代澳门小说在内地的
传播与接受

绪　论

当代台港澳小说在内地的
传播与接受发展论

从远古时代开始，人类的生活就与传播联系在一起。此后，人类历史的发展一直与传播的发展如影随形。从某种程度上说，正是传播在促成了人类文明的同时也在推动着我们生活其中的世界的发展。进入 20 世纪，传播更以前所未有的疾风骤雨之势改变着我们生活的世界。传播的冲击力已经渗透到人类生活的方方面面，它的力量之大、影响之广，已经大大超出人们的想象。许多彼此原来表面上疏离、矛盾、对立的地区、民族，经由传播的嫁接与冲击，它们的文化和文学已开始构成一种相互促进、相互融合的态势。而在这些相互促进、相互融合的态势中，尤其令我们注目的，则是当代台港澳小说在内地的传播与接受。

由于历史原因，当代中国形成了内地与台港澳四个政治地理区域，这四个区域的文化共同渊源于中华民族的文化母体，因而它们的文化、文学之间存在着某些同质性或一致性，然而，当代台港澳文化、文学在特殊的政治、经济、社会等历史

1

语境的影响下又确实生成了自己与内地文化、文学不同的发展形态和过程。改革开放后，内地和台港澳的文化与文学的相互交流与融合开始变得日趋频繁与紧密，形成了一种相互促进、相互补充、相互融合的空间关系。而当代台港澳三地亲近海洋的地理特性和被殖民地化的经历，又致使三地较之内地感受到的中西文化、文学的碰撞、交流要更为激烈、直接和广泛。因而，较之当代内地文化与文学在台港澳的传播，当代台港澳文学与文化在内地的传播显示了它不可代替的特殊性意义。那就是，当代台港澳文化、文学与外国文化、文学对话与融合的经验，对内地文化、文学的现代化建设无疑将具有极大的促进作用。

在我们看来，要探寻当代台港澳小说在大陆的传播与接受历史发展的特征和规律，自然离不开对这种传播与接受作空间上静态的结构性辨析，然而，我们又不能不看到，纯粹静态的、封闭而又稳固的当代台港澳小说在内地的传播与接受又是不存在的。存在着的只能是随着内地社会文化状况发展而发展的当代台港澳小说的传播与接受。这提醒我们在进行当代台港澳小说在内地的传播与接受的研究时必须要引入历史发展观。

从纵向上看，当代台港澳小说在内地的传播与接受经历过一个较为曲折的演变历程。在近30年的历史中，当代台港澳小说随着内地社会文化发展浪潮的起伏而起伏。内地社会文化浪潮每发生一次巨大的涌动，当代台港澳小说的传播与接受便随即发生一次新的演进。大致看来，当代台港澳小说在内地的传播与接受主要经历了三个阶段。第一个阶段是改革开放初期。这一时期为开始期，当代台港澳小说在大陆的传播与接受在受益于内地的改革开放政策的同时也为较浓重的政治意识形态视野所局限。第二个阶段是 20 世纪 80 年代中期以后。这一时期为发展期，随着内地与台港澳关系的逐渐缓和以及内地出版事业由计划经济向市场经济的转型，在文学史上曾经长期遭受遮蔽的当代台港澳通俗文学开始大量浮出地表，进入内地读者的视域，当代台港澳小说在内地的传播与接受的观念开始由政治化向市场化转换。第三个阶段是 20 世纪 90 年代以后。这一时期是当代台港澳小说在内地传播与接受的深化期。随着内地与台港澳联系的进一步深化和内地市场经济的迅猛发展，当代台港澳小说在内地的传播与接受的观念更为开放而又自由，形式也更为广泛而又深入。在这三个阶段，内地的接受者一次又一次地接受了当代台港澳小说的震动和启发，在震动和启发之余，当代台港澳小说不再被政治的视域所拘囿，而是走向了多元和开放，这种多元和开放的视域促进了当代台港澳小说在内地传播与接受的观念、形态和路径的全面拓展。

第一节　由文化中心主义到"和而不同"的传播观念

改革开放之初，内地与台港澳地区长达 30 年的严峻对峙开始松动，在这种政治形态加速变迁的时空中，政治气候不可避免地构成当代台湾小说在内地传播与接受的一个重要生态环境。受政治环境和气候的影响，当代台港澳小说在内地传播与接受的观念中，较为普遍地存在着一种文化中心主义思想。基于政治的需要，许多传播者面对一个在诸多方面与大陆文学存在相异性的当代台港澳小说时，往往是以大陆的政治观念作为传播与接受的标准与尺度的。

这种文化中心主义的传播与接受的观念突出地表现为，首先，企图以内地政治观念来统贯当代台港澳小说的传播。在当时内地军事力量有限的情况下，内地传媒人希图通过文化传播的手段实现其利用军事、政治和经济方式尚难以达到的战略目的。于是，当代台港澳小说在内地的传播就被视为通向内地和台、港、澳统一的桥梁和过渡，内地和台、港、澳的统一则成为当代台港澳小说在内地的传播必须无条件服从的完美的终极目标。"我们愿在台湾、香港文学的介绍和研究中，尽一份力量，通过文学的交流，促进海峡两岸人民进一步地互相了解和理解，以完成海峡两岸人民共同关心的祖国统一大业。"① "汉魂终不灭，林茂鸟知归，中华民族的民族精神是扑不灭，抹不去的，丰富的文化、悠久的传统，像茂密的丛林招引着群鸟一样，吸引着炎黄的子孙，使他们寻根思归。"②

由此可见，改革开放之初当代台湾小说在内地传播与接受观念中的统一思想不仅有力地强化了内地文化的中心论，而且也成为看待当代台港澳小说传播的基本范式。很明显，这一时期当代台港澳小说在内地的传播与接受已不仅仅被看做一种文学行为，而是常常被看做一种政治行为。从本质上讲，文学的传播与接受问题已转化为文学与政治重构的问题。

其次，这种文化中心主义的传播与接受的观念也表现在对文学话语权力的追寻上。在一些内地传播者的眼里，由于内地

---

① 福建人民出版社编：《台港文学研究的新起点》，《台湾香港文学论文选·代序》，福建人民出版社1983年版。

② 陆士清：《汉魂终不灭 林茂鸟知归》，《台湾小说选讲·序》，复旦大学出版社1983年版。

文学构成了中国 20 世纪文学的主流，因而，只有内地文学才是中国 20 世纪文学的精华，而染有强烈的资本主义文化特性的当代台港澳小说倘若想在内地获得传播与接受的权力，就必须按内地文学的思想观念和价值标准加以检验。

　　从内地文学的思想观念和价值标准出发，当代台港澳小说家首先被区分为上层与下层两类。下层作家的主体由工人、农民等构成，他们反映的也是下层人民的疾苦。从阶级论的视角看，这些作家与作品是值得肯定的。"《台湾乡土作家选集》收集了台湾籍十四位作家的十七篇中、短篇小说。小说的主人公主要是农民、渔民、工人等下层人民。""《台湾乡土作家选集》中的作家，大多出生于本世纪初，均亲自经受了日本殖民统治的灾难，因此，在他们的作品中，程度不同地反映了台湾人民反抗日本殖民统治和当地上层分子剥削压迫的精神，反映了抗战胜利后，台湾这个畸形社会的形形色色。"① 在这种单向性思维的制约下，台港澳乡土作家的小说往往被视为反映了下层人民的疾苦而被推上较高的地位，台港澳现代派作家的小说则被视为脱离现实的"西化"产物饱受非议。"乡土派小说创作一般密切现实生活，乡土作家又立足于广袤的乡土大地，因此，作品所反映的生活面比较广阔。相对来说，现代派作品的题材就狭窄得多。"② 与此相联系，当代台港澳小说家还被划分为爱国者与崇洋者两类。被赋予爱国者的乡土小说作家和他们的小说，在内地获得了广泛的认同，而被判为崇洋者的现

---

　　① 中央人民广播电台编：《编者的话》，《台湾中青年作家小说集》，广播出版社 1981 年版。

　　② 黄重添等：《台湾新文学概观》上册，鹭江出版社 1986 年版，第 109 页。

代派作家和他们的小说，则遭受了冷漠与批判。"乡土派注重继承传统文学，建立反帝反封建的民族文学性格……现代派则是抛弃传统、追求'全盘西化'，以西方'马首是瞻'。"① 由此，当代台港澳乡土小说因为同时具备"人民性"与"爱国性"而一跃成为当代台港澳小说的正统文学，当代台港澳小说的发展史也就顺其自然地常常被主要描述成了乡土小说在与现代派小说的争斗中演变、壮大的历史。

可见，改革开放之初当代台港澳小说在内地的传播与接受观念中是蕴藏着一种文化扩展思想的。它的目的与其说是为了促进当代台港澳小说在内地的传播与接受，不如说是为了向台港澳宣传内地社会主义的文学观与价值观。由此，对文学话语权力的追寻就不过是内地文化中心主义观念的变种，是内地文化中心主义在文学传播与接受领域的突出表现。

20 世纪 80 年代后期以后，随着台湾在政治上的解禁与祖国内地市场经济的推进，两岸四地的交流日趋频繁与多样，进入了一个以和平与发展为主题的新的历史时期。经济的发展与多媒体网络的普及，在改变着内地人民生活方式和艺术掌握世界方式的同时，也为当代台港澳小说与当代内地文学之间架起了一座平等对话的桥梁。改革开放之初的那种内地的文化中心主义的传播与接受观念已呈整体瓦解之势，代之而起的是一种"和而不同"观念的兴起。这种"和而不同"的传播观念在强调当代台港澳小说与当代内地文学之间差异性的前提下，也努力寻求当代内地小说与当代台港澳小说的和谐对话观念的相成相济，以创新和发展当代中国文学的现代化建设。

---

① 　林承璜：《台湾香港文学评论集》，海峡文艺出版社 1994 年版，第 50 页。

这种和而不同传播观念的兴起主要表现为：首先，肯定差异性的存在。世界是由具有差异性的事物构成的，具有差异性的事物无不具有自己的独特性。就此而论，当代中国文学既不意味着可以用内地文学代替或界定当代台港澳文学，也并不是不同地域的特色各异的文学的简单组合。而是当代内地文学与当代台港澳文学在中华文化这个平台上形成的一种差异性统一的集合体。因此，"和而不同"传播观念是对"自以为权威的定于一尊的思维定势"的破除，"和而不同"的"和"，"意味着承认差异，捐弃私念，克服偏见，互补互益，以达到更高境界的统一。在这里，依然要扫除某些极端化的歧见……大陆有的研究者在'隔岸观火'时，固执地主张'用社会主义的尺子去丈量台湾地区的资本主义文学'，以示革命性的坚持。在创作研究中如此寓藏泛政治情结，不仅不利于对海峡两岸文学整体的比较与观察，也不可能有效地把握作家与研究者的生态坐标"。[1] 事实上，正是内地文学与台港澳文学的差异性构成了当代中国文学五彩缤纷的图景，从某种程度上说，整个当代中国文学的发展、演变实际上是以差异性存在为前提条件的。差异性不仅生成了当代中国不同区域的文学的独特风姿，而且也推动了不同区域文学的交流与融合。正像《20世纪台港及海外华人文学经典》一书的编者所指出的那样："台港及海外华人文学一直是植根于中华传统文化而又融入了鲜明的异域色彩与气息的独特的文学类别"，"从七十年代末起，台湾、香港以及海外各地华人的作品，即涓涓滴滴，流向大陆读者……在

---

① 杨匡汉主编：《扬子江与阿里山的对话》，上海文艺出版社1995年版，第11页。

中华民族文化的源流中展示其动人的，别具一格的风姿"。①
由此可见，"和而不同"传播观念的生成依恃的"并非一对一
的等同"的文化中心视野，而是一种"多元共存，异态共生，
互补互荣"②的整合性视野。只有在这种整合性视野的观照
下，当代内地文学与台港澳文学才能相辅相成、共生共长。黄
万华在《潜性互动：五十年代后大陆、台湾、香港、海外华文
文学的关系》一文中指出："五六十年代是世界华文文学格局
雏形开始呈现的时期，潜性互动构成了这一时期中国大陆、台
湾、香港、海外华文文学的基本关系，这一关系一方面表明处
于政策的、地理的隔绝中的各地区华文文学既'血脉相通'又
'各行其是'，另一方面也表明各地区华文文学间的多向辐射、
双向互动关系开始形成，从而提供了民族新文学的一种新的整
体性。"③黄曼君、喻大翔在《论台港澳文学对大陆文学的互
补价值》一文中认为："思想内容方面，台港澳文学有对现代
社会的批判及环保意识的觉醒；同性恋题材及人类情爱关系；
留学生涯及中西文化冲突；用超然的态度看世界万物，尤其是
中西方社会与人情风俗；还有一点最重要：民族与文化游子的
情结，这与大陆人狭义的故乡情结不一样。这些思想内容，与
大陆文学作品相较而言，其速度、深度与力度有很不相同的表
现"，"文革十年，台港进入了，大陆退出了，这种文学角色的

---

① 金宏达主编：《20世纪台港及海外华人文学经典·前言》，花山文艺出版
社1994年版。

② 杨匡汉主编：《扬子江与阿里山的对话》，上海文艺出版社1995年版，第
12页。

③ 黄万华：《潜性互动：五十年代后大陆、台湾、香港、海外华文文学的关
系》，《世界华文文学论坛》2001年第4期。

戏剧性易位，文学时空的实有与空虚，应该说是大陆的政治之祸，却是中华民族文学之福。此等缺失与弥补，历史已经作出了评判，只是大陆中心主义者视而不见罢了"。① 由此，通过"和"的文化整合作用，当代内地文学与台港澳文学共处于当代中国文学系统之内，它们之间彼此取长补短、互相促进，必将增强当代中国文学系统的生命力和创造力，促进和完善整个当代中国文学系统的现代性品格。学者们的上述观点，都显现了开放的心态和包容的精神。它们为当代台湾小说在内地传播与接受的"和而不同"观念提供了充分的理论与实践依据。

　　其次，肯定同一性的存在。事物与事物之间虽具有差异性，但它们之间也必然存在着一致和共同的东西。就当代台港澳小说在内地的传播与接受而言，它要求传播者善于用"和而不同"的观点来观照当代内地文学与台港澳文学中的异中之同。既看到当代内地文学与台港澳文学存在的差异性，又看到四者存在的共同性。曹惠民指出："两岸三地的现代中华文学都用现代汉语（白话文）来负载其思想、意念、情感与技巧。如果从中国文学几千年的自身发展来看，这不过是一种历史的自然延续（顶多是白话文取代了文言文），然而放在世界各民族森罗万象的文学之林里看，却正是它最醒目、最独特的体态、肤色和声音。考察中华文学藉由汉字表意系统的传达方式，它所引发的意象体系、它所具有的区别于西方语言的音韵之美，甚至它所蕴含的民族文化心理的积淀，以及繁复多彩的方言俗语的特殊魅力，所有这些都深烙着中华民族的特殊印记。对世界而言，这是一种殊相，对

① 黄曼君、喻大翔：《论台港澳文学对大陆文学的互补价值》，《湖北大学学报》1997 年第 6 期。

两岸三地而言，这是一种共相。"① 当代中国文学是一个大的系统，"和而不同"的目标就是要使作为子系统的当代内地文学与台港澳文学在大系统内达到一种统一和均衡发展的形态。"尽管不同地区有不同的人文环境和运行方式，但面对同一个世纪，面对百年忧患的背景和重振雄风的信念，面对开掘民族文化资源以尽共享，传达当代中国人的生存处境、精神状态以及人文辉光，无疑也是共同的热望。"② 大系统的功能总是会大于子系统功能的总和。"和而不同"的和谐观念就是强调大系统的整合功能。通过当代中国文学这个大系统的整合，作为子系统中"原先对立的诸要素，通过沟通、协调，按照新的关系，形成整体的结构，建立一个更加开放的系统"。③ 在这里，强调四者的"和而不同"的实质就是强调矛盾的统一和均衡，在统一与均衡中，当代内地文学与台港澳文学在使自身结构趋于最优化状态的同时也可以共同拓展出当代中国文学发展的理想格局。

这些学者的文章、论著都表明，"和"的方式是整合当代内地文学与台港澳文学的有效途径。究其本质，当代内地文学与台港澳文学的隔膜和冲突，其根源在于地域的阻隔与价值观的偏执。而"和而不同"的"和"的文化整合作用恰恰"又体现为一种沟通的精神"，它可以"打破地区与地区之间的界限，打破主体与世界的隔膜"。④ 显然，这一时期"和而不同"

---

① 曹惠民：《多元共生的现代中华文化》，中国华侨出版社 1997 年版，第15 页。
② 杨匡汉主编：《扬子江与阿里山的对话》，上海文艺出版社 1995 年版，第9 页。
③ 同上书，第 15 页。
④ 同上书，第 13 页。

的传播观念既突破了前一时期文化中心主义的等级对立偏见，又超越了文化相对主义论的偏执与狭隘。事实上，在崇尚和平与发展的当今世界，无论是文化中心主义观念或是文化相对主义观念显然都与时代精神格格不入，而中国传统文化中的"和而不同"的思想智慧，对于当代内地文学与台港澳文学则具有非常重要的现实意义。对内而言，它是消解当代内地文学与台港澳文学的矛盾与冲突的良方；对外而言，它可以使四地文学在世界文学之林中联手奏出颇具创造力与冲击力的大气磅礴的中华文学交响曲。

第二节　由重点传播到系统化、纵深化的传播

当代台港澳小说在内地的传播是沿着时间的长河向前不断演进的。然而，内地的当代台港澳小说传播在向纵深演进的同时，它也常常受到环境的制约。可以说，当代台港澳小说在内地传播的历史，就是在传播与环境的相互运动中生成的。如果说传播观念的变革带来的是当代台港澳小说在内地的传播思想由低级向高级的更迭，那么，传播环境的变化也促成了当代台港澳小说在内地的传播内容由局部向系统化、纵深化方向的发展。

改革开放之初，当代台港澳小说在内地传播的环境虽然较之以前趋向于缓和，然而，当代台港澳小说在内地传播的政治作用受到重视的程度仍远大于其他方面的影响。这种政治文化语境决定了传播的活动空间和内容的有限性。如果将这一时期

在内地传播的当代台港澳小说归纳起来，主要有两个方面的传播侧重点：（一）海外型。这类小说的作家一般已移居到海外。如聂华苓、於梨华、白先勇、李黎、张系国、陈若曦、赵淑侠等。他们的《台湾轶事》、《桑青与桃红》、《失去的金铃子》、《又见棕榈，又见棕榈》、《西江月》、《雁归行》、《白先勇小说选》等受到了内地出版者的青睐。选择他们的这些小说作为传播的侧重点，一方面是因为这些作品的作者较之仍居住在台港澳的作家与内地出版者的交往更为便捷；另一方面是因为这些作品的作者大都对内地抱持友好的态度。（二）乡土型。由于当代内地文学一直是以现实主义为主潮的，因而，内地的出版者从意识形态视野出发，往往将反映现实的当代台港澳小说等同于进步小说。当代台港澳现实主义作家钟理和、钟肇政、杨青矗、王拓、陈映真、宋泽莱、黄春明、黄谷柳、唐人、宋乔、陈浩泉等的《钟理和小说选》、《台湾人三部曲》、《女企业家》、《牛肚港的故事》、《陈映真小说选》、《救世主在骨城》、《我爱玛莉》、《虾球传》、《金陵春梦》、《侍卫官杂记》、《香港狂人》等在内地被作为揭露与批判台港澳现实的进步小说被率先推出。

改革开放之初内地传播的当代台港澳小说以海外类与乡土类为侧重点，这对了解某一阶段某一流派的当代台港澳小说的概貌及特征很有必要，然而，如将这些内容当成当代台港澳小说的全部，那么，它不仅将挤掉当代台港澳小说中许多重要内容，而且也会模糊内地读者对当代台港澳小说的全面认识。当然，作为文学传播，这种传播内容也并非没有积极意义。从历史性的眼光来看，它毕竟将当代台港澳小说的种子播在了内地的土地上，这对于推动当代台港澳小说在内地的传播具有不可低估的开拓性作用。然而，在这个基础上，对当代台港澳小说进行系统化、纵深化的传播，也是势在必行。

20世纪80年代中期以后，内地的出版机制由计划型向经济型转变，市场经济的巨大浪潮推动了当代台港澳小说在内地传播与接受的空前大发展。内地传播者以更为开放的心态和更为自觉的传播意识将更为丰富的当代台港澳小说大量、系统地引进，内容涉及现实主义小说、现代主义小说、女性主义小说、言情小说、武侠小说、生态小说等各个领域，传播内容之系统、深入，已达到前所未有的境地。具体而言，这种传播内容的系统化、纵深化主要表现为以下几点。

一　传播对象的全面化

这时期内地的当代台港澳小说传播已不仅仅局限于局部的引介，随着出版市场化进程的加速，内地的当代台港澳小说的传播也呈现系统化的特征。无论是现实主义小说、现代主义小说、后现代主义小说，还是言情小说、武侠小说、历史小说都较为完整、系统地被引进。这其中，像言情小说、武侠小说、历史小说等，原来在内地的传播非常有限，而在市场经济的强力推动下，则获得了前所未有的发展。琼瑶的《聚散两依依》（1986）、《心有千千结》（1986）、《穿紫衣的女人》（1986）、《失火的天堂》（1986）、《菟丝花》（1986）、《星河》（1986）、《问斜阳》（1988）、《紫贝壳》（1988）、《彩云飞》（1988）、《冰儿》（1988）、《金盏花》（1989）、《水灵》（1989）、《一帘幽梦》（1989）、《六个梦》（1990）、《寒烟翠》（1990）、《匆匆、太匆匆》（1991）、《人在天涯》（1991）、《青青河边草》（1992）、《幸运草》（1992）、《一颗红豆》（1992）、《船》（1992）、《梅花弄》（1994）、《鬼丈夫》（1994）、《水云间》（1994）、《却上心头》（1996）、《望夫崖》（1996）、《燃烧吧，火鸟》（1996）、《昨夜之灯》（1996）、《梅花烙》（1996）、《潮声》（1996），姬小苔的《蝴蝶之吻》（1989）、《情烟把眼迷》（1989）、《爱的轮转》（1990）、《胜利女神》（1988）、《梦归》（1990）、《影海情波》（1990）、《花落莺啼春》（1992）、《爱不必说抱歉》（1990）、《情缘》（1990）、《我相信爱情》（1991），玄小佛的《英俊恶男》（1989）、《谁来爱我》（1989）、《又是起风时》（1989）、《爱的谎言》（1989）、《晨雾》（1989），蒋晓云的《姻缘路》（1987）、《无情世代》（1986）、《风雨不了情》（1988）、《花神的女儿》（1991）、《沙滩上的月亮》（1991），张曼娟的《海水正蓝》（1998）、《火宅之猫》（1998）、《缘起不灭》（1998）、《鸳鸯纹身》（1998）、《喜欢》（2002）、《仿佛》（2002），朱秀娟的《万里心航》（1996）、《晚霜》（1996）、《花落春不在》（1996），萧丽红的《千江有水千江月》（1987），廖辉英的《盲点》（1987）、《不归路》（1991），萧飒的《霞飞之泉》（1987）、《小镇医生的爱情》（1987）、《爱情的季节》（1989），亦舒的《喜宝》（1986）、《独身女人》（1986）、《王子艳遇》（1988）、《香港女人》（1990）、《玫瑰的故事》（2002），李碧华的《秦俑》（1990）、《霸王别姬》（1992）、《诱僧》（1995）、《潘金莲之前世今生》（1999）、《青蛇》（2001），严沁的《水玻璃》（1989）、《无情的美男子》（1989）、《情路》（1990），岑凯伦的《青春十八》（1987）、《爱神》（1987）、《白马王子》（1987）、《失恋餐厅》（1988）、《婚礼》（1988）、《双面娃娃》（1990），梁荔玲的《今夜没有雨》（1989），周桐的《错爱》（1992）等言情小说风靡了内地。①

金庸的《鹿鼎记》（1988）、《连城诀》（1994）、《书剑恩仇录》（1994）、《飞狐外传》（1994）、《碧血剑》（1994）、《侠客行》（1999）、《笑傲江湖》（2000）、《射雕英雄传》（2000）、《天龙八部》（2001）、《倚天屠龙记》（2002）、《神雕侠侣》（2002），梁羽生的《江湖三女侠》（1988）、《武林三绝》（1989）、《侠骨丹心》（1996）、《风雷震九州》（1996）、《萍踪剑影》（1997），古龙的《游侠录》（1988）、《名剑风流》（1988）、《白玉老虎》（1988）、《英雄之泪》（1988）、《孤星传》（1988）、《失魂引》（1988）、《武林外史》（1988）、《风雷会中州》（1988）、《护花铃》（1988）、《多情剑客无情剑》（1988）、《大旗英雄传》（1988）、《枪手·手枪》（1988）、《陆小凤》（1988）、《剑门碧玉》（1988）、《铁血大旗》（1990）、《大地飞鹰》（1991）、《六月飞霜》（1992）、《彩环曲》（1992）、《柔情母女霸头郎》（1992）、《那一剑的风情》（1992）、《风尘侠隐鹰爪王》（1992）、《三少爷的剑》（1993）、《风流少侠》（1993）、《七种武器》（1994）、《杀手贺羽传》（1995）、《剑花、烟雨、江南》（1995）、《湘妃剑》（1995）、《飘香剑雨》（1995）、《绝代双骄》（1995）、《日异星邪》（1995）、《小李飞刀》（1995）、《血鹦鹉鸟》（1995）、《剑客行》（1995）、《圆月弯刀》（1995）、《情人剑》（1995）、《楚留香传奇》（1995）、《七杀手》（1995）、《流星·蝴蝶·剑》（1995）、《血雷飞珠》（1996）、《银剑金刀》（1996）、《杀手传奇》（1996）、《拾美郎》（1996）、《情人看刀》（1996）、《情天剑痕》（1996）、《生死双剑》（1996）、《断肠刃》（1996）、《追魂十二令》（1996）、《快活林》

① 作品后的年代均为该作品在内地出版的时间，下同。

（1996）、《剑气严霜》（1998）、《剑毒梅香》（1998）、《怒剑狂花》（1998）、《边城刀声》（1998）、《白玉雕龙》（1998）、《铁剑红颜》（1998），温瑞安的《剑气长红》（1989）、《四大名捕会京师》（1993）、《英雄好汉》（1990）、《白衣方振眉》（1990）、《伤心小箭》（1993）、《温柔的刀》（1993）、《游侠纳兰》（1993）、《寂寞高手》（1993）、《幽冥血河车》（1989）、《香魔艳女血河令》（1993），卧龙生的《情侠双杀血龙令》（1989）、《飞燕惊龙》（1989）、《金剑雕翎后传·玉女侠情》（1989）、《风雨燕归来》（1991）、《金剑门》（1988）、《魔面浪子》（1989）、《绛雪玄霜》（1991）、《侠义宗》（1990）、《活命火狐》（1991）、《侠骨柔情牡丹之魂》（1993）、《玉手点将录》（1992）、《血剑丹心》（1993）、《传门人》（1993），诸葛青云的《红粉霜王》（1988）、《美人如玉，剑如虹》（1989）、《江湖夜雨十年灯》（1990）、《大宝传奇》（1989）、《浩歌行》（1990），陈青云的《芒剑青霜》（1989）、《武当争雄记》（1990）、《追魂快手》（1992）、《怪侠古二少爷》（1992）、《飞刀神剑》（1991），萧玉寒的《寻龙六部》（1993）、《三国异侠传》（2002）等在内地刮起了经久不衰的武侠小说旋风。

高阳的《胭脂井》（1986）、《瀛台落日》（1986）、《萧瑟洋场》（1987）、《杨乃武与小白菜》（1987）、《小凤仙》（1987）、《清官册》（1988）、《解差与犯妇》（1988）、《王昭君》（1989）、《红顶商人》（1992）、《胡雪岩全传》（1992）、《红楼梦断》（1995）、《醉蓬莱》（1996）、《缇萦》（1996）、《花魁》（1996）、《玉垒浮云》（1996）、《粉墨春秋》（1996）、《正德外记》（1996）、《石破天惊》（1996）、《苦柳》（2003）、《宣统皇帝》（2003）、《顺治皇帝》（2003）、《慈禧太后》（2003）、《雍正皇帝》（2003）、

《孝庄皇后》（2003）、《道光皇帝》（2003）、《努尔哈赤》（2003）、《乾隆皇帝》（2003）、《康熙皇帝》（2003），南宫博的《汉光武》（2003）、《武则天》（2005）、《杨贵妃》（2005）等在内地掀起了历史小说热浪。

此外，过去因政治以及其他原因被遮蔽的当代台港澳作家的小说，也随着市场经济浪潮的冲击开始在内地浮现。像赵滋蕃、徐訏、司马长风、司马中原、朱西宁等人的小说都通过不同的传播渠道纷纷进入了内地读者的视野。

这些小说涵盖了当代台港澳不同思潮、流派的小说作家的作品，它们在展现当代台港澳小说更加丰富的面貌的同时也显示了当代台港澳小说在内地的传播由简到繁、由单一到多样化的发展趋势。这对帮助内地读者全面了解当代台港澳小说的实际情况，丰富有关当代台港澳小说的知识，形成对当代台港澳小说较为全面、系统的认识，具有不可低估的作用。

二　传播活动的组织化、自觉化

在当代台港澳小说大规模、系统化地被引进的同时，内地的当代台港澳小说传播也呈现出向纵深化发展的趋势。这种纵深化发展的一个显著的标志就是这一时期内地的当代台港澳小说传播的组织化、自觉化已达到了较高的程度。为了适应市场经济发展的新形势，除《当代》、《海峡》、《台港文学选刊》、《福建文学》、《四海——台港澳海外华文文学》等原先刊载当代台港澳小说的刊物以外，这一时期《华文文学》、《台港与海外华文文学研究和评论》（1998 年更名为《世界华文文学论坛》）、《当代文坛》、《名作欣赏》、《通俗文学评论》等刊物或刊载了大量的当代台港澳小说，或发表了大量的当代台港澳小说的评论文章。与杂志并驾齐驱的是出版社。在市场经济之潮的冲击下，以前出版台港澳小说的专题审批制被突破，内地的图书出版市场日趋开放和活跃，这一时期内地的当代台港澳小说出版不再是人民文学出版社、中国友谊出版公司、花城出版社、海峡文艺出版社的专利，金庸、梁羽生、古龙等人的武侠小说，琼瑶、玄小佛、姬小苔、严沁、亦舒等人的言情小说，高阳的历史小说，陈娟的侦探小说，张君默的科幻小说等都蕴藏着极大的经济价值，它们诱使许多内地的出版社开始有组织、有计划地挤入当代台港澳小说的出版市场。在出版商的策划下，百花文艺出版社、山东文艺出版社、浙江文艺出版社、春风文艺出版社、北京出版社、辽宁大学出版社、贵州人民出版社、长江文艺出版社、河北人民出版社、延边人民出版社、四川文艺出版社、黄山出版社、青海人民出版社、上海古籍出版社、陕西人民出版社、吉林人民出版社、中州古籍出版社等都纷纷推出了大量的当代台港澳小说。这其中，许多出版物都以丛书的形式出现在内地读者的眼前。例如，1988 年，北京出版社出版发行了倪匡的 10 部科幻小说。1992 年，人民文学出版社在北京举行新闻发布会，隆重推出梁凤仪的《醉红尘》、《花魁劫》、《豪门惊梦》等系列作品。1994 年，三联出版社隆重推出了 36 册的《金庸全集》。内地出版社出版的这些当代台港澳小说以其不可抗拒之势冲击着人们的视野，覆盖了内地的文化市场，在它们铺天盖地的浪潮的冲击下，传统的文学权力关系开始按照市场观念进行重组。

三　传播机构的多样化

这一时期内地当代台港澳小说传播向纵深化方向发展的另一标志是传播机构的多样化。如果说上一时期内地当代台港澳小说传播主要由出版部门所承担，那么，这一时期的情况则完全改观。各类当代台港澳小说传播机构纷纷成立，传播的形式也日趋丰富。这些传播机构除原来就有的各种当代台港澳小说出版的编委会外，主要还有下述几类：一是科研部门、高等院校设置的当代台港澳文学研究机构。除福建省社会科学院和厦门大学原来设置的台湾文学研究室以外，这一时期内地很多高校、科研部门都相继建立了当代台港澳文学研究室（所）。如暨南大学的台港暨海外华文文学研究中心、中国社会科学院文学研究所的台港文学研究室、广东社会科学院文学研究所的台港文学研究室、华侨大学的海外华人暨台港文学研究所、复旦大学的台港文化研究所、汕头大学台港及海外华文文学研究中心、中南财经大学的台港澳暨海外华文文学研究所等。尽管这些科研部门、高等院校研究机构的性质、规模有所不同，但它们共同之处是为当代台港澳小说在内地的传播搭建了一个良好的平台，同时也为内地的当代台港澳小说研究人才的培养提供了良好的人文环境。二是定期或不定期召开的台港澳文学学术研讨会。1982—2008 年，内地举办了十五届大型的台港澳文学研讨会。这十五届研讨会为：1982 年 6 月在广州举办的首届台湾香港文学学术讨论会，1984 年 4 月在厦门举办的第二届台湾香港文学学术讨论会，1986 年 12 月在深圳举办的第三届全国台港与海外华文文学学术讨论会，1989 年 4 月在上海举办的第四届台港暨海外华文文学学术讨论会，1991 年 7 月在中山举办的第五届台港澳暨海外华文文学国际学术研讨会，1993 年 8 月在庐山举办的第六届世界华文文学国际研讨会，1994 年 11 月在玉溪举办的第七届世界华文文学国际学术讨论会，1996 年 4 月在南京举办的第八届世界华文文学国际研讨会，1997 年 11 月在北京举办的第九届世界华文文学国际研讨会，1999 年 10 月在泉州举办的第十届世界华文文学国际研讨会，2000 年 11 月在汕头举办的第十一届世界华文文学国际研讨会，2002 年 10 月在上海举办的第十二届世界华文文学国际学术研讨会，2004 年 9 月在威海举办的第十三届世界华文文学国际学术研讨会，2006 年 7 月在吉林举办的第十四届世界华文文学国际学术研讨会，2008 年 10 月在南宁举办的第十五届世界华文文学国际学术研讨会。这些学术研讨会的与会代表由开始的几十名发展到每届一百余名，逐渐形成了一个内地不同地区研究者相互交流、相互学习的日趋开放的当代台港澳小说传播的大环境。它们在扩大了当代台港澳小说影响的同时，也表明了内地对当代台港澳小说的传播形态已日趋呈现出体制化、系统化和深入化的趋势。

第三节　从单向传播到多向传播

　　文学传播是个人与个人、个人与集体、组织之间交流文学信息的一种社会行为，因而，它呈现出来的传播路径往往不是单向的而是多向的。在现代传媒时代，媒体交往在时空上的变化，大大深化了文学传播路径的这种多向性。随着传播语境的日趋开放和自由，文学生产主体、文学传播主体、消费主体的互动行为日趋丰富和复杂。三者在流动互化中对文学产品信息的解读、增删、臧否的动态行为，赋予了现代传媒时代文学传播极强的开放性、流动性。

然而，改革开放之初，内地的传播者对现代传媒时代传播路径的这种多向性特质认识不足。他们将当代台港澳小说在内地的传播纳入了一个静态的系统去观照，在文学生产主体、文学传播主体、消费主体三者之中，他们往往将文学传播主体看成凌驾于其他二者之上的绝对权威。这种对文学传播特性的简单认识导致这一时期的当代台港澳小说在内地的传播呈现出来的路径只能是单向性的。这一情况直到 20 世纪 80 年代中期以后才出现了转机。这一时期，不仅生产主体领域与文学传播主体领域之间的互动日趋活跃与频繁，而且，文学传播主体与消费主体对传播对象的双向阐释也日趋强化。

改革开放之初，由于历史、现实遭遇的差异和意识形态的对立，内地与台港澳文学的交流渠道仍非常有限。当内地按照自己的政治观念与价值取向有选择地引入和传播当代台港澳小说时，我们基本上看不到作为生产主体一方的台港澳文化人对这种传播的反应。20 世纪 80 年代中期以后，随着内地市场经济的进一步发展和内地与台港澳文学交流渠道的政治壁垒的进一步撤除，当代台港澳小说在内地的传播路径已开始突破单向发展的瓶颈，它在生产主体领域与文学传播主体领域之间日趋活跃与频繁的互动中日趋开放与自由。生产主体一方与传播主体一方首先在当代台港澳小说在内地传播的价值观念上发生了碰撞与交流。台湾文化人吴潜诚在《唐山人如何写岛屿的文学史——评〈台湾文学史〉上卷的彼岸观点》中以内地海峡文艺出版社的《台湾文学史》为例，认为内地的当代台湾小说传播中存在着"站在彼岸的立场说话，而未曾尝试从此岸的观点出发"的文化中心主义观念。① 香港批评家黄继持则认为，内地"部分文学研究者注目于香港文学时，除了认识香港社会尚带成见并因'政策'拘牵外，用的是五四以来尤其是五十年代以来的文学观，来裁断香港文学现象与评价香港文学作品。用这一种特定的文学史程式来编排作家作品，时多捍格不入"。② 客观地说，改革开放之初内地在传播当代台港澳小说时确实受到较为强烈的政治意识形态视角的影响，在传播过程中，我们常常根据政治需要对当代台港澳小说进行信息选择。这一时期，那些能够在内地获得通行证的当代台港澳小说，都是经由这种文化中心主义传播观念过滤、合成的。而台港澳文化人对这种传播过程中文化中心主义观念的质疑，无论其主观意图如何，它在客观上都起到了促使内地对文化中心主义传播观念的反思。而这种反思对于寻求确立并且持续地充实和丰富起一种新型的"和而不同"的传播观念又具有重要的催生作用。

摆脱了单边政治思维的局限之后，生产主体一方与传播主体一方的碰撞与交流变得更为理性。这时双方的争议往往围绕着当代台港澳小说在内地传播的文学问题而展开。在郑明娳、李国柱、吴志良等台港澳文化人看来，由于历史、地理与文学观的差异，内地对当代台港澳小说的宏观把握与对作家、作品的定位等方面都存在着一定的问题。台湾作家郑明娳认为，一些内地学者由于对台湾文学缺乏整体性与系统性的把握能力，

---

① 吴潜诚：《唐山人如何写岛屿的文学史——评〈台湾文学史〉上卷的彼岸观点》，《中国论坛》1992 年第 6 期。

② 黄继持：《关于"为香港文学写史"引起的随想》，黄继持、卢玮銮、郑树森：《追迹香港文学》，香港：牛津大学出版社 1998 年版，第 89 页。

因而编撰的台湾文学史不可避免地出现了"缺乏史观的拼贴资料","没有统一的文学观；过于倚赖二手资料；体例不统一"① 等方面的问题。澳门学者吴志良对大陆学界颇为流行的澳门文学中西交融说提出了质疑。他认为，"现在人们对澳门有一个很深的误解，好像他是中西文化交融的典范，其实中西文化在这里只是'你中有我，我中有你；你还是你，我还是我'的关系"，"中国文化和葡萄牙文化都是有交流，无交融"。② 澳门另一位学者黄晓峰同样认为大陆学者对澳门文学的研究"很多时给我们'隔靴搔痒'、虚应故事的感觉"。③ 事实上，当代台港澳小说充满着错综复杂的内蕴，对这种复杂内蕴认识不足，不仅会在对当代台港澳文学的整体认识上产生偏差，而且在对当代台港澳作家、作品的定位上也会引来台港澳一方的质疑。香港作家戴天就不同意内地学者潘亚暾的观点，在他看来，"南来作家"并未如潘亚暾所说那样在香港文坛占据着主导的地位。④ 另外一位香港作家罗孚对内地政策的变化与大众社会的形成共同推动的"梁凤仪旋风"进行了猛烈的抨击，指斥这一现象为"最高一级的堕落"。⑤ 香港文化人李国柱则对简单化、武断化的作家、作品定位方法的危害性加以了揭示。他说："现在，内地已经有些港台文学研究者受了这种

---

① 郑明俐：《评辽宁大学版〈现代台湾文学史〉》，《中国论坛》1992 年第 6 期。

② 转引自周萍《澳门文学：不同见解中的思考》，《华文文学》2002 年第 3 期。

③ 黄晓峰：《整体与具体——关于澳门文学研究的理论》，《世界华文文学论坛》2001 年第 1 期。

④ 戴天：《梦或者其他》，《信报》1986 年 12 月 30 日。

⑤ 罗孚：《最高一级的堕落》，《明报》1986 年 6 月 14—15 日。

不良的影响，照单全收地去制造'神'，制造'经典著作'，文过饰非，过于溢美，就有把香港文学研究带上一条歪路的危险！"① 应该说，大部分台港澳文化人围绕台港澳文学在内地传播的种种文学问题而展开的批评，都具备一定的合理性。它提醒我们应该进一步摆脱旧的文学观念的拘囿，以更为开放博大的心胸和实事求是的精神去考察、认识和传播当代台港澳小说。只有这样，我们才能在对当代台港澳小说有全面了解的基础上把握住它的真正精神，内地与台港澳文学的内在联系和作为一个大系统的属性，也才能在这种充满反思的互识、互补、互证的良性对话过程中获得充分有力的论证和敞开。

我们说改革开放之初的内地当代台港澳小说的传播路径是单向的，还在于这一时期被允许进入内地的当代台港澳小说获得的一般是肯定性的评价。这一时期，由于受到意识形态的影响，掌握着出版与发行权力的传媒机构总是从内地的政治立场去审视当代台港澳小说，那些被允许进入内地的当代台港澳小说一般都被贴上了"民族性"、"进步性"的标签，对这些具有"民族性"、"进步性"特质的当代台港澳小说进行肯定也就是势在必然了。

20世纪80年代中期以后，随着内地市场经济的发展，内地对当代台港澳小说的引进也日趋全面和系统，与此相适应，内地对引入的当代台港澳小说的评价也日趋复杂。除了肯定性的评价以外，这一时期否定性的评价也大量出现。而裹挟着市场经济大潮在内地汹涌澎湃的当代台港澳通俗小说则成为争议

① 李国柱（林真）：《香港文学研究的过去式、现在式、未来式》，《广东社会科学》1987年第2期。

的焦点。王朔、陈东林等人认为，真正的文学批评精神应该是一种辩证的否定。这意味着文学的批评不仅应该针对过去也应该面对现在。以前那种将通俗文学等同于庸俗文学的观点当然应该否定，而现在市场经济社会中那种万众追捧当代台港澳通俗小说的现象也值得人们反思。王朔尖锐地批评道："金庸笔下的侠与其说是武术家不如说是罪犯，每一门派即一伙匪帮。他们为私人恩怨互相仇杀倒也罢了，最不能忍受的是给他们的暴行戴上大帽子；好像私刑杀人这种事也有正义非正义之分，为了正义哪怕血流成河。"① 陈东林则认为："进入 90 年代以来，内地的文化出现了低俗和媚俗的倾向。琼瑶的作品（主要包括小说和影视作品）乘着这种低俗和媚俗的风气，带着一股缠缠绵绵的娘娘腔和卿卿我我的女儿调，飘过台湾海峡，向中国大陆广阔的文化领域刮起了一阵猛似一阵的言情香风。"② 袁良骏指出："正像以金庸为代表的'新武侠小说'是一种公式化、概念化、模式化的低俗文学一样，以琼瑶为代表的新言情小说也同样是一种公式化、概念化、模式化的产物。"③ 王朔等人对金庸、琼瑶等为代表的台港澳通俗小说的批评虽然有时也失之偏颇，但绝不是要人们回到那种彻底否定通俗文学的旧路上去，而是要我们在坚持辩证否定的文学批评精神的前提下，对当代台港澳通俗小说造成的文学传播的失衡现象保持警惕。赵稀方指出："香港文学以及文化的研究历来不受学界的重视，但金庸的新派武侠小说的研究却炙手可热，两者形成了

---

①　王朔：《我看金庸》，《中国青年报》1999 年 11 月 1 日。
②　陈东林：《琼瑶批判·序言》，时代文艺出版社 2000 年版。
③　袁良骏：《必须遏止文学低俗化的潮流》，《文学报》2000 年 2 月 3 日。

鲜明的对比。这一畸形的局面所造成的恶果是，论者往往置香港文化语境于不顾，孤立抽象地谈论金庸小说⋯⋯这些来自于香港历史语境的东西一旦呈现出来，往往会对结论构成挑战，使其变得面目全非。"① "事实上，恐怕从未有过严肃的批评家会声称凡严肃文学必是精华、凡通俗文学都是糟粕；恰恰相反的是，学院式或圈子式的文学批评家每时每刻都在挑剔着、排除着严肃文学中的劣品，而他们之中的兴趣广泛、目光宏远者更是表现出对通俗文学中的珍品的热情肯定并给予深入研究（如对金庸武侠小说的研究）。毫无疑问，坚持以精神品格和艺术价值评判作品乃至一种文化现象决不是由偏狭的立场所致。"② 赵小琪、吴冰则认为："作为现实社会的读者，我们对新武侠小说中犯罪行为的判定需要跳出小说文本的局限，要以现代法律来衡量犯罪行为，而不是沉浸在作者所创造的瑰丽的江湖中不能自拔。"③ 客观地说，当代台港澳通俗小说在内地的传播确实推动了大众文化的发展与繁荣。然而，正如我们不能仅仅依靠政治手段作为杠杆来调节当代台港澳小说在内地的传播一样，我们同样也不能只将消费功能作为杠杆来调节当代台港澳小说在内地的传播。因而，只有理性地看待当代台港澳通俗小说，我们才能防止消费至上的观念对当代台港澳小说在内地的传播中产生的负面影响。当然，这种对当代台港澳通俗小说的批评并非是要将一种理性规范强制性地判定给大众，而是在注重文学的消费功能的同时，对当代台港澳小说在内地的

---

① 赵稀方：《现代精神的背后》，《香江文坛》2003 年第 3 期。
② 李公明：《批评的沉沦——兼谈梁凤仪热》，《读书》1993 年第 5 期。
③ 赵小琪、吴冰：《犯罪心理学视野下的台港新武侠小说》，《华文文学》2008 年第 3 期。

传播进行合理有效的价值阐释和导引，进而使全社会的趣味格调表现出一种更健全、更合理的趋势。

　　总之，从当代台港澳小说在内地传播发展来看，一部当代台港澳小说在内地传播发展的历史实际是一个螺旋式的发展过程。在这螺旋式发展过程中，虽然也裹挟了一些泥沙，遭遇了一些挫折，然而，当代台港澳小说在内地传播的总体趋势则如出山的溪流一样不断加速、拓展，无论是传播观念、传播形态还是传播路径，都循着由低级向高级的形态发展，而当代台港澳小说便在这种水平越来越高的传播进程中在内地获得了日趋广阔的传播空间，它在大大拓展了中国当代文学的审美视野的同时，也为内地文学乃至世界文学提供了崭新的审美经验，从而极大地丰富了当代中国文学的现代性话语内涵。

上　　编

当代台湾小说在大陆的
传播与接受

第一章

当代台湾小说在大陆传播
与接受的内容

　　当代台湾小说既是一个时间范畴，又是一个历史、文化范畴。它指涉的时间范围主要以20世纪下半叶为主体。总体来看，这半个多世纪是一个形势动荡、复杂、纷乱的时期，经历第二次世界大战的磨难、摧残后，整个世界弥漫着一股浓重的怀疑氛围，在这种怀疑氛围的浸染下，传统的价值观纷纷崩溃。在台湾，知识分子除了受到这种价值崩溃的怀疑精神刺激外，由于深处远离母土文化的孤岛，更有一种"身在何处"的文化孤儿的危机感和困窘感。而当代台湾小说，正是以自己独特的艺术表现方式置身于这一峥嵘突兀、变幻诡奇的历史文化场域并使得这一"峥嵘"与"诡奇"的历史文化具体而又生动。就此而言，当代台湾小说实际上包含了极为独特而又丰富的政治和文化内涵。与现代台湾小说相比，它既包含着不同的文学形态，也体现着更为强烈而又显著的理性框架和价值取向。

第一节　多元性与复杂性

与现代台湾小说相比，当代台湾小说的一个最显著的特征就是它的多元性和丰富性。如果说现代台湾小说基本上是沿着大陆新文学开拓的现代性路径向前迈进的，它追寻现代性的发展轨迹也基本上是叠合在大陆新文学的发展轨迹之中的。那么，至20世纪50年代，台湾小说与大陆小说在追寻和创造现代性的发展轨迹上则呈现出了非常明显的分离现象。而这种分离现象的发生，是与台湾这一时期的政治环境和经济环境以及文学环境的变化密切相关的。从20世纪50年代开始，台湾当局为了生存和发展，在台湾实行资本主义全景式的对外经济开放。至60年代，台湾开始进入经济起飞的"黄金时代"。全景式的对外经济开放和经济起飞的环境，为当代台湾小说的多元性和复杂性提供了必要的现实土壤。这种多元性与复杂性的一个明显标志，就是在当代台湾小说发展的历程中不同流派、思潮、思想倾向、社会背景的作家和作品的对峙呈现出日趋丰富的形态。一般认为，20世纪50年代，是台湾"反共文学"一统天下的时期。应该说，20世纪50年代的当代台湾小说确实涌动着一股政治化的潮流。在当时台湾军事力量有限的情况下，国民党当局直接动用国家政治权力，希图通过文学传播的手段实现其利用军事、政治和经济方式尚难以达到的战略目的。于是，当代台湾小说被视为反共的桥梁和过渡，反攻大陆则成了当代台湾小说必须服从的终极目标。《女匪干》、《赤地之恋》、《秧歌》、《荻村传》、《华夏八年》、《旋风》、《蓝与黑》、《滚滚辽河》等就是泛滥一时的"战斗文艺"的代表作。然而，"由于台湾对出版实行的登记制，民众可自由从事出版活动，所以，无论图书、报纸、杂志、有声出版或通讯社，数量上总是民营为多。即使在'报禁'时期，也是民营报纸、通讯机多于党公营"①。众多的民营报纸、期刊为多元化的文学生产提供了较大的可能性。既然官方没有将作家全部纳入像大陆那样的中国文学艺术界联合会和中国作家协会这样的组织机构之中，既然媒体没有全部被官方所垄断，那么，那些身份没有被体制化和政治化的当代台湾作家就没有必要成为官方利益的代言人与政治制度的依附者，他们的创作也有可能脱离官方的意志而表现出一定的自由度。彭歌的《落月》、徐訏的《江湖行》等长篇小说在社会上刮起了一股人文主义文学思潮，林海音的《城南旧事》、孟瑶的《心园》、郭良惠的《心锁》等在社会上吹起了阵阵女性小说之风，钟理和的《笠山农场》、钟肇政的《鲁冰花》、廖清秀的《恩仇血泪记》等推动了乡土小说的浪潮。

20世纪六七十年代，先有现代主义小说凭借夏济安创办的《文学杂志》在台湾文坛风起云涌，聂华苓的《失去的金铃子》，於梨华的《又见棕榈，又见棕榈》，白先勇的《纽约客》，七等生的《我爱黑眼珠》，陈若曦的《尹县长》，王文兴的《家变》等以对自我内在世界的强调和陌生化的文学形式的推崇，在当代台湾小说史的交会点上，完成了一次从理性文学向非理性文学的重大转变。后有乡土小说依据尉天聪主编的《文季》在台湾文坛奔腾咆哮，钟肇政的《台湾人三部曲》，

---

① 辛广伟：《台湾出版史·绪论》，河北教育出版社2000年版，第5页。

陈映真的《将军族》、《夜行货车》，黄春明的《儿子的大玩偶》、《我爱玛莉》，杨青矗的《在室男》、《工厂人》，王拓的《金水婶》、《望君早归》，王祯和的《嫁妆一牛车》、《香格里拉》，洪醒夫的《扛》等都力图为漂浮在超现实的现代主义文学天空中的人们带来灵魂上的震撼，促使他们面对现实、回归乡土。这一时期，无论是纯文学中的现代主义小说与乡土小说，还是纯文学与通俗文学，它们的文学观与艺术追求虽有较大的分歧，然而，它们的文风取向都没有呈现出单向的运动趋向，而是在与对方的相互渗透、相互吸纳中使自身的风格取向、文风取向呈现出更为丰富、多元的态势。陈映真、黄春明、王祯和等乡土派作家的早期作品就非常注重吸纳象征、意识流等现代主义文学的表现技巧来丰富乡土小说的表现手法。白先勇、七等生、聂华苓、於梨华、陈若曦等现代主义作家在经历了 1973 年的"乡土文学论争"之后，他们的许多作品也从热衷于表现主观自我与潜意识转向对潜意识与意识、感性与知性、超现实与现实结合的追求。另一方面，20 世纪六七十年代影响广泛的通俗文学作家古龙、高阳、琼瑶等的许多作品跨越了雅文学与俗文学的鸿沟，高阳的《慈禧全传》、《清宫外史》等小说中恢宏的史诗风范和深厚的历史意识，古龙的《多情剑客无情剑》、《绝代双骄》等小说中新颖多变的文体和繁复的生命意识已远远超越了人们对通俗文学的想象。而王祯和、杨青矗等人的一些作品中那种顺畅自然的语言，扣人心弦、跌宕起伏的情节模式设计，将读者的期待视野引向一个又一个崭新境地的架构方式，就都与通俗文学的操作方式非常类似。

　　20 世纪 80 年代以后，随着台湾社会的日趋开放和政治、经济的日趋多元化，当代台湾小说进入了前所未有的丰富多彩、包容多元的自由状态。现实主义小说、现代主义小说、通俗小说继续向纵深地带挺进。此外，田雅格（布农族）的《拓拔斯·搭玛匹玛》、《最后的猎人》等山地小说，陈映真的《山路》、李乔的《告密者》、黄凡的《示威》、施明正的《渴死者》、陈艳秋的《陌生人》等政治小说，七等生的《垃圾》、陈恒嘉的《一场肮脏的战争》、王幼华的《健康公寓》等都市小说，张大春的《饥饿》、杨照的《黯魂》、王幼华的《模糊的人》、林耀德的《一九四七高砂百合》等魔幻写实小说，李昂的《杀夫》、朱秀娟的《女强人》、廖辉英的《盲点》等新女性主义小说，朱天文的《荒人手记》、邱妙津的《鳄鱼手记》、苏伟贞的《沉默之岛》、陈雪的《寻找天使遗失的翅膀》等"酷儿"小说，这些小说都在对既往写作模式构成巨大冲击的同时，在题材上、主题上以及表现形式上进行了多方面的探究。它们在开拓了多样而又丰富的写作范式的同时也为当代台湾小说的发展拓展出了更为开阔的空间。

第二节　理性架构与个体自由

与现代台湾小说相比，当代台湾小说的另一个显著的特征就是它的现代性色彩更为强烈而又显著。首先，经过半个多世纪的发展，当代台湾小说的现代性的思维框架日趋完善。随着文学现代性进程的演进，当代台湾小说一直在自身的现代性建构中不断吸收外来文学的理性思想，并以科学的态度在完善着自身的理性思维的架构。

从某种程度上说，外国文学的影响在当代台湾文学现代性的历程中是一个不可或缺的部分。外国文学不仅给予当代台湾文学以现代性的表现形态，而且还赋予了它以现代性的内涵和特质。可以说，没有这种外来文学的影响作为瓦解和建构的力量，真正意义上的台湾文学的现代性建设就会困难重重。

在西方，现代性通常被认为有二重特性。一为启蒙现代性，它指涉的是社会现代化和工业化进程相一致的价值观念和规范；一为审美现代性，它的内核主要由主体性、个体性自由等反现代化的因素构成。在这两重现代性中，启蒙现代性受到了当代台湾作家的高度重视。科技的落后、民族的疲弱，使当代台湾作家痛感自身文化精神中农业性和前现代性的羁绊，而不由自主地将眼光投注在西方启蒙运动以来的社会现代化思想之上。他们认为，只有吸收、转化西方的启蒙理性思想，来改造当代台湾乃至全中国，才能实现民族、国家的现代化目标。从钟理和的《笠山农场》、钟肇政的《浊流三部曲》和《台湾人三部曲》对殖民统治的批判，到陈映真的《夜行货车》、黄春明的《锣》和《看海的日子》、王祯和的《五月十三节》和《两只老虎》、杨青矗的《工厂人》以文学"改造国民性"的创作实践，再到20世纪八九十年代黄凡、林燿德、张大春等人的后现代小说对假道德的批判，当代台湾小说一以贯之的是对启蒙现代性的追求。

不可否认，现代台湾小说也具有较强的启蒙现代性色彩和风貌。例如，它重视文学的真实性，要求作家直面现实，真实地再现社会的存在或现实；在真实再现社会现实时，它重视把握社会的"整体性"，要求从复杂的社会关系中揭示出社会的本质；它既渗透着对弱势民众生存的关怀与同情的人道主义思想，又贯穿着对社会黑暗与丑恶的批判精神。然而，与现代台湾小说相比，当代台湾小说具有更为强烈的启蒙现代性色彩。这其中的标志之一是对社会现实作全面和整体性表现的长江大河式的现实主义长篇小说的出现。20世纪三四十年代的赖和、杨逵的短篇小说虽然也通过对主人公命运的描写对现实进行客观而又真实的揭示，然而，这种揭示往往是片断式和阶段式的，而吴浊流的《亚细亚的孤儿》、钟理和的《笠山农场》、钟肇政的《浊流三部曲》和《台湾人三部曲》，却在更广阔的时代背景上，通过主人公的经历全面地反映了一个历史时期的社会风貌，这种从个人或家族的角度去折射社会现实的小说，更为深入地触及人与自然、人与社会的关系。这其中的标志之二是这一时期的小说对那些有损于台湾社会制度、思想文化变革的现象的批判更为广泛和深入。与赖和、杨逵、吴浊流时期的文学相比，这一时期的小说题材更为广泛，主题更为深刻。陈映真、黄春明、王祯和、杨青矗、李乔等作家的作品几乎触及到各种各样的下层人物。陈映真的《夜行货车》中软弱、苦闷的小知识分子，黄春明的《锣》和《看海的日子》中卑微而又高尚的农民、妓女，王祯和的《五月十三节》和《两只老虎》中在困境中求生存的小市民、小商人，王拓的《金水婶》中在困苦中抗争的渔民，杨青矗的《工厂人》中在黑暗中充满憧憬的产业工人，从不同方面构成了一幅极为广泛的被侮辱被损害者的忧伤却不绝望的社会风俗图。值得注意的是，这种揭示的主要目的，已不是像赖和、吴浊流等作家那样立足于对封建文化的批判，而是着力于对殖民文化和殖民经济的控诉和抨击。

不能不说，在台湾这样畸形发展的社会里，作家们承受着精神上和物质上的双重压迫，仍坚持以强烈的历史使命感与责任感去反对社会的黑暗与丑恶，这种对文学的执著和对民族命运的关怀的精神，实在是难能可贵的。当代台湾著名作家陈映真在《建立民族文学的风格》中指出："在台湾的新一代中国作家，要以自己民族的语言和形式，在台湾这块中国的土地上，描写他们每日所见所闻所感的现实生活中的中国同胞、中国的风土，并且批判外国的经济和文化支配性的影响，唤起中国的、民族主义的、自立自强的精神。"当代作家杨青矗强调："作家被誉为人类心灵的工程师，既然接受了这个美誉，就应该做些心灵工程的建设工作，身为一个中国作家，有责任医治中国社会的心灵病态。"① 从陈映真到杨青矗，一代又一代，当代台湾作家为了真理，为了理想，不屈不挠，前赴后继，不惜流血，不怕坐牢。从某种程度上说，一部当代台湾文学史几乎就是一部由每个时期代表作家串起来的"牢狱"黑暗展示史，同时，也是一部以文学反抗黑暗、追求光明、追求民族进步和发展的斗争史。这种以文学指导人生，表现人生的带有强烈功利色彩的文学观和文学创作，与俄罗斯 19 世纪现实主义文学的影响是分不开的。在作家对待现实的态度上，俄国现实主义作家采取了不同于西欧现实主义作家的"参与者"的态度。俄国 19 世纪著名现实主义理论家车尔尼雪夫斯基在《艺术与现实的审美关系》中指出："艺术的真正目的，是提醒我们人生中什么是有趣的，并教训我们人类如何生活和应当如何生活。"俄罗斯现实主义文学的这种重视文学对人生的介入的文学观，不仅适应着当代台湾小说发展的内在要求，同时，也

---

① 转引自汪景寿《台湾小说作家论》，北京大学出版社 1984 年版，第 223 页。

与当代台湾社会对改造人生的时代需求相契合。此外，台湾作家的这种"参与者"的态度，也与中国传统文化精神有关，中国传统文化历来重视文学的教化功能，主张文人应"先天下之忧而忧，后天下之乐而乐"，这种"以天下为己任"的历史使命感，作为一种历史文化的积淀，自然也对当代台湾作家产生着潜在的制约和影响。由此看来，当代台湾小说对外国文学的接受又出现了一种饶有趣味的悖反现象。在显在的层次上，当代台湾作家对外国文学的接受动因在于对传统文学的不满和反抗，而在隐在的层次上，这种接受的深层根基却又是被它在显在层次上反对的中国传统。中国传统的实用理性精神则是它的本源。从先秦儒学以来，中国文化和哲学就体现了浓厚的实用理性精神。它以"闻道"为特征，要求理论与实际相联系，以解决现实社会问题和人生问题。这也正是儒家总是将"修身"、"齐家"和"治国"、"平天下"并谈的根本缘由。由此看来，台湾当代文学的现代性建构不过是传统文化和外国文化、文学的视界融合，是一种效果历史，作为一种传统的思维结构，实用理性对当代台湾小说的现代性建构依然有着强大的影响。只不过在当代台湾小说中，这种思维结构并不是以原始的形态出现，而是被进行了创造性的置换和转化。在台湾当代小说中，处于传统结构模式中心位置中的"圣人之道"、"贤人之道"被"民族之道"、"现代化之道"所代替了。这样的置换和修正，一方面保全了中国传统的实用理性精神的思想模式；另一方面又使这种思想模式内蕴的意义，通过一个重写过程与民族启蒙、民族重建等现代性意义沟通起来，从而赋予这种原型结构一种较强的现代性色彩。

其次，经过半个多世纪的发展，当代台湾小说的现代性价值取向更为鲜明和突出。就价值观而言，西方文化较注重个人潜力的发挥、个人目标的实现以及个人利益的追求。而中国传统文化则较为强调个人对道德、圣人的服从。前者有利于个体生命自由的扩展，后者则在许多时候阻碍了个体生命自由的发展。而一个理想的现代社会的标志之一，恰恰又是它可以给予每个个体实现生命自由的欲求提供最大可能的机会。正是有鉴于此，与对现代性的追求成为当代台湾小说的基本思想主题相一致，当代台湾小说的一个鲜明的价值取向，就是如何在一个注重圣人意志的文化系统中充分开掘个体生命自由的精神。

在当代台湾小说中，作家们总是将个体生命置放在宇宙这个宽阔的时空中去展现其存在、追求以及价值的。这样，生命的宇宙化，就是不仅要使生命在时空扩展中获得宇宙的永恒性的物质特性，而且也要使生命在与世界的融合中获得宇宙的自在性的精神特性。在当代台湾小说中，这种生命宇宙化倾向主要表现在以下三个方面：（一）生命时空的扩展性。（二）生命存在的自然性。（三）生命境界的理想性。

生命时空的扩展性。宇宙的神秘性极大地源于宇宙的无限性。在时间上，宇宙无始无终；在空间上，宇宙广大无边。宇宙时空的这种无限性，在与人类生存的现实时空的有限性形成极大反差的同时，也使现实时空的人对无限的宇宙时空充满着憧憬。在当代台湾小说中，这种憧憬的表征之一，就是用宇宙时空替代人类生存的现实时空，使现实生存的时空形态获得无限的延伸。生命时空要想获得宇宙时空的无限性，就必须突破那种习惯上将人和世界都放在对象的位置上分门别类地给以概念化、逻辑化的认知方式，转而以一种整体性的眼光看待人和世界。只有在这种整体意识的观照下，世界上许多彼此矛盾、对立的事物才会发生神秘的联系，从而形成一个全新的对立统一体。在当代台湾小说中，生命时空之所以获得了一种宇宙时空的无限性，首先就得力于作家们对世间万物观照的一种"无时间感"。如果说在现实主义文学中，历史与现实是确定的，那么，在素有"文坛顽童"之称的张大春的《如果林秀雄》、《将军碑》中，历史与现实的界限是模糊的。在《如果林秀雄》中，张大春以一种带有神秘的时间观念和悠远深邃的历史穿透力的双重叙述话语，建构了幻觉化与非幻觉化的两个世界。在一个时间世界里，他建构了一种规定的情境；在另一时间世界里，他使小说规定情景由确定的转为不确定的，由有限的转为无限的，从而使小说的空间容量因叙述的魔力而获得了多值性乃至无穷值的开放性。

在当代台湾小说中，生命时空的延伸与扩展，也得力于作家们对世间万事万物观照时的一种"无空间感"。如果说现实生活中的空间是有限的，在它的空间中，前后、左右的位置是明确的、清晰的；那么，白先勇的《台北人》、聂华苓的《桑青与桃红》、於梨华的《又见棕榈，又见棕榈》等当代台湾小说中的空间就常常突破了现实空间的限制，而具有一种前后、左右位置难以区分的宇宙空间的特性。白先勇的《游园惊梦》中，在徐太太的唱曲中，钱夫人走进了过去自己因一曲《游园惊梦》而红遍南京的世界。于是，今日台北窦府晚宴与昔日自己家"嗓反了整个南京城"的酒宴，今日程参谋的殷勤与昔日郑参谋的热情，今日"专拣自己姐姐往脚下踹"的窦夫人的妹妹蒋碧月与昔日抢夺自己心爱男人的妹妹月月红等画面空间不断叠加。小说以过去的戏推动现在的戏，在过去的戏与现在的戏的不断闪现与交叉中，钱夫人感受到了人世的沧桑与人生的无常。聂华苓的《桑青与桃红》中的桑青可以以不同的姓名在中国与美国、现实世界与非现实世界之间自由穿梭，然而，在这种空间的转换中，凸显的是过去桑青的单纯、自由与现在的桃红的堕落、困窘，于是，作者在使桑青的生命超空间化的同时，也强化了个体生命那种"处处是家，处处无家"的复杂意识。在张大春的《饥饿》中，作者构筑了两个彼此参照的世界：一个是巴库的祖居地的原始、偏僻的山村；一个是以台北、高雄等为主体的现代化文明世界。这两个世界常常作为一组对立的形象在小说中交替出现。在现代文明世界里，随着技术的高度发达、物质的极度繁荣，作为人本质的"人性"正在逐渐丧失。巴库的死，表面上看，是被电脑兼传真机这个机器吃掉的缘故，而事实上，巴库则是死于"物质"和"精神"的双重饥饿上。与文明世界相对照，张大春构筑了一个原始、偏僻却又充满温情的人性世界。这个世界虽然在物质上是匮乏的，但精神十分富足。当马狄薇从文明世界回到原始山村时，她却"一天比一天年轻"起来。从巴库与马狄薇的一出一归，一死一生的比照中，文明社会的虚伪残忍、乡村社会的真诚宽容便十分鲜明地突现出来。作者以乡村世界为参照物，既表现了对文明社会的人性堕落的抨击，又在对自然的追忆中寓含了对美的人生的追求和憧憬。

生命存在的自然性。当生命时空向外无限扩张延展时，人们就会对茫茫宇宙表现出一种极欲揭开其奥秘的强烈欲望。随着生命时空不断趋近宇宙时空，个体生命也就愈来愈认识到，世上的事物之间总是各以其自身的现象互相反映其他事物的本质的。对于宇宙来说，它的本质则是人或人的意识。也就是说，整个宇宙的本质，最终总是表现在人或人的意识的现象中的。如此，在很大程度上，人对于宇宙本质的认识，也就取决于人对自身本质的认识。

在当代台湾小说中，人的本质是常常被作家们看做一种人的自然性的。这种人的自然本性首先意味着，在审美活动中，作为个体生命追求的自由境界，只能以个体为本位，有赖于对主体自由个性的坚持和弘扬。因为，人的生命在本质上具有一种个体性的追求，成为一个人，也就是成为一个真正的个性化的自由的人。因此，在某种程度上说，自由与个性是等值的，生命的自然性境界，也就是个体的个性和自由获得极大肯定和实现的状态。七等生的《城之迷》、《放生鼠》、《我爱黑眼珠》等小说中那些超拔孤绝、我行我素的隐遁者，陈映真的《山路》、《乡村的教师》中在质疑历史与战争的罪孽的同时对自我灵魂进行拷问的理想主义者，白先勇的《孽子》、朱天文的《荒人手记》、邱妙津的《鳄鱼手记》、苏伟贞的《沉默之岛》、陈雪的《寻找天使遗失的翅膀》等小说中那些充满情欲的奋不顾身冲锋的同性恋者……这些个体不再是被圣人、权威们垄断的编年史中的道德符号，而是一个个具有独立生命意识的个体，他们用各自的在场话语，表达和传递了被传统价值观压抑着从未表达过的个体经验。作为一种反叛的颠覆性的精神自卫，这种个体生命体验的自由表达标志着一种现代性的精神实体和感知方式的形成。它在瓦解了传统的价值观时，也促成了现代性价值观的形成。

在当代台湾小说中，生命的自然性也意味着摆脱那种传统理性规范的束缚，解放潜藏的本能力量。我们知道，生命不仅是一个会跳动的躯体，生命也是一股强劲的、永不停歇的潜能。奥地利精神分析学家弗洛伊德把这种强劲的生命潜能称为性本能。弗洛伊德认为，性本能是人的一切行为，包括艺术创作的心理基础和内在动力，人之所以没有得到彻底的自由和解放，其根源在于理性对性本能等潜意识因子的压抑。在中国这样一个推崇"存天理，灭人欲"的国度里，"人欲"一直被视为丑恶的东西，遭到外在礼教权威和内在理性权威的多重压抑。因而，当代台湾小说中对性本能的表现，其意旨就在于解放肉体的同时使生命获得自由和解放，并寻回那失落已久的人的自然、童真的本性。七等生作品中对潜意识、性本能的展示，是与他在观念上对弗洛伊德"本我"、"原欲"等理论的认同相联系的。他认为，文学作品中的人物"是每一个最原初的形体，但却被压抑于现实生活的意识底层，这种原我像因犯一样地被拘禁被束缚，他们的唯一愿望是争取活跃的时空"。①七等生的《我爱黑眼珠》，就正是他的人物"原我"争取"活跃时空"理论的实践和注解。在洪水翻滚而来之时，主人公李龙第听从本能欲望的驱使，与"黑色眼睛"的女子拥抱在一起，却置对岸的妻子的生死于不顾，这种乖异的行为是惯常的社会伦理道德难以认同的，然而，这种本能的冲动中，又因为蕴含着"自由选择"的精神，显示了一种人性力量的强大和魅力。这种在道德与性本能关系上对后者倾斜的观念，在欧阳子的理论和创作上也得到了十分突出的表现。欧阳子在《关于我自己——回答夏祖丽发出的访问》中指出："我最常思考的人性问题涉及着善恶之间的关系，以及道德的标准。我常想，评价人之善恶，是单凭他表现在外的言语行为来判断，还是连心

---

① 转引自古继堂《台湾小说发展史》，春风文艺出版社1991年版，第245页。

底的思念也算在一起？内心的罪，比起劲行的罪，哪一种更恶，更不能原谅？"在欧阳子看来，俗常的道德标准是难以判断人性善恶的。正是源于这种观念，描写人的性本能，揭示人的潜意识，成为欧阳子小说的重要内容。《木美人》中的木美人，从社会俗常的伦理道德标准看，是循规蹈矩的女性，她对人冷若冰霜，拒人于千里之外，然而，李魁定一对好看的眼睛，迅疾点燃了她的性欲之火。性本能的力量如此巨大诱人，以至于能像决堤的洪水一样，肆无忌惮地任意奔涌，表现为一种猛烈骚动的疯狂。在传统中被视为丑恶的性本能，就这样在七等生、欧阳子这里得到了坦诚、真实和充满血性的暴露。这种暴露，既是对中国几千年来道德规范对性本能的束缚和压抑的反叛，也显示了作者对生命形式的无限向往。它促进了人的感觉结构向自然、真实与完整的结构状态的回归，扩大和丰富了人的生命内涵，极大地满足了当代人生命冲动和感性体验的内在要求。

生命境界的理想性。经过生命存在时空的扩展和生命存在的自然化追求，当代台湾小说中生命的存在时空愈来愈来悠长和开阔了。它为在更深沉的内涵上实现生命宇宙化的理想境界创造了优越的条件。

所谓生命境界的理想性，是指生命存在进入宇宙，并与宇宙完美地融合的一种境界。在当代台湾小说中，这种生命的理想化境界主要是借助于生与死互渗的方法来实现的。

在现实时空中，生命终究是有限的。在常人看来，生命的有限性终究会造成人生命自由的有限；然而，在当代台湾作家看来，这种将生与死割裂开来去认定生命自由的有限性的认识，仍然根源于一种现实时空制约下的对事物的观察方式。因此，要使生命获得无限性的自由，就是要让生命超离现实时空的制约，进入生命周而复始、永无穷尽的宇宙世界中。七等生等人的小说中所写的死亡之所以不令人感到恐怖，究其原因，是因为作品中的生死界线已不再分明，在七等生的《精神病患》、《僵局》、《AB 夫妇》、《阿水的黄金稻穗》等作品中，总是将人物置于生与死的临界状态，探讨了死的各种可能性及其意义。对于七等生的《精神病患》中的赖哲森来说，既然在现实世界无法寻找到生命的价值和意义，那么，与其让这个没有意义和真理的世界对自己施以迫害和拘禁，不如用自杀来既表达对这个暧昧而又混乱的现实世界的绝望和抗议，又以一种自我完善的形式维持了自己的信念。从这个角度来看，死亡就不只有恐惧的一面，而且也有给被生之重荷欺压的人带来解放和自由的一面。如此，死亡的世界就不是恐惧的，反而是极为美好的。七等生在《阿水的黄金稻穗》中的结尾这样描述刘俗艳的死："当她的心渐渐微弱下来的时候，她像在凝听屋外传来的二个变成沙哑的悲哀的怀念她的，和代为求饶的哭声，直到这死像一场感激的仪式。"个体生命形态虽然转瞬即逝，但精神生命却在仪式中获得再生。显然，七等生等人对死亡的展示和思考，其目的仍然在于希图用死亡来惊醒麻木不仁的人们，使他们挣脱物质世界世俗功利的纠缠，对自身生存的价值和意义进行追问和探寻。

尽管当代台湾小说表现出了鲜明的宇宙化倾向，这种倾向中也确实呈现了一定的超现实特性。然而，我们也必须看到，当代台湾小说的这种倾向的产生并不是与社会现实绝缘的。当代台湾小说家之所以对生命的宇宙化倾向有如此痴迷和如此坚韧的热情，是因为这一问题与人类生存的最根本的哲学命题有关，人类自古以来梦寐以求的就是克服自身的有限性，与无限的宇宙同一。因而，这种整合极具诱惑力，它迎合了勇于探索、勇于征服的当代台湾作家的内在心理的需求。因此，我们有理由说，当代台湾小说与那种竭力让个体生命完全脱离社会的超现实小说是不同的。在当代台湾小说中，生命的宇宙化是以突出主体意识、自我意识为表征的，因而，它既是当代台湾作家现实生存困境的曲折反映，也是他们生命进程中积极奋进的精神之歌。

第 二 章

当代台湾小说在大陆传播与
接受的动力机制

文学传播与接受的动力是传播与接受行为发生和持续的重要条件之一。当代台湾小说在大陆传播与接受的动力系统中，主要由既各自独立又相互联系的补偿、同情、过滤机制生成一个较为稳定的接受动力结构。它们相互扭结、渗透，形成一个合力，共同推动当代台湾小说在大陆传播与接受行为的发生和持续。在传播与接受发生的不同阶段上，这些机制在动力系统结构内部所处的位置不同，发挥的功能与作用也有所不同。大致来说，这个动力系统结构是以补偿机制为基石，以同情机制为中心，以过滤机制为调节的。

第一节 补偿机制

当代台湾小说在大陆传播与接受的动力系统结构中，补偿机制具有特殊的作用。这是因为，文学的传播与接受总是植根于人们生存和发展的需要，而需要又有两层含义，其一是人因缺乏生成的不足感；其二是由缺乏生成的需求感。从发生学角度看，当代台湾小说在大陆传播与接受的动力系统的心理结构，首先是围绕着生理满足缺乏和功名满足缺乏而形成的。"文化大革命"败坏了精神和信仰的声誉，人们在对"假大空"深恶痛绝的同时，转而寻求生理与功名上的满足，以此填补物质上和精神上的双重空虚，并从这种补偿中获得心理平衡。当代台湾小说在大陆的传播与接受就是在满足这种需要的背景下发生并持续发展的。

一、生理补偿。虽然文学是人类高级的精神活动，但不可讳言，这种高级的精神活动中是潜藏着极为丰富的生理需要能量的。从某种程度上说，生理需要既是人类生存的基本需要，又是文学接受的衍生和发展的前提。因为，文学接受虽不能像绘画、音乐等艺术接受那样直接以视觉或听觉刺激人的感官，但语言文字的组合或运动构成的图像世界，仍然能作用于人的感官，并使人在接受中获得生理上的满足感。对于在"文化大革命"中生理欲望长期被压抑的大陆人来说，最大和最为迫切的需要就在于对生理欲望满足的追求。随着大陆经济建设中心地位的确立，人们久被阻遏的生理欲望犹如蓄积的山洪奔泻而下。这种社会心理改变了长期被主流话语规范了的接受主体的思维和兴趣，对政治性文学的推崇让位于对展示生理欲望满足文学的迷恋。然而，在20世纪80年代初期的中国大陆，并没有充足的满足人们的这种生理欲望的文学资源，在这种接受者的期待视野与文学生产严重脱节的情况下，台湾以琼瑶等为代表的言情小说趁机而入，催生了大陆对以琼瑶为代表的作家的言情小说的接受热潮。一时间"琼瑶的言情几乎直逼金庸的武侠小说，成为仅次于金庸武侠小说而在中国大陆广为流行和畅销的作品"。①

琼瑶、玄小佛、姬小苔、席绢等人的言情小说带有很大的传奇性，它遵循的是一种童话式的思维方式。这种思维方式不以现实法则为准绳，而总是借助想象的翅膀自由滑翔，引导着接受者步入现实生活中无法体认和难以实现的如梦如幻的理想境界。首先，琼瑶、席绢等人的言情小说中的主人公是理想化的。女主人公盼云（《聚散两依依》）、梦竹（《几度夕阳红》）、"小燕子"、紫薇（《还珠格格》）、苏幻儿（《交错时光的爱恋》）等都是天生丽质、美貌出众；男主人公何慕天（《几度夕阳红》）、尔康（《还珠格格》）、石无忌（《交错时光的爱恋》）等都是才智超群、相貌脱俗。大陆成千上万的琼瑶迷，最先就是被这种偶像型人物弄得神魂颠倒。其次，琼瑶等人的言情小说中的爱情故事也是理想化的。在现实生活中，爱情被金钱等东西所物化，已充满浓厚的功利色彩。而琼瑶等人编织的爱情故事，往往是超尘脱俗、感天动地的。他们的小说中无论是"痴情"、"奇情"，还是"苦情"、"哀情"，都被渲染得淋漓尽致。他们小说中那些像尔康一样明知不可而为之、像柏霈文一样（《庭院深深》）明知也许走到底仍然是海市蜃楼却不改初衷的主人公们，他们显现出的为情所生、为情所死的那种不可动摇、无畏前行的精神，都使琼瑶等人的小说远远超越了现实的情感层次，而充满着令人感动、令人难忘的传奇色彩。这种爱情传奇暗合了接受者心理定势对至善至美的两性情感的期待，以至于连反对者也不得不承认："在言情方

---

① 陈东林：《琼瑶批判》，时代文艺出版社 2000 年版，第 1 页。

面，琼瑶不愧为高手"①，"琼瑶笔下的那些'美丽多情的白马王子'，对那些情窦初开的少男少女而言，怎能不成为青春偶像?"② 在这种传播主体与接受主体视野的契合中，接受主体将为平常社会所压抑的情感在这种对梦幻式的爱情传奇的解读中释放出来，重新找回现实生活中失落已久的本真爱情，在对这种被理想化了的爱情的体验、想象中使自我的本质力量获得了较为充分的实现。就此而论，琼瑶等人的言情小说宣示的虚幻美好的爱情世界的主要功能，就在于它为接受者提供了一个替代现实生活的抚慰之梦。③

二、功名补偿。文学接受上的功名需要与大陆经济发展的影响有关。经济的发展对人们功名欲的调动、刺激，使人的功名欲具有日趋物质化的趋势。如果我们从外在的行为进一步深入到潜在的内在动机的时候，就会发现人们潜在的求取功名的动机实际上又是由感性的求取功名欲和理性的功名观念两个层面构成的。不可否认，求取功名总是与能动的感性欲望有关，然而，求取功名的欲望又与生理需求不完全一样，它与其说是人的天生之物，不如说是社会历史文化浇灌的产物。因而，它总是与人们对功名的理性认识相联系。在当代大陆，这种求取功名的动机则在于人们在生存压力日趋缓解的环境中将功名与成就感以及自我价值实现的一种等视。由此，这种动机也就具有了社会文化的含义，它已经蕴含着一种十分深刻的有关功名

---

① 陈东林：《琼瑶批判》，时代文艺出版社 2000 年版，第 2 页。

② 袁良骏：《必须遏止文学低俗化的潮流》，《文学报》2002 年 2 月 3 日。

③ 据关士礼、魏建统计，从 1994 年至 2003 年，大陆地区发表的有关琼瑶的研究文章就达 23 篇。见关士礼、魏建《大陆地区近十年港台言情小说研究综述》，《华文文学》2004 年第 4 期。

的价值观念。而以古龙、卧龙生、温瑞安等为代表的台湾新武侠小说，正好迎合了大陆上人们心中潜存的这种价值观。

在日趋高度工业化和商业化的社会中，愈来愈多的大陆人体验到一种软弱感和无价值感。未来、理想的自我和彼岸，这些浪漫主义和现代主义文学中的主题话语在日趋遭到怀疑和否定后，现实中的自我就不得不被一种异己的物化力量所控制。在这种物化的异己力量的操纵下，人们离真切的生活和存在体验越来越远，他们似乎被抛进了一张上不见天、下不着地的他者之网中，既看不到希望的亮光，又被断绝了回家之路，只能恐惧而绝望地看着自我被他者的力量所吞没和蚕食。正是为了补偿现实中人们的这种缺失心理，古龙、温瑞安等人的新武侠小说对主人公进行了理想化的处理。他们小说中的主人公李寻欢（《多情剑客无情剑》）、陆小凤（《陆小凤》）、四大名捕（《四大名捕会京师》）等既武功高超，又正义凛然。《流星蝴蝶剑》中的孟星魂是一个冷面杀手，拥有一身盖世的武功。《多情剑客无情剑》中的李寻欢、《陆小凤》中的陆小凤只要一出招，就能将敌方击败。《四大名捕会京师》中的"四大名捕"，个个身怀绝技。"无情"双腿残疾却轻功神妙，暗器更是天下第一；"铁手"双臂如铜，百毒不侵，一对铁拳天下无敌；"追命"嗜酒如命，腿法、追踪术却天下无双；"冷血"沉默寡言却剑法迅急，剑术独步天下。而英雄们与他们的武功也具有同样的精神内涵，那就是，他们具有一种永不屈服的意志和斗志、一种百折不挠的决心和精神，他们能在身陷绝境中以不屈的精神将绝境送上绝境，能将生命中每一个瞬间的追求、渴盼、悲欢渲染成轰轰烈烈、壮怀激烈的色彩。他们的生命永远昂扬着一种自由的意志，他们的生命也永远张扬着一种理想的精神。他们的对手狡猾如《大沙漠》中的石观音，武功高强如《多情剑客无情剑》中的上官金虹、《四大名捕会京师》中的楚相玉，全都在这种自由的意志和顽强的精神冲击下魂飞魄散。现实中多少人梦寐以求的功成名就，多少人耗尽心血也难以获得的自由和独立，到了古龙、温瑞安等人的武侠小说中就这样成为英雄们唾手可得的东西。这样理想化的英雄形象和精神一方面寄托了古龙、温瑞安等人对生命的期望和追求；另一方面，也使现实中怀才不遇的接受者在阅读和欣赏中从现实的困境中解脱出来，凭借想象的翅膀在与幻想世界中的英雄一同遨游时将自我理想化，从而在幻想世界中重新获取失落已久的自我价值。

人的生理需要和功名需要既是人的活动的基本动力，又是文学接受的最基本的动力。就当代台湾小说在大陆的传播与接受而言，无论是生理需要还是功名需要，尽管它们的性质、层次不尽相同，但它们都原发于人的缺乏性需要，表现着一种传播方与接受方的互动的关系。当接受方在现实中的愿望和追求的目标得不到现实性满足时，由缺乏性需要而产生的补偿性机制便转向了能契合接受方愿望与目标的当代台湾小说，这些当代台湾小说也就为接受方压抑的心理能量提供了替代性的满足。对待当代台湾小说在大陆传播与接受中补偿机制的这种运作与作用，我们要同时警惕两种极端化的倾向。一是打着批判传统伦理道德的幌子鼓吹性爱至上、功名至上，将生理需要当作文学传播与接受的最高与唯一动机。二是打着批判庸俗主义的旗子否认生理需要和功名需要在文学传播与接受中的合理职能和重要作用。这种极端化的思想和行为，对当代台湾小说在大陆的传播与接受有百害而无一利。

第二节　同情机制

　　同情也是当代台湾小说在大陆传播与接受的重要的动力机制。同情是人类所固有的内在机制，它反映着主体对客体的特殊情感态度。当代台湾小说在大陆的传播与接受中，接受方的同情源于影响方在情感上的吸引力。影响方涵纳的情感张力对接受方产生一种强烈的引导性能，它使接受方潜在的情感沿着特有的方向进行持久、稳定的运行。由此看来，情感上的共振是传受双方进行沟通、交流的重要原因。在传播方与接受方互动中不断深化的对话与交流的过程中，情感从传播与接受之初的表层运动转向内在心理的深层震撼，并由此成为触动其他心理机制的一种诱因。而当代台湾小说在大陆的传播与接受也就在这种传播方与接受方的情感信息的日趋逼近中不断深化。

　　在传播与接受中，接受方体验到传播方体验过的同样情感绝非易事。这是因为，情感的传播与接受依循的是由外向内的转换原则运行，而传播方与接受方的情感又是种类繁多的，它们无论在形态上、内容上、性质上或程度上都可能存在着较大的差异。这样，问题就出来了，当代台湾小说又为什么能获取大陆接受方情感上的共振呢？要使这个问题回答得更有说服力，我们想借助休谟的同情理论加以阐释和说明。在《人性论》中，休谟认为，导致同情机制发生作用的有三种关系：其一为类似关系，这种类似关系一般存在于身体和心灵的结构与组织中；其二为接近关系，这种关系能增加同情的强度；其三为因果关系，它说明情绪的因果关系是如何促进同情效果的。[①]借用休谟有关同情机制的三种关系的理论来观照当代台湾小说在大陆的传播与接受，我们发现，在传播方与接受方之间就存在着休谟所谓的这三种关系。为了论述的准确性，我们将这三种关系具体处理为相同的文化、同一的乡土、一国的同胞。

一、相同的文化。众所周知，族群是指在一个较大的文化和社会体系中具有自身文化特质的一种群体，它是建立在一个共同文化渊源之上的。从种族上说，"海峡两岸人民有着共同的民族之根，有着共同的母语，有着共同的文化之源"，[②]他们天然地与中华文化有着不解之缘。无论在台湾的乡土小说，或是现代主义小说和通俗小说中，都蕴含着中华文化丰富的信息，体现着中华民族独特的风俗人情、道德观念、节庆礼仪。"从本土作家的文化眷念中，看到了'乡土的扩大是中国'；从现代主义的播弄中，看到了'难以割断的脐带'；从新生代的流动不居中，看到了文化积淀的力量；从原住民文化中，看到了与汉民族民间文学的历史关联。"[③]高阳的《荆轲》、《李娃》、《大将曹彬》、《胡雪岩》等历史小说，琼瑶的《还珠格格》等言情小说，白先勇的《思旧赋》、《游园惊梦》等现代主义小说，钟理和、钟肇政、陈映真的《原乡人》、《台湾人三部曲》、《永恒的大地》等乡土小说中，作者们为我们展现了一幅幅光辉灿烂的中华历史文化的图景。从视死如归的刺秦

---

① ［英］休谟：《人性论》，关文运译，商务印书馆1980年版，第354页。

② 魏守忠：《同根、同源、分流、融汇》，《北京教育学院学报》1997年第1期。

③ 杨匡汉主编：《中国文化中的台湾文学·引言》，长江文艺出版社2002年版。

壮士荆轲到精明强干的胡雪岩，从刚正勇猛的北宋大将曹彬到清朝儒雅风流的皇帝乾隆……五千年积淀、发展起来的中华文化，虽历经风风雨雨却依旧元气充沛、博大精深，它是所有中国人安身立命的灵根，是传播者与接受者引以为荣的精神支柱和纽带。传播者这样一种对民族文化身份认同的热情与忠诚，令大陆接受者感受到一种体力和智力上的扩张，浩瀚无垠的民族文化在绵绵不绝地进入大陆接受者心灵时，也使他们感受到了一种与这些当代台湾小说本能上的亲近与感动。

二、同一的乡土。台湾是以汉族移民为主构成的社会，对于绝大多数台湾人来说，大陆，就是他们的母土。据统计，现代台湾作家 781 人中，在大陆出生的就达 504 人，占 64%多。① 而无论是在大陆出生的，或是在台湾出生的第二、第三乃至更后一代的移民子女，他们的心理深处都潜藏着对母土深深眷念的集体记忆。对于当代台湾小说家而言，回家，在很大程度上，就是回到大陆母亲的身边，就是飘泊者对出生之原始的寻求，对归属、保护、安全的企盼。所以胡秋原说："乡土今以此处之乡土之台湾始，究必以到大乡土之大陆终。"② 白先勇说："台北是我最熟悉——真正熟悉的，你知道，我在这里上学长大的。可是，我不认为台北是我的家，桂林也不是，都不是。也许你不明白，在美国我想家特别厉害。那不是一个具体的'家'，一个房子，一个地方，或任何地方，而是这些地方，所有关于中国记忆的总和。"③ 聂华苓说："《台湾轶事》

---

① 参见王晋民主编《台湾文学家辞典》，广西教育出版社 1991 年版。

② 胡秋原：《乡土文学讨论集·序言》，台湾远流出版社 1978 年版。

③ 林怀民：《白先勇回家》，见《第六只手指》附录，花城出版社 2004年版。

是我在台湾（1949—1964）所写的小说……那些小说全是针对台湾社会生活的'现实'而说的老实话。小说里各种各样的人物全是从大陆流落到台湾的小市民。他们全是失掉根的人；他们全患思乡'病'；他们全渴望有一天回老家。我就生活在他们之中。我写那些小说的时候，和他们一样想'家'，一样空虚，一样绝望——这辈子回不去啦！怎么活下去呢！"① 漂泊之路，曲曲折折，艰险重重，在这种情况下，漂泊者回过头来寻找家，寻找母土，完全是一种本能的需求。在林海音的《城南旧事》、白先勇的《那片血一般红的杜鹃花》、聂华苓的《台湾轶事》、於梨华的《梦回青山》等小说中，游子穿越不同的岁月空间，借助文字寄托对生他养他的那片热土的眷恋。在他们的小说里，无论是思念故土的母亲，还是故土的恋人，实际上都是母土形象的延伸，他们都是母土的化身、母土的变体。从人格心理学来看，这种寻找家、寻找故土的精神趋向，是一种退化的精神防御机制在起作用。借助于文字对家和故土的亲近，游子化解了自己的生存困境，使自己的心灵获得了某种平衡和慰藉。因为，尽管外面的世界不断在变，但母亲、母土对儿子的爱却是永远不变的。母土，永远是游子的归宿，是游子的避风港。在有风或无风的夜晚，在有月或无月的日子，无论是台湾人或是大陆人，他们都可以躺在承载一切的母土的怀抱中，任天空乌云翻滚、电闪雷鸣，这时候，只有母土的怀抱会显得无比坚强和稳固、无比仁厚和宽博，它安全、宁静、温暖，永远散发着诱人的泥土芳香。

　　三、一国的同胞。国家不仅是一个地理性概念，而且也是

---

① 聂华苓：《写在前面》，《台湾轶事》，北京出版社 1980 年版。

一个充满文化意义的概念，它像公理一样，不证自明地预定存在着一个人为力量都无法将它割裂开来的由具有共同种族身份的人居住的空间。这种空间，在当代台湾作家作品中，通常意义上，是被许多作家看成为中国的。台湾 70 年代乡土文学第三次高潮的代表作家洪醒夫说："不论做什么事，你所要认同的，就是我们中华民族。写作是完全超越政权的，也就是，我们认定我们是中国人，我们的血脉中有中国人的精神。"① 台湾新生代代表作家林燿德说："我对祖国的认同基于一桩非常简单的事实，那就是我是一个使用汉字创作的作者。"② 在海峡两岸人们看来，中国是所有中国人拥有的一个共同空间，一个非常辽阔而又具有自足性的大家庭，在这个大家庭中，尽管人们之间还存在着种种差异，但人们具有的中国人身份，比起那些使得他们与这个大家庭之处的人彼此分开的任何东西，确实都要更为重要。大陆评论家认为："两岸文学一直流贯着中华民族的共同血脉，放到世界文学中会立即显示出中国文学的独特神韵"，"这个本是同根生的胎记，先天性地生成了两岸当代文学割不断的手足情"。③ 台湾著名小说家琼瑶指出："中国人爱自己的祖宗，爱自己的土地，爱自己的故乡，爱自己的家园，有强烈的'山河之恋，故国之思'。"④ 台湾著名乡土作家钟肇政《浊流三部曲》中的陆志龙则认为"江山万里"意味

① 洪醒夫：《关爱土地和同胞——谈小说创作》，台湾《自立晚报》1983 年 7 月 29 日。

② 林燿德：《一个台湾作者的赘语》，《台港文学选刊》1991 年第 5 期。

③ 王宗法：《同源分流归大海——中国大陆与台湾当代文学异同论》，《世界华文文学论坛》1998 年第 4 期。

④ 琼瑶：《剪不断的乡愁》，长江文艺出版社 2008 年版。

着："不管这四个字是出自郑成功也好，或者后人也好，精神上是一样的，那就是血液和呼声，对祖国河山的渴慕之情。"在许多时候，当代台湾作家和他们小说中的主人公对中国的认同，不仅仅源于在艰难重重的现实环境中的一种自我防御本能，也是一种文化选择和身份定位的需要。著名乡土作家陈映真就认为："在台湾的中国文学，是中国文学的一个支脉"，"是以中国为民族归属之取向的政治经济文化运动的一环"，[①]于是，在陈映真等当代台湾作家的小说中，国家不只是指涉一种空间，而且也指涉着一种文化精神，指涉着一种个人与民族、台湾与祖国共同体的默契。

将个人命运与民族命运、台湾命运与祖国命运联系起来进行思考，这在钟肇政的《台湾人三部曲》、李乔的《寒夜三部曲》等小说中都有非常突出的表现。在钟肇政、李乔等人的小说中，家，就是国的缩影；国，就是家的扩充和放大。家的命运和民族、国家的命运浑然一体、不可分离。这种将家与民族、国家联系起来进行的思考，事出有因，绝非偶然。从根源上说，我们民族很早就极为重视集体意识和民族意识。这种文化心理作为一种积淀，无疑将规范和制约着钟肇政、李乔、陈映真等人情之所钟的趋向和范围。然而，与那种褊狭的民族主义者不同，在陈映真等人的小说中，认同的表现形式绝非是单一的，而是多元、复杂的，它既可能是礼赞的，也可能是批判和反思的。毋庸置疑，当代台湾作家与中国、中国历史文化都有着天然的、血缘的关联，他们对中国和中国文化的认同和弘扬也是情不自禁、发自内心的。然而，这并没有妨碍当代台湾

---

① 陈映真：《乡土文学的盲点》，《台湾文艺》1977 年第 2 期。

作家从历史和理性的高度对中国及其历史文化进行反思。回顾民族往昔悠久的岁月，抚摸历史的沧海桑田，当代台湾作家在对中国进行正面肯定时并没淡忘和忽略它的历史伤痕。正如白先勇所说："南京屠杀、重庆轰炸，不再是历史的名词，而是一具具中国人被蹂躏、被凌辱、被分割、被焚烧的肉体，横陈在那片给苦难的血泪灌溉得发了黑的中国土地上。"① 这无疑是我们民族历史中最为令人痛心的负面坐标，它在所有中国人的心灵中都烙上了深深的耻辱印记。而更为令人痛心的是，白先勇、陈映真等作家发现，民族的伤痛在今天不仅尚未痊愈，而且有继续扩大的危险。白先勇的《谪仙记》、陈映真的《夜行货车》、黄春明的《沙哟娜拉再见》等，就都揭示了社会转型期中一些知识者民族、国家意识的沦丧。于是，陈映真等作家认识到，仅仅停留在现实批判层面上是不够的，在批判的同时还应加快祖国的建设。在他们看来，如何面对中国历史的过去和怎样正视中国的今天，其实是同一问题的两个方面。而无论是对过去的反思或是对现实的审视，它们的目的都在提醒民族身份对于每个中国人的重要性，都在格外有力地强调台湾人与大陆人拥有这一民族身份时有珍惜和爱护共同的大家庭的义务和责任。

在当代台湾小说在大陆的传播与接受中，同情机制反映出情感信息传达的强度，决定于传播与接受的关系。从某种程度上说，传播方的情感只有转化为接受方的情感，它才能对接受方构成实质性的影响。大陆接受者正是与台湾传播方之间具有

---

① 白先勇：《蓦然回首》，《白先勇小说选》，香港女神出版社，第11—12页。

相同的文化、同一的乡土、一国的同胞这样三种关系，因而才能以最为积极、主动的姿态回应传播方的情感。"比如大陆80年代出现的寻根文学与台湾70年代的勃兴的乡土文学，都有一种回归的倾向：回归乡土，回归历史"①，"这种现象说明，以儒家文化为基础的中华民族的文化心理结构和道德规范，有着很强的因袭力量。它所构成的传统文化基因，既影响着海峡此岸，也影响海峡的彼岸，时时唤起人们对既属于过去，又属于现在，更属于未来的真善美的热烈追求"。② 由此，表面上看，大陆接受者在当代台湾小说中看到的是作家情感的物化形态，实质上体验到的则是自己的情感。这就说明，传播方与接受方构成的三种关系在促成文本情感信息的主体化和接受方情感模式客体化的同时，达致了二者心理上的二极对应和契合。

第三节 过滤机制

任何接受都不可能是一种机械的、纯客观的对影响方被动的复述，而总是一种复杂的深具选择性、阐释性的双向互动的现象。因为，接受者必然生活在特定的纵的历史文化发展和横的接触层面构成的坐标之中，他们在接受其他国家或地区的文学时，也必然会受到政治、经济、社会背景构成的先见的影响，即经过过滤机制的规范和筛选。在过滤机制的干预下，当

---

① 王宗法：《同源分流归大海——中国大陆与台湾当代文学异同论》，《世界华文文学论坛》1998年第4期。

② 赵联：《台湾与大陆小说比较论》，海峡文艺出版社1992年版。

代大陆接受者的知觉分析器只能有选择地以影响者的某些方面作为审美对象加以接受。这些方面可能是影响方的主要构成部分，也可能是次要构成部分，甚至可能是接受方的误读成分。但无论是哪种选择，都是接受方主体精神的一种投射，是接受方主体过滤机制的一种能动作用的发挥。

当代台湾小说在大陆传播与接受的第一个值得关注的过滤机制，是它采用的意识形态视角。这种意识形态视角的突出特征则在于它对"中国意识"的强调。"台湾文学和香港文学，都是我们祖国文学不可分割的一部分"，[①] "台湾新文学是中国文学不可分割的一部分"。[②] "所谓'台湾文学'，其实是台湾地区的文学，它是我们中国文学的一部分。"[③] 这种"中国意识"作为文学接受中的一种过滤器，成为了接纳或不接纳那些当代台湾小说的先决性条件。也就是说，只有被这种"中国意识"赋予正义标签的小说，才可能被大陆接受者认同，而被判为非正义的小说，则先定地与接受无缘。因为，"现在台湾极少数作家与评论家发表了一些台独的错误言论，不承认台湾文学是中国文学的一部分，这势必影响到小说创作。台独文学的倾向，是80年代台湾文学多元化格局中的一个负面，我们应该密切加以注意，坚决反对一切有关台独文学的理论和创作"。[④] 由"中国意识"派生出的价值取向，就这样使作为接受者的大陆评论家在"统一"和"独立"、"中国意识"和

① 《海峡》编辑部编：《台湾香港文学论文选》，福建人民出版社1983年版，第1页。
② 黄重添等著：《台湾新文学概观》（上册），鹭江出版社1986年版，第1页。
③ 陆士清：《台湾文学新论》，复旦大学出版社1993年版，第1页。
④ 林承璜：《台湾香港文学评论集》，海峡文艺出版社1994年版，第37页。

"台湾意识"之争中毫不犹豫地站在了"统一"、"中国"的一边，而"台独"的理论与创作之所以被他们排斥与反对，是因为这种理论与创作是以去中国化为价值目标的。而以"中国意识"为中心的意识形态视角恰恰要求当代台湾小说能将台湾意识规范在中国意识之中。在大陆接受者看来，在"中国意识"的统摄下，当代台湾小说才能获得区域文学无法具有的巨大而又充沛的历史文化的底蕴和能量。那些被这种意识形态视角所认同的当代台湾作家，例如白先勇、陈映真、琼瑶、三毛、高阳、聂华苓、陈若曦、古龙等①，正是自觉或不自觉地将台湾意识纳入了中国意识统辖之中的。白先勇的《台北人》、《纽约人》等小说"写的总是中国人，说的是中国故事"，②"以陈映真为代表的台湾爱国文学家展开了坚持不懈的艰苦卓绝的斗争，为维护中国文学的统一，维护国家的统一，建立了丰功伟绩"。③"琼瑶的小说之所以受到许多大陆青年的喜爱，甚至使一部分人如痴如醉，这有着多方面的因素，我认为，其中一个不可忽视的原因是，琼瑶小说与中国传统优秀文学有着密切的血缘联系，而这，正是她的作品能够引起东方文化圈的中国以及东南亚众多读者共鸣的重要原因。"④ 与拥有中国意识的白

---

① 据统计，大陆"人大复印资料"20 年来（1979—1999）所载有关台湾作家研究的 126 篇文章，关于白先勇的占 11 篇，关于三毛的占 9 篇，关于高阳、余光中的各占 7 篇，关于陈映真的占 6 篇，关于聂华苓的占 5 篇，关于古龙、琼瑶、陈若曦、席慕蓉、郭枫的各占 4 篇。见刘俊《台湾文学研究在大陆：1979—1999》，《台湾研究集刊》1999 年第 4 期。

② 欧阳子：《谪仙记·序》，台湾水牛出版社 1968 年版。

③ 赵遐秋：《当前大陆学界台湾教学研究与教学中的几个问题》，《世界华文文学论坛》2005 年第 1 期。

④ 严莉群：《论琼瑶小说与中国传统优秀文学的关系》，《渝州大学学报》1994 年第 1 期。

先勇、陈映真、琼瑶等人及小说的命运不同，具有"台独"意识的理论和文学，则在价值层面上被处理成必败的一方。在《中国大陆与台湾乡土小说比较史论》一书中，大陆著名文史家丁帆在对叶石涛等人的台独理论进行了追根溯源之后，就揭示了"台独"思潮必然失败的命运。不可否认，这种意识形态视角会遭到一些人的质疑，然而，作为一种具有价值指向性和实践性的意识形态视角，它具有一种稳定性的特点。这种稳定性是意识形态渗入文学传播与接受中并发挥实际作用的政治生态保证。在现实中，台湾小说与其政治一样，出现了一种与大陆背离的现象，这种背离在无法依靠政治权力和政治行为解决时，意识形态却可以发挥着一种整合的作用。因为，从根本上说，这种意识形态视角是具有一种合法性的。"台湾文学是中国文学的一环这个命题，说它，论它，肯定它，是以事实为根据的，完全经得起时间的考验。"① 事实上，无论是从历史，还是人类学、文化学等话语角度都可以证明这种意识形态视角的合法性。这种合法性能强化和保持对"中国意识"认同指向的强度。问题的关键是，这种意识形态视角在两岸意识形态对立的现实语境中，应该进行一种现代性的转换。就当代台湾小说在大陆的传播与接受而言，以中华意识代替中国意识，既可以消减过于浓厚的居高临下的中心主义色彩，也可以使当代台湾小说以更为丰富的姿态较为全面地展现在大陆接受者面前。

　　当代台湾小说在大陆传播与接受值得关注的第二个方面的过滤机制，是中国民族化的审美心理。只要我们仔细辨析，就会发现在当代台湾小说的传播与接受过程中，是潜藏着一种民

① 林承璜：《台湾香港文学评论集》，海峡文艺出版社1994年版，第22页。

族化的思维模式的。如果我们将当代台湾小说看作一个大系统，乡土小说、现代主义小说、通俗小说、女性主义小说等分别看作大系统中的小系统，那么，我们就会发现，那些被大陆接受者所注重和选择的子系统是存在着一种被主观定位为民族化的价值导向的。"台湾的乡土文学应该是特指性和包容性，民族性和乡土性，中国意识和地方色彩等相结合、相交融的中国文学中的台湾乡土文学。"[1] "现代主义文学，其中不少作品也可以加入现实主义民族文学之列。"[2] 乡土小说、现代主义小说、通俗小说、女性主义小说等之所以在大陆成为接受的侧重点，正是由于这些小说合乎大陆接受者对民族化的这种心理诉求。[3] 这就使得，大陆对当代台湾小说的接受实际上潜藏着一种推崇民族化、轻视甚至贬低西方化和世界化的倾向。这种倾向在对待现代主义小说与乡土小说的态度上得到了较为突出的表现。在将二者进行比较时，乡土小说因其具有的浓厚的民族性被推上较高的地位，现代派因其前期小说具有的西方化色彩则总遭到质疑。"乡土派小说创作一般密切现实生活，乡土作家又立足于广袤的乡土大地，因此，作品所反映的生活面比较广阔。相对来说，现代派作品的题材就狭窄得多。"[4] "乡土派注重继承传统文学，建立反帝反封建的民族文学性格……现

① 古继堂：《台湾小说发展史》，春风文艺出版社、辽宁教育出版社1989年版，第330页。
② 林承璜：《台湾香港文学评论集》，海峡文艺出版社1994年版，第3页。
③ 据统计，大陆"人大复印资料"20年来（1979—1999）所载的有关台湾思潮、流派研究的文章主要聚焦在乡土派与现代派之上。见刘俊《台湾文学研究在大陆：1979—1999》，《台湾研究集刊》1999年第4期。
④ 黄重添等：《台湾新文学概观》（上册），鹭江出版社1986年版，第109页。

代派则是抛弃传统、追求'全盘西化'，以西方'马首是瞻'。"① 这样一种将审美视角偏向地指归民族化的倾向，是典型的非此即彼的二极思维的表现。在这种单向性思维的制约下，现代主义小说被一分为二，前期现代主义小说被指认为"恶性西化"，这是它的"浪子"迷途期。现代主义小说只有在后期向民族化的方向回归，才会在大陆的语境中获得真正的认同。像白先勇、於梨华、陈若曦等之所以受到关注与推崇，就在于他们的一些小说与这种民族化诉求保持了一致。这种诉求甚至在大陆一些论著章节的标题上就已显示出来。像"唱浪子悲歌的聂华苓"，"无根一代的代言人於梨华"，"背负五千年文化乡愁的白先勇"，"对家园'多愁善感'的陈若曦"。②这些现代派作家小说例如像白先勇的《孽子》、《树犹如此》、《第六只手指》等小说其他丰富的文化内蕴，因不合乎大陆语境的民族化诉求被有意无意地加以忽视。这种只求一点，不计其余的民族化诉求，不仅对当代台湾小说的丰富性内蕴的展示造成了一定影响，而且，也在突出乡土小说的民族化时遮掩住了它的一些小说的其他的精神向度。由于单向思维造成了心理形式的有限性，大陆接受者无论是感知，还是想象，无论是情感或是理解，它们都集中地指向乡土文学的民族化，这样，接受者在看到了乡土文学在促成反西化、回归乡土的文学思潮的作用时，却没有意识到乡土小说中萌生的台独化意识。像叶石涛等所谓的主张"民族化"的理论家和作家，就是大陆接受者将自身民族化诉求加诸于这些人身上的幻影。他们是接受者单

---

① 林承璜：《台湾香港文学评论集》，海峡文艺出版社1994年版，第50页。
② 黄重添：《台湾新文学概观》，鹭江出版社1986年版，第2页。

向的思维制约下所重构、夸张了的比其原型远为虚假的对象。事实上，当代台湾小说的民族化和世界化是两个极为复杂的问题，仅仅从传统审美的心理出发去评价，就会难以对这一包含着历史、心理、政治、道德等内容的问题作出全面而又客观的认识和评价。总的看来，民族化和世界化犹如一枚钱币的两面，它们构成互相矛盾又互相补充的关系，正是在这两极之间的应合中，当代台湾小说家扩张了自己的活动空间和视野，当代台湾小说也因此显现出了它从未有过的自由品格和精神活力，因此，当我们谈及当代台湾小说的民族化或是世界化时，进入我们视野的就不应局限在本民族的文学，而应该是人类历史上的全部文学。因为，本民族的文学，只有与外来民族的文学相融合，它才能完成创新的转化。就此而论，民族化与世界化甚至西方化并不存在着尖锐的对立。一个民族的文学的现代性既不需要经由完全否定传统来实现，也并非经由否定西方文学来实现。无论是中国文学，或是西方文学，都必须将它们提高到中外融合的世界性高度进行重构。只有这样，当代台湾小说乃至大陆小说才会在与外国文学的相互补充、相互融合中获取不竭的生命活力。

　　以上我们分析了当代台湾小说在大陆传播与接受的动力机制的三个方面以及它们各自对接受主体的影响。需要强调的是，这种动力机制并不是按照一种固定的顺序机械排列的，也不是彼此完全孤立地对接受主体产生推动作用，而是作为一个动态的系统，在当代台湾小说在大陆的传播与接受中相互渗透、相互作用的。当接受主体发现某些当代台湾小说能满足自己生理、功名需要时，补偿机制开始发生作用。而这种需要意识又总是能引发和促进接受主体对当代台湾小说情感上的认同。换个角度来看，当大陆接受方对影响方产生了情感认同时，同情机制又会推动和强化补偿机制和过滤机制的功能。再换个角度看，当代台湾小说在生理需要、功名需要以至情感认同上出现偏差时，过滤机制又会发生调控作用。当代台湾小说正是在这三种动力机制的相互协调、相互促进中在大陆获得日趋深广的传播和接受的。

第三章

当代台湾小说在大陆传播与
接受的选辑性存在形态

选辑是一种历史悠久的传播形态。早在春秋战国时代，孔子编选的"诗三百"就拉开了中国诗选辑的序幕。但传统的选辑性传播与接受形态大多停留在"辑"的初级形态上，传受双方之间除了传递作品的信息之外，缺乏编选者的智力介入。与之不同，当代台湾小说在大陆的选辑性传播形态更趋丰富和复杂。编选者既"网罗放佚"，又"删汰繁杂"，由此，既尽其可能地辑录作为客观对象的当代台湾小说，又使其成为观念中的对象得以主观化呈现。同时，也带来了当代台湾小说在大陆选辑性传播与接受形态的以下两个方面的特点：直线式与交叉式相对应、时尚性与经典性相对应。

第一节　直线式与交叉式相对应

随着当代台湾小说在大陆传播与接受范围的扩大，大陆选辑者面对的当代台湾小说也日趋丰富和复杂，它们不再是单一的而是不同层面构成的。这些不同层面既相互独立又相互渗透、相互联系、相互对峙。面对着如此复杂的传播与接受对象，传统直线式选辑方法不可避免地显示出了局限性，而非线性的选辑方法则愈来愈受到重视。这种直线式与非直线式选辑方法的对应，无疑为大陆接受者拓宽了认识当代台湾小说的途径。

所谓直线式选辑，是指选辑者在编选当代台湾小说时，按照一种基本的、明确的时间顺序和选辑顺序进行编排，这种编排逻辑决定了选辑者的思维，同时也决定了他选辑的对象。遵循着这种直线式排列的思维逻辑和方法，编选者首先会将当代台湾小说编排在一种有序性的链条上，这种有序性在具体操作中主要表现在编排的时段性和递变的确定性上。张葆莘编的《台湾作家小说选集》（1—4 集）（中国社会科学出版社 1981 年版），陆士清等编的《台湾小说选讲》上、下册（复旦大学出版社 1983 年版），中国当代文学学会编的《台湾文学》上、下册（中国当代文学学会 1981 年版）等就基本上是按照这种选辑方法编排的。

所谓编排的时段性，是指编选者将当代台湾小说纳入一个大的时间范畴之内，将当代台湾小说按照不同历史阶段呈现的先后次序进行排列和组合。陆士清编选的《台湾小说选讲》呈现的就是这种时间上的发展观。该选本"共选了从二十年代到八十年代的三十四位作家、五十七篇小说。大体上说，自台湾新文学运动以来的有代表性的小说家大部分都有作品入选"。①

---

① 陆士清：《台湾小说选讲·序》，复旦大学出版社 1981 年版。

整部选本的台湾小说按照一种阶梯式的时间进行分布，从 20
世纪 20—40 年代以赖和、杨奎、吕赫若、吴浊流等为代表的
现实主义作品到 50—60 年代的白先勇、聂华苓、於梨华、陈
若曦、王文兴、欧阳子、七等生等为代表的现代主义的作品，
再到 70—80 年代以陈映真、王祯和、黄春明、王拓等为代表
的乡土小说家的作品，选本由上而下，由先而后，阶梯式逐级
呈现，构成了典型的直线式作品编排程序。这种典型的阶梯式
编排程序在张葆莘编选的《台湾作家小说选集》中也有突出的
表现。"全书共分四辑：第一辑为二十年代至四十年代作家的
作品；第二辑为五十年代至六十年代作家的作品；第三辑为六
十年代至七十年代作家的作品；第四辑为七十年代至八十年代
作家的作品。"① 显然，这部选本也是一种典型的直线式历史
发展派生的产物。这种直线式的历史观意味着编选者对当代台
湾小说的整体发展脉络和整体意义的把握是建构在一种稳定的
认知模式之上的，这种稳定的认知模式用相同的编辑方法去理
解和呈现当代台湾小说的过去时、现在时和未来时，由此，它
在确定了编选的初始条件时，也就确定了选本中当代台湾小说
的演变轨迹，并由这种轨迹演变的现象推断出演变的规律。正
如有些编选者所言："当回顾了台湾文学发展的整个历程时，
我发现了这样的一个事实：即我们中华民族的悠久文化具有顽
强的生命力。日据时代，日本殖民主义者力图扑灭台湾同胞的
中华民族意识，可是历史的发展却与他们的愿望相反，热爱祖
国的台湾同胞以自己的不屈的意志和智慧捍卫民族意识，创造

---

① 张葆莘：《台湾作家小说选集·编者的话》，中国社会科学出版社 1981
年版。

了早期的有着强烈的反帝反封建精神的乡土文学，1949 年以后，当西方现代主义席卷台湾文坛，淹没民族文化精神的时候，新一代乡土文学作家又相继崛起，继承和发展了早期乡土文学的现实主义传统……'汉魂终不灭''林茂鸟知归'，中华民族的民族精神是扑不灭、抹不去的，丰富的文化、悠久的传统，像茂密的丛林招引着群鸟一样，吸引着炎黄的子孙，使他们寻根思归。"① "我相信会有'台湾回到祖国怀抱、统一大业完成之日'。"② 这种线性的认知模式和推断显然已包含了一种法力无边的理解与假设，也就是说，当编选者将当代台湾小说的发展轨迹设定为与中国大陆小说合流——分流——合流的三种形态时，这种设定在很大程度上是遵循着化繁为简、化杂乱为条理、化丰富为单一的预设的线性思维的。且不说将 20世纪 50—60 年代的现代主义文学界定为"淹没民族文化精神"的说法值得怀疑，也不说将 20 世纪六七十年代的乡土文学笼而统之地界定为"民族意识"和"民族精神"张扬的文学值得商榷，仅仅从编选者推断出的当代台湾小说发展的"寻根思归"的结论看，就是一种以预设凌驾于历史事实之上的先验论。这个预设一旦确立，所有的当代台湾小说就会被组合在一个有意义的逻辑框架之中，对于持有这种预设论的编者而言，这种预设论不仅使他能够辨识出发生在不同历史阶段中的台湾小说的个别位置意蕴的确定性，而且可以使他们从当代台湾小说的过去时的位置推断出它的现在时和未来时的性质。当代台

---

① 陆士清：《台湾小说选讲·序》，复旦大学出版社 1981 年版。
② 张葆莘：《台湾作家小说选集·编者的话》，中国社会科学出版社 1981 年版。

湾小说的现在时是它的过去时性质的必然延伸，也是将来时性质的生成动因。在编选者眼中，不论是过去、现在或未来的当代台湾小说，它们的性质是确定的，它们都遵循着一种"寻根思归"的目的性规律来演进。

毋庸置疑，这种直线式编排方式使当代台湾小说的结构产生了一种秩序井然和鲜明易识的审美效果。然而，这种直线式编排方式由于将预设的确定性看作至高无上的，因而选本中的时间概念往往显得较为固定和狭窄。这种对时间单维度的强调，表面上看为人们重构了当代台湾小说发展的历史真实性，然而，这种编排方式在将作为总体系统的当代台湾小说看作一个不同历史阶段的子系统按照确定性逻辑的简单叠加的系统时，也将千姿百态、错综复杂、风云变幻的当代台湾小说系统进行了简单化的处理，从而使其丧失了那种由不同历史阶段和同一历史阶段不同性质的作品构成的审美张力。

与直线式编排方式的单纯性和确定性不同，交叉式编排方式是复杂、多维的。它往往将不同时间、不同思潮和流派作家的小说以犬牙交错的形式分布在选本中。这种编排方式不受物理时间和逻辑的拘囿，而以编选者的心理逻辑去组织和把握选辑对象，它追求的不是直线式编排方式的排列的条理性和时间的有序性构成的形式美，而是要求编选者主体意识的张扬和强化，要求主体意识张扬和强化的编选者与编辑对象有深层沟通和内在契合。我们说《台湾小说选》编辑委员会编选的《台湾小说选》三册（人民文学出版社 1979 年版），金宏达主编的《盲猎》、《佛灭》等"20 世纪台港澳文学经典丛书"（花山文艺出版社 1994 年版）、庄明萱、阙丰龄、黄重添等主编的《台湾中篇小说选》（福建人民出版社 1984 年版），人民文学出社编辑部编选的《台湾中篇小说选》（人民文学出版社 1983 年版）等选本的编排方式是交叉式的而不是直线式的，就是因为这些选本中的不同流派和思潮的当代台湾小说作品之间关系的处理和位置的分配上不是按照确定的文学史演变时间和逻辑发展的顺序安排的，在作为子系统的现实主义小说与现代主义小说、纯文学与通俗文学、现代主义小说与后现代主义小说之间，并没有绝对的界限，编选者根据一种心理逻辑，让它们不断相互交叉、相互渗透、相互碰撞，在现实主义小说空间位置中插入现代主义小说，在现代主义小说的空间区位中渗透现实主义小说，在纯文学小说的空间位置中插入通俗小说，在通俗小说的空间区位中渗入纯文学小说，由此，旧有的子系统结构在受到其他子系统因素的介入和冲击中开始变得不稳定，而成为一个开放性的"活"的系统，在这个系统中，编选者的时间感完全空间化了，不同时段、不同思潮和流派的小说作品交叉式地穿行和排列，为人们提供了各种可能的逻辑空间，这种交叉式编排的文本也就成为一个充满着张力美的动态的选本。具体而言，这种交叉式编排方式又主要呈现为下面两种形态。

一是并置的方法。当代台湾小说的形式和内容是极为丰富的，而任何一种选辑性文本对这种选辑性对象的择取都将是有限的。于是，怎样在有限的选辑性文本空间中使当代台湾小说获得最大限度的呈示和表现，成为摆在大陆许多选辑者面前一个非常迫切而又严峻的问题。对此，一些编选者采用将不同时段、不同流派和思潮小说作品并置的方法，有效地解决了上述问题。

庄明萱、阙丰龄、黄重添等编选的《台湾中篇小说选》等就运用了空间并置的方法，将现代主义小说、乡土小说、科幻小说、女性主义小说等进行了多层面的对比性并置。"选入的作品既有表现台湾人民苦难和奋斗的历程，又有描写海外同胞奔波与追求的情景；既有气壮山河的历史画卷，又有奥妙奇特的科学幻想；既有真切隽永的传统手法，又有扑朔迷离的现代技巧；既有醇厚浓郁的乡土色彩，又有旖旎斑驳的异国风貌。"① 以第一集为例，以於梨华的现代主义小说《也是秋天》与杨青矗、宋泽荣的乡土小说《龟爬壁与水崩山》、《最后的一场战争》构成第一层面的对比，张系国的科幻小说《超人列传》与王祯和的乡土小说《香格里拉》构成第二层面的对比，曾心仪的女性主义小说《朱丽特别的一夜》与萧郎的"盐分地带"小说《土白礁》构成第三个层面的对比。整个选本中充满着现代与乡土、科幻与现实，女性与男性等不同层次的对比。编选者将这些充满着差异性的小说并置在一起，统摄在自我的意念之中，而时间则在编选者的主体意识中空间化，空间则在时间的淡化下相互运动、相互介入，原来按时间序列演变的作品成了主观逻辑控制下的作品，文本的统一性不再依赖于时间关系，转而依赖于空间关系。不同空间的多层次、反复的对比，使它们构成一种不断冲突又不断对话的互动性关系，这使这些具有相异性的小说在编排中产生了较大的张力。这种张力是对直线式编排方式那种既定的先与后历史秩序的消解。它使现代与乡土、梦幻与现实、男性与女性既相互独立又相互敞开。虽然这种选本中作品的并置相对于当代台湾小说的真实存在的并置依然是有限的，但这种并置仍然能使人们感受到编选者的主体意识对于当代台湾小说作品意义的扩充。

———————

① 庄明萱等：《台湾中篇小说选·前言》，福建人民出版社 1984 年版。

二是螺旋交叉式编排。与并置交叉式相比,螺旋交叉式编排中作品的交叉频率更为频繁、层次更为繁复,作品的构成方式也更具流动性和立体性。它的特点是,在形式上,某一思潮和流派的作品在选本中不只出现一次,它们出现在选本中不同的空间位置上,与其他不同思潮和流派的作品构成繁复、多样的穿插和对比。在内容上,这些不同思潮和流派的作品相互制约、相互对应又相互依存、相互烘托,给人一种循环反复的情趣。人民文学出版社编辑部编选的《台湾中篇小说选》、《台湾小说选》编辑委员会编选的《台湾小说选》、毕朔望编选的《台湾小说新选》两册等就是运用这种螺旋交叉方式编排的。《台湾中篇小说选》中,玄小佛的通俗小说《小木屋》与吴念真的新生代小说《悲剧脚本》构成第一层面的对比;第二层面,通俗小说再次出现,这次是唐茵的通俗小说《留学生:你?我?他?》与王拓的乡土小说构成对比;进入第三层面,严沁的通俗小说又穿插进来,与古蒙仁的新生代小说构成对比;进入第四层面,通俗小说再一次与新生代小说构成相互转换的关系,这一次是瑷珞的通俗小说《彼岸》与古蒙仁的《金鱼族的末日》构成对比关系。《台湾小说选》中,第一册先由吴浊流、杨逵、钟理和等人的乡土小说与白先勇、於梨华等人的现代主义小说构成对比,再由陈映真、王祯和、黄春明、杨青矗、王拓、曾心仪等人的乡土小说承后,再次与此前的白先勇、於梨华的现代主义小说构成对比。第二分册,由钟理和、杨逵、钟肇政、陈映真、杨青矗、黄春明、王拓等人的乡土小说开始,接着出现白先勇的一篇现代主义小说,与此前钟理和等人的乡土小说构成数量上不对称的对比。再接着穿插进一部三毛的通俗小说《哑奴》,与白先勇的现代主义小说在数量形式上构成一种对称的对比。第三分册，再次由吴浊流、李乔、陈映真等人的乡土小说开始，此后插入施淑青的女性主义小说两篇：《倒的天梯》、《驱魔》，再接着乡土小说又一次闪回，连着叠放了洪醒夫的两篇小说《黑面麻仔》、《人人需要秦德头》，与蔡昭仙的一篇通俗小说《雨来了》构成形式上的不对称的对比。最后，由吴锦发的两篇新生代小说《兄弟》、《堤》与陈艳秋的政治小说《陌生人》再次构成对比。在这些选本中，编选者不断反复地让不同思潮、流派、题材的小说在不同空间位置插入、闪回、翻转挪移，其间，既有乡土小说与现代主义小说的交叉，也有通俗小说与新生代小说交叉。这就使得不同思潮、流派、题材的小说在一种相互交错、相互叠加的关系网络中处于一种运动的、比较的态势中。我们也因此既可以看到强者对弱者的欺辱与伤害，也可以看到社会、历史对个人命运的扭曲，更可以发现饱经沧桑的游子对母土的那种剪不断理还乱的依恋与热爱。由此，不同形式、不同意蕴、不同思潮、流派、题材的当代台湾小说的繁复交叉就构成了当代台湾生活的一个又一个皱褶，它们从不同侧面演示了当代台湾社会变迁的种种驳杂的图景。

第二节　时尚性与经典性相对应

随着大陆改革开放的深入，当代台湾文学与大陆文学发生了日趋频繁的碰撞与交流。另外，科学技术的发展和传播技术的提高，也加速了当代台湾小说在大陆传播与接受的速度，人们对当代台湾小说的阅读要求和兴趣日趋多元化。由此，编辑对当代台湾小说的选题内容、选题形式给予了愈来愈多的关注。一味地追逐流行或一味地标榜精品的做法不再受到编辑们的推崇。小说选本既可以是给人提供感官上的轻松、享乐的流行作品，也可以是给人提供陶冶精神、启迪智慧的经典作品。流行小说选本和经典小说选本各有千秋，寻求流行小说、经典小说的比翼齐飞也成为大陆编选者重要的选辑策略和方法。

所谓选辑的流行性是指祖国大陆的当代台湾小说选本具有合符大众的接受习惯、审美鉴赏的一种基本属性。这种选本以对传统的民族习性和流行的价值判断的顺从为标志，它在观念上、表现内容上主要体现的是一种民间的意识形态，在表现形式上则呈现出大众喜闻乐见的模式化和通俗化的趋势。

大陆的当代台湾小说流行性选本种类繁多、形式多样。在这些繁杂信息的刺激下，大陆接受者从不同的年龄、性别、兴趣出发，不断选择和推广着自我欣赏的流行色。不过，尽管当代台湾流行性小说给人色彩缤纷、眼花缭乱的感觉，但就大陆编选者的选辑重点来看，则主要有以下三种：

一是以琼瑶等为代表的言情小说。这类小说主要围绕才子佳人、爱情婚姻以及家庭生活展开，演绎着的或是"有情人终成眷属"或是"有情人未成眷属"的悲欢离合的故事。大陆出版的当代台湾言情小说选本主要有：云南人民出版社出版的琼瑶的《浪花》（1985）、《烟雨蒙蒙》（1985），鹭江出版社出版的《梦的衣裳》（1986）、《几度夕阳红》（1985），江苏文艺出版社出版的《雁儿在林梢》（1985）、《聚散两依依》（1986），作家出版社出版的《月朦胧鸟朦胧》（1985）、《心有千千结》（1986）、《问斜阳》（1988）、《金盏花》（1989）、《水灵》（1989）、《六个梦》（1990）、《一帘幽梦》（1989）、《寒烟翠》（1990）、《匆

匆、太匆匆》（1991）、《人在天涯》（1991）、《冰儿》（1991）、
《紫贝壳》（1991）、《青青河边草》（1992）、《幸运草》（1992）、
《一颗红豆》（1992）、《失火的天堂》（1992）、《船》（1992）、
《梅花弄》（1994）、《鬼丈夫》（1994）、《水云间》（1994），海
峡文艺出版社出版的《我是一片云》（1985），江苏人民出版社
出版的《在水一方》（1985），广西人民出版社出版的《彩霞满
天》（1985），华文出版社出版的《庭院深深》（1988），百花文
艺出版社出版的《彩云飞》（1988），北岳出版社出版的《剪剪
风》（1985），漓江出版社出版的《穿紫衣的女人》（1986），中
国友谊出版公司出版的《失火的天堂》（1986），花城出版社出
版的《菟丝花》（1986）、《星河》（1986）、《却上心头》（1996）、
《望夫崖》（1996）、《一颗红豆》（1996）、《燃烧吧，火鸟》
（1996）、《昨夜之灯》（1996）、《却上心头》（1996）、《梅花烙》
（1996）、《潮声》（1996）。华文出版社出版的姬小苔的《蝴蝶之
吻》（1989）、《情烟把眼迷》（1989），山东文艺出版社出版的
《爱的轮转》（1990），江苏文艺出版社出版的《胜利女神》
（1988）、《梦归》（1990）、《影海情波》（1990）、《花落莺啼春》
（1992），花城出版社出版的《爱不必说抱歉》（1990）、《情缘》
（1990）、《我相信爱情》（1991）。中国华侨出版社出版的玄小佛
的《英俊恶男》（1989）、《谁来爱我》（1989），中国友谊出版公
司出版的《又是起风时》（1989），人民文学出版社出版的《爱
的谎言》（1989）、《晨雾》（1989），花城出版社出版的《风雨不
了情》（1988）、《花神的女儿》（1991）、《沙滩上的月亮》
（1991）。春风文艺出版社出版的蒋晓云的《姻缘路》（1987），
中国文联出版公司出版的《无情世代》（1986）。春风文艺出版
社出版的张曼娟的《海水正蓝》（1998）、《火宅之猫》（1998）、

《缘起不灭》（1998）、《鸳鸯纹身》（1998），北京出版社出版的《喜欢》（2002）、《仿佛》（2002）。中国友谊出版公司出版的朱秀娟的《女强人》（1985），人民文学出版社出版的《万里心航》（1996）、《晚霜》（1996）、《花落春不在》（1996）。中国友谊出版公司出版的萧丽红的《千江有水千江月》（1987）。人民文学出版社、北方文艺出版社在1987年、1988年相继出版的廖辉英的《落尘》，辽宁大学出版社出版的《盲点》（1987），花城出版社出版的《不归路》（1997）。中国友谊出版公司出版的萧飒的《霞飞之泉》（1987）、《爱情的季节》（1989），北方文艺出版社出版的《小镇医生的爱情》（1987）等。

二是以古龙等为代表的武侠小说。这类小说围绕着远离于正常社会规范和秩序的江湖人和江湖世界而展开，演绎的是英雄"彰侠义、惩顽恶"的传奇、神秘故事，贯注着的是作家对出世的憧憬和入世的热忱的驳杂的意图。大陆出版的当代台湾武侠选本主要有：中外文化出版公司出版的古龙的《游侠录》（1988），民族出版社出版的《名剑风流》（1988）、《白玉老虎》（1988）、《英雄之泪》（1988）、《孤星传》（1988），河北人民出版社出版的《失魂引》（1988），农村读物出版社出版的《武林外史》（1988），贵州人民出版社出版的《风雷会中州》（1988），海天出版社出版的《护花铃》（1988）、《多情剑客无情剑》（1988），广州出版社出版的《大旗英雄传》（1988），宁夏人民出版社出版的《枪手·手枪》（1988），海南人民出版社出版的《陆小凤》（1988），中央民族出版社出版的《剑门碧玉》（1988），中国文联出版社出版的《铁血大旗》（1990）、《大地飞鹰》（1991），长江文艺出版社出版的《三少爷的剑》（1993），延边人民出版社出版的《柔情母女霸头郎》（1992），人民文学出版社出版的

《那一剑的风情》(1992)，中国华侨出版社出版的《风尘侠隐鹰爪王》(1992)、《七种武器》(1994)，花城出版社出版的《陆小凤》(1991)，花山文艺出版社出版的《彩环曲》(1992)、《杀手贺羽传》(1995)、《风流少侠》(1993)，四川文艺出版社出版的《六月飞霜》(1992)，珠海出版社出版的《彩环曲》(1995)、《剑花、烟雨、江南》(1995)、《湘妃剑》(1995)、《名剑风流录》(1995)、《飘香剑雨》(1995)、《绝代双骄》(1995)、《日异星邪》(1995)、《陆小凤传奇》(1995)、《小李飞刀》(1995)、《七种武器》(1995)、《血鹦鹉鸟》(1995)、《剑客行》(1995)、《圆月弯刀》(1995)、《情人剑》(1995)、《护花铃》(1995)、《白玉老虎》(1995)、《楚留香传奇》(1995)、《三少爷的剑》(1995)、《七杀手》(1995)、《大地飞鹰》(1995)、《流星·蝴蝶·剑》(1995)、《失魂引》(1995)、《剑气严霜》(1998)、《剑毒梅香》(1998)、《那一剑的风情》(1998)、《怒剑狂花》(1998)、《边城刀声》(1998)、《白玉雕龙》(1998)、《铁剑红颜》(1998)，黄山出版社出版的《血雷飞珠》(1996)、《银剑金刀》(1996)、《杀手传奇》(1996)、《拾美郎》(1996)、《情人看刀》(1996)、《情天剑痕》(1996)、《生死双剑》(1996)、《断肠刃》(1996)、《追魂十二令》(1996)、《快活林》(1996)、《铁狱飞龙》(1996)、《阴手阳拳》(1996)　等。中国文联出版公司出版的温瑞安的《四大名捕会京师》(1987)，北方文艺出版社出版的《案中案：名捕传奇》(1988)，台声出版社出版的《剑气长红》(1989)，中国友谊出版公司出版的《四大名捕会京师》(1993)、《英雄好汉》(1990)、《白衣方振眉》(1990)、《伤心小箭》(1993)、《温柔的刀》(1993)、《游侠纳兰》(1993)、《寂寞高手》(1993)，浙江文艺出版社出版的《幽冥血河车》(1989)，江苏文艺出版社出版的《温瑞安超新武侠佳作》（1993），华龄出版社出版的《香魔艳女血河令》（1993），云南人民出版社出版的《四大名捕会京师》（1997），西南交通大学出版社出版的《碧玉娇娃》（1993）等。中国华侨出版社出版的卧龙生的《情侠双杀血龙令》（1989）、《飞燕惊龙》（1989）、《金剑雕翎后传·玉女侠情》（1989），华文出版社出版的《风雨燕归来》（1991），北方文艺出版社出版的《金剑门》（1988），青海人民出版社出版的《魔面浪子》（1989），海峡文艺出版社出版的《绛雪玄霜》（1991）、《侠义宗》（1990）、《活命火狐》（1991），长江文艺出版社出版的《侠骨柔情牡丹之魂》（1993）、《玉手点将录》（1992），江苏文艺出版社出版的《血剑丹心》（1993），中国工人出版社出版的《传门人》（1993），云南人民出版社出版的《绛雪玄霜》（1997），花山文艺出版社出版的《乘龙引凤》（1991），中国文联出版公司出版的《天鹅谱》（1993），上海古籍出版社出版的《天马霜哀》（1996）、《铁笛神剑》（1996）、《无名箫》（1996）、《素手劫》（1996）、《天涯侠侣》（1996）、《天剑绝卫》（1996）、《七绝剑》（1996）、《还情剑》（1996）等。中国戏剧出版社出版的司马翎的《浩荡江湖》（1992），武汉群益堂出版的《剑雨情烟两迷离》（1988）、《身无彩凤双飞翼》（1988）、《望断云山多少路》（1988）等。中外文化出版公司出版的诸葛青云的《红粉霜王》（1988），华文出版社出版的《美人如玉，剑如虹》（1989），花山文艺出版社出版的《江湖夜雨十年灯》（1990），华岳文艺出版社出版的《大宝传奇》（1989），陕西人民出版社出版的《浩歌行》（1990）等。云南人民出版社出版的陈青云的《芒剑青霜》（1989），时代文艺出版社出版的《武当争雄记》（1990），华文出版社出版的《追魂快手》

（1992），花城出版社出版的《怪侠古二少爷》（1992），作家出版社出版的《飞刀神剑》（1991），江苏文艺出版社出版的《怪侠古二少爷》（1994）等。

　　三是以高阳等为代表的历史小说。这类小说从浩如烟海的历史典籍中撷取素材，在古今文化的交汇中浇铸的是作者"以古讽今"、"借古鉴今"的思想观念和审美理想。大陆出版的当代台湾历史小说选本主要有：吉林人民出版社出版的高阳的《玉座珠帘》（1981—1982）、《清宫外史》（1983）、《母子君臣》（1983）、《慈禧前传》（1981），时代文艺出版社出版的《胭脂井》（1986）、《瀛台落日》（1986），中国友谊出版公司出版的《百花州》（1983）、《慈禧全传》（1984）、《母子君臣》（1984）、《金色昙花》（1984）、《胭脂井》（1984）、《瀛台落日》（1984）、《大将曹彬》（1985）、《乾隆韵事》（1985）、《曹雪芹别传》（1985）、《状元娘子》（1985）、《萧瑟洋场》（1987）、《清官册》（1988）、《王昭君》（1989）、《红顶商人》（1992）、《胡雪岩全传》（1992、1994）、《红楼梦断》（1998），海峡文艺出版社出版的《红楼梦断》（1985），中州古籍出版社出版的《解差与犯妇》（1988），人民文学出版社出版的《玉座珠帘》（1982），浙江文艺出版社出版的《杨乃武与小白菜》（1987）、《萧瑟洋场》（1987），春风文艺出版社出版的《小凤仙》（1987），河南出版社出版的《醉蓬莱》（1996）、《缇萦》（1996）、《花魁》（1996）、《玉垒浮云》（1996）、《粉墨春秋》（1996）、《正德外记》（1996）、《王昭君》（1996）、《清宫册》（1996）、《石破天惊》（1996），吉林文史出版社出版的《红顶商人》（1992），南海出版公司出版的《红楼梦断》（1995），春风文艺出版社出版的《小凤仙》（1987）、《苦柳》（2003），北京三联书店出版的《胡雪岩》

（2001），中国工人出版社出版的《宣统皇帝》（2003）、《顺治皇帝》（2003）、《慈禧太后》（2003）、《雍正皇帝》（2003）、《孝庄皇后》（2003）、《道光皇帝》（2003）、《努尔哈赤》（2003）、《乾隆皇帝》（2003）、《康熙皇帝》（2003）等。

从选辑方法的视角来看，上述大陆出版的当代台湾流行小说选本呈现出以下三个特点：

首先是时间性。这种时间性不仅是指接受品位上的一种时尚，也是制作方式上的一种时尚。在接受者的视野中，时尚并不是一成不变的，它总是伴随着社会、政治经济的变化而变化，而因应着接受者欣赏品位的变化，大陆出版的当代台湾流行小说的制作过程也越来越呈现出高速化与多元化趋向。从高阳等人的历史小说到琼瑶等人的言情小说，从琼瑶等人的言情小说再到古龙等人的武侠小说，编选者与时俱进地捕捉着当代台湾流行小说的脉搏，借不断翻新的当代台湾流行小说的推出来满足接受者求新求奇的欲望。如此，随着更多不同类型和形式的当代台湾流行小说选本不断生产、出版、流通，大众选择当代台湾流行小说的空间也愈来愈大，这种流行小说消费选择度的扩大，在多方位地满足了流行小说消费者的需求时，又反过来必然对编选者选辑的当代台湾流行小说选本的质与量提出进一步要求，编选者只有根据流行小说消费者不断增长的需求，不断以新的创意、新的选辑方法编选出更多的当代台湾流行小说选本，他们才能强化当代台湾流行小说在大众中的吸引力和感召力。

其次是规模性。流行小说是一种经济型的消费性文学，它已成为社会生产的一种特殊方式，因而不可避免地受到社会生产的市场规律的制约。这种市场规律对当代台湾流行小说在大陆传播与接受制约的一个直接结果就是，当代台湾小说在大陆的选辑出版和流通具有市场经济条件下的规模性运作方式。当代台湾流行小说的编辑出版与流通过程中，往往是一个出版社先出版了某位当代台湾作家的流行小说，之后，其他出版社就会纷纷效仿，大量编辑、出版这种流行小说。像琼瑶的《紫贝壳》，就先后由百花文艺出版社、作家出版社等编辑、出版，《冰儿》先后由作家出版社、中国友谊出版公司等编辑、出版，《失火的天堂》先后由中国友谊出版公司、作家出版社等编辑、出版。古龙的《护花铃》先后由海天出版社、珠海出版社等编辑、出版，《白玉老虎》先后由民族出版社、珠海出版社等编辑、出版，《三少爷的剑》先后由长江文艺出版社、珠海出版社等编辑、出版，《陆小凤》先后由海南人民出版社、花城出版社等编辑、出版，《七种武器》先后由中国华侨出版社、珠海出版社等编辑、出版，《名剑风流》先后由民族出版社、珠海出版社等编辑、出版，《大地飞鹰》先后由文联出版社、珠海出版社等编辑、出版。高阳的《母子君臣》先后由吉林人民出版社、中国友谊出版公司等编辑、出版，《胭脂井》先后由中国友谊出版公司、时代文艺出版社等编辑、出版，《瀛台落日》先后由中国友谊出版公司、时代文艺出版社等编辑、出版，《玉座珠帘》先后由吉林人民出版社、人民文学出版社等编辑、出版，《红顶商人》先后由中国友谊出版公司、吉林文史出版社等编辑、出版，《清官册》先后由中国友谊出版公司、海南出版社等编辑、出版。从这个角度上看，我们说琼瑶等人的言情小说、古龙等人的武侠小说、高阳的历史小说是流行小说，正是由于这些小说的编辑、出版和流通呈现出一种追求者众多、流传广泛的态势。由此，当代台湾流行小说在编辑、出版与流通的整合性结构中愈是运转得顺畅，编辑、出版的生产力才会持续旺盛，当代台湾流行小说在大陆的影响力也才会日趋扩大。

再次是通俗性。琼瑶、古龙、高阳等人的流行小说之所以在大陆编辑、出版、流通的势头不减，并引起大陆接受者的强烈共鸣，一个非常重要的原因就在于它们采用的通俗的形式。大体说来，言情小说的叙事节奏较为平稳、委婉，它以一种有规则的情节起伏来表现男女之间悲欢离合的故事。武侠小说的叙事节奏较为快速、激烈、富有动作感，在充满对抗性情节的组织和衔接中宣示的是生命意志的坚韧和江湖精神的洒脱、自由。历史小说则凭借着作家对于民族心态、文化意识的深入追踪，使小说的创作意向中凝聚了一种强烈的介入意识。作家深入到历史潜流中，从历史的还原中发现了现实世界早已丧失的历史真实与意义。这几类流行小说的叙事形式都非常契合大众的阅读期待。流畅、自然的语言，精巧而又曲折的细节，跌宕起伏的情节模式，在将接受主体的阅读期待引向一个又一个崭新境地时，也使接受主体的审美需求得到了多方位的满足。

当代台湾流行小说在编辑、出版和流通上具备的时间性、规模性和通俗性，在降低了当代台湾小说传播与接受活动门槛的同时，也使得当代台湾小说的传播与接受的活动由精英化向大众化的方向转型。当代台湾流行小说以强劲之势扩张和渗透到大陆的各个阶层，它迅速蔓延的态势一方面提示人们大众流行趣味存在的某种合理性，另一方面也提醒人们文学传播与接受的终极意义并不仅仅是为了感官享乐，而在于一种感性与理性相交织的审美活动，这规约了当代台湾小说在大陆的选辑性传播与接受的形态不能仅仅呈现出流行小说一花独放的态势，而必然呈现出流行小说与经典小说两相对应、互动的态势。

所谓选辑的经典性是指，大陆的当代台湾小说选本一般在台湾文学史上具有某种典范性的意义，它们是那些能被人反复引用和阐释的具有持久影响力的权威性文本。这些文本之所以能成为经典，一方面是因为它们具有了上述的特质，另一方面，这种特质的确立与弘扬又常常是通过编选者的编辑、出版来实现的。斯蒂文·托托西就认为，经典的形成是一个"文本与生产者之间美学交流、文本的处理过程，它的接受和生产的处理"的过程。[①] 由此看来，掌握经典性文本生产和生产后处理权力资源的编选者对当代台湾经典性小说特质的确立与弘扬具有举足轻重的作用，他们既可以通过对当代台湾小说的筛选使一些文本的价值在大陆被淹没，又可以通过对一些文本的强调而使它们在大陆的价值得到加强。从某种程度上看，何种当代台湾小说能在大陆得以传播与接受并成为人所共知的经典，很大程度上是由掌握传播与接受权力资源的编选者心目中的经典性标准决定的。大致来说，大陆编选者主要依据下列三个标准来编辑、出版当代台湾经典性小说选本。

首先是精神向度上的发散性。在大陆编辑、出版的当代台湾经典性小说选本，一般具有精神上的发散性特征。这种精神上的发散性意味着，这些经典性小说中的精神是从轴心向四周自由散发的。凡是人类精神生活中的一些本质性问题，这些小说的辐条都或多或少、或轻或重地进行了接触。从本质上说，

---

① ［加］斯蒂文·托托西：《文学研究的合法化》，马瑞琦译，北京大学出版社 1997 年版，第 45 页。

出版作为一种文化媒介，它对当代台湾经典性小说价值在大陆传播与接受的深广度起着非常重要的作用。由此，作为经典性选本，这些选本应超越那种视文学为文化游戏或精神快餐的作品层面，真实而又深刻地表达作者对世界和人类的多元的人性观照，提供人类对于自我生存发展的深层思索和面对浩瀚历史长河的追问以及对人在茫茫自然、宇宙中的根本性处境的发掘与发现。像在大陆出版的白先勇、陈映真、王祯和、黄春明、李昂等的当代台湾经典小说，就都具有这种精神上的发散性特征。广西人民出版社1980年出版的白先勇的《白先勇小说选》，就是涵纳着作者大悟性大智慧的精神结晶，它"反映了台湾上层社会的现实生活"，表现了历史遗弃者的精神悲剧，也展示了个体生命的抗争和反抗，展现了"台湾各阶层同胞的'乡愁'以及'无根的一代'、'流浪的中国人'的飘泊之苦和失根之痛"。[1] 广播出版社1982年出版的钟肇政的《台湾人三部曲》，"是当代台湾著名作家钟肇政先生历经二十年左右的苦心经营的文学巨著"，编者认为，这部"当代台湾文学""里程碑式的作品"有着丰富的人生意蕴，它对人的精神向度有着多层面的开掘，它"凝聚着台湾同胞满腔的爱国热情，贯穿着中华民族的浩然正气和传统美德"，又"为我们展现了台湾人民生活绚丽多姿的风俗画卷"，表现了"作家所理想的，也是当时革命青年的健康的爱情观"。[2] 上述作品精神上的这种发散性，不仅可以使接受者突破历史的表层尘埃洞见沉积的历史真实矿藏，而且能使接受者以一种更为合乎人性的宽大视角，

---

① 王晋民：《白先勇小说选·序》，广西人民出版社1982年版。
② 武治纯：《台湾人三部曲·总序》，广播出版社1983年版。

以主体意识对现实进行一种冲洗和透视，从更深层的意义上认识人与自然、人与社会、人与自我的互动关系。

其次是艺术开掘上的独创性。在很大的程度上，经典之所以是经典，就是在于它们对常规视角和常规思维的背离和超越。从这个意义上说，艺术开掘的独创性是经典小说的生命和根基。一部作品在艺术开掘上的独创性愈强，这部作品经典性的价值就愈高，这种艺术开掘上的独创性的获取可以源自作家对特定的时空领域中他人尚未涉及的精神领域的发现。例如当代台湾作家王文兴的《家变》、白先勇的《纽约客》等，也可以说源自对旧有精神领域新的内质与意蕴的发掘，又如陈映真的《华盛顿大楼》系列中篇小说、七等生的《我爱黑眼珠》、李昂的《杀夫》等。一般人认为，文学的价值是由文学的形式与内容决定的，但王文兴却与众不同，宣称"写作除了文学，别无其他求"；[①]一般的偏重形式论者，在政治上基本上不持完全西化的观念，而王文兴竟逆流而上，在《家变》中将文学、文化、政治观念的西化三位一体化。在一个很长的时期，中国作家一直未能找到在实践层面上可以进行操作的中西文学融合的方法，也一直未能在实践层面上提供较为成功的范例，正是在这个意义上，白先勇小说融合中西的理论和实践无论在台湾，还是在大陆都显示了它的超前性和独创性意义。这种中西艺术技法的融合一是得力于多重叙述视角的采用；二是得力于外在写实与内在意识流的相辅相成；三是传统象征、文化象征、个体象征的交相辉映。在白先勇这里，中西融合是在实践

---

① 夏祖丽：《生命的迹线——王文兴访问记》，转引自古继堂《台湾小说发展史》，春风文艺出版社1989年版，第153页。

中逐渐完善的行之有效的方法，而不是空泛的所谓方法和模式的罗列和拼凑。正是在这种中西艺术技艺融合的实践中，白先勇的小说显示了中西文学融合后中国小说现代性的目标和价值预期的实现的可能性。因而，编者认为："白先勇在继承我国文学传统的基础上，注意吸收西方文学的技巧，细致刻画人物的内心世界和提炼语言等方面所取得的艺术成就，都能给人以有意的启示，值得我们借鉴和学习。"① 事实上，一个作家只要不成为习惯思维和习惯视角的奴隶，他的心中只要总是保持着对艺术独创性的冲动，那么，即便他耕耘的是一块已被人发现的土地，他也能依恃着超常规的思维和方法发掘出人所未见的东西。例如，在欧阳子之前，无论是对人性中善的向度或恶的向度，许多作家在作品中都进行过不同程度的揭示。然而，能够像欧阳子那样剖析人性之恶则能入木三分，透视人性之善则能达到体察入微的深度和广度的当代台湾的作家作品，则又是极为罕见的。

再次是思想层面上的影响性。经典性作品由于对人类社会和自然的种种关系进行立体而又深入的思考，因而，它总是具有十分强大的思想张力。这种思想张力，既表明作品本身的质量，也成为这一经典性作品对于后人发生影响的重要动力。在自然和宇宙面前，作者既是艺术家，又是一个将理性思辨融化在用艺术手段所建构的生命中的哲人。他对人类社会种种神秘现象和复杂本质的极具独创性的探寻和发现的成果，他对自然和宇宙真谛的思索与领悟，都转化成了后来写作者和思考者必须依靠的思想资源。白先勇在《纽约客》中自始至终将自己的

---

① 王晋民：《白先勇小说选·序言》，广西人民出版社 1982 年版。

想象、记忆、梦幻和文学与家紧密地纠缠在一起，将人在多种身份冲突中的"苦闷、彷徨乃至悲观绝望"以及那种说不清、道不明、理还乱的艰难的抉择演绎得格外悲壮和复杂。① 这种被集体放逐于台湾孤岛之外又再放逐于国门之外的双重放逐的家园意识，已经远远超越了古代文人离家和思家之苦的传统家园意识，构成了当代台湾小说双重放逐的家园意识的新传统。李昂的《杀夫》，以女主人公"杀夫"的极具象征性的行为向中国传统封建宗法文化和男权社会举起了反叛之刃。这种敢于向传统赋予的男性主宰地位进行抗争的勇者形象，宣示了女性意识的觉醒和当代台湾新女性主义文学的激越呐喊。它在将性交往中以菲勒斯为中心的年代推入永不回头的历史潮流中时，也宣告了野蛮男权必须终结的命运。这种从性的角度揭示男女权力与身份之争，为妇女的合法权益大声疾呼的小说，不仅突破了长期以来被男性主流话语遮蔽住的女性体验权力的禁区，而且也启示了台湾 20 世纪 90 年代新女性主义作家：女性的生存和性爱决非单纯的女性问题，而是人类社会和文化发展的重大课题。因而，女性只有从自己身体的本真体验出发，整个社会才能建构起一种基于男女身体平等的和谐文化形态。

　　在信息多元化时代，当经典日趋被质疑、被消解之时，人们对经典的渴望却日趋强烈。正是在此意义上，对当代台湾经典性小说的编辑、出版具有不可低估的价值和意义。对于大陆编辑者来说，选辑当代台湾经典性小说是一种弘扬民族精神、加强民族凝聚力的战略的实现，而对于更为广大的一般接受者而言，他们希望通过对当代台湾经典性小说的阅读与接受，来

---

① 　王晋民：《白先勇小说选·序言》，广西人民出版社 1982 年版。

摆脱被强大的外在物化力量所给定、所奴役的荒谬的非存在状态，在经典的洗礼中获得精神上的升华和灵魂的飞升，从而将存在还原为存在所应该是的状态。但问题的复杂性在于，任何一种经典的建构与认同都不是单纯的文学问题，而是一个与历史、社会、政治、民族等领域相关的文化问题。因而，对当代台湾经典性小说的研究也就不能局限在单纯的文学文本层面，而是要将其纳入一种文化的总体分析的框架之中，考察这种经典性文本生产、传播、接受中历史、政治等文化语境对它的影响。

在当代台湾经典性小说在大陆的传播与接受中，这种影响首先表现在主流意识形态对经典性小说传播与接受的干预上。作为一种观念形态，主流意识形态不仅是国家权力机构认识、反映世界的一种知识体系，而且也反映着国家权力机构对社会及整个世界的评判与认同的价值体系。对于处于这种国家权力制约下的编辑、出版者，他们对当代台湾小说在大陆的编辑、出版，就不能不在这种国家权力机构的主流意识形态的制约下进行。事实上，就是从传播与接受的角度看，这种制约也是不可避免的。当代台湾经典性小说在大陆传播与接受是一种文学的传播与接受过程，但同时它又是一种文化的传播与接受过程。在编辑、出版当代台湾经典性小说时，编选者必然会受到他所处的社会占主流的话语权力的影响。那些与国家主流意识形态相对峙、背离的当代台湾经典小说，即便它在艺术开掘层面上具有一定的独创性，大陆编选者也会根据主流意识形态的需要，对其进行遮蔽或者掩盖。例如，姜贵的《旋风》，它表现的是20世纪50年代台湾官方"反共"的主流意识形态，这种意识形态与大陆编选者所信奉的主流意识形态是迥然相异的。因而，尽管姜贵的这部小说在台湾曾获得"台湾文学经典"的称号，但它在大陆则被有意无意地加以了遮蔽和排斥。这种遮蔽和排斥的意图在于以政治意识形态来筛选、过滤当代台湾经典性小说，规范大陆读者的当代台湾经典性小说的审美导向，建构出合乎主流意识形态需要的当代台湾经典性小说的范式，维持大陆主流意识形态一元存在的优势地位，确立对当代台湾经典性小说在大陆传播与接受的解释的权威。然而，主流意识形态的控制并不是无所不能的，与此相对峙，一种新的消费意识形态也正在以自己独特的方式在规范和影响着当代台湾经典性小说在大陆的传播和接受。这种影响说明了意识形态本身的复杂性以及政治意识形态和消费意识形态之间的相互制约、相互影响的关系。我们说二者具有一种相互制约的关系，是由于消费意识形态在市场经济社会总是表现出一种僭越政治意识形态的要求和行为。我们说二者具有一种相互影响的关系，是由于一方面主流意识形态为了强调自己的合法性地位，获得大众的认同，总是扮演着大众利益的代言人角色。而另一方面，消费意识形态又总是借助和利用了主流意识形态的这种强调作为资源为自身谋取合法性利益。一般而言，消费意识形态体现着的是大众消费性要求，这种消费性要求摧毁了在经典建构与认同中的主流意识形态的独断的权力的神圣性。因此，消费意识形态视野里自然就没有主流意识形态划分的雅与俗的等级差别与鸿沟。例如，金宏达主编的《20世纪台港澳及海外华人文学经典》系列丛书中，就将琼瑶的《乱线》、朱天心的《佛灭》、苏伟贞的《角落》、袁琼琼的《自己的天空》等传统上被视为通俗小说的作品都贴上了"经典"的标签。编者在谈到编选意图时说："'二十世纪台港澳及海外华人文学经典'系列丛书旨在以容量的广大、体例的完备，以及编选的精心等方面超出目前大陆出版的各种选本，以一个更新、更广、更精的角度，提供给读者，以期一览华人文学的绮丽风光。"将"更新"、"更广"放在"更精"的前面加以强调，说明将琼瑶、苏伟贞、朱天心等人的小说编入经典之列，后面发挥作用的与其说是政治意识形态，不如说是编选者对社会的经济关系的考虑，这种经典标准和秩序的变异，一方面表现了接受者在文学经典认同中的建设性作用，显现了观察当代台湾经典小说的另一维度，另一方面它也在泛化了经典时淡化了人们建构经典的冲动，从而使经典丧失了过去那种令人仰望的神圣的丰姿。这是我们在传播与接受当代台湾经典性小说中必须加以警惕的。

第四章

当代台湾小说在大陆的
改编性传播方式

　　当代台湾小说在大陆的传播与接受中，改编性传播与接受是一个值得人们加以关注的现象。这种改编性传播与接受，即当代台湾小说在祖国大陆被改编为戏剧、电影、电视等不同的艺术门类，传播给大陆接受者。从广义的角度上看，小说、戏剧、电影、电视等都属于文艺，它们之间既存在着差异性又具有着相似性。正是这种差异性和相似性构成了小说转换、改编成戏剧、电影、电视的前提。一方面，如果它们之间完全相似，那么，就没有改编的必要性了；另一方面，如果它们完全不同，那么也就失去了改编的逻辑起点和价值依据。正是因为当代台湾小说与戏剧、电影、电视以一种动态的同中有异、异中有同的方式存在着，它们之间彼此保持着一种相互渗透、相互激发的关系，因而，促进这种关系的良性循环，一方面可以弥补当代台湾小说与这几种艺术门类之间存在着的局限；另一方面当代台湾小说又在转换、改编过程中改变自身的因子和结构，使自身系统不断地以扩展性和丰富性的状态和结构在大陆接受者面前呈现。由此，这种转换和改编就是对当代台湾小说的一种创造性转换，也是对当代台湾小说与戏剧、电影、电视的一种"视野融合"。

第一节　改编对象的选择

20世纪80年代以来，中国大陆经济与文化变迁的事实，使当代台湾小说日趋以其丰富多彩的形式出现在大陆接受者面前。随着科技的进步和传媒的发展，小说和戏剧、电影、电视也进行着越来越频繁的勾连和碰撞，这种勾连和碰撞，一方面使大陆接受者对当代台湾小说的认识水平不断提高；另一方面也使大陆接受者能从多种传播渠道更为迅捷更为广泛地进入当代台湾小说成为可能。由此，大量的当代台湾小说文本在大陆被转化、改编为舞台文本和镜像文本进入流通接受和消费的传通管道。这些被转化、改编的当代台湾小说主要有：林海音的《城南旧事》（电影《城南旧事》），白先勇的《谪仙记》（电影《最后的贵族》）、《玉卿嫂》（越剧《玉卿嫂》）、《金大班的最后一夜》（歌舞话剧《金大班的最后一夜》），陈映真的《夜行货车》（电影《夜行货车》），黄春明的《看海的日子》（电影《看海的日子》），於梨华的《梦回青河》（电视剧《梦回青河》），高阳的《胡雪岩》（电视剧《胡雪岩》）、《风尘三侠》（电视剧《风尘三侠之红拂女》），温瑞安的"四大名捕系列"（电视剧《名捕震关东》、《四大名捕斗将军》、《四大名捕》、《逆水寒》），蔡智恒的《爱尔兰咖啡》（话剧《爱尔兰咖啡》），古龙的《陆小凤》

（电视剧《陆小凤》）、《又见飞刀、又见飞刀》（电视剧《又见飞刀、又见飞刀》）、《武林外史》（电视剧《武林外史》）、《三少爷的剑》（电影《三少爷的剑》）、《萧十一郎》（电视剧《萧十一郎》）、《多情剑客无情剑》（电视剧《小李飞刀》）、《天涯·明月·刀》、《流星·蝴蝶·剑》（电视剧《策马啸西风》、《绝代双骄》、《小鱼儿与花无缺》）等。从这些小说被改编成戏剧、影视的情况来看，后者改编的侧重点是这样几类小说：首先，是能满足怀旧欲的小说。怀旧源于人们对现实社会信仰的缺失和个体生命的内在心灵黯淡的不满。这种不满程度愈高，人们向内转、向后审视的频率就愈频繁。由对童年、对故乡、对往事聚焦的小说带来的审美震撼力就愈是强烈。正缘于此，那些写童年生活、故乡往事与往昔的生活方式等的当代台湾小说就自然成了大陆戏剧、电影、电视改编的主要对象。这类怀旧小说可以像林海音的《城南旧事》那样在心理情绪流动中去展现淡淡的哀愁和浓浓的相思，也可以像白先勇的《玉卿嫂》那样对蕴含着道德价值内容的家庭生活展开一番历史的思索，还可以像於梨华的《梦回青河》那样在纷纭变幻的历史波澜中以人性剖析为内核，在反思生命的同时反思历史。其次，是能满足求新欲的小说。求新欲是接受主体与生俱来的一种固有的心理欲望，也是当代台湾小说被改编成戏剧、电影、电视的一种主要的内在动力。自改革开放以来，随着我国经济结构的日趋多元化，人们对知识信息的选择权和获取权的要求也日趋强烈。正是这种一浪高过一浪的求新欲，引领着大陆接受者突破了地理和政治上的拘囿，去欣赏蕴含着独特的自然风土和社会环境色彩的当代台湾小说。像陈映真的《夜行货车》、黄春明的《看海的日子》、白先勇的《金大班的最后一夜》等小说中描述的挟带着海腥味的城市大道与乡村小路，四面临海的秀丽岛屿，炙热的太阳和浓郁的热带丛林，祭拜"土地公"、"妈祖"等节庆仪式……都吸引着大陆接受者探寻、好奇的目光，拓展和丰富着他们的知识视野，减弱和缩小了由于政治、地理等因素导致的两岸形成的对峙和距离。就此而论，求新欲的作用不仅在于提升和丰富了大陆接受者的审美经验结构，而且也帮助他们实现了自己的道德理想。而正是在这里，这种求新欲与中国真善非二论达成了重合。儒家并不否认求知的重要性，但它认为求知的宗旨是为了树德。当代大陆对当代台湾小说的改编当然不是源于单纯的意识形态的需要，但它在将意识形态诉求与求新诉求交织在一起时，它演奏出的就不能不是从细微处折射时代、从家园透视国家的交响曲。再次，是能满足自由欲的小说。在现代技术高度发达的今天，人们争相簇拥在城市和社会的中心地带，被无所不在的现代技术织成的社会网络所笼罩，人们无法确切地知道这网络有多厚。正是在此基础上，高阳的《胡雪岩》、《风尘三侠》，温瑞安的"四大名捕系列"，古龙的《武林外史》、《三少爷的剑》、《飞刀，又见飞刀》、《绝代双骄》、《多情剑客无情剑》、《陆小凤》、《萧十一郎》、《天涯·明月·刀》、《流星·蝴蝶·剑》等小说的被改编的价值日益凸显。在一个想象力匮乏的时代，古龙、温瑞安、高阳等人建构的那些极富虚拟性和传奇性的江湖或历史空间，使人们感受到的是思想漫游的亮光，领略到的是灵魂飞升的姿态，它使生命承受不同之累的存在者进入了一个自由自在的世界。冒险者可以阅读古龙、温瑞安的那些跌宕起伏、危机四伏的武侠小说，在惊险、神秘、恐怖的氛围中体验到情感宣泄的快感；失恋者也可以在遨游高阳、古龙等编织的胡雪岩、陆小凤的爱情神话中，在那些美如天仙而又忠贞不贰的女主人公身上寻求一种替代性的满足。这样看来，古龙、温瑞安、高阳等人的通俗小说之所以成为大陆戏剧、影视改编的重中之重，一个根本的原因是它们提供的富有动感性和娱乐性的美学世界既立足于现实可感世界又超越了现实，它们的价值是，既克服了人的自然惰性和对现存事实的消极默认，又为人和社会走向新的趣味盎然的具有强烈可视性的世界提供了可能性。

第二节 改编的运作方式

如果说大陆戏剧、影视对当代台湾小说的选择属于改编的第一阶段的话，那么，在改编者将审美兴趣和审美眼光集中地指向具有独特审美价值的那些当代台湾小说后，改编者要进行的第二阶段的工作，就是要调动全部的审美心理功能，使其处于最敏锐、最活跃的状态，对被选择的小说进行一种创造性转换。这种转换可以是叙述意义的转换，也可以是叙述人物的转换，还可以是叙述方式的转换。

一、叙述意义的转换。意义是叙事作品的核心，它具有一定的客观规定性，但这种客观规定性并不意味着意义是静止不变的，恰恰相反，在不同的历史时代，对于不同的接受者而言，叙事作品的意义总处于不断生成、不断变化的状态中。伊格尔顿就认为："一个作者的意图本身是一个复杂的

'文本'，像其他文本一样，可以争论、翻译，以及作出不同的解释。"① 就此而论，当代台湾小说的意义实际上是一个开放的系统，当它从小说文本的意义模式转向戏剧、影视意义模式时，它寓含着的是作为此在的改编者，通过对小说文本的理解和解释实现与原作者的对话。在对话中，改编者总是受所处的历史语境的制约，通过赋予小说文本以当代性的意义表现出一种新的符合当代生活逻辑的意义生成趋向和模式。

　　根据高阳小说改编的电视剧《胡雪岩》，根据温瑞安小说改编的电视剧《名捕震关东》、《四大名捕》、《四大名捕斗将军》，根据古龙小说改编的电视剧《萧十一郎》等，就较好地表现了这样的意义生成趋向和模式。比如，高阳的《胡雪岩》和温瑞安的"四大名捕系列"，前者借写胡雪岩经商命运的浮沉宣扬个人奋斗"遗恨绵绵"的主题，后者通过四大名捕逐鹿中原宣扬"惩恶扬善"的主题。然而，在它们被改编成电视剧后，这种原有的主题却被原欲的主题所置换了。高阳的原作中不是没有涉及胡雪岩的私生活，但这种涉及往往经过了道德化的过滤，但改编本却完全遵循大众化的快乐原则，将胡雪岩的经商成功归结于胡宝玉、芮瑾、梦瑾等美艳女子的帮助。温瑞安的原作中也不是没有涉及四大名捕的爱情，但总体来看，原作的主旨仍在宣扬"惩恶扬善"的主旨上，但改编者却以性爱的感官刺激遮蔽了这一原有的主题。电视剧中，王艳扮演的娇俏动人的"水芙蓉"，蒋勤勤扮演的柔情似水的"黑蝴蝶"，李湘扮演的心地善良的"独孤伊人"，都争先恐后地爱上了车

①　［英］伊格尔顿：《文学原理引论》，刘峰译，文化艺术出版社1987年版，第85页。

仁表扮演的名捕铁手。这里，无论是影视中的胡雪岩的"十二金钗"，还是围绕着铁手的"水芙蓉"、"黑蝴蝶"、"独孤伊人"，他们都成了欲望化的符号，他们在被人看和被展示的过程中也为接受者提供了极富感官刺激的快感源泉。这种立足于现实对小说文本意义进行重新阐释的原则，在古龙的《萧十一郎》的改编中也有同样的表现。古龙的《萧十一郎》，曾被狄龙、谢贤等人主演的影视版本一再阐释过。但总体来看，狄龙、谢贤的影视版与古龙原著一样，有着较为强烈的理性色彩。在这种理性思维方式的制约下，不仅整体氛围极为阴郁、压抑，而且作为主人公的萧十一郎和沈璧君都没有成为自己思维和行为的主体，他们被传统伦理道德挤到了生存的边缘却不思反抗，任由道德的囚笼将他们一步步引入黑暗的不归之路。而由九州音像出版公司和北京友视文化传播有限公司 2002 年联合拍摄的《萧十一郎》却突破了原著和狄龙版、谢贤版的道德框架，将主人公萧十一郎和沈璧君对传统伦理道德的顺从转换成了挑战和反抗。为了更好地表现这一创作意图，改编者将萧十一郎的年龄降低到 25 岁，以强化萧十一郎勇于反抗、勇于斗争的勃勃生机，这种意义的重新阐释，在减弱了原著中较为浓厚的因果论和宿命感色彩的同时，也显现了一种强化生命冲动和个体生命自觉的现代意识，那就是：不要因为也许会改变，就不肯说那句美丽的誓言，不要因为也许会分离，就不敢求一次倾心的相遇。

二、叙述人物的转换。人物是叙事作品的重要因子。人物性格的发展和行为的演进构成叙事作品的情节和事件。人物性格和行为的改变，会直接影响到叙事情节和事件的变化。在当代台湾小说改编为戏剧、影视时，人物性格和行为的变化主要呈现出一种向复杂化方向发展的趋向。

英国评论家福斯特认为："扁平人物称为'性格'人物，而现在有时被称作为类型人物或漫画人物，他们最单纯的形式，就是按照一个简单的意念或特性而被创造出来，如果这些人物再增多一个因素，我们开始画的弧线即趋于圆形。"① 这种圆形人物指的就是具有复杂性格的人。实际上，人之所以不同于物，就是因为人是循着由简单到复杂的轨迹不断演变的。正是遵从着人的历史演变的逻辑规律出发，电视剧《胡雪岩》、《梦回青河》、《小鱼儿与花无缺》等的改编者就充分地显示了主要人物的这种复杂性。在《胡雪岩》中，改编者从传统的道德说教和概念式的诠释中挣脱出来，以当代意识去审视胡雪岩的人格与生命，显示了改编者对历史及其生命的深刻的现代性反思。剧中的胡雪岩不仅是一个民族资本家，更是一个有血有肉的独立的生命主体，他的现实存在本身充满着矛盾，而最为显著的矛盾则是他的身心矛盾。他的性格和行为就是在这两种矛盾的力量的交互作用中演进和发展的。有时，理性的力量占据主导位置，胡雪岩讲礼节、重义气，甚至在洋人面前也能威武不屈。有时，内在的非理性欲望上升为决定性力量，胡雪岩又不择手段地挣钱，为此可以不惜牺牲感情、不辨善恶。前者作为善的力量对他的生命具有重要的维持作用，后者作为恶的力量对于他的生存和发展则具有不可否定的推动作用。

这种人物的复杂化一方面导源于改编者观念的现代化；另一方面也导源于人物所处的时代环境的复杂化。因为，人的身心矛盾不能超离他所处的时代而存在，人的身心矛盾在阶级社会总是

---

① ［英］福斯特：《小说面面观》，苏炳文译，花城出版社1984年版，第59页。

以作为个体存在的我与作为社会存在的我相互对峙的形式出现。在许多时候，时代、社会的因素在一个人的性格发展和命运中起着重要的决定性作用。电视剧《小鱼儿与花无缺》、《梦回青河》中为了强化时代、社会在人的性格发展和命运中的作用，就都对原来的时代背景进行了一定的修改。《小鱼儿与花无缺》中添加了一条朝廷利用阴险毒辣的江别鹤搅乱江湖秩序的戏。《梦回青河》则修改了美云自杀的结局，将其悲剧性命运与日本人入侵的时代背景联系在了一起。这种修改使人们能够更为深刻地理解主人公花无缺、美云由原著中的简单到电视剧的复杂化的深层认同，它不仅将花无缺、美云内在的身心矛盾的展开视为一个必然的过程，而且也将他们性格、个人命运的演变与时代、社会对他们的影响看成一个无法回避的事实。毕竟，人们生活的世界就是非常复杂的，而且它正在向日趋复杂化的方向演化，面对着现实环境的复杂性，人们必须超越那种非此即彼的二元判断的狭隘视野，以全新的思维方式审视人与社会的复杂性。可以说，只要有生命存在，那么，这种存在就不能呈现为单一的静止的池塘状态，而只能是一条咆哮奔腾的河流。

三、叙述方式的转换。小说与戏剧、影视都属于被看的艺术，但从小说的这种被看的艺术转为戏剧、影视等被看的艺术时，叙述方式的转换扮演着重要的角色。这是因为，虽然小说和戏剧、影视都属于艺术，它们都在讲故事，但它们依恃的媒介是不同的。小说叙事是通过对语言文字的编码、解码的步骤进行，它依恃的仍然是文字媒介，而戏剧、影视的叙事是借助于声像语言的组接、运动来实现的。小说以抽象性、间接性的文字语言激发读者头脑中的经验储存，拓展读者的审美想象力，戏剧、影视则以直观的、具体的声像语言直接作用于观众

103

的视觉感官，给予观众强烈的画面刺激。正是有鉴于此，当代台湾小说被改编成戏剧、影视时，改编者从遵守戏剧、影视特定的媒介和话语方式的要求出发，对当代台湾小说的叙事方式作了创造性的转换。

不同于文字语言，戏剧、影视叙事依恃的声像语言主要由画面、声响等构成。林海音的《城南旧事》、高阳的《胡雪岩》、於梨华的《梦回青河》、白先勇的《金大班的最后一夜》等在大陆被改编为戏剧、影视后，它在叙事方式上的变化首先就在于编导对声像语言的强调。在话剧《金大班的最后一夜》中，改编者为了强化画面感，加强形象的直观性，突出地强化了语言的色彩质感。比如金大班与月如初恋时，改编者将背景设置为幽蓝的天空嵌满着星星的夜晚。幽蓝色调的选择和运用，既营造了一种朦胧、梦幻的气氛，又表现了金大班对生活充满憧憬的浪漫心态，结合金大班和月如富有动感的现代舞蹈的肢体语言，使我们看到了一个充满生命活力的女性形象。除了通过色彩强化形象的直观性以外，在当代台湾小说改编为戏剧、影视时，改编者还经常发挥画面、声响、音乐的复合功能，在这三者的交互运动中强化叙事的动态性、空间性和画面性。吴贻弓导演的《城南旧事》就以其优美的、油画般的影像画面，辅之以"长亭外，古道边，芳草碧连天，晚风拂柳笛声残，夕阳山外山……"的舒缓、深情、婉转低回的音乐，建构了一种情在意中、意在言外的中国水墨画的意境，演绎了寻找童真、寻找失去的故乡的文化母题，对观众构成了强烈的视觉和情感冲击。

如果说小说是一种渐变的艺术，那么，戏剧、影视就是激变的艺术。之所以这么说，是由于它们在处理叙事时间上的差异。叙事在小说、戏剧、影视中都占据着较为重要的地位，但

104

相较而言，小说的叙事较为灵活，它的时间可虚可实，其容量具有无限性的特点。然而，戏剧、影视由于依恃的主要是声像语言手段，它对时间的要求更为严格。一般而言，它更为强调叙事时间的集中性和叙事的动作性。所以俄国批评家别林斯基说："戏剧性并不在于单一的对话方面，而存在于相互对话者的活性的动作之中。"① 电视剧《胡雪岩》的戏剧性，在许多时候就是依恃这种动作性来完成的。电视剧一开始就渲染出了浓重的戏剧色彩。左宗棠的部下手持大刀，将一张借条拍在桌上，气势汹汹地要借款，而司库宁死不借款。在这矛盾一触即发之势，主人公胡雪岩出场了，他巧妙地化解了矛盾，并答应了重伤欲亡的司库的要求，照顾芮瑾。由此，胡雪岩与官府既合作又冲突的关系，胡雪岩与芮瑾等女性的恩怨的关系，从一开始就被提出，它们既作为叙事发展的动因又作为叙事发展的问题推动着电视剧向前演进，无论此后的叙事过程如何的离奇曲折，它们都无法脱离开这种动因和问题的影响。由此，这种戏剧性就不仅加强了电视剧的紧张与尖锐的矛盾冲突，而且也克服了高阳原作的拖沓冗长描写的局限。

　　如果说电视剧《胡雪岩》是通过制造悬念来达到故事情节戏剧性的话，那么，电视剧《梦回青河》则是通过情节的突转来加强电视剧戏剧性的。所谓突转，是指"行动的发展从一个方面转至相反的方向"，它是"悲剧中的两个最能打动人心的成分"之一。② 《梦回青河》原作中的定玉是一个简单轻率、

---

　　① ［俄］别林斯基：《别林斯基论戏剧》（俄文版），莫斯科艺术出版社1983年版，第89页。

　　② ［古希腊］亚里士多德：《诗学》，陈中梅译，商务印书馆1996年版，第163页。

性格扭曲的女孩。由于她的恋人国一移情于美云，因而她不择手段地对美云进行了报复，导致了美云自杀的悲剧。改编者在处理电视剧的结局时，却巧妙地通过多次出乎意料的转折激化冲突，力图构建出一个天真与邪恶相互转换、相互混杂的个体生命。定玉突然获悉自己的恋人将要和美云结合，在惊诧中发誓要进行报复，这是由顺境向逆境的突转。看到父亲悔过的信，感受到母亲宽厚仁慈的爱的影响，决定放弃报复之心，这是由逆境向顺境的突转。为救国一去求流氓表哥，却反遭流氓表哥要挟陷害美云，这是由顺境再次向逆境的突转。改编者就这样运用突变的结构艺术，将定玉的性格命运进行了多层面的观照。悲剧的发生，并不完全根植于定玉性格和心理由量变到质变的过程，而更多的决定于包括日本入侵者和邪恶的亲人等外在力量的推动。定玉这个任性而又天真的女孩由自私的爱再到失去理智的拯救，最后又在外部恶势力与内在本能的合力的驱使下干出了自己都意想不到的疯狂的事情，在摧毁了美云的同时也让自己的心灵陷入了忏悔的深渊。这个在环境的逼迫下以爱的名义毁灭爱的悖论所构成的悲剧，一方面减弱了原著中较为浓厚的神秘主义和宿命论色彩；另一方面也显示了改编者对生命的人道主义同情和关爱。

在当代台湾小说被改编为戏剧、影视的转换过程中，一方面，依据小说改编的戏剧、影视使小说再次成为人们关注的审美对象，人们对小说的理解愈来愈从小说文本中衍生、扩展开来，这种衍生、扩展开来的理解对原有小说的意识规范和文本秩序构成一种挑战和修正，它在修改人们旧有的小说视界的同时，使小说获得了新的意义，从而使作为单纯的个人行为的小说阅读转换成了大众同时在场观看的社会化活动，极大地拓展了小说和小说家生存和发展的空间。另一方面，由于戏剧、影视对大众化的强调，它也会对小说中那些难以转换为图像的抽象的思想、深沉的情调、朦胧的氛围等审美信息进行过滤，这种过滤直接导致了根据小说改编的戏剧、影视批判性和创造性想象的缺失。小说中蕴含的深层意蕴和深层结构在被转换成戏剧、影视一目了然的图像后被声像语言的高温冷酷无情地蒸发了。鉴于此，我们一方面要认同、肯定戏剧、影视在普及、扩大当代台湾小说中的作用；另一方面，我们也要对那种牺牲小说文化精神来追求商业化利益的戏剧、影视保持着清醒的反思和批判意识。

第五章

当代台湾小说在大陆的批评性
传播与接受形态

　　批评性接受是当代台湾小说在大陆传播中一种非常重要的传播方式。当代台湾小说，思潮迭起，流派纷呈，内容丰富，形式多样，具有十分独特的艺术魅力。因而自从当代台湾小说进入大陆以来，大陆批评者对它的阐释热情就持续高涨。而当代台湾小说固有的丰富性，又为大陆接受者对它的阐释提供了多种可能性。当代台湾小说既然不是一个固定的存在，它提供给大陆批评者阐释的空间就较为开阔。如果说当代台湾小说是对世界进行阐释的原初文本，那么，大陆批评者对它的众多阐释就形成了文本的叠加。而随着时间的不断推进，大陆的批评者的视野也在不断扩展。由此，共时性阐释的众多性与历时性阐释的扩展性在丰富着当代台湾小说的意义的同时，也在丰富着大陆接受者对当代台湾小说的理解。大致而言，这些批评性阐释又主要可以区分为还原性、衍生性、创造性三类。

第一节 还原性批评

人类社会越向前发展，人们对生命起源的探寻欲望越强烈。这种追根寻源的心理沉积为集体无意识，在学术研究中则显现为一种还原方法及思维的采用。学术批评之路，曲折而艰难。批评者不仅需要持久的热情、创新的胆识，而且也需要严谨的态度、求索的精神。因为，学术研究的终极目标就在于对客观对象本相的发现与揭示。但由于历史的、社会的、政治的诸种因素的干扰，对客观对象本相的发现与揭示并不是轻而易举的。这就需要批评者穿越种种迷雾，对文献材料和历史事实进行还原，并在此基础上有所发现。

从认识论的方位看，所谓还原，就是对客体原真状态的寻找。还原性批评，其目的就是要努力消除误解以获得对作家、作品以及事物系统属性的真实把握。很早以来，无论是西方对《圣经》的解释还是中国对《诗经》的阐释，都将还原性批评当做了它们的主要任务。这种还原性批评的共同特点是从作者的生平年代、思想情感、作品的文字意象、形式结构等方面努力搜寻作者和作品的原初意图。中国大陆对当代台湾小说的还原性批评在很大的程度上沿袭了这种批评方法，它同样是以对作者的创作精神和作品内容的本质真实的准确理解和把握为目的。

首先，是对作者的还原性阐释。所谓对作者的还原性阐释，就是指批评者在对研究资料进行全面、细致的梳理之后，要尽量还原原作者的经历、知识结构、人生观念、个性气质、兴趣爱好等。

　　给当代台湾作家一个较为客观和真实的定位既是还原当代台湾文学史的需要，也是还原当代台湾历史文化风貌的需要。1979 年以来，随着两岸关系的不断改善，因长期隔绝而不被大陆读者了解的当代台湾作家纷纷扑入大陆读者的眼帘。而当代台湾小说家则成为大陆当代台湾文学批评中最为重要和最为集中的还原性对象。白先勇、高阳、陈映真、聂华苓、陈若曦、古龙、琼瑶、黄春明、李昂、钟理和、李黎、萧丽红、欧阳子、七等生、於梨华、李敖、林海音、王拓、杨青矗、廖辉英、黄凡、王文兴、张系国、朱秀娟、朱西宁、司马中原、钟肇政等都相继被介绍给了大陆的读者。而在这些还原性批评者中，封祖盛、黄重添、武治纯、陆士清、汪景寿、王晋民、包恒新、古远清、潘亚暾等先生用力颇多，取得的成效也较为显著。封祖盛的《台湾现代派小说评析》和《台湾小说主要流派初探》、武治纯的《压不扁的玫瑰花——台湾乡土文学初探》、汪景寿的《台湾小说作家论》、黄重添的《台湾当代小说艺术采光》、邝白曼、静曼的《台湾作家二十四人小传》等著作，王晋民的《论台湾作家黄春明的小说》、晓立的《白先勇短篇小说的认识价值》、田野的《论台湾乡土作家钟理和》、卢著光的《他在探索什么——台湾作家张系国散论》、蔡美琴的《论陈映真的文学主张》、古远清的《叶石涛："独派"台湾文学论的宗师》、梁若梅的《论陈若曦早期世界观的形成及其特点》、王镇富、晁霞的《朱西宁：迤逦的文学之路》、刘正伟的《乡野情结——简析司马中原小说的主题》、潘亚暾的《宋泽莱论》、张炯的《朱秀娟——关注女性命运的台湾女作家》等文章，或辑录胪列有关成说，使人明了当代台湾小说家生平年代、身世家谱等方面的轮廓概貌，或钩沉史料，以资料为主，在尊重研究对象客观性的基础上概括出作家的人生观念、个性气质、兴趣爱好等。二者的共同之处是都非常重视事实材料的考证，注重从史料的发掘中还原作家个体的创作意图，视野开阔，表现出了一定的历史的智慧。

台湾乡土小说在当代台湾文学发展史上占有非常重要的地位。然而，如果将当代台湾小说看作一个大系统，乡土小说、现代主义小说、通俗小说、女性主义小说等分别看作子系统，我们就会发现，那些被大陆接受者所注重和选择的子系统是存在着一种被主观定位为民族化的价值导向的。这种倾向主要表现在看待现代主义小说与乡土小说的态度上。在将二者进行比较时，乡土小说因其具有的浓厚的民族性而被推上较高的地位，现代派因其前期小说具有的西方化色彩则总遭到质疑。这种只求一点，不计其余的民族化诉求，实际上极大地忽视了对具体历史事实的考察，不仅对当代台湾小说的丰富性内蕴的展示造成了一定影响，而且，也在突出乡土小说的民族化时遮掩住了它的一些小说的其他的精神向度。古远清的《叶石涛："独派"台湾文学论的宗师》一文则突破了这种单向思维造成的局限。古文在看到了叶石涛提出的"乡土文学"在促成反对文学霸权、回归乡土的文学思潮的作用时，也尖锐地指出叶石涛"乡土文学"理论出笼时就隐藏着"逃离中国文学"的台独化意识。而叶石涛之所以主张文学台独，则与他在日据时期追随"皇民文学"总管西川满有关①。相反，王镇富、晁霞的《朱西宁：迤逦的文学之路》、刘正伟的《乡野情结——简析司马中原小说的主题》等文章则

---

① 古远清：《叶石涛："独派"台湾文学论的宗师》，《湖北广播电视大学学报》2004 年第 1 期。

对一些以前大陆批评者忽视乃至否定的作家进行了历史性的还原。王镇富、晁霞从朱西宁的"长期的流亡生涯"入手，强调了他虽以"最知名的军旅作家之一"闻名，而他的骨血里却一直浸透着"强烈的爱国主义情怀"。而正是这些因素造就了复杂的朱西宁。一方面，朱西宁在20世纪50年代确实写过"反共"小说，不过，"在当时那样一个政治高压的年代，我们当然可以理解朱西宁当时的状况，何况他还是一个军人"；另一方面，"我们不能否认的是，朱西宁是一位自发性的传统文化的承继者和维护者"。为此，他不惜冒着政治风险，在"上（20）世纪70年代""公开提倡开放30年代文学作品"，在"乡土文学论战中"，他又"自觉或不自觉地以《红楼梦》及其他中国古典文学来对抗台湾的乡土派，借以维护和承继中国优秀的传统文化"。就这样，批评者在还原朱西宁生活的历史情景时，也对朱西宁进行了实事求是的历史性分析①。与朱西宁一样，司马中原也是台湾军中作家，在20世纪50年代也同样写过"反共"小说。刘正伟却从历史唯物主义立场出发，没有因司马中原的过失而对其人进行全盘否定，而是将历史人物、历史事件置于历史的情境之中，还原其历史的本来面目。批评者认为，"司马中原是一位心怀大爱的乡土作家"，正是因为"他对热爱的乡土有一种特殊的感情，并以一种独特方式去观照和表现生存于中原大地上乡民的生活"，所以，他才"在五十年代台湾文坛很快能将创作从反共基本转向乡土"②。显然，这表明作者是以一种辩证的眼

①　王镇富、晁霞：《朱西宁：迤逦的文学之路》，《春秋》2007年第5期。
②　刘正伟：《乡野情结——简析司马中原小说的主题》，《淮阴帅专学报》1994年第3期。

光和思维看待研究对象的。由此，作者在超越了那种非此即彼的二元对立思维的同时，也使我们的思维进入了客体对象的无遮蔽的显现之中，从而为我们重新评估司马中原的历史地位提供了一个新的角度。

还原性批评的目的之一是要思考、理解作家的本意，然而，在许多时候，作家的本意又常常蕴含在他创作的作品之中。由此，作品就成了作家本意依托之处。而对当代台湾小说家创作的小说的还原性批评也自然成为直达作家之意和作品之意不可缺少的手段和途径。

由于受到传统思维的影响，大陆批评界在接受当代台湾小说时往往呈现出将审美视角偏向地指归民族化的倾向。在这种单向性思维的制约下，现代主义小说被一分为二，前期现代主义小说被指认为"恶性西化"。现代主义小说只有在后期向民族化的方向回归，才会在大陆的语境中获得真正的认同。像白先勇、於梨华、陈若曦等人之所以受到关注与推崇，就在于他们的一些小说与这种民族化诉求保持了一致。这些现代派作家的小说，像白先勇的《孽子》、《树犹如此》、《第六根手指》等小说其他丰富的文化内蕴，因不合乎大陆语境的民族化诉求而被有意无意地忽视。而罗义华在他的《〈孽子〉批判的指向与力度分析——兼论白先勇创作心理的转变》一文中，依据人文价值的标准，对《孽子》丰富的人文价值进行了充分肯定。论文认为，人们此前对《孽子》的认知过程中之所以存在着社会认知偏差，"一是弘扬传统文化的中国人道德保守的固有属性，同性恋现象中国自古就有，但却实在羞于言明，就整个中华文明而言，一直保持着对同性恋的排斥与弹压；二是中国作家的本分就是弘扬中华文化，倘若流为异端则不齿"。正源于此种褊狭的审美心理，人们"很难将其列为上乘之作"。而事实上，在《孽子》中，白先勇对同性恋的"思考和探索包含有两个未曾言明的意图：一是探究同性恋现象对传统文化的冲击力到底有多强；一是探究传统文化到底在多大程度上能容忍同性恋现象的存在"。"就是这些因素决定了白先勇对母题的选择、对批判指向的选择和力度的把握"，"这体现在《孽子》对人性的开掘深度和对社会的反思尖锐度上。《孽子》对人性的揭示达到了前所未有的深度"，"从而实现了《孽子》对于《台北人》等作品在某种意义上的超越"[①]。与罗义华一样，关士礼在评价作品时也力求客观还原历史语境，在真实的历史语境中重估作品的美学价值。他在《论古龙小说研究中的一种误读》一文中指出，"在古龙小说研究领域，对于《天涯·明月·刀》、《三少爷的剑》、《白玉老虎》等作品的艺术水平，研究者一直持否定态度"，而在关士礼看来，"产生劣评的真正原因"是研究者对这些小说"异质性"的"误读和遮蔽"。这种"误读和遮蔽"导致的结果是，"首先，它遮蔽了这些异质性作品的艺术水准"，"其次，它遮蔽了这些异质性作品的创新意义，最重要的，它遮蔽了古龙小说创作的整体成就"，在此基础上，该文最后提出了一个颇为独特的结论，"如果，误读没有发生，这些异质性作品没有被错误否定，对古龙小说整体成就的评价，乃至对武侠小说整体艺术成就的评价，只怕都是另一番情景"[②]。由此，批评者在客观地切入历史时也较为全

① 罗义华：《〈孽子〉批判的指向与力度分析——兼论白先勇创作心理的转变》，《民族文学研究》2000 年第 1 期。
② 关士礼：《论古龙小说研究中的一种误读》，《名作欣赏》2007 年第 24 期。

面地把握了古龙的这些作品与历史真实的关系，毫无疑问，这种认识不仅来源于对古龙的这些作品的深刻体悟，而且也来自于批评者对文学史观建构的深层思考。

对当代台湾文学作品的重新定位与对当代台湾作家的重新审视，也推动着大陆批评家对当代台湾文学史的重新界定。黄万华的《20世纪50年代的台湾文学场域与媒介》、《战后至1960年代台湾文学辨析》，陈美霞的《意识形态·文学史·现代性——台湾文学史书写现状与现代性突围》等是这方面的代表性论文。黄万华等人不再满足于对一个作家、一部作品的重新界定，而是试图以统摄全局的宏观视点还原当代台湾文学史的历史真实。黄万华的《20世纪50年代的台湾文学场域与媒介》借用传播学知识重新认识20世纪50年代的台湾文学，对此前大陆对于台湾20世纪50年代文学的定评进行了解构。该文认为，20世纪50年代的台湾文学并不是像既有的海峡两岸的文学史描述的那样"是官方政治意识形态主宰下的文学"，恰恰相反，"20世纪50年代的台湾文学前承光复后台湾文学的转折，后启60年代文学的兴盛。此时期文学杂志的'民营'状况，副刊非一统的存在状态，都悄然改变了权力场和文学生产场之间的单一支配关系，使控制文学场域的合法逻辑出现了裂隙，并使得作者、编者、读者的性情最大程度地影响文学生产。此种历史境遇中的文学传播，使政治高压下的20世纪50年代仍能涌动起多种文学思潮，也使台湾文学的乡土性、本土性得以延续、流布"。经过对此时期文学杂志的"民营"状况，副刊非一统的存在状态的细致梳理，最后，黄文得出了与此前文学史既有观点不同的结论，即："20世纪50年代的台湾文学不应在意识形态层面上被看做文学的断裂。"① 显然，这种对新的理论资源的借用既使黄文的台湾文学史观呈现出比较开阔的理论视野，也拓展了台湾文学研究的新局面。《战后至 1960 年代台湾文学辨析》同样是从传播媒介入手来还原台湾文学史的本真状态的，只不过它是从更为长远的社会、经济结构来观察台湾文学史的脉动。在此文中，黄万华认为，"战后至 1960 年代台湾文学，过去少有系统的实事求是的研究，大都以'反共文艺'、'战斗文艺'甚嚣尘上来概述和评价它"。然而，事实上，"战后至 1960 年代的台湾文学是一种富有反省意味的历史存在。一方面，文学处于高度意识形态性的官方掌控之下，这一时期也一向被视为'反共文艺'、'战斗文艺'甚嚣尘上的时期；另一方面，文学创作却取得了足以留传后世的成就。小说方面，1999 年由（中国）大陆、（中国）台湾、中国香港、北美、东南亚等地学者、作家联合评选出的'20 世纪中文小说100 强'中，五六十年代的台湾小说多达 12 部，它们是姜贵的《旋风》、王蓝的《蓝与黑》、林海音的《城南旧事》、钟理和的《原乡人》、吴浊流的《亚细亚的孤儿》、朱西宁的《铁浆》、王文兴的《家变》、琼瑶的《窗外》、司马中原的《狂风沙》、王祯和的《嫁妆一牛车》、白先勇的《台北人》、陈映真的《将军族》，这些作品提供了乡土叙事、女性叙事、现代主义叙事的丰富形态，并初步拓展出了台湾小说多元典律的空间，直接孕育着台湾文学的批判精神"。② 这种采用新的理论

① 黄万华：《20 世纪 50 年代的台湾文学场域与媒介》，《台湾研究集刊》2008 年第 3 期。
② 黄万华：《战后至 1960 年代台湾文学辨析》，《文学评论》2008 年第 1 期。

向当代台湾文学史现场还原的写作立场，表现出论者较为深厚的理论功底与严谨的求实精神，它敞开了被既有文学史所遮蔽背后的一部更丰富、更天然的台湾文学史，消除了学界长期以来对战后至 20 世纪 60 年代台湾文学的单面印象，塑造了全新的当代台湾文学史面貌。

　　对客观对象本相的不断发现与揭示，是人类文化能够不断进步的内在驱动力。文学批评活动是人对客观对象进行揭示的精神性活动之一，从根本上说，它同样将事物还原到其本真状态当作了它的主要任务。而还原性批评恰恰适应了文学批评活动的这一内在要求。从整体上看，内地对台湾小说的还原性批评产生了多方面的功效。首先，它产生了较大的解蔽功效。1949 年以来，海峡两岸长期处于对立状态，这种对立造成了大陆读者对当代台湾小说的陌生感。还原性批评的解蔽功效，就在于它排除了两岸地理上、政治文化上的多重蒙蔽，而使历史上曾经遭受遮蔽的当代台湾作家和作品浮出地表，进入大陆读者的视域。其次，它产生了较大的定位功效。它将当代台湾小说放在了整个中国文学发展的完整系统中动态地加以考察，从而使当代台湾小说摆脱了与大陆小说的割裂状态和漂泊无依感。然而，想要完全客观地恢复当代台湾小说的历史风貌是非常艰难的。因为，一切的文学史既然是文人书写的，就不能不带有文人的主观意图，由此，完全属于客观的文学事实的材料也只能是幻想。尤其值得注意的是，大陆对当代台湾小说还原性批评的开始阶段，由于许多当代台湾小说和作家尚没有经过历史的充分沉淀，一些表面上处于历史主流或已经浮出历史表层的作家作品并不一定代表历史的真实形态。像将乡土小说作家等同于民族的、爱国的作家，将现代派小说作家等同于反传统的、西化的作家的还原性批评，就显现了中国传统索隐派的遗风。这种批评往往将当代台湾小说文本看成是影射之作，对当代台湾小说的还原性批评就是为了寻求这些台湾小说文本的"微言大义"。由此，文本所影射的政治思想、民族意识就代替文本自身的审美内容和审美形式成为了批评的焦点。当然，在特殊的历史时期，这种政治隐射式的还原批评有其一定的合理性，但它的偏颇也是非常明显的。偏重政治学立场的意识形态性和唯民族立场是举的价值取向性，都给原本就形态复杂的当代台湾小说作家和作品的还原工作带来了诸多困难，使当代台湾小说家和作品所具有的丰富性、复杂性表现形态日趋狭隘化。由此可见，还原当代台湾小说的历史风貌不可能一蹴而就，而必须付出艰辛而又漫长的努力。在这种努力探寻的历史进程中，我们应该日趋完善当代台湾小说家和作品的人文价值评判原则，遵循人文价值评判原则对当代台湾小说家和作品的还原历史内容、还原历史方式以及还原历史目的加以更为明确的辨析。只有这样，我们才能在不断拨开种种政治的、社会的、历史的迷雾的同时，逼近当代台湾小说家和作品的多姿多彩的真实面目。

第二节　衍生性批评

文艺批评必须立足于作家作品，但它又不是作家作品单纯的传声筒。衍生性批评就是批评家从作家或作品的某一点出发，通过语义联想机制的作用，由一种事物联想到其他事物，由一个基本义向其他意义转移和衍生的批评活动。

在大陆的当代台湾小说的衍生性批评中，尤其值得我们关注的是关系性联想批评和类似性联想批评。

由事物内部和事物之间客观存在的内在联系而形成的联想，一般称之为关系联想。大陆的当代台湾小说的衍生性批评中涉及的事物间客观存在的内在联系又主要表现为部分与整体或属与种的形式。在这种形式的联想式批评中，批评者往往将研究对象返回到其所在的整体系统中，在整体系统中对研究对象进行一种全面而又辩证的把握。

随着当代台湾小说在大陆传播的日趋广泛和深入，大陆批评者的学术视野也日趋由单向朝双向、由微观朝宏观方向转换。面对纷繁复杂的台湾作家和他们的小说，大陆批评者无论是探寻其整体演变轨迹，还是在思潮、流派的意义上探讨作家、作品的区分与变迁，都注重用部分与整体联系的视角，在历史的深层次沟通中对当代台湾作家和小说进行一种整体上的考察和多维度的审视。

朱双一的《近二十年台湾文学流脉——"战后新世代文学"论》一书，王宗法的《白先勇的文化乡愁——从〈台北人〉、〈纽约客〉谈起》、谢晚晴的《论琼瑶小说对中国古典文学和传统文化的借鉴》、曾阳的《论中华文化在台湾小说中的表层对应和深层内涵》、王晋民的《台湾现代派和乡土文学述论》、武治纯的《台湾乡土文学的流派及其理论要点》、封祖盛的《对台湾文学两大流派"合流"一说的质疑》、陆士清的《现代主义和现实主义的消长——当代台湾文学思潮初探》、包恒新的《台湾乡土文学历史发展的现实主义批判精神》、应红的《从〈现代文学〉看台湾的现代派小说》、张诵圣的《现代主义与台湾现代派小说》、井继成的《略论台湾文学中的爱国主义精神》、庄明萱、黄重添的《闽南风情与台湾乡土文学》、梁若梅的《试论台湾乡愁小说的源流》等文章均是这种关系联想式批评的代表作。

如果将中国文学看成一个大的系统，那么，台湾文学就是这个大系统中的一个子系统。因而，它不能不受到这个大系统的强有力的影响。有鉴于此，曾阳在《论中华文化在台湾小说中的表层对应和深层内涵》一文中，以古今贯通的方法，在历史的穿越中跨越由于地理、政治、经济等方面的原因割裂的空间探寻台湾小说与中国文化连通的脉络。曾阳认为："中华文化在台湾小说的表层对应是很清楚的。几乎每一种中华文化，在台湾小说中都有表层对应。""但中华文化在台湾小说中的深层内涵却需要我们仔细探索。这种深层内涵集中地浓缩为某种文化意识"，"首先，在台湾小说中我们看到一种严格的自审的文化意识"，"第二是寻根的文化意识"，"第三是亲和的文化意识"，"四是忧患的文化意识"，"五是民主的文化意识"等[1]。王宗法的《白先勇的文化乡愁——从〈台北人〉、〈纽约客〉谈起》、谢晚晴的《论琼瑶小说对中国古典文学和传统文化的借鉴》等文则更为具体地探寻当代台湾作家与传统文化的独特联系形式及其表现方式。谢文认为，琼瑶小说对中国古典文学和传统文化的继承与借鉴主要表现为："一、小说怨而不怒、温柔敦厚的风格来自儒家诗教与风范；二、小说表现出对纯洁、理想爱情的高度热情和颂扬，同时在结构上又使理想与现实的矛盾相调和，最终达到儒家中庸的审美理想；三、小说

---

① 曾阳：《论中华文化在台湾小说中的表层对应和深层内涵》，《世界华文文学论坛》1991年第2期。

借鉴中国古典诗词的意境和表现手法，呈现出意味蕴藉的特色；四、小说中的主人公形象符合传统道德思想的要求和审美观。"由此，批评者通过从古至今的寻绎和分析，令人信服地阐明了传统已不仅构成了琼瑶小说的客观背景，而且在不断地与现实因素相融合中而生成其新质的事实①。而王文从古今演变的视角看白先勇小说，则更为着眼于地域的空间特质与文化传统的关系的探讨。王文认为，白先勇小说的文化乡愁是屈原的《离骚》开其端的源远流长的中国文化传统在当代的延续，不过，"倘若深究一下也不难看出"，"这种文化乡愁"具有特定时空的相对性，如内战导致的民族分裂与长期隔绝，"台北人"大抵这样；也隐含某种人类的恒久性，如现代化浪潮（包括出国潮）带来的传统断裂与新旧冲突，"纽约客"多半如此②。这样，批评者就在中国传统文化的大背景下确立了白先勇小说的特点以及它对当代中国文学的独特贡献。显然，这种对文学演变加以整体观照的研究视角，对于深化当代台湾小说与传统文化关系的探讨具有非常重要的意义。

事实上，当代台湾小说的审美价值，是历史与现实的许多因素合力生成的结果。因而，以古今贯穿的整体视角，我们可以发现当代台湾小说与中国传统文化的联系，同样，以横向联系的整体视角，我们也可以发掘不同作家与思潮、流派的复杂关系。

在当代社会，小说创作已不是作家孤立的精神显现过程，

---

① 谢晚晴：《论琼瑶小说对中国古典文学和传统文化的借鉴》，《嘉应大学学报》1997年第5期。

② 王宗法：《白先勇的文化乡愁——从〈台北人〉、〈纽约客〉谈起》，《台湾研究集刊》2000年第3期。

它在整体上已日趋成为一种社会实践活动。由于生产力的发展提供了当代台湾作家实现交往的多种多样的中介手段，因而，作家们不仅可以像传统社会中的文人那样依靠文字媒介交往，而且也可以凭借电视、网络等全新的媒介进行间接交往。随着这种间接交往在当代台湾文学实践活动中的日趋频繁，它在特定的时代环境中往往可以形成一个对社会产生重大影响的文学社团、流派和文学思潮。因而，当代台湾文学不同的社团、流派、思潮的构成方式与运作方式，自然就成为许多大陆批评者的关注焦点。朱双一在《文学思潮变迁中的当代台湾小说》一文中，对 20 世纪 50—70 年代台湾文坛主要的自由人文主义文学、现代主义文学、乡土文学等思潮中的作家的结集方式进行了区分，像人文主义作家以《自由中国》为核心集结，现代主义文学作家以《文学杂志》为核心集结，乡土文学作家则以相似的文学观念和美学追求为纽带。通过对这些不同思潮中的作家的结集方式的历史性辨析，朱文有力地揭示了它们对当代台湾文学发展的独特贡献①。方忠的《20 世纪台湾文学思潮的演进》则在对百年台湾文学思潮的宏观总揽中，对当代台湾文学思潮在不同时期的发展特点进行了具体分析。在他看来，当代台湾文学思潮呈现出由对峙化向多元化发展的趋势。方文在描述这种趋势时，不仅揭示了这种思潮的发展趋势对于小说和作家个体的意义，而且也强调了它对于台湾文学未来的历史性意义②。

---

① 朱双一：《文学思潮变迁中的当代台湾小说》，《安徽大学学报》2007 年第4 期。

② 方忠：《20 世纪台湾文学思潮的演进》，《镇江师专学报》1999 年第 4 期。

以横向联系的整体视角，完整地体现社团、流派、思潮的共识对于当代台湾作家的影响以及对当代台湾文学的独特贡献，这既是将概括性研究进行具体化的工作，也是将具体研究向概括化方向进行提升的工作。然而，许多研究者在从事这种批评性工作中，更为习惯的是考察传统的、时代的与外来的等外在因素对于社团、流派、思潮的影响，而较少从动态的角度去深入挖掘社团、流派、思潮相互碰撞、相互冲突所生成的"张力场"对于文学发展的意义。正是在此基础上，朱双一的论著《近二十年台湾文学流脉——"战后新世代文学"论》、刘小新的论文《近20年台湾文艺思潮导论》显现出了其独特的意义。朱著不再将不同流派看成完全对立的关系，而是将不同流派社团文学风格的形成、发展、变化放在社团与社团之间合力生成的"代"的"张力场"中进行更为立体的审视，由此，不同流派的文风取向就不再是呈现出单向的运动趋向，而是在与其他流派的相互渗透、相互吸纳中使自身的风格变得更为丰富、多元[1]。刘文则对"解严"前后至今我国台湾地区"后殖民批评"、"本土论"和"左翼论述"三大理论思潮相互绞缠的现象进行了较为深入的论述。无疑，这种整体视角给当代台湾小说研究带来了面貌一新的感觉。

世界上的任何事物都不是孤立存在的，它总会与其他事物发生着这样或那样的联系。因而，大陆在对当代台湾小说的衍生性批评中，涉及的联想形式除了关系性联想外，还有类似性联想。

由一件事物的感知或记忆联想到与之相似、相类的另一事

---

① 朱双一：《近二十年台湾文学流脉——"战后新世代文学"论》，厦门大学出版社1999年版。

物，我们一般将这种联想称为相似联想。相似性联想虽然是从认识特殊事物开始的，然而，它却可以从已知某种事物的特性中，推出另一个事物可能具有已知事物相似的属性。如此，它就经常能在异质的两个或两类事物之间建构一种非常特殊的由此及彼的联想性关系。当代台湾小说在大陆的传播过程中，人们在不断认识和了解当代台湾小说的过程中，常常发现它与中国大陆文学、西方文学以及其他亚洲国家的文学等在某一方面或某个层面存在着相似的情况。于是，大陆批评者就经常采取相似联想的批评方法，去追踪当代台湾小说与其他不同文学体系之间在发展过程中的相似现象之间的深层联系和演变规律。

当代台湾小说与当代大陆小说同属当代中国文学。二者之间存在的共同的割不断的文化传统，使得当代台湾小说与当代大陆小说的比较研究成为这种相似性联想批评中最为活跃，成就也最为突出的领域。王淑秧的《海峡两岸小说论评》①、赵朕的《台湾与大陆小说比较论》② 是这方面独领风骚的开拓性著作。这两部著作都多层面、多方位地对海峡两岸小说进行了比较。在比较时，二者都遵循了一个原则，即这种比较是以二者在语言和文化上的血缘关系为前提的。由此，虽然当代台湾小说与当代大陆小说的"同"中必然包含着"异"，然而，"同"往往是认知与把握"异"的逻辑基础。因而，这两部著作都表现了一种更为注重二者相同之处比较的趋向。此后，大陆的这种相似性联想批评循着这种原则得到了迅速的发展，出现了一批颇有影响的论文与著作。陈思和的《论台湾新世代在

---

① 王淑秧：《海峡两岸小说论评》，中国人民大学出版社 1992 年版。
② 赵朕：《台湾与大陆小说比较论》，海峡文艺出版社 1994 年版。

文学史上的意义》一文，将台湾与大陆的新世代作家及其作品的文学史意义置于 20 世纪中国文学与世界文学双重格局下进行考察，比较分析了二者对"五四"作家的文学经验的扩大和超越①。田中阳的《对当代大陆和台湾文学"两个交融"发展趋向的思考》清晰地梳理了当代海峡两岸文学中传统和现代、现实主义和现代主义趋拢交融的趋向。魏守忠的《同根、同源、分流、融汇——大陆与台湾文学发展比较》一文以论据充分的比较与论述探寻了两岸现当代文学发展同中有异、异中有同的发展轨迹。陈辽的《"干"同而"枝"异——两岸三地百年文学比较》一文通过对近百年祖国内地文学、台湾文学、港澳文学的比较，总结了两岸三地文学发展"枝"异而"干"同的历史经验和教训。王玲的《消费时代的两岸女性写作——大陆与台湾当代女性文学比较》一文比较分析了大陆和台湾的女性文学在消费时代的全新环境中彼此呼应、相互辉照的基本轨迹和特点。郝敬波的《在思潮和个性之间突围——台湾当代小说创作带给我们的文化反思》从文本解读的角度来反思后现代文学思潮下台湾与大陆作家创作的旨趣和目标的同一性与相异性，从而在参照的域中强调了作家在时代的"合唱"中保持自我个性的重要性。这其中，又以杨匡汉主编的《扬子江和阿里山的对话——海峡两岸文学比较》一书的研究较为全面和系统。该书所涉及的两岸文学比较范围广阔而具体，从文学母题到文体风貌，从文化渊源到文学发展规律，从现代派文学到乡土文学，从女性文学到新生代文学，该书都进行了整体性的比

① 陈思和：《论台湾新世代在文学史上的意义》，《当代作家评论》1991 年第1 期。

较研究。它标志着两岸文学比较研究已经达到了相当的规模①。如果说，以上这些成果主要是侧重于当代台湾小说与当代大陆小说宏观的比较研究的话，那么，一些专题研究的成果的出现，则标志着当代台湾小说与当代大陆小说比较研究的深化。丁帆的《中国大陆与台湾乡土小说比较论》、朱双一、张羽的《海峡两岸新文学思潮的渊源和比较》等论著是其中的突出代表。这两部论著都没有局限于当代台湾小说与大陆小说在肤浅的外貌上的比较，而是将眼界拓展到研究对象内部。前者凭借深厚的乡土文学理论的积累，历时性地考察了中国大陆和台湾乡土小说演变的过程，认为 20 世纪中国大陆和台湾的乡土小说较之其他种类的小说在其精神深处，凝结着更深层也更古老的中华民族文化特征的共同"结穴"②。后者借助于丰厚的思潮理论视野，通过理据充分的比较，具体地论述了海峡两岸不同的文学思潮的演变和渊源③。

　　在相似性联想批评研究有了一定深入之后，大陆批评者的学术视野也日趋开阔，人们已不再满足于本民族内部的文学之比，而将研究的视野扩展到了当代台湾小说与其他异质文学的比较之上。古继堂的《台湾现代派文学思潮的崛起》与廖四平的《台湾现代派小说与西方影响》以比较文学的目光，发掘台湾现代派文学的西方文学影响以及表现形态④。王林的《"洋"

---

　　① 杨匡汉主编：《扬子江和阿里山的对话——海峡两岸文学比较》，上海文艺出版社 1995 年版。

　　② 丁帆：《中国大陆与台湾乡土小说比较论》，南京大学出版社 2001 年版。

　　③ 朱双一、张羽：《海峡两岸新文学思潮的渊源和比较》，厦门大学出版社 2006 年版。

　　④ 古继堂：《台湾现代派文学思潮的崛起》，《洛阳师范学院学报》2002 年第 1 期。

文学与"土"作家——外国作家及文学思潮对大陆和台湾乡土作家的冲击与影响》对外国作家及文学思潮对大陆和台湾乡土作家的多重影响进行了对比分析①。赵小琪的《台湾20世纪文学与西方现实主义》将20世纪台湾文学纳入世界文学的视野中，探讨了台湾20世纪文学在西方现实主义文学影响下的历史发展过程的基本轨迹、主要特点以及文学接受的内在动力②。张建刚的《试比较田纳西·威廉斯与白先勇的文学创作》脱开宏观比较的框架，对美国著名作家田纳西·威廉斯对白先勇的文学创作在白色服饰、同性情谊、精神病患者、死亡意识、怀旧情绪等方面的影响作了细致的解读。黄万华的《东南亚华文文学百年流变的一种轮廓描述》则努力突破以往研究者只注重外来文学对台湾小说影响的研究模式，在广泛的联系中将当代台湾小说置于东南亚华文文学的流变的视野中加以考察，揭示其为东南亚华文文学提供了一种特异的"东方现代主义"的历史事实③。张琴凤的《华人新生代作家边缘意识和身份建构比较论——以中国大陆、中国台湾、马来西亚为例》从比较视域出发，对中国海峡两岸和马来西亚的华人"新生代"文学进行了比较分析，揭示了这三个地区的华人"新生代"文学"虽存在时空背景、社会形态、文化语境的差异，但在文学立场上却具有共通的后现代解构、颠覆精神"的事实。这些以世界文

---

① 王林：《"洋"文学与"土"作家——外国作家及文学思潮对大陆和台湾乡土作家的冲击与影响》，《佛山科学技术学院学报》2004年第1期。

② 赵小琪：《台湾20世纪文学与西方现实主义》，《贵州社会科学》2000年第6期。

③ 黄万华：《东南亚华文文学百年流变的一种轮廓描述》，《世界华文文学论坛》1998年第2期。

学为背景以异质文学为参照系重新评估当代台湾小说价值的成果，拓展了当代台湾小说的研究视野，显现了研究者强烈的、自觉的比较研究意识。

大陆的当代台湾小说的衍生性批评中的这种关系性联想和相似性联想关系同时在横向和纵向上构造了一个立体、动态和开放的批评系统。在横向上，批评者以相似的联想为中介，可以利用当代台湾小说与其他不同质的文学系统性质的实质对应或演变轨迹上的相同，将二者中任何一方已知领域或系统的知识，直接诠释另一方新的领域或系统的知识。在纵向上，批评者将当代台湾小说家及其作品置于其整体的历史环境的发展中，发掘出了作家作品的显在意义背后蕴藏着的丰富的隐在意义。从接受美学的方位来看，这两种衍生性批评都非常符合人们的心理接受规律。一般而言，恋旧和求新是人们面对事物时经常具有的两种相反的心理趋向。怀旧欲源于人们对事物稳定性的期待，源于对熟悉事物的依恋。求新欲则是人与生俱来的一种固有的心理欲望。衍生性批评不是对旧的事物和事物固有意义的全盘的背离和否定，而是对旧的事物和事物固有意义在纵向和横向等不同侧面的衍生和展开，因而，它同时满足了人们的求新和怀旧两种心理需求。由此，祖国大陆的批评家以关系性联想和相似性联想批评为中介，使表面上看来彼此孤立的文学现象、文学材料之间，不仅建构起了一种深层的富有逻辑性的联系，而且也使批评者对于当代台湾小说演变规律与方向的观念表述得更为充分、更具有说服力。它在更加完整地呈现了作为客体的当代台湾小说时，也在不同方面丰富、深化了我们对台湾小说从文化性质，文化精神到发展进程和逻辑结构的认识和理解。

第三节　创造性批评

纵观中外文学史，大凡具有较高价值的文学批评，在本质上总是蕴含着创造性的。这种创造性一方面源自文学批评对传统批评模式的突破，另一方面也源自文学批评对新的文化批评范型的积极、自主性的选择和建构。大陆的当代台湾小说批评是以充分个体化的形式来实现的，因而，批评家个体感受和体验表现的自由度愈大，他的思维就愈是呈发散性形态扩展，思维愈是循着发散思维的路径伸展自如，他的批评就愈是能突破既定的文化模式、社会规范的拘束，获得完全个体化的创造性的发现。

事实上，大陆的当代台湾小说创造性批评的生成在很多时候并不只是一个批评语言形式与批评表达变异的问题，它同时也是一个认知方式变异的问题。批评的语言形式、批评表达的变异与批评思维方式的变异紧密相关，批评语言形式与批评表达的变异发展到一定的程度往往就可以上升到思维方式的高度。从整体的视野上看，随着当代台湾小说在大陆传播的不断深入，大陆批评者日趋认识到过去长时间里"历史—社会学"主导观念和固定模式的局限，主张以一种开放的思维方式，借助于政治、哲学、美学、心理学、文化学、宗教等其他学科领域的知识与结构主义、新批评、叙事学、阐释学、新历史主义、女性主义、接受美学等新的理念、新的方法对当代台湾小说进行全新的阐释。

20世纪80年代中期以来，为打破文学研究与相邻一级学科及文学研究自身各个二级学科之间日益严重的分离，大陆的批评者将学术视野转向文学以外的相关学科，把这些学科的理论引入当代台湾小说研究。多种多样的学科的理论的不断引入，不仅为我们展示着当代台湾小说大千世界的丰富多彩，也为我们开启了多层次认识当代台湾小说世界的一系列新的视角和新的思路。

在这种跨学科的交叉研究中，许多研究者对哲学与当代台湾小说的互渗关系尤为关注。李潇雨的《存在的焦虑与人性的纠缠——论白先勇作品〈玉卿嫂〉的悲剧意识》、岁涵的《存在意义的追寻——七等生〈我爱黑眼珠〉的哲学隐喻》、赵小琪、胡晓玲的《存在主义视野中的新武侠小说》等文章都将当代台湾小说纳入西方存在主义哲学价值视域中进行了考察，赋予当代台湾小说深刻的哲学理念和现代性意蕴。文艺起源于宗教的祭祀，在漫长的发展史中，文学与宗教一直处在相互渗透、相互促进的关系之中。然而，在一个很长的历史时期，宗教与当代台湾小说的关系并没有引起大陆批评者的关注。随着时间的推移，当代台湾小说与宗教的互渗关系日趋受到一些批评者的重视。王东庆的《白先勇小说中的宗教意蕴》、邢利军的《试论禅宗思想在古龙小说中的体现》、常世举的《论白先勇小说中的宗教意识》等文章对基督教、佛教对当代台湾作家与作品的影响以及由此生成的独特魅力进行了富有新意的阐释。较之哲学与宗教，心理学受到了更多的大陆批评者的青睐。朱立立的《知识人的精神私史——台湾现代派小说的一种解读》等专著[1]，李娜的《豪爽女人的呼唤：解救情欲书

---

① 朱立立：《知识人的精神私史——台湾现代派小说的一种解读》，上海三联出版社 2004 年版。

写——论 90 年代台湾女性情欲小说》、梁鸿的《从性的成长史看女性的命运——试析李昂小说中的性意识》、李欧的《极致之变的陷阱——古龙武侠病态心理剖析》、王韬的《向着身体的还原——关于欧阳子与李昂小说中的身体哲学倾向》、曹惠民的《台湾"同志书写"的性别想像及其元素》、葛飞、王华的《"原欲世界"的探索与挖掘——论台湾作家欧阳子的心理分析小说》、赵小琪、吴冰的《犯罪心理学视野下的台港武侠小说》等文章都从心理学的角度切入了研究对象的内在世界，它们在以一种逆向性的思维消解了传统道德纠缠在个体生命之上的种种理性缰绳的同时，也使被遮蔽、被扭曲的存在还原了其本来面目。由此，这些批评者就拓展出了一种重新审视当代台湾作家与作品人物生命形态的新眼光。

此外，杨春时的《金庸、琼瑶小说的传播与大陆通俗文学的兴起》、王文涛的《从传播效应看白先勇作品的艺术之美》分别从传播学视角对琼瑶、白先勇作品的传播效果的考察，曹惠民的《台湾的自然写作及其研究》从生态美学的角度对台湾自然写作缘起、代表作家作品的特质及台湾自然写作研究整体面貌的阐释，王平的《美丽新世界——陈映真〈将军族〉的反乌托邦与音乐性读解》从艺术学的方位对陈映真《将军族》音乐特性的阐释，都使当代台湾小说研究在广度和深度上获得前所未有的成就。而在这里特别值得一提的是黎湘萍的《台湾的忧郁——论陈映真的写作与台湾的文学精神》和刘俊的《悲悯情怀——白先勇评传》。黎著将陈映真及其写作置于台湾文学的渊源、背景、发展流变的整体格局中加以考察，在这种整体格局中，陈映真及其写作与整个现实和历史构成千丝万缕的网状联系。在横向上，陈映真及其写作彰显了台湾现当代文学的整体精神；在纵向上，陈映真及其写作对文学传统的同化和变异又构成了他及其作品的复杂的精神结构。而对陈映真及其写作的诸多发现，又是建构在批评者综合运用了哲学、宗教学、语言学等多学科知识的基础之上的①。刘著也综合运用了多学科的理论观照研究对象。批评者从心理学、哲学等角度入手，将白先勇的创作活动与他的生活经历和思想情感、审美情趣的演变联系起来，深入挖掘生成他的创作"悲悯情怀"特点的合力②。这两部著作在显示了作者较为开阔的学术视野的同时，也彰显了跨学科研究的开放性和实践性。

在当代台湾小说越来越走向泛文本的时代，当代台湾小说的内蕴变得日趋丰富而又庞杂，如果只固守"历史—社会学"的理论立场和批评方法，批评者显然已无力阐释日趋丰富而又庞杂的研究对象。因而，20世纪80年代中期以来，随着新批评、结构主义、现象学、接受美学、叙事学、后结构主义等理论及其批评方法的不断涌入，以新的方法论阐释当代台湾小说，已成为一部分批评者自觉的学术追求。

法国结构主义者在对现代小说的研究中创立了叙述学。叙述学在突破了传统印象式的文学批评模式的同时，对小说的审美特性、小说的叙事特性、小说的结构模式等都作了前所未有的和独树一帜的阐述。叙述学理论在传入大陆以后，也为当代台湾小说的研究带来了科学化的批评方法，获得了许多批评者的重视。黎湘萍的《陈映真与三代台湾作家——

---

① 黎湘萍：《台湾的忧郁——论陈映真的写作与台湾的文学精神》，北京三联书店1994年版。

② 刘俊：《悲悯情怀——白先勇评传》，花城出版社2000年版。

兼论台湾小说叙事模式之演变》从"母题"的传承和叙述方式的转换这一角度揭示了陈映真小说的超越性价值。徐小英的《叙述的魅力——论白先勇小说的叙述技巧》依据叙述学的理论，从叙述视点、叙述声音、叙述结构三个方面剖析了白先勇短篇小说的叙事魅力。姚彤的《在身体叙事学的视野下解读琼瑶小说》从打着梅花记号的身体叙述的视角重新解读琼瑶小说，发现琼瑶小说的魅力不仅在于讲述美艳动人的爱情故事，更在于通过身体印记的叙述将故事讲得既新奇而又不失真实，引人入胜。宋菊梅的《意义世界的崩溃——对张大春三篇小说的叙事学分析》运用叙事学理论，对张大春三篇小说在叙述形式上生成的语言狂欢化效果进行了分析。运用叙事学批评方法研究当代台湾小说最值得关注的成果是黎湘萍的《文学台湾——台湾知识者的文学叙事与理论想象》一书。该书运用叙事学理论，通过对台湾知识者"叙事"与"想象"的文化结构的探寻，挖掘了这种叙述的普遍结构模式就是整个台湾文化精神的历史事实。这种借用西方叙述学来发掘中国本土小说的叙述传统、还原本土叙述立场的研究，无疑标志着大陆批评界对当代台湾小说的叙事艺术特性认识的进一步深化①。与叙述学一样，女性主义理论及其批评方法也受到批评者的广泛关注，相关的研究成果也颇为丰硕。何笑梅的《新女性主义和台湾女性文学》对台湾女性文学的发展历史及其特点进行了宏观的考察，樊洛平的《台湾新女性主义文学现象研究》对 20 世纪 80 年代以来台

---

① 黎湘萍：《文学台湾——台湾知识者的文学叙事与理论想象》，人民文学出版社 2003 年版。

湾新女性文学的批判锋芒、现实指向和重建精神及其局限进行了多层面的分析。马志强、刘歆立的《人性标尺：欧阳子小说中的女性书写》以女性主义理论透视欧阳子的小说，认为正是欧阳子的小说对真实人性下的女性生存的书写确定了自己的文学和社会价值。张喜田的《廖辉英：世俗关怀中的女性主义超越》认为廖辉英以女性主义的视角解构了女性解放的幻象，从而在超越了女权主义的理念时标举了她对女性命运的焦虑以及对人生的那份缱绻关怀之情。彭湘宁的《尝试一种——质疑李昂〈杀夫〉之女权主义意识》依据女性主义理论质疑李昂《杀夫》的女权主义意识。饶有新意地指出女主人公的"杀夫"虽讨伐了传统的兽性，却并未体现女性意识的觉醒。艾尤的《20世纪80年代以降台湾女性小说欲望书写走势》在历史与现实、东方与西方的交汇点上，论述了20世纪八九十年代以来的台湾新女性主义小说欲望书写的拓展性特征。在论者看来，这种拓展性主要表现在，"台湾女作家们的欲望书写已介入台湾社会政治、历史、经济、文化、道德、伦理等各个层面，并在解构男性权威话语的同时，借助叙述策略建构女性话语的象征体系"。这样的归纳，应该是颇有见地而又发人深省的，它对于如何建构真正的女性话语体系和中国女性文学的独特风貌都具有一定的启示性意义。周翔的《现代台湾原住民女作家的身分认同：矛盾与抉择的呈现》与一般的论者关注女性主义文学的世界性与女性的同一性不同，关注的重点是不同民族女人的差异性。周文通过对排湾族女作家利格拉乐·阿女乌和卑南族女作家董恕明的个人体验及其作品的较为具体、深入的分析，较为深刻地揭示了少数民族女作家身份认同的矛盾、挣扎的不同状态以及它们产生的不同影响和作用。

　　此外，方忠的《后现代语境中的日常生活叙事——大众文化与台湾文学论纲之一》一文，依据大众文化批评方法，深入阐释了后现代语境中的大众文化对台湾文学的平面化、娱乐化、世俗化的影响①。赵小琪的《台湾作家对西方现代主义的接受方式及其局限》一文，从接受美学的角度，在世界文学和中国文学的双重格局中论述了台湾作家对西方现代主义的三种不同的接受方式，试图通过对台湾文学与西方文学的"异"与"同"的比较，发现台湾文学在接受西方现代主义时呈现出的共同规律，并深入论述了这种规律性运动对台湾文学的现代化进程的意义及其存在的局限②。于惠东的《铁路·火车·风炉——朱西宁〈铁浆〉中文学意象的现象学分析现象学美学的分析方法》一文运用现象学美学的分析方法，通过对《铁浆》中作者匠心独运设置的"铁路"、"火车"与"风炉"三个意象四个层面的深入分析，揭示了小说对古老习俗的黑暗面与其衍生的罪恶与腐朽的解剖、鞭挞和对现代文明与古老习俗相遇时所撞击出的巨大而深刻的冲突的忧虑等深刻的历史内涵③。这些成果都依据新的理论批评方法，发掘和阐释了当代台湾小说中过去被漠视或未被加以充分关注的文化现象和审美经验，从而激活了当代台湾小说研究的理论生长空间。

---

　　①　方忠：《后现代语境中的日常生活叙事——大众文化与台湾文学论纲之一》，《徐州师范大学学报》2005 年第 4 期。

　　②　赵小琪：《台湾作家对西方现代主义的接受方式及其局限》，《河北学刊》2003 年第 1 期。

　　③　于惠东：《铁路·火车·风炉——朱西宁〈铁浆〉中文学意象的现象学分析现象学美学的分析方法》，《山东文学》2004 年第 7 期。

　　经过几十年的努力，大陆的批评者在运用跨学科和新的理论批评方法研究当代台湾小说方面取得了较大的研究成绩。一方面，它极大地开拓了当代台湾小说研究的空间；另一方面，它也常常促使批评者从新的视角审察、考核以往的社会—历史批评所形成的结论的科学性与合理性。由此而论，这些新的理论、新的方法的运用，带给当代台湾小说研究的就不仅是新的术语和新的观点，而更是一种新的观念和新的思维。它反映了当代学术研究从学科分类走向学科综合的过程，这种综合性、跨学科性研究既是激活当代台湾小说研究学术创新的一条重要途径，也必将对当代台湾小说研究产生越来越广泛和深刻的影响。

　　不过，虽然大陆的当代台湾小说批评取得了较大的成绩，但仍然存在一些较为突出的问题。首先，许多批评成果仍然局限在文学现象自足体研究的范围，批评者习惯于循着社会、历史批评的固有模式，对研究对象进行直线的、平面的和静态的描述，表现出思维观念和思维方式的局限。其次，一些引入跨学科、新理论批评方法的研究出现了为"新"而"新"，为"跨"而"跨"的趋势。这些研究者既不是从自己的知识结构和理论视野出发，也没有考虑采用的跨学科知识与新的批评方法对批评对象的阐释的有效性，而往往停留在对跨学科知识与新的批评方法的阐说与机械搬用上，这就使他们的文章与论著既显得比较艰涩、抽象和玄空，又难以解决原有的理论、方法不能解决或尚未解决好的问题。但无论如何，这种问题的出现并不是跨学科和方法论本身的缺陷，而是跨学科和新方法引入大陆的当代台湾小说批评的探索过程中不可避免的现象。我们指出这种探索过程中存在的局限，其目的在于促进和完善这种新的探索。

愈是具有独创性的小说愈是能超越它所产生的那个时代的限制，它的丰富的内蕴可以在不同时间中的不断理解、不断阐释中向我们渐次敞开。从这个意义上说，对具有独创性的内蕴丰富的当代台湾小说的多方位理解和阐释是一个不断开放和生成的过程。这种多方位理解和阐释使大陆批评者的审美眼光超越了既有的研究视野，让哲学、宗教学、历史学、心理学、文化人类学等学科和结构主义、新批评、现象学、女性主义等文学理论、文学研究方法纳入了既有的当代台湾小说研究视野中，从而使当代台湾小说与更多的新的知识、新的理论资源发生了广泛联系，进而使批评者依据新的知识、新的理论资源对当代台湾小说进行了全新的阐释。当代台湾小说的价值和内涵一方面不断被这种新的视野所改变和增删，另一方面它也将丰富而又敏感的触角不断伸进大陆接受者的精神世界，对我们的审美心理和知识结构的转换发生着潜移默化的作用。由此，这种交汇的视野在拓展了当代台湾小说研究的新空间时，也极大地提升了当代台湾小说的开放性，使当代台湾小说在不断的理解和阐释中获得了经久不衰的意义。

中　　编

当代香港小说在内地的
传播与接受

第六章

大众传播与当代香港小说的
独立品格

  当代香港文学是 20 世纪中国文学版图上一道独特而又奇异的风景。自 20 世纪 50 年代起，香港文学与内地文学的发展呈现出鲜明的差异，与内地文学的一元发展相比，香港文学保持着现实主义、现代主义文学与通俗文学并行不悖的多元发展态势，并存在后者借大众传媒迅速崛起超越、吸纳前者的现象。20 世纪 70 年代末，香港文学得以在内地广泛传播，其中香港通俗小说在内地文化市场引起轰动。当代香港通俗小说在内地的流行不仅改变了内地的文学、文学史的传统观念，而且加强了内地与港澳台、世界的了解和对话，甚至对内地大众文化生成起到了重要的催化作用。纵观当代香港小说在内地传播这一令人瞩目的文学现象，我们可以看到，当代香港小说在内地传播之前，已经通过了大众传播的一次"洗练"，是被大众传播"修辞"后的文学，具有内地文学缺失的大众文化特性。香港文学在内地如火如荼的"再传播"，以内地大众传播逐渐建立、消费社会崛起为前提条件，要研究这个文学现象，必须要对香港与内地"大众文化"、"消费社会"语境进行一般性预设，同时，不能对传播与文学之间的亲密关系置之不理。本章以传播学视野审视当代香港小说在内地传播与接受的过程，并对其传播语境进行社会文化分析。

第一节　大众传播与香港消费文化

传播学是研究人类社会信息传播活动及其规律的人文社会科学，发源于 20 世纪初期的美国，并迅速普及到世界许多国家，逐步成型于 20 世纪 40 年代，60、70 年代初步建立起比较完整的学科体系，它是在新闻学、社会学、符号学、人类文化学、政治学、心理学和信息科学等多学科交融基础上形成的学科。

传播活动与人类的历史一样久远，著名传播社会学家施拉姆写道："我们是传播的动物，传播渗透到我们所做的一切事情中，它是形成人类关系的材料。它是流经人类全部历史的水流，不断延伸我们的感觉和我们的信息渠道。"[1] 文学传播就是通过各种大众传播渠道，把作家创作出的文学作品，向社会上的文学消费者（读者或受众）发送的过程。文学作品是作家创作出来表达特殊内容的文本，即文学信息。文学传播就是文学文本或信息在社会上发行、流通的传播过程。"在最初的印刷者中间，正是英国人威廉·卡克斯顿印出了那些早已背时了

---

①　[美] 施拉姆：《传播学概论》，李启、周立方译，新华出版社 1984 年版，第 20 页。

的英国作家如乔叟，诗人约翰·高尔和约翰·利德盖特，作家托马斯·马罗礼的作品。这些作家因此而恢复了文学生命。如果他们的作品仍然处在手抄本阶段，他们或许就要被排斥在这种文学生命之外。"① 传播及传播方式对文学的重要性可见一斑。从远古时期的口传史诗到近代的印刷出版，再到现代的电子媒介传播，文学的存在必须以传播的存在为基础，而传播方式的改变不仅在形式上改变着文学，而且带来文学本质上的革命。

什么是文化？英国著名人类学家爱德华·泰勒写道："文化是复合体，包括实物、知识、信仰、艺术、道德、法律、风俗，以及其余从社会上学得的能力和习惯。"② 美国社会学家保罗·克莱斯蒂德将文化定义为："文化包括习得的行为，智能和知识，社会组织和语言，以及经济的、道德的和精神的价值系统。一个特定文化的基本要素是它的法律、经济机构、巫术、宗教、艺术、知识和教育。"③ 文化是一种习得，是人类所有活动得以展开的语境，它是如此重要，以至于我们在日常生活中常常感觉不到它，然而我们的文学活动在很大程度上受到文化的制约。在一些传播学者看来，人类的文化史就是一部传播史，人类传播方式的不断更新塑造了不同时代的人类文化。麦克卢汉的经典命题是"媒介即讯息"，"所谓媒介即是讯息只不过是说：任何媒介（即人的延伸）对个人和社会的任何影响，都是由新的尺度产生的；我们的任何一种延伸（或曰

---

① ［法］罗贝尔·埃斯皮尔：《文学社会性》，于沛选编，浙江人民出版社1987年版，第39页。

② 司马云杰：《文化社会学》，中国社会科学出版社2001年版，第9页。

③ 陆扬、王毅：《大众文化与传媒》，上海三联书店2000年版，第5页。

任何一种新的技术）都要在我们的事务中引入一种新的尺度"。① "一切技术都是肉体和神经系统增加力量和速度的延伸。而且，除非力量和速度有所增加，人体新的延伸是不会发生的，发生了也可能被抛弃。"② 在传播学者的眼中，媒介使人形成了一种感知模式，它是使事情发生的介质（make-happen agents），而不仅是使人们意识到事情的介质（make-aware agents）。根据麦克卢汉的说法，现代人是古登堡的产物，印刷的发明和书面传播的流行给人类带来了祸害。书面文字的单调划一和严格的顺序、人们的肉眼对那些易于辨认的相似符号的机械接受，形成了人的逻辑思维的形式，以此排斥和取代了更为具体、更为丰富的口语形式。印刷是工业技术的典型，是引起生活的机械化、理性化和非人格化的最强烈的动力。印刷文化的发展创造了一种自上而下的中央集权文化，印刷的发明是给人类带来了工业文明全部祸害的一种原罪。③ "媒介即讯息"这一重要命题对于文学来说，有两个方面的意义：一是媒介直接重新组织文学的诸种审美要素；二是媒介通过改变文学所赖以存在的外部条件间接地改变文学。

文学审美要素的重组对当代香港小说来说，意味着小说形式随传播方式的变更而发生深刻变革。"大众传播"（Mass Communication）这个概念首次出现在 1945 年 11 月发表的联合国教科文宪章中。1946 年，拉斯韦尔在其著作《宣传、传播

---

① ［加］麦克卢汉：《理解媒介——论人的延伸》，何道宽译，商务印书馆 2000 年版，第 33 页。

② 同上书，第 127 页。

③ 参见［匈］阿诺德·豪译尔《艺术社会学》，居延安译编，学林出版社 1987 年版，第 262—263 页。

与舆论》中第一次明确提出了"大众传播科学"的概念。美国传播学家杰诺维茨认为："大众传播由一些机构和技术所构成，专门化群体凭借这些结构和技术，通过媒介向为数众多、各不相同而又分布广泛的受众传播符号的内容。"① 大众媒介分为印刷媒介（报纸、杂志、书籍）、电子媒介（广播、电影、电视）和新媒介。各种媒介作为信息增殖者，都具有大量收集信息并大规模复制和向全社会公众传递信息的共性。因为要面向广泛的大众进行传播，不可避免要考虑到越多人接受越好，传播内容也就越通俗越好。"能够被迅速和容易理解的内容得到优先考虑，因为，与难于理解和陌生的材料相比，这种内容具有的含义为人所熟悉。换句话说，材料必须有新奇性因素，但是，不能达到要求受众自身具有全新视角的程度。"② 面临传播方式改变的当代香港小说也发生了变革：怪诞不经、跨越时空的奇幻故事开始挤兑严肃"为人生"的纯文学空间，性与暴力成为大多数香港小说必须涉及的因素，语言上的调侃与搞笑印证了大众传播对文学的影响力度："大众传播将文化和知识排斥在外。它决不可能让那些真正象征性或说教性的过程发生作用，因为那将会损害这一仪式意义所在的集体参与——这种参与只有通过一种礼拜仪式、一套被精心抽空了意义内容的符号形式编码才能得以实现。"③ 随着文学传播方式

---

① ［英］麦奎尔等：《大众传播模式论》，祝建华译，上海译文出版社 1987年版，第 7 页。

② ［美］戴安娜·克兰：《文化生产：媒体与都市艺术》，赵国新译，译林出版社 2001 年版，第 24 页。

③ ［法］波德里亚：《消费社会》，刘成富、全志刚译，南京大学出版社 2000年版，第 105 页。

的专业化、组织化，当代香港小说通俗化蔚然成风。

人类文化也同时发生了巨大变化，大众传播的登场直接造成了现代大众文化、消费社会的形成，文学所依赖存在的外部社会文化环境也发生了变迁。1957 年，查尔斯·莱特在《大众传播：功能的探讨》一书中提出：传播还具有娱乐的功能，即通过传播而使人获得一种满足感和快乐感。娱乐功能是大众媒介多种功能中最为显露的一种功能。极具娱乐精神的大众媒介在向广大受众传播信息时，在一定程度上消解、颠覆了传统高雅文化或精英文化的标准，从而生成一套新的价值意义系统，形成了"大众文化"。大众文化被称为 popular culture 或 mass culture，顾名思义，popular culture 强调大众文化的流行特质，即大多数人所共属的文化，有时也被译为"通俗文化"。mass culture 则侧重于强调大众文化是大批量复制生产的，并通过传媒广为传播。美国学者斯坦·威尔逊认为在现代社会中，popular culture 或 mass culture 没有什么区别，因为大众文化的形成也几乎全部凭借大众媒介。在法兰克福学派看来，现代社会的文化被纳入工业运作轨道，而大众传播媒介是文化物化过程最重要的手段，也是"文化工业"最直接的工具。现代社会的文化工业的统治者消除文化中对立和"异化"因素的方法，不是否定或拒绝各种与主流价值观相背离的文化价值，而是"把它们全部纳入已确立的秩序，并大规模地复制和显示它们"。① 在部分学者看来，大众媒介凭借自身高超的仿真传播技术成为对社会成员精神奴役和全面控制的工具，文化由"双

---

① ［美］马尔库塞：《单向度的人》，刘继译，上海译文出版社 1989 年版，第 9 页。

向度"转变为"单向度",不再是以提升人类灵魂境界为己任的圣贤,而成为帮大众消磨时光的"时间杀手"。[①] 大众文化加强了资本主义意识形态控制,其骨子里充满虚伪性和欺骗性,"它戴着虚伪和欺骗的面具,维护统治阶级统治,加强维持现状的顺从意识,成为巩固现存制度的工具"。[②]

　　消费文化,即消费社会的文化。大众文化的兴起,使"文化"行为进入消费领域、人的欲求领域。大众文化的流行代表了某种欲求化、人性化、非伦理化的诉求,它是人们在娱乐、消费中获得的身体的、心理的满足。许多研究都将消费文化追溯到18世纪的英国中产阶级及19世纪的英国、法国和美国的工人阶级中,认为当时的广告、百货商店、大众娱乐及闲暇等的发展,可能就是消费文化的起源。另一些研究则着重指出,美国在两次世界大战期间,就已初次显露了消费文化的发展迹象:广告、电影业、时尚和化妆品生产、交相传阅的大众小报、杂志和拥有无数观众的体育运动,使得众多的新品位、新秉性、新体验和新思想广泛传播开来。[③] 消费文化"基于这样一个假设,即认为大众消费伴随着符号生产、日常体验和实践活动的重新组织"。[④] 由于大众传媒技术的革新,现代文化从文字阅读走向视觉呈像,影像技术的进步使得处理各种真实形象成为可能。

---

　　① 石义彬:《单向度、超真实、内爆:批判视野中的当代西方传播思想研究》,武汉大学出版社2003年版,第24页。

　　② 同上。

　　③ [英] 迈克·费瑟斯通:《消费文化与后现代主义》,刘精明译,译林出版社2000年版,第165—166页。

　　④ 同上书,第165页。

大众传播与消费文化的关系可以概括为：其一，大众传播促进了消费文化的蔓延；其二，消费文化是大众媒介生存的土壤。媒体在向大众展示各种"生活必需"的产品的同时，也传递了社会意识形态。"在资本主义社会消费文化形成的过程中，媒体一直起着引导和制造消费需要的作用"，"跨国公司在全球范围的推进和扩张，也是以大众媒体传播的消费文化的扩张为先导。可以这样说，如果没有大众媒体，现代消费社会也就不会形成，全球化也就无从谈起"。① 在全球经济一体化的浪潮中，大众传播、大众文化、消费社会三位一体的格局正在形成：一面是大众文化；一面是消费社会，大众文化创造出消费社会，大众文化又依赖于消费社会，大众传播恰恰就是这两者之间的联结。

第二节　都市化与香港小说的
独立品格

在消费社会环境中进行的文学创作受到的影响是显而易见的。"大众艺术不仅用机械手段生产，而且可以在任何条件下得以复制。当然每一首曲子、每一幅图画都是可以复制的，但这不是大众艺术的意思。大众艺术作品——通过电影、广播和电视传播的——不仅可以被复制，而且就是为了被复制而创作

---

① 杨伯淑、李凌凌：《传媒观察〈资本主义消费文化的演变、媒体的作用和全球化〉》，《新闻和传播研究》2001 年第 1 期。

的。"① "消费文化的一个重要特征就是，消费绝不仅仅是为满足特定需要的商品使用价值的消费"，消费文化通过大众传媒"动摇了原来商品的使用或产品意义的观念，并赋予其新的影像与记号，全面激发人们广泛的感觉联想和欲望"。② 消费文化中的趋势就是将文化推至社会生活的中心，不过它是片段的、不断重复再生产的文化，文学也是不断再生产的文学。

香港人口在第二次世界大战后激增，据资料统计，1945年，第二次世界大战后的香港仅有 60 万人口，到了 1951 年增至 200 万人，此后每 10 年以约 100 万人口的绝对数字增加，至 1970 年已达 400 万人。人口结构的变化为香港文化市场提供了一个以青少年、中年为主的广阔的阅读市场。香港文化出版业随之迅速膨胀，现在的香港拥 60 多家报纸、600 多份刊物、200 多家出版社，大众传播媒介已经发育得相当成熟。香港在战后选择了一条来料加工出口的工业化道路，经济逐渐好转，1959 年，香港本地产品的出口总值第一次超过转口贸易总值，实现了由传统的转口贸易港向制造业中心的转变，推动了 20 世纪 60 年代开始的经济起飞。③ 20 世纪 70 年代后期，香港已经成为一座世界瞩目的繁华大都市，由工业社会向后工业社会转型。克斯洛夫斯基认为，生产文化和消费文化是区别现代和后现代文化的标志。生产文化主要表现为现代工业生产文

---

① ［匈］阿诺德·豪译尔：《艺术社会学》，居延安译编，学林出版社 1987年版，第 247 页。
② ［英］迈克·费瑟斯通：《消费文化与后现代主义》，刘精明译，译林出版社 2000 年版，第 166 页。
③ 见刘登翰主编《香港文学史》，人民文学出版社 1994 年版，第 198、199 页。

化向服务型经济的后现代生产文化的转化。"工业生产文化是由可预言性、完全监控和以终极产品为准的因素决定的。决定性的是产出。因此，工业生产变化可被描述为功能和批量导向的、现代的，亦即'阳性'的生产文化，而服务型经济的生产文化则指向过程化，它并不对产品生产进行全面监控，也不仅关心最终产品，还要关心产品形成的过程。它更强烈地体现为一种交往式的、情境式的、后现代的、'阳性'的生产文化的理想类型。服务型经济的'产品'比工业型经济的产品有更强烈的文化和象征型的特征。"[1] 消费文化则主要表现为"在后现代经济的需求与消费方面，需求与消费的社会文化模式已发生变迁。当代消费文化正在从大众消费向充满审美和文化意义要求的消费过渡"。香港最终脱离工业化过程，面向后现代生活方式转变，成为消费中心，各种凸显后现代性的"壮观场面、混合的文化符号"汇聚于此，高雅文化与低俗文化融为一体。香港文学也在香港工业化道路上自觉起来。香港文学之所以成立，在于其与其他地域文学一样，具备自身的视野与特色，然而长期以来香港文学本体这个概念不能成立。香港特殊的历史地位、社会环境和地理条件使香港文学独树一帜，然而，它却长时期得不到传统文学研究的认可。香港文学脱胎于内地文学，其作家队伍中大多数直接是南来的内地人。例如香港传统旧文学，就是内地近代文学在香港的移植。辛亥革命之际，一大批旧文人——所谓的第一批南来作家避居香港，他们凭借自身深厚的国学根底，在这块远离政治中心的南国小域中

---

① ［德］彼得·克斯洛夫斯基：《后现代文化——技术发展的社会文化后果》，毛怡红译，中央编译出版社1999年版，第125页。

继续将中国传统文学发扬光大。"1921 年由香港文学研究社主办、罗五洲主编的《文学研究录》，旗下的作者包括了章行严、章太炎、郑孝胥、林琴南等著名的国粹派。正因为如此，香港才可能到了 20 世纪 20 年代尚能集合起堪称庞大的旧学队伍，对抗新文化运动，致使这一曾是辛亥革命海外酝酿基地之一、且多受西方文化影响的香港，新文学的发展迟缓于内地长达十年以上。"① 在此后的大半个世纪里，因抗战到来的第二批、因内战到来的第三批南来作家使香港文学不断涌现出一个个小高潮，极大地丰富了香港文学的品种与特色，但长期由内地作家把持的香港文坛失去了香港自己的话语特色。1949 年后，受新中国成立的感召，一度主导香港文坛的南来进步作家，大部分返回内地，而时代政治背景的限制更加剧了香港文学与内地的隔阂。曾热闹一时的香港文坛顿时空寂下来，而一批在香港文化教育背景下成长起来的本地作家，逐渐成为文坛中坚力量，20 世纪 60 年代香港经济的腾飞"不仅改变了过去香港经济只依靠转口贸易的附属地位，也使香港的社会心态从五十年代初期的惶惑无主，落实在对自身经济实力发展的自信中"。② 经济的迅猛发展，加快了都市建设的现代化步伐，同时也把过速发展的诸多社会问题，摆到公众面前。它也吸引了香港作家逐渐摆脱过多的政治纠葛和对往昔内地生活素材的依赖，转向对香港自身的现实关注中来。他们从土生土长的写作立场出发，彻底改变了香港文学的立场与品格，香港文学的笔锋从南来作家对内地生活的追忆，转向对香港都市社会生活的描摹揭

---

① 刘登翰主编:《香港文学史》，人民文学出版社 1994 年版，第 11 页。
② 同上书，第 198 页。

示，香港文学的都市文化品质雏形初现，自此，香港文学才走上了一条独立自主的发展道路。

香港小说的独立品格，即华洋杂处的都市文学品格。20世纪70年代香港城市发展计划开始实施，香港迅速实现了都市化，自由经济给这座都市带来了发达的城市文化，塑造了香港成熟的都市文化性格。"城市里有文学所必需的条件：出版商、赞助者、图书馆、博物馆、书店、剧院和刊物。这里也有激烈的文化冲突以及新的经验领域——压力，新奇事物，辩论，闲暇，金钱，人事的迅速变化，来访者的人流，多种语言的喧哗，思想和风格上活跃的交流，艺术专门化的机会。"[①] 来源于市民心态，以娱乐大众为目的的通俗文学借港英政府不支持华文文化艺术事业发展的政策优势之机，通过大众传播媒介，进行了一场香港文学革命，最终占据了香港文学的半边天甚至大半边天。随着香港社会由工业社会转向后工业社会，消费文化急剧膨胀，流行文学变本加厉地扩张文学疆界，香港文学的都市品格更加露骨地表现出其媚俗、粗糙的一面，招致传统文学研究者的责难。例如在一开始大多数内地学者的眼中，香港就是"文化沙漠"，不存在真正意义上的文学。"当文学艺术变成了大众消费文化的一环后，作品变成了一种消费品，'消费者'欣赏包装多过欣赏内容，他们像欣赏流行曲一样，只要一时的动听，不求百听不厌的陶醉；或者说像吸软性毒品一样，只求一时的迷幻，一时的麻醉。在这样的消费文化语境里，小说像流水线上装配出来的产品一样，有固定的故事情节

---

① 〔英〕马·布雷德伯里：《现代主义城市》，《现代主义》，上海外语教育出版社1992年版，第76页。

模式，不同的只是人物姓名、身份等等的变化，人物只不过是一个符号，不要复杂的思想，也不要什么'生命意识'，也不要什么地老天荒的'爱情'，总之，写小说如同计算机智力游戏一般，只是一些人物与情节要素的重新组合，似乎已不需要作家饱含生命激情的参与。总而言之，香港小说不曾出现'顶天立地'、进入典型文学形象之列的人物的深层原因，也就在于它的'小说工业'的商品化。"①　流行小说中极尽铺陈的奢华，成了人们生活的范本，拜金主义、强者人格、开放的性观念及"有品位"的生活构成了香港此一时期流行小说的主旋律，那些怀着"白日梦"的大众成了商品销路的承受者。香港通俗小说不讨文学研究者喜欢的原因很多，其中流水线作业、只顾数量不顾质量的毛病遭诟病最多。为了满足众多读者的阅读欲，当代香港小说家们开足马力全力写作，著作等身的现象比比皆是，但小说情节模式化、重复化的现象更加突出。

　　然而繁华过后，清晰的流浪感更使人痛苦，当代香港小说无法摆脱"漂泊"的母题。在 20 世纪 50 年代的香港小说中，人物面对的是饥饿、贫穷和流亡，他们所承受的是一种生存无依的漂泊焦虑，如侣伦的《穷巷》里的罗建、曹聚仁的《酒店》里的黄明中。在 20 世纪 60 年代香港文坛出现向内审视的文学思潮中，香港小说中体现的是社会成员对现代社会的现代性体验——压抑与隔阂心理：激烈的竞争，不确定感，渴望与沮丧，离轨以及各种战争带来的毁灭感。各种精神流浪者大量涌现，刘以鬯的《酒徒》中的酒徒和《对倒》中的淳于白、舒巷城的《太阳下山了》中的林江、昆南的《地的门》中的叶文海都可谓此类人物

---

①　蔡益怀：《想象香港的方法》，中国社会科学出版社 2005 年版，第 232 页。

的典型。在150多年的殖民地历史里，通过兼收并蓄的包容性，香港已发展出一套唯一的、独特的文化形态：既有中国传统文化的因子，亦有西方外来的冲击和养分，结合而成国际性大都会的文化模式。① 然而香港夹在两种文化的中间，市民难免产生文化身份认同危机。到了20世纪70年代，香港经济步入黄金时期，社会的各种诉求开始浮现，香港人开始追问自己的国族身份，因而"何处是我家"又成了一大主题。这一时期的小说，如《我城》中的"我"、《失城》中的陈路远、《都市：影像迷宫》中的乱马以及《浮城志异》中那座"浮城"都充满了关于身份的迷思。这种"弃儿"感在20世纪80年代开始发生改变，1984年中英"联合声明"签署，香港进入回归过渡期，香港文学作品中体现出由怀疑与不安到认可与接受，东西文化身份的矛盾感逐渐平复。最终，回归的强烈认同感成为这一时期的主流文学母题。《胭脂扣》、《塘西三代名花》、《庙街两妙族》、《烦恼娃娃的旅程》、《归航》、《心涛》等小说都是回归文学的代表。通过政治手段的解决和内地经济社会的发展，香港人又回到了中国传统文化的母体中。

香港文化与内地文化走向融合的另一种途径是香港对内地的文化传播。从20世纪70年代末开始，香港流行小说首当其冲，电影、电视剧、流行歌曲等香港文化纷纷进入内地，形成一股规模浩大的香港流行文化潮。这时候的文学传播现象令人惊奇，内地大众经受了一次强烈的"文化震惊"。当梁羽生、金庸、亦舒、林燕妮、梁凤仪、李碧华等人成为大陆文化市场

---

① 参见陈清侨编《文化想象与意识形态》，牛津大学出版社1997年版，第55页。

炙手可热的人物时，内地作家发现自己失去的不仅仅是广大的读者，而且连出版发行的传播渠道也被抢占了。2006年，金庸《天龙八部》入选人教版新编普通高中《语文读本》第四册，更是成为万众瞩目的焦点。作为一种文学样式，通俗文学已越来越受到人们重视，而在改革开放初期，内地似乎还没有做好迎接消费文化、通俗小说的准备。内地是一个强大的政治实体，但在经济上却长期处于弱势，发展远不如香港。香港只是南方的一个边陲之地，自古无论是政治、经济还是文化，内地都是中心，香港一定是边缘，然而，流行文化却使香港走向舞台中央，内地成了配角。面对香港文化的强势，内地明显还不习惯。如王朔坦言："二十年前，我们提到香港经常说它是'文化沙漠'，这个说法在很长时间内使我们面对那个资本主义城市发达的经济和令人羡慕的生活水平多少能保持一点心理平衡。那个时候香港人的形象在我眼里是喧闹和艳俗的。"① 与这种心理同时发生的是内地作家的"自救"行动。面对大陆市场经济发展的压力和滚滚而来的流行文化，内地小说作家不约而同地选择了向通俗靠拢，不同的只是程度上的差异。此时的香港小说写作方式、运作模式和反馈机制成为内地小说最好的启蒙老师。

改革开放后，内地经济发展日新月异，为内地的大众文化发展提供了温沃的土壤。文化出版传播事业政策的放松，使大大小小的出版社、电视台、文化传媒机构如雨后春笋般成长起来，大众传媒在文化事业中的领导地位日益凸显，内地的大众

---

① 王朔：《我看大众文化港台文化及其他》，《无知者无畏》，春风文艺出版社2000年版，第2页。

群体也已形成。英国伦敦麦格鲁西尔研究所的一份报告预计，1993 年中国的消费为 2610 亿美元，而在 2003 年将增加到 7340 亿美元，中国消费的年均增长率将达到 7.5%，是世界上增长最快的消费市场。中国已经大步迈入消费社会，香港通俗小说也加大了传播的广度与深度——电影院里、电视荧屏前的观众仍需要一个个香港式"武侠梦"、"暴力梦"、"言情梦"来消费。"1995 年，在香港学者写的一本名为《北进想象》的书中，对回归前夕香港人复杂的心态做了如下解剖：香港人对于被英国人殖民的身份持有暧昧态度，内心认同殖民带来的繁荣，甚至有种因此而来的优越感，但不敢公开表露，害怕'政治不正确'；对于回归却持有一种恐慌，将大陆看成是新的殖民者，这也是移民潮的原因；但是另一方面，随着香港资本主义文化和经济力量的'北进'，香港又在大陆扮演着疯狂赚取利润，传播资本主义价值观的殖民者角色。"① 这种双重心态给香港带来了既是传播者又是接受者的双重身份：一方面，改革开放以来，内地人的文化、心理因大众传媒带来的流行文化而产生了深刻的变革，关于生活、爱情、性格、气质、美丑、快乐、痛苦等所有涉及人性方面的理解和认同都被重新塑造。从"不爱红装爱武装"到"性感"、"酷"、"帅"，我们的心理习惯已经被完全改变了，而这都与小说、电影、电视、网络承载的新的大众文化品位不无干系。另一方面，香港也在接受大陆文化的反向传播："回归之前，在港人心中，'家'的概念普遍大于'国'的概念。事实上，长期以来，港人处于一种

---

① 张宗伟：《激情的疏离："后九七"时代香港电视剧"北进"之旅》，《当代电影》2008 年第 1 期。

有家无国的状态，因此家族利益往往凌驾于政治、国族的认同之上，这成为港剧中'家族剧'特别繁荣的主要原因，在《流氓大亨》（1986）、《义不容情》（1992）、《天地男儿》（1996）等经典的港式家族剧中，血缘都是故事的主线，亲情总是最后的救赎。回归之后，香港政治身份的变易促使港人重新思考'家'的概念，内地主流文化中，'家'、'国'历来就是一体，而国家利益又往往高于家庭利益，在内地大力提倡的主旋律电视剧中，'国家利益高于一切'、'舍小家顾大家'等理念随处可见，随着两地文化的互动，上述理念逐渐引入两地合拍的一些新式'家族剧'中。比如央视与TVB联袂拍摄的《岁月风云》，为顾及央视播出的需要，它不仅回避了传统香港'家族剧'兄弟之间争风吃醋等惯用桥段，以及有涉案嫌疑的动辄绑架杀人等暴力情节，而且将人物行为的主要动机归结为振兴民族汽车工业的百年梦想。《荣归》中的兄弟二人在共同经历了一场生死考验后，哥哥李国荣谢绝了弟弟李国凯的财产赠与，并告诉弟弟，人的寄托在于对国家的贡献，而不在于个人财富，李国凯于是决定为神州大地贡献孝子的微薄之力。由此可以看出，'后回归时代'的新式家族剧在讲述家族故事的背后，更包含了民族国家的'微言大义'。"① 可以说，以香港小说为代表的流行文化"北进"大获成功之后，给内地送来了流行文化的第一波"春风"，在很大程度上启蒙了内地大众文化的发展、消费社会的成型，同时部分消解了香港对内地的政治恐惧与怀疑心理，加速了香港与内地的文化融合。

---

① 张宗伟：《激情的疏离："后九七"时代香港电视剧"北进"之旅》，《当代电影》2008年第1期。

香港小说在内地传播的重要意义，发人深省，值得深入研究。我们将这一研究纳入传播学研究视野，以拉斯韦尔的"5W"传播模式为基本框架：谁（Who）——说什么（says What）——通过什么渠道（in What channel）——对谁（to Whom）——取得了什么效果（with What effects）。

拉斯韦尔的"5W"模式

任何"模式不可避免地具有不完整、过分简单以及含有某些未被阐明的假设等缺陷，适用于一切目的和一切分析层次的模式无疑是不存在的"，"因为大众传播研究的不同途径涉及到互不相容的不同侧重点，有时涉及到前后矛盾的理论，因此，任何一个全面性模式都可能混淆各种科学的探讨，不可能正确说明现实真实的思想状况"①，但拉斯韦尔模式清晰地界定了传播研究的五个部分，具有简明易操作的特性。我们在坚持"5W"模式时，为克服直线性和孤立性，划分为编码、噪音、解码与反馈四个部分。

G. 格伯纳则认为，传播可定义为"通过信息进行的社会的相互作用"②。信息的传播过程包括传播者的编码、信息接

---

① ［英］丹尼斯·麦奎尔、［瑞典］斯文·温德尔：《大众传播模式论》，祝建华、武伟译，上海译文出版社1985年版，第13页。

② ［美］沃纳·赛佛林、小詹姆斯·坦卡德：《传播理论：起源、方法和应用》，陈韵昭译，福建人民出版社1985年版，第6页。

受者的释码以及建立一套在传播者与受传者之间被接受的代码系统，整个传播系统受到传播主客观条件的制约与影响。毫无疑问，文学传播也遵循着信息传播的规律，文学信息源于作家的编码，通过书籍被受传者或读者阅读，最终被读者解码。然而整个编解码式的文学信息传播过程在大众传媒时代变得复杂起来：当代香港小说的编码者不仅仅是当代香港小说家，还包括大量新兴的媒介文化人；当代香港小说在内地的传播时期，正是"图像时代"以胜利者的姿态凌驾于文字时代之上时期，香港小说信息文本正经历着一场视觉转向；内地接受香港小说的传播是一个渐进的过程，这个过程也是内地大众传播广泛建立的过程；香港小说的传播并不是一个简单的文学阅读的过程，大众传媒与政治权力、经济利益结合后新生成的产物，其本身显现出一种暴力特征，这个充满悖论的新产物究竟扮演着一种什么角色？与大众传媒共谋关系的当代香港小说在其中又起到了什么作用？这些将是我们论述的重点。

第七章

当代香港小说在内地传播的
传播者分析

当代香港小说的传播者主要由香港小说家组成，但不是一个单纯由小说家组成的写作群体，而是一个混杂着各种文艺人士与传播机构的异质群体。传统意义上的文学写作指的是作家个人的艺术行为，然而在当代香港文坛，小说信息的编码已经脱离了艺术家个人，成了文化工业运作中小说家、出版商、书商、各类电影工作者、评论家和大众传媒集体创作的产物。然而这个新传播者群体的形成，并不是一蹴而就，而是一个逐渐变化的过程。本章第一节从传播群体中香港小说家的地域谈起，对其与香港小说发展的过程之关系进行分析，第二节讨论香港小说家群体在现代社会发生的分化现象，第三节重点讨论当代香港小说新兴传播群体的角色与功能。

第一节　南来与本土

香港作家从身份来源上区别，可以分为南来作家与本土作家。

　　香港文学的发展在 20 世纪 50 年代以前直接受到内地文学的扶植，作家多来源于内地。在风云变幻的 20 世纪，内地小说家不断南来，又不断离开，他们像一群无根的候鸟，给香港文坛带来不断的高潮，也写下了香港小说与政治的不解之缘，他们的身份变换与文学实践体现出香港小说固有的漂泊特质，同时也催生了香港本土小说家的迅速成长，与之共同推动了香港小说的本体构建。换个角度也可以说，香港作为特定历史时期内独立于两岸政治之外的第三地，既是被激烈争夺的文化前沿，也是多元文学形态得以幸存、传承的庇护所，正是这独特的历史地位，为南来小说家群体的出现、生存、活动创造了条件。

　　20 世纪 50 年代之前，香港共接受了三批南来作家：第一批是为躲避辛亥革命战乱而来的国粹派章行严、章太炎、郑孝胥、林琴南等著名文人；第二批是为躲避日寇侵华战争而来的郭沫若、茅盾、巴金、邹韬奋、夏衍、戴望舒、林语堂、萧红、端木蕻良、施蛰存、叶灵凤、郁达夫、骆宾基、楼适夷、叶君健、欧阳山、巴人、陈残云、徐迟、萧乾等内地作家。这批南来作家对香港新文学的影响主要有两个方面："首先，创办或接办了文艺刊物和报纸副刊，其中影响较大的有茅盾主编的《文学阵地》，茅盾、叶灵凤先后主编的《立报·言林》，戴望舒主编的《星岛日报·星座》，周鲸文主编的《时代批评》，陆丹林主编的《大风》以及戴望舒、叶君健主编的《中国作家》等，这些报刊的出现，活跃了香港文坛，把香港新文学从最初的兴起推向了一个新的发展阶段。"其次，"在南来作家创作的潜移默化影响下，香港第一代本土作家如侣伦、李育

中、阿宁、夏易、舒巷城等的创作也积极关注现实人生，以写
实主义的手法，表现了香港市民空前高涨的爱国热情"。① 第
三批是由于 1946 年内战爆发，从国统区南来的新文学作家，
如郭沫若、茅盾、冯乃超、叶圣陶、郑振铎、夏衍、钟敬文、
邵荃麟、乔木（乔冠华）、黄药眠、臧克家、黄秋耘、司马文
森、袁水拍、廖沫沙、黄谷柳、周钢鸣、吴祖光、孟超、徐
迟、林默涵、陈残云、胡风、秦牧、聂绀弩、芦荻、吕剑、沙
鸥、唐弢、杜埃、林焕平、章泯、楼栖、于逢、周而复、端木
蕻良、蒲特、秦似、萨空了、韩北屏、鸥外鸥、华嘉、欧阳予
倩、蔡楚生、吴紫风、刘思慕、杨奇、李育中、胡明树等人②。
这批作家中的进步小说家在香港笔耕不辍，实际上掌握了当时
香港文坛的主流言语权。

　　1949 年，伴随着中华人民共和国的成立，香港文坛因为政
治原因而波澜起伏。随着朝鲜战争的爆发，香港成为东西方阵
营激烈争夺的前沿阵地。"政治上的反共色彩，也使溃退台湾
的国民党政权企望在香港建立自己'反攻复国'的据点。但另
一方面，考虑到自身经济利益的英国政府，又率先于 1950 年 1
月承认新中国。这使得在英国殖民统治下的香港，成为新中国
对外关系的一个合法的通道，保留和加强了在港的进步文化机
构和经济力量。这一特殊的政治环境，使香港成为左右两派政
治力量夹击的国际'公共空间'，既是东西两大阵营互相窥视、
渗透、喊话和较量的窗口，也是在大陆已决出胜负了的国共两
党在海外重新角力的场所。它给予香港文化和文学的影响是十

　　① 刘登翰主编：《香港文学史》，人民文学出版社 1994 年版，第 82—83 页。
　　② 同上书，第 138 页。

分明显而深长的。"① 第三批南来作家受到新政权的感召，大部分北上，相对的是，张爱玲、徐訏、徐速、司马长风、刘以鬯、李辉英、黄思骋等作家又因为种种主客观原因，先后来到香港，形成了第四批南来作家群。香港学者黄康显说："这些文化难民，是右倾的，因此他们亦是另一形式的政治难民。他们日后的文学活动，亦含政治的偏向。只不过他们有异于前期的作家：第一，他们缺乏组织的支持，第二，他们大部分一穷二白，从不以香港为家，他们永远向北望，往昔日想，因此他们的意识形态与表现，是纯中国大陆式的，完全不带半点香港色彩。"② 这批作家或由于思想困惑而有所发，或受"绿背文化"③ 影响而打上"右"的旗号，与"左"派作家暂时形成了两股特色鲜明的小说派别。

　　首先，"右"的势力在香港创办了亚洲出版社和友联出版社，并发行了《祖国周刊》、《人人文学》、《今日世界》、《中国学生周报》、《海澜》、《大学生活》、《儿童乐园》、《知识》等期刊，以高额稿酬收买作家供稿。曹聚仁曾说："有一大笔钱，即是，冲绳岛、硫磺岛的剩余物资，就在国民政府期间，给美国人拍卖所得的一亿美元，他们就是准备用之于中国的文化事务的……那个××亚洲基金会的经常费用，便是从这儿来的。他们预定每年一度，在香港方面，使用 60 万美金。这个

① 刘登翰主编：《香港文学史》，人民文学出版社 1994 年版，第 199 页。
② 黄康显：《从难民文学到香港文学》，《香港文学的发展与评价》，香港秋海棠文化企业 1996 年版。
③ 所谓"绿背文化"，是美国在朝鲜战争爆发后，提出"防止共产主义势力南下"战略，并通过美国暗中支持的亚洲基金会在香港成立出版社和创办刊物，通过高价稿酬支持作家创作攻击共产主义的文学作品，由于美元的颜色是绿色，故称为"绿背文化"。

协会，准备对香港的学校、出版社、报刊一类文化事业有所资助；因此，只要能打出一个主意，拟出一个计划，就有捞到美金的希望。这两年来，一窝蜂似的，办学校，弄出版社，出版期刊，就是从这一缸蜜糖诱导出来的。"① 在求金动机的驱使下，一些南来作家创作了很多政治倾向鲜明的作品。如赵滋蕃的《半下流社会》，徐訏的《女人与事》，司马长风的《殷老师的眼泪》、《多少梦想变成真》、《北国的春天》，南宫博的《江南的忧郁》，沙千梦的《长巷》、《有情世界》，思果的《私念》，黄思骋的《代价》、《选手》、《独身者的喜剧》，齐醒的《伟大的序幕》、《沟渠》，林适存的《鸵鸟》、《无字天书》，墨人的《黑森林》，端木青的《阿巴哈哈尔草原》等。稍晚些时候，大陆新政权开始注意到香港的文化斗争，并于1957年创办了"左翼"文学月刊《文艺世纪》。壁垒分明的两种政治，试图在香港展开一场没有硝烟的意识形态争夺战，不过这场刀光剑影的争夺的主角是小说家。阮朗刚刚出版《人渣》，赵滋蕃的《半下流社会》也随即出版，宋乔、阮朗写出讽刺国民党领袖的《侍卫官杂记》与《金陵春梦》，南郭马上发表揭露中共领导人的《红朝魔影》、《烛影摇红》、《南雁北飞》。刘以鬯在述及20世纪50年代香港小说创作时说："政治不断蚕食文学，文学几乎变成政治的一部分了。在那个时期，即使张爱玲那样有才华的作家，从上海来到香港后，也写了《秧歌》与《赤地之恋》……在'绿背浪潮'的冲击下，作家们不但失去独立的思考能力，甚至失去创作的冲动，写出来的作品，

① 曹聚仁：《采访新记》，香港创垦出版社1956年版。

多因过分重视思想性而缺乏艺术魅力。"① 不可否认的是，过多的政治、金钱因素的干扰，大大影响了香港小说家正常的文学创作，使当时香港小说的文学审美本质多少打了折扣。

然而，香港小说家持"左"或"右"写作态度，两派并非已到了阶级矛盾不可调和的地步。"左右两派文人，却同有浓厚的中国情怀，左翼着眼于当前，右翼着眼于传统，但同样'根'在中华"②，"'左翼'文学阵营的写作更多地继承了1940年代后期采取的与香港民众结合的方法，开始多取'写实'手法，反映香港草根阶层的生活，后来为迎合市民大众的阅读需求，推出了在大陆全面禁绝的武侠小说，《新晚报》更是捧出了梁羽生、金庸的新武侠小说。右翼文人则较强调知识分子对国家民族文化的承担感，强调对中国文化本位的思考和感受，历史小说、文化散论等更受他们关注。"③ 与此同时，香港宽松的文化环境有力保护了小说家的艺术创作。在特有的多元包容的社会文化背景中，相较大陆的意识形态一元化和台湾的"党禁"，香港的文学传播相对自由宽松。如文学作品的传播没有受到过多限制，"图书馆、旧书店以及报刊上皆可读到其他华人社区不能读到的五四以来各种作品。此外当时翻印三、四十年代书籍也很蓬勃。沈从文、端木蕻良、萧红、钱锺书诸人的小说都有翻印，冷门书如卞之琳的《鱼目集》、孙毓

---

① 刘以鬯：《五十年代初期的香港文学》，见陈炳良《香港文学探赏》，香港三联书店1991年版。
② 郑树森等：《香港新文学年表（1950—1969）·三人谈》，香港天地图书有限公司2000年版，第18页。
③ 黄万华：《香港文学对于"重写"20世纪中国文学史的意义》，《河北学刊》2008年第5期。

棠的《宝马》、辛笛的《手掌集》、李广田的《诗的艺术》、钱锺书的《中国诗与中国画》都曾翻印出来。这里的'书单'展示的正是'五四'以来，尤其是三、四十年代中国现代文学中一种'另类'而又具有较大包容性的传统。"① 在没有政治体制的强压下，无论"左"还是"右"的小说家，必须以读者的欣赏力为创作的出发点，传播者的审美追求也能得以彰显。当时创办的香港友联文化事业有限公司"于1953年开始发行的《中国学生周报》和《儿童乐园》是当时香港影响最大的两份家庭读物，宣传传统中国文化教育是这两份刊物的重头戏"②，并培育了燕云、陈濯生、徐东滨、王健武、司马长风等一批年轻作家和文化精英。《中国学生周报》更是在双峰对峙的中间打起了"不受任何党派的干扰，不为任何政客所利用……畅所欲言，以独立自主的姿态，讨论我们一切问题"的旗帜。第三批南来作家中的海派小说家们，也在香港继续着现代主义中国化的探索实践。此外，在两种意识形态争夺主导权的行为中，为香港本土小说家的成长发挥了相当大的正功能作用。在"绿背"的大力支持下，一些文艺活动起到了兼听则明、开阔眼界的效果，"大有助于当时香港青年接触中国大陆二三十年代以来的文艺作品，乃至俄苏文学"③；另一方面，"较长期在香港居住的左翼文化人……多年来秉承中央的指令，他们也认同要尽量淡化'左'的色彩，以较'灰色'文艺的

---

① 黄万华：《二战后至1950年代的香港文学：在传统中展开的文学转型》，《广东社会科学》2009年第5期。

② 同上。

③ 郑树森等：《香港新文学年表（1950—1969）·三人谈》，香港天地图书有限公司2000年版，第18页。

面貌来争取香港读者"，"他们对香港本地青年的影响，主要不是在政治意识方面，反而在于唤起他们的民族意识，对中国文化的关注"①。可以说，20 世纪 50 年代的南来小说家群体在香港一系列的创作活动，附着了特定的历史元素，形成了引人注目的文化现象，为香港小说的自觉、香港本土小说家的异军突起，创造了有利的条件。

香港小说的自觉意味着香港小说家首先要自觉起来，摆脱政治对小说创作的束缚。在论及香港文学的自主性时，黄继持先生认为："'香港性'比之'香港色彩'，是一个生造的词。在讨论文艺作品有时用上，至少不仅谓写了香港这个地方；笼统而言，是否可以称谓，在作品中，或题材，或思想，或风格，或其他艺术因素，其中一项或多项，表现出只有生活在香港这个特定时空的作者，所能有的观察感受与艺术思维？"②"20 世纪 50 年代，强大的'美元攻势'，在冷战结构形成期间出现，香港文化界一时'右翼'当道。但不论四十年代的'左'，五十年代的'右'，占主导地位的文化人多是从中国内地转移来此的，关心中国政治文化，多于关注本港。如果说有文艺思潮，多不外是大陆或台湾的回声与摹本，混杂着中国文学的政治文化及本地文学的商品化色彩。"③ 20 世纪 50 年代后，随着第三批南来作家的离去、1956 年政治运动的爆发，香港文坛意识形态写作走向低谷，以侣伦、舒巷城、夏易、金依、吴羊璧、张君默、海辛等为代表的第一代本土作家崭露头

---

① 郑树森等：《香港新文学年表（1950—1969）·三人谈》，香港天地图书有限公司 2000 年版，第 23 页。

② 黄继持：《寄生草》，香港三联书店有限公司 1989 年版，第 21 页。

③ 黄继持：《文艺、政治、历史与香港》，《八方》第 7 辑，第 76 页。

角。他们的小说创作基本上仍沿着批判现实主义的老路，但由于已经摘下了有色眼镜，所以能够较客观地表现香港社会生活。小说的视野转向了本土，人物塑造也从扁平符号化的政治人物变为拥有"香港性格"的人物形象。1952 年侣伦发表的《穷巷》描写了一群下层香港市民的困苦生活，作者在塑造香港小市民群像的同时，侧重展示他们乐观、勤劳的"港人"性格，对社会丑恶现象不无鞭挞，但没有陷入意识形态的陷阱，所以香港评论界对此评价很高："这正是有良心的作家的创作品格。这位当时曾尝尽酸甜苦辣的、生活在这个畸形社会底层的作家，既'不惑于私情'，又'不囿于短见'，在'沙漠黄风'的袭击下，能'出淤泥而不染'，忍受自我斗争，坚持'写我所熟悉的'现实生活，确实难能可贵的。《穷巷》就是作者把对社会的认知能力，与所受触动的感情，进行'化学反应'，正确地将社会重压的小市民的呻吟和挣扎，真切地描绘出来。"① 舒巷城的《太阳下山了》描写的是鲤鱼门筲箕湾地区的风土人情，字里行间流露出浓浓的港岛风格，同样受到好评。第一批本土作家的成功，标志着香港文学独立自主发展的开始。

香港小说家本土意识的觉悟，还集中表现为 20 世纪 50 年代香港现代主义文学浪潮的兴起。1956 年 3 月 18 日，香港第一份以介绍西方现代主义文学为宗旨的期刊《文艺新潮》创刊，主编马朗公开宣称《文艺思潮》的主要意旨是："在文学上追求真善美的态度，从艺术上建立理想的乐园。"② 主办者

---

① 张诗剑：《论侣伦的代表作〈穷巷〉》，《台湾香港文学论文选》，海峡文艺出版社 1985 年版，第 329 页。

② 卢昭灵：《五十年代的现代主义运动》，《香港文学》1989 年第 49 期。

想通过介绍外国现代主义文学作品，从中破旧立新，寻找香港
文学今后可行的方向。这股试图走新路、唱新调的文学潮流具
有积极的意义，羁魂论道，香港 20 世纪 50 年代现代主义运动
"为早已奄奄一息于'绿背文化'与'殖民主义'双重压抑下
的香港文学，带来一丝生气、一线生机！可以说，现代主义文
学思潮得以在香港吐蕊发芽，某个程度上，正是对殖民主义的
一个反动"。① 香港年轻的现代主义作家群以《文艺新潮》和
《浅水湾》副刊为主要阵地，掀起了一股存在主义文学浪潮。
其中，作家刘以鬯写出"中国第一部意识流小说"《酒徒》，
其后又发表了《岛与半岛》、《陶瓷》、《对倒》、《寺内》等重
要实验小说，表现出旺盛的创新能力。其他年轻小说家如江诗
吕、林瑟琶、绿骑士、昆南、李维陵、王无邪等人都对当时西
方流行的存在主义、意识流和超现实主义进行了横的移植，积
极运用现代写作技巧进行小说创作。这股现代主义文学思潮持
续到 20 世纪 70 年代后，被更加成熟的一代香港现代主义作家
西西、也斯、吴煦斌等人接过大旗，进行魔幻现实主义小说
探索。

　　20 世纪 70 年代后，第五批南来作家抵港，有陶然、颜纯
钩、东瑞、白洛、陈娟、陈浩泉、巴桐、杨明显、王璞等，人数
多达近百人。20 世纪 80 年代后，第六批南来作家抵港，其中如
程乃珊、黄虹坚、关夕芝等人已在内地文坛卓有成就，他们的加
入，大大加强了香港纯文学创作的力量。与前四批南来作家不同
的是，其一，第五、六两批南来作家大都经受了"文化大革命"
等政治冲击艺术的运动，来港后积极主张文学创作要摆脱政治束

---

① 　羁魂：《香港新诗五十年》，《诗双月刊》1997 年第 32 期。

缚，加强人性、自由艺术的探讨，进行了大量纯文学创作；其二，这两批作家坚决地定居香港，将香港作为自己新的家园，这就使其很快摆脱了"过客"心态。在他们的小说中，活跃着大量有血有肉的现代香港人形象。他们的视野始终关注香港现实社会，其创作最终也成为当代香港小说独立发展的一部分。

第二节　他者与同盟者

人类的行为都是一种合目的性的行为，在任何传播行为的背后，都隐藏着传播主体的目的，文学传播行为也不例外。小说传播者的目的（当代香港小说家的写作目的）隐含在传播者的编码行为（即制作小说信息）中，受到传播关系和传播情境的制约，并直接影响着传播者的解码。

当代香港小说家按写作目的和立场来划分，可分为作为消费社会他者角色的传统作家和作为附属于文化工业的产业工人。香港小说家经受了经济发展的几次飞跃，社会从前工业到后工业时代的转型以及多次政治风波的影响，仍不乏纯文学作家，他们对香港社会生活的描绘，或讽刺揭露、或赞美认同，但写作的目的都本着文学是人学的原则，在艺术创作中"一点也不回避调动读者的情感的手法的运用，但他们从不仅仅满足于情感的调动，而总是同时地调动读者的理性，常常把他引入严酷的现实生活之中"。① 这类小说家了解并尊重情感的秘密，

---

① ［匈］阿诺德·豪译尔：《艺术社会学》，居延安译编，学林出版社1987年版，第260页。

但不去神化它们，按照法兰克福学派的观点，他们是与现实生活保持必要距离，作为消费社会他者角色的艺术家。与此相反，还有一类小说家，他们与大众媒体保持亲密的联系，并与香港消费社会达成共谋关系，他们视写作为"稻粱谋"，甚至主动参与小说作为商品买卖的过程，此类小说的流行，最大吸引力就在于其情感的不真实，它们使读者或观众对主人公产生完全的认同感，从而逃避现实的生活。他们只是为大众提供精神麻醉剂的写手，是香港消费社会的同盟者。

传统观点认为，艺术是对人生的静观，是对现实清醒的揭示与对彼岸美好的寄托。小说理应成为人生的写照，积极指导人类的生活，升华读者的情感。"真正的艺术会鼓舞我们去拨开现实生活的迷雾、去与潜在的危险进行斗争。"[1]小说家是艺术家，也是生活清醒的批判者，与现实社会始终保持着用以观察的距离。这种距离可以用"文学公共领域"来解释。哈贝马斯所说的"公共领域"是指"我们的社会生活的一个领域，在这个领域中，像公共意见这样的事物能够形成"。[2]公共领域是私人领域的一部分，它是一个"由私人集合而成的公众领域"[3]，公共领域的精髓在于其批判性。17世纪，咖啡馆、沙龙遍布欧洲，新兴的资产阶级知识分子和部分贵族借此积极参与社会交往，最初，探讨的是一些文学问题，进行文学批评。

---

① ［匈］阿诺德·豪译尔：《艺术社会学》，居延安译编，学林出版社1987年版，第269页。

② ［德］哈贝马斯：《公共领域》，王辉译，《天涯》1999年第3期，第139页。

③ ［德］哈贝马斯：《公共领域的结构转型》，曹卫东译，学林出版社1999年版，第33页。

当批判从文学领域转移到政治领域时，便形成了公共领域。在哈贝马斯看来，大众传媒既是公共领域的组成部分，也是公共领域的一种内在的机制，然而大众传媒又最终颠覆了公共领域。大众传播手段的兴起，大众文化的流行，以语言为中介，以对话为基础的交往开始消失，新媒体如广播、电视消除了它们与受众之间的距离（正是通过这种距离，实现了公共领域），它们采取一种单向的信息传播方式，限制了受众的反应，因此，在此情况下，文化消费的公众取代了文学批判的公众，"阅读的公众的批判让位于消费者彼此交换品味与爱好"。① 以往，文学样式从素材中产生，文学是私人内心世界的体现，如今文化工业根据市场规律大批量生产文学作品，"从而在消费者的意识形态之中制造出市民私人性的表象"②。市场规律的侵蚀，作为政治公共领域的雏形——文学公共领域也不复存在了。同样，图像时代的到来，现代传播操纵下的消费社会消解了文学存在的基础——现实与艺术的分离。

当代香港经济的繁荣推动了香港大众传播事业的繁荣。据统计，至1990年，在香港注册出版的杂志共610种，报纸共69种，版面多至20大张，有的发行量高达49万份，一般也有数十万份。香港还有二百多家出版机构和三千七百多家印刷公司，每年出版七千多种图书。③ 根据《香港统计月报》2003年7月号刊登的最新数据显示：2001年，香港印刷和出版业的增

---

① 转引自石义彬《单向度、超真实、内爆：批判视野中的当代西方传播思想研究》，武汉大学出版社2003年版，第66页。

② ［德］哈贝马斯：《公共领域的结构转型》，曹卫东译，学林出版社1999年版，第158页。

③ 见刘登翰主编《香港文学史》，人民文学出版社1994年版，第394页。

加价值达到 123 亿港元，以增加价值而言，印刷和出版业已成为香港制造业中最大的行业组别，它的增加值已占整个制造业的 19.9%。在 2001 年，印刷和出版业共有 3950 家单位，其行业结构的分布为，承印业占 66.7%，其他印刷、出版和有关行业占 32.5%，而报纸印刷和出版业则占 0.8%。此外，香港还拥有 15 个广播电台和电视台。香港又被称为"东方好莱坞"，共有电影制片单位五十多家，每年生产一百多部电影，一百七十多家影院每年放映 450 部电影，观众达 6000 万人次。电子传媒的普及使其自 20 世纪 70 年代中期即成为香港市民获取信息和娱乐的主要来源。这些异常发达的文化工业，为当代香港小说提供了巨大的发表空间和快速的流通渠道，也促成了当代香港小说流行化风格的形成："新时间体验只集中在现时上，除了现时以外，什么也没有。"[①] 大众传播运用画面、色彩、音响、语言等技术合成手段，填充着受众的感知，直接影响着他们的判断，不断煽动起受众"虚假"的需求和满足。当代香港小说，无论是纯文学还是通俗文学，大部分都有在报刊上发表的历史，小说家在写作时必须要考虑到媒体对其"轻薄短小"的要求。

另一方面，香港读者期待阅读快感而不是受教育的沉重心理，也是加快当代香港小说家分化的重要原因。"大众传播所具有的巨大渗透力和制约性，使得其意识形态方面的自觉立场和性质，在一个相当广泛的社会接受过程和具体感受中，成为大众的对象：大众日常生活以特定观念形态认同了大众传播的

---

① ［美］弗·杰姆逊：《后现代主义与文化理论》，唐小兵译，陕西师范大学出版社 1986 年版，第 207 页。

意识形态利益，并进一步转换为生活实践本身的意识内容。这种大众日常生活对大众传播力量的观念性肯定，表明人的具体生活意念、判断被整合进大众传播所控制的意识形态氛围里，大众传播的意识形态利益与当代大众日常生活观念的非自觉性，构成为一种模式运动，期间的不平衡性已是人们无力法抗的事实。"① 大众传播宣扬的与资本主义经济混为一体的消费文化在统治了现代社会之时，也赤裸裸地体现了消费社会中物化了的人们的欲望、梦想与幻想。"一切都由这一逻辑决定着，这不仅在于一切功能、一切需求都被具体化、被操纵为利益的话语，而且在于一个更为深刻的方面，即一切都被戏剧化了，也就是说，被展现、挑动、被编排为形象、符号和可消费的范型。"② 在这种情况下，小说有时只是作为对市民进行消费教育的工具，有时只是市民消费符号商品中的一种。此类小说情节也许跌宕起伏，但就其本质而言则是与消费文化妥协的产物，文本与消费社会的高度一致导致读者被纳入已是程式化的文本结构当中，他们的阅读过程是被动的、填充式的，他们得到的不再是传统意义上的恐惧、净化，而是单向度接受后的满足感与平复心态。

再者，20 世纪 60 年代香港经济带来的快速城市化，使各种现代、后现代文化景观在香港纷纷登场，都市审美对象的形成决定了新一代香港小说家迥异于老一辈小说家的写作视野。香港是一个世界闻名的大都会，是消费者购物的天堂，在消费

---

① 胡申生、李远行、章友德等：《传播社会学导论》，上海大学出版社 2002 年版，第 212 页。

② ［法］波德里亚：《消费社会》，刘成富、全志刚译，南京大学出版社 2000 年版，第 224 页。

社会中物化了的人们的眼中，它俨然已是沃尔特·本雅明笔下的"梦幻世界"。"在这个审美化的商品世界中，百货商场、商业广场、有轨电车、火车、街道、林立的建筑物及所有陈列的商品，还有那些穿梭于这些空间中的熙攘人群，都唤起了人们如今半数已被遗忘的梦想，有如来往人群的好奇与记忆，经常受到来自与背景分离的、变化的景象所刺激，并通过解读那些物品外表所散化的气息，产生出了某些神秘的联想。"[1] 香港的建筑与艺术从日常消费文化中汲取养料，并运用它们来生产后现代城市，这是一个"一切都'大于生活'，现实参照物被记号所替换，人工制造品比'现实'还真实"的城市，"在这些城市空间中穿行的，又是些什么呢？从多方面看，他们从事的是复杂的记号游戏，他们模仿建筑环境中过量的记号，并与之产生共鸣"。服装、身体、面孔都"来自于他人，来自于对生活的想象：即出自于时尚、电影、广告及无数城市偶像的暗示"。[2] 香港小说家也斯说："都市的发展，影响了我们对时空的观念，对速度和距离的估计，也改变了我们的美感经验。崭新的物质陆续进入我们的视野，物我的关系不断调整，重新影响了我们对外界的认知方法。"[3] 香港的日常生活具备了消费社会所要求的所有审美意义，展现在当代香港小说家眼前的是一个发达的后工业时代的大都会，所以当代的香港小说必然具备之前所不能具备的后现代性。

---

① ［英］迈克·费瑟斯通：《消费文化与后现代主义》，刘精明译，译林出版社 2000 年版，第 33—34 页。

② 同上书，第 146 页。

③ 也斯：《香港都市文化与文化评论》，《香港流行文化》，三联书店 1997 年版，第 6 页。

最后，香港文化制度的特殊性，是导致小说家群体分化的直接原因。香港是英国殖民地，港英政府对香港人采取西式教育，极力排挤中国传统文化在相关领域的发展空间。而香港文学的发展势必会对政府推行的奴化政策造成破坏，再加上 20 世纪中叶政治风云变幻不定，所以在很长一段时期内，港英政府对香港的文学发展采取不禁止也不支持的政策。这就意味着香港作家不会得到政府的资金支持，他们将直接面向市场写作。物质生活对小说家的重要性是不言而喻的，按照戴安娜·克兰的说法，作家有四个最重要的赞助来源①：（1）恩主制（patronage）。恩主制暗示艺术家与恩主（patron）之间存在一种个人关系。艺术家得到的自主程度取决于恩主的个性和生活方式。当艺术家的自主程度很低，艺术品就会变成对恩主的趣味和社会地位的反映。恩主通常是上层阶级。（2）艺术市场。艺术市场上，创作者和公众之间的关系一般是非个人的。艺术家与商人相互作用，但艺术家常常并不认识购买自己作品的人。随着艺术市场的规模扩大，艺术品变得更加有利可图，艺术品就成为商品。它们的经济价值超过审美和符号价值。（3）某些组织。组织赞助是恩主制的一种替代形式，但是，与传统的恩主制相比，它一般对艺术家的自主性更有威胁。为了获得和保持这种赞助形式，艺术家必须尊奉常常是极为繁缛的标准。艺术品可能被用于体现组织的目标。它往往成为公共关系的一种工具，或一种间接的广告活动。（4）政府部门。政府赞助也要求艺术家尊奉政府制定的规范和程序。如果艺术家实际上在作品

---

① 参见〔美〕戴安娜·克兰《文化生产：媒体与都市艺术》，赵国新译，译林出版社 2001 年版，第 147—148 页。

生产期间受到政府雇用，这件作品就会成为一种政治工具。为了尽可能获得这种赞助，即使没有被政府雇用的艺术家也会在某些方面改变他们的作品，以提高获得这种资助的可能性。在这其中，恩主制是几个世纪之前在欧洲流行的赞助方式，"对这种资助制，很难加以谴责。不管它采取传统的形式，或是现在的'奖金'形式，要蔑视这种制度都是极可笑的虚伪行径。资助制自有它的功劳，它使作家能够进入到以前进不去的经济周期里，从而得以活下去，并进行生产。此外，在它的功劳簿上还须添上一笔，即对文学往往产生良好的影响：如果路易十四的资助没有使莫里哀相对地受到他的观众——赐主们的约束的话，那么，他或许会写出更多像《黛莉德公主》一类的作品，而不是《唐璜》"。① 根据罗贝尔·埃斯皮尔在其代表作《文学社会学》中的记载，1663 年，得到法国国王金库津贴的作家有 98 人，共有 77500 部作品。可以认为，在这个时代法国有三四百名作家依靠个人的慷慨施予生活。来自政府部门资助的方式在祖国内地至今依然流行，这种方式优缺点都很明显，我们可以以此对比当代香港作家的处境。

当代香港小说家不可能像布瓦洛或任何一名内地作家一样接受权贵或政府的资助，他们可以选择的是艺术市场或组织赞助。然而在当代香港这意味着没有选择，因为组织已成为市场中的组织。20 世纪六七十年代香港小说家所关心的问题，依然是能否找到一个发表和出版的园地的问题。"别的地方的小说主要发表在文艺刊物上，香港的小说却主要发表在日报

---

① ［法］罗贝尔·埃斯皮尔：《文学社会学》，于沛选编，浙江人民出版社 1987 年版，第 33—34 页。

上……60 年代至现在，许多作者都在报上写过短篇或连载，有些是通俗的流行小说，有些是认真的创作……最富实验性的小说刊在最流行的晚报上，香港写小说的作者似乎从没有一种过分的洁癖，要把文艺划在某些认可的园地。"① "70 年代末期，没人说过小说在香港是一种很特别的东西。它的特别不在于内容或形式上的实验，而是在本身特殊的存在形式上……没有'洁癖'多少也质疑了高级艺术与大众文化之间的对立关系。"② 刘以鬯在《酒徒》中这样写道："在别的国家，一个严肃的文艺工作者，只要能够写出一部像样的作品，立刻可以靠收税而获得安定的生活。但是，香港的情形就根本不是这么一回事。"③《酒徒》的创作体现了刘以鬯的亲身经历，"酒徒"的身上深深地烙着作家的影子："如果可能的话，我将写个中篇小说，题目叫做《海明威在香港》，说海明威是一个贫病交迫的穷书生，每天以面包浸糖水充饥，千锤百炼，完成了一本《再会吧，武器!》到处求售，可是没有一个出版商肯出版。出版商要海明威改写武侠小说，说是为了适应读者的要求，倘能迎合一般读者的口味，不但不必以面包浸糖水充饥，而且可以马上买楼坐汽车。海明威拒绝这样做，出版商说他是傻瓜。回到家里，他还是继续工作，完成《钟为谁敲》时，连买面包的钱也没有了。包租婆将他赶了出来，将他睡过的床位改租给一个筲箕湾街边出售'肾亏药丸'的小贩。海明威仍不觉醒，捧了《钟为谁敲》到处求售，结果依然大失所望。只好将仅剩的

---

① 也斯：《布拉格明信片》，创建文库 1990 年版，第 15 页。
② 罗贵祥：《大众文化与香港》，香港青文书屋 1990 年版，第 53 页。
③ 刘以鬯：《酒徒》，中国文联出版公司 1985 年版，第 158 页。

一件绒大衣当掉，换了几顿饭和一堆稿纸，坐在楼梯底继续写作。天气转冷了，但是他的写作欲依旧像火一般的在内心中熊熊燃烧。有一天早晨，住在二楼的舞女坐着汽车回来，发现楼梯底躺着一具尸首，大声惊叫，路人纷纷围拢来观看，谁也不认识他是谁。警察走来时，死者手里还紧紧握着一本小说的原稿，题目是：《老人与海》！"① 刘以鬯曾坦言："长期在香港卖文的我，总是没有办法统一自己的矛盾，一方面任由自己失去；一方面又要设法找回自己……"② 失去了恩主和政府的保护，一些别无他能的小说家们倘若想在商业社会里自谋生路，那么，他们有时就不得不随波逐流。从这个角度上看，我们认为，香港作家不具备做一个完全站在制度外的冷静批判者的条件。

不过，我们也不能不看到，当代香港小说家在香港文化工业中，又确实产生了严重的分化。一些小说家，特别是为保持创作的独立性，坚持纯文学写作的小说家，采取了与现代文学运作机制不合作的态度，但明显被排挤到了文学创作领域的边缘，明显的例子如不与商业写作妥协的刘以鬯。另外的小说家，像原来就创作通俗小说的老"鸳蝴"们则更积极地卖文赚钱，成为文化产业工人。20 世纪 50 年代香港的报纸为促销，不约而同地以小说连载为卖点，这类小说题材以"鸳蝴派"作品居多，黄天石、叶敏尔、碧侣、孟君、俊人、郑慧、杨天成、望云等才子佳人制造家们纷纷开动写作机器，不管雷同与否，低品位的言情小说大行其道。另一些香港小说家在写通俗

---

① 刘以鬯：《酒徒》，中国文联出版公司 1985 年版，第 5 页。
② 刘以鬯：《刘以鬯卷·前言》，香港三联书店有限公司 1991 年版。

小说的同时，积极运用雅文学创作手法，创作出了叫好又叫座的产品，介于工人与商人之间。这类小说家代表有写新武侠的金庸、梁羽生，写新言情的亦舒、李碧华，写财经小说的梁凤仪，写科幻小说的倪匡等。金庸、梁羽生开始创作的目的都是为了给报纸促销。由于《射雕英雄传》大受欢迎，金庸确信其武侠小说对报纸销路有帮助，于是在 1959 年创办《明报》，并写作续集《神雕侠侣》从创刊日起连载来吸引读者，之后又写续集《倚天屠龙记》连载。这两部"续集"令武侠迷们纷纷购买《明报》，香港作家倪匡认为："《明报》不倒闭，全靠金庸的武侠小说。"① 如今，《明报》已成为香港三大报之一。在内地掀起翻拍金庸武侠剧热潮时，金庸将《笑傲江湖》以一元钱的惊爆价卖给中央电视台，掀起内地金庸小说的销售热潮。此后，他的《射雕英雄传》与《天龙八部》再转手中央电视台时，均创下天价。李碧华与电影的成功联姻为人津津乐道，她被称为当代香港电影导演、演员功名膨胀的超级酵母，她善于利用电影作为自己小说的无敌广告，在电影获得成功之后继而推出根据剧本改编的小说。而另一个自称是三分之一作家的梁凤仪，她的作品竟然在 20 世纪 80 年代大陆刮起"梁凤仪旋风"。她自建出版社出版自己的图书，自任董事长、总经理，用一年半的时间就收回了巨额投资，她的出版社现已成为香港三家营业额最高的出版社之一。她的整个写书、成书、行销书籍的方式，都不是作家式而是商人式的。梁凤仪，包括其他与大众传媒、消费社会共谋的小说家，都是以全新的姿态闯入文坛的商人。

① 冷夏：《金庸传》，香港明报出版社 1994 年版，第 89 页。

第三节　新型媒介文化人

　　"新型媒介文化人"的概念出自布尔迪厄文化社会学理论，布尔迪厄明确地指出："艺术价值的生产者不是艺术家，而是作为信仰空间存在的生产场，信仰的空间通过生产对艺术家创造能力的信仰，来生产作为偶像的艺术品的价值。"① 他认为作品的意义和价值不仅仅取决于作品在物质方面的直接生产者（艺术家、作家等），还受制于赞助商、出版人、画廊经理，以及对作品进行解码和阐释的一系列成员，凡与文学作品有直接或间接关系的社会历史因素。他定义的"新型媒介文化人"指的是那些在媒体、设计、广告等"准知识分子"职业中的文化媒介人群，"这些人从事符号产品的生产与服务工作。早些时候，早些时候这些工作被叫做市场销售，广告人，公共关系专家，广播和电视制作人，表演者，杂志记者，流行小说家及专门性服务工作"②。新型媒介文化人的概念与消费社会密切相关，因为消费社会保持稳定的一个必要条件就是有大量文化媒介人不断提供符号商品。波德里亚认为，后工业社会面向大众的商品生产活动的重要特征是在资本主义交换价值支配下，原有的"自然"使用价值消失了，从而使商品变成了索绪尔意义上的记号，其意义可以任意在能指的自我参考系统中的位置来

---

　　① 　[法] 布尔迪厄：《艺术的法则：文学场的生成和结构》，刘晖译，中央编译出版社 2001 年版，第 276 页。

　　② 　[英] 迈克·费瑟斯通：《消费文化与后现代主义》，刘精明译，译林出版社 2000 年版，第 66 页。

确定。① 可以说，当代香港小说整体已经沦为消费社会中的一种符号标记，对香港小说的消费就决不能理解为对使用价值、文学本身的消费，而应看作是对一种文化符号的消费。当代香港小说的传播，离不开新型媒介文化人的作用。

新型媒介文化人随着香港消费社会的形成而大量涌现出来，他们既扮演着当代香港小说文本的编码者角色，又丰富了小说传播的方式，形成了各种传播渠道。改革开放之后，内地的新型媒介文化人群也迅速成型，书商、出版商、广告人、媒体成员、专业评论家等一批掌握文化符号传播权力的"准知识分子"不仅积极影响着香港小说在内地传播的方式，甚至直接影响了香港小说家的写作。概而论之，当代香港小说在内地的传播过程中，新型媒介文化人的主要功能可以分为三个主要方面，一是直接影响了小说信息的编码，二是添加了小说信息的附加值，三是丰富了当代香港小说在内地传播的路径。新型媒介文化人的前两种功能是他们作为小说传播者的角色体现，后一种表现为香港小说在内地传播的路径功能。下面我们将集中分析作为传播者的新型媒介文化人的作用。

首先，新型媒介文化人影响了香港小说信息的编码过程。这主要表现为出版商直接干预了香港小说的创作。一般而言，出版商的作用主要表现在两个阶段。第一阶段，他们用钱购买作家向他提供的文稿，然后用钱买到印刷者提供的服务，将文稿变成批量生产的书籍。第二阶段，出版商把这些书卖给消费者，重新收回开始投入的资金。他们更多体现出一种文化产品

---

① ［法］鲍德里亚：《消费社会》，刘成富、全志刚译，南京大学出版社2001年版，第134—135页。

企业家的角色。然而因为文学作品的特殊性，因而，出版商也常常要承担着巨大的风险。"早在 1767 年，狄德罗就写道：'我不断看到那些严守一般准则的人们所犯的一个错误，就是把一个纺织厂的原则应用于一本书的出版。在他们的思维之中，仿佛书商的生产只能按零售的比例来进行，仿佛书商所冒的风险只是爱好的怪癖和时髦的变化无常：他们至少是忘了或者不知道，一本书如不印刷一定的册数，就无法以合理的价格出售。纺织品仓库里积压一种过时的织物还有一定的价值。书店仓库里积压一种低劣的书就毫无价值。'"① 为了防止这种情况的发生，出版商必定会在两个环节做文章，一个是筛选，另一个是生产和发行。从传播学理论上讲，出版商起到了一个"把关人"（gatekeeper）的作用。在大众传播过程中，把关人一般具有"剔除"与"修改"两种职能。一家现代出版社有三个主要的部门：文学审编部、生产部和发行部，与之相对的功能是筛选、生产和发行。出版商就在这三个环节上的工作体现着"剔除"与"修改"的把关人职能。

罗贝尔·埃斯皮尔指出，筛选意味着一种带有双重矛盾特征的想象：一方面，出版商必须要对可能存在的读者大众想看的书和将要购买的书做出事实性判断，另一方面，也要对可能成为他们欣赏趣味的东西做出预测性价值判断。"对所有书籍都提出了这种双重疑问，人们也只能用一种假设的折衷办法来回答：这本书籍卖得出去吗？这本书好吗？"② 只有消除这种

---

① ［法］罗贝尔·埃斯皮尔：《文学社会学》，于沛选编，浙江人民出版社1987 年版，第 140 页。
② 同上书，第 43 页。

筛选时的模棱两可，才能将生产风险降至最低。因此，出版商要做的就是根据已形成的大众审美趣味，严格挑选，把不符合大众阅读口味的书稿统统排除。因为作家提供的服务变幻莫测，所以最符合出版商胃口的小说家就是一个"俯首帖耳"的作者。此时的小说家如果选择与出版商合作，就意味着他由一个独立的艺术家沦为一个为出版商提供文本的产业工人。赛斯顿（Thurston）指出，在选择出版言情小说时，"通常的程序是，所有编辑人员达成共识，然后编委会做出决策……言情小说的编辑在一个等级制结构中进行操作，这个等级制结构使三M——manager, marketer, and man（经理、经销商和男子）——高高在上"①。这些出版社的编辑为作者提供有关情节性质、人物和篇幅的特殊指导原则。埃斯皮尔将出版商的这种功能形象地比为"牲口棚"："正是这个起着集体—见证人作用的牲口棚确定这家出版社的基调及风格。出版社一般来讲是由某种个性，也就是出版商本人的个性统治着的，或是他的一位参事的个性统治着的。依仗着他拥有的那一批来稿审读者（他们通常是出版社雇佣的作家），牲口棚就能确定选稿内容，甚至逼迫那些想加入进来的新作家改变创作方向。"② 带有阉割色彩的出版策略使为出版商写作的小说家风格单一化，此策略多为通俗小说采用，因为这类小说的读者期盼的只是一种套路（formula）。套路有两个主要特征：（1）它们有着具有普遍吸引力的标准情节。（2）它们体现在它们从中广泛传播的文化

---

① Thurston, *The romance revolution: Erotic novels for women and the quest for a new sexual identity*, Urbana, IL: University of Illinois, p. 198.

② ［法］罗贝尔·埃斯皮尔：《文学社会学》，于沛选编，浙江人民出版社1987年版，第44页。

中有意义的人物身上，体现在背景和复杂紧张的场面中。① 当代香港通俗小说只需要言情、武打或恐怖的故事元素，作家的姓名只是一个符号而已，任何写手都可以冒名顶替，接着上面的故事写下去，这样的小说作家是会乖乖走进牲口棚的。如凌淑华是 20 世纪 30 年代中国内地有名的作家，于是香港就有人以"林淑华"为笔名发表作品，希望借名人之名扩大自己和作品的影响。1965 年金庸在写《天龙八部》的过程中，突然决定欧游，因为故事还在《明报》连载，倪匡毫不犹豫地代笔续书，但报纸的销量却没有受到丝毫的影响。而当金庸的小说在内地风行时，一些"全庸"、"金雍"写的武侠小说也让人难辨真假。

内地出版商对试图进入内地市场的香港小说的筛选更加细致，因为他们不仅要根据市场的需求来判断什么书好卖，而且要避免触碰政治红线，判断什么书可以卖。这种政治因素制约出版的情况给香港小说家很多启示，为了免于被内地出版商"剔除"，要想像新武侠、言情小说一样在内地火爆发行，就必须规避政治红线，或主动向内地政治靠拢。这一点在梁凤仪的小说创作中得到了明显的体现。梁凤仪是香港文坛的商人作家，她的创作模式是商业式的，其作品的流通方式也是商业式的，她是香港文化工业中的既得利益者。但是，梁凤仪在作品中对商业社会展开了不遗余力的批判。无论是《醉红尘》、《千堆雪》、《九重恩怨》，还是《强人泪》，在她的笔下，商界钩心斗角、卑鄙陷害等不可告人的阴暗面一一得到展现。如果

---

① ［美］戴安娜·克兰：《文化生产：媒体与都市艺术》，赵国新译，译林出版社 2001 年版，第 82 页。

用阶级分析的眼观看，梁凤仪揭露了资本主义社会人与人之间赤裸裸的金钱关系，批判了罪恶的资本主义经济制度。不止如此，在梁凤仪的小说中，洋溢着一种在其他当代香港小说中少有的乐观的"回归情怀"，这种情怀融民族自豪感、爱国主义、亲近内地政权的倾向为一体。无论是《花帜》、《心涛》，还是《归航》，小说中的工商巨子们不但头脑灵活，而且深明大义。他们鄙视英殖民统治者，积极与内地商界合作，有的还支持中国的航天事业，为内地的经济开发区作出了巨大贡献。小说中的这些情节，因其毫不怀疑的"一边倒"倾向让人怀疑它的诚信度，梁凤仪的小说写作主动避免了内地的政治审查与出版商的"剔除"，这些敏感的政治话题在她的笔下反而迎合了内地读者的兴趣。内地新媒介文化人的"剔除"功能对梁凤仪来说，即是"带着镣铐的舞蹈"。

如果一位小说家已在读者大众中打出了名气，那么出版商就可以摆脱不确定的风险，要求小说家继续根据已成功的模式创作作品，并可以以此引导读者大众的阅读习惯。这些习惯以许多形式出现：风尚，时髦，甚至使读者成为作家的"Fans"，或表现为忠实于某种思维形式、某种风格、某类作品。这类被某个出版商造成的读者阅读习惯的案例中最古老、最典型的就是"拜伦主义"①。根据埃斯皮尔的解释，"拜伦主义"是指一种写作模式，形成于拜伦1812年发表的《恰尔德·哈罗德游记》最初两章；这部诗作的特征在于它根据出版商约翰·默里的要求，巧妙地迎合了富于幻想的读者们的需要。从此以后，

---

① ［法］罗贝尔·埃斯皮尔：《文学社会学》，于沛选编，浙江人民出版社1987年版，第44页。

默里促使他循着这一条路子创作下去，对那些有可能拂逆业已"哈罗德化的"读者们的习惯的拜伦作品则百般阻挠不予出版，拜伦再也不能摆脱这一写作模式。出版商通过广告宣传，将小说等同于商品并赋予符号意义，而且将小说家等同于明星并赋予商品意义，小说与小说家都成了具有稳定安抚功能的商品，而具备了固定形象。"《大不列颠百科全书》中指明，美国出版商所花的广告费用，占生产成本的10%，而英国占6%。"①这种"造星"式的出版策略在香港通俗小说的传播中尤为明显。1995年，出版社为张小娴的《三个A cup的女人》投入广告费用超过30万元，此书三天售出一万本，并成为当年的畅销书。1996年，香港皇冠出版社推出了张小娴的第一本小说，在广告中，出版商直接将张小娴命名为"香港爱情天后"，出版商有意利用手中的传播资源对读者施加影响，希望他们不仅迷恋小说家的作品，最好连小说家本人也一块儿崇拜。在推出倪匡科幻小说时，出版商发动广告战，鼓吹倪匡小说前无古人，并在广告里添油加醋地加入倪匡去过内蒙古、遭受过隔离审查、1957年只身逃亡香港的经历。

出版商在生产和发行环节的种种努力，他们的目的只有一个，那就是，千方百计地让印刷者提供的服务增值，这是抵消小说带来的不确定因素的另一手法。这时，在出版商眼中，书籍不再被看做是承载着语言艺术的作品，而是成为和蒂凡尼宝石、瑞士名表、红木家具一样的符号商品。"在这种体系中，作家提供的劳动'淹没'在版面设计者、插图画家、造纸者、

---

① ［法］罗贝尔·埃斯皮尔：《文学社会学》，于沛选编，浙江人民出版社1987年版，第47页。

印刷工人、装订工人乃至木器工人的劳动之中，因为有时书橱是和书籍一起出售的。确切地说，这是一种'供收藏的'版本。"① 这种"物化"式的出版策略在当代香港小说的传播过程中屡见不鲜。1980年，台湾远景及远流出版社出版了金庸小说的线装版；1998年，内地文化艺术出版社出版了由冯其庸、严加炎、王春瑜点评的金庸小说评点版，号称豪华珍藏版并限量发行；2001年，四川人民出版社出版了一部（也是第一部）包装精美的金庸辞典——《金庸武侠小说鉴赏宝典》。当出版商在给予香港小说经典包装的同时，着重考虑的是读者的阅读乐趣之外的占有欲望。

另外，出版商还可以就读者某一方面或某种兴趣出版专门化的丛书，如武侠小说、言情小说、侦探小说、科幻小说等丛书或丛刊。通过文学丛刊和一些定期杂志，出版商可以在读者群中渐渐创立一种有关小说体裁的美学，而读者大众也会不断熟悉小说家，在他们之间就会产生一种类似于集体意识的共性特征：一种对此类小说、小说家、读者群的认同感。好比被包装的明星们，他们的"Fans"可以对其他人大声宣布："我只爱xxx"。梁凤仪的小说在内地出版后被命名为"财经小说"，小说多以香港商场竞争为故事背景，以女性为主角，以情感故事发展为贯穿的主线，所以一开始就吸引了一批女性读者和一些想了解商界内幕的读者。之后梁凤仪"排炮式"出书，专门瞄准此类受众，在内地出版界掀起了一股"梁凤仪风潮"。香港的武侠科幻小说由于在内地已是"二次传播"，出版商对它

---

① ［法］罗贝尔·埃斯皮尔：《文学社会学》，于沛选编，浙江人民出版社1987年版，第142页。

们的威力知根知底，在内地出版商的策划下，一般都以丛书的形式出版。

其次，新型媒介文化人参与了香港小说信息附加值制造过程，这主要指香港电影工作者对香港小说的改编。人类发展到现代社会，文学的消遣娱乐功能正在被图像所替代。"在新的娱乐方式层出不穷的当代社会，文学所提供的娱乐与它所要求付出的智力代价之差，使它无法与包括视觉艺术在内的其他娱乐相竞争。图像时代留给文学的难题因而就是如何创造或发挥其特殊的和不可替代的审美功能。"[①] 本雅明指出："复制技术把所复制的东西从传统领域中解脱出来……导致了传统的大动荡——作为人性的现代危机和革新对立面的传统大动荡，它们都与现代社会的群众运动密切相关，其最强大的代理人就是电影。"[②] 相对文学来说，电影处于一个强势的地位，大众在消费时一般都会选择更为直观的具象的电影，而不会选择借助语言文字塑造形象的文学。正如叶智仁所说："自有'公仔箱'以来，家长、教师们便开始埋怨儿童和青少年有太多影像消费。一些家长坚持影像的地位低于文字，反对儿童沉醉在影像文化里。但他们同时知道，媒介的旺盛乃现代化的不归之路，只能无可奈何地看着新一代喜欢视觉影像刺激的活动多于文字思考的活动，而且亦感觉到整体社会的文化活动似乎由批判文化转型为消费文化。"[③] 从总体上看，在消费社会中，香港小

---

① 王岳川主编：《媒介哲学》，河南大学出版社 2004 年版，第 225 页。

② ［德］本雅明：《机械复制时代的艺术作品》，王才勇译，浙江摄影出版社 1993 年版，第 7 页。

③ 叶智仁：《新人类与后现代影像消费》，《香港普及文化研究》，香港三联书店有限公司 1983 年版。

说包括通俗小说的读者人数在逐年下降，电影、电视、电脑、游戏机等新媒介占据了大众的闲暇，代替了从前通过阅读而获得的消遣和思想。这直接导致了小说家与新型文化媒介人之间界限的含混。许多小说家放弃了对高雅文化和先锋艺术的信奉，转而对消费文化采取日益开放的态度，他们追随着其他文化媒介人、影像制作人。如倪匡在写小说之余，编写了近三百部武侠剧本，他还是著名导演张彻的御用编剧，合作有《独臂刀》（1966）、《金燕子》（1968）等电影，此外他的小说《青城十九侠》经导演屠光启改编进入了影院。"随着消费文化中艺术作用的扩张，以及具有独特声望结构与生活方式的孤傲艺术（enclaved art）的解体，艺术风格开始模糊不清了，符号等级结构也因此开始消解。"[1] 新媒介文化人对小说的增值服务，摧毁了小说艺术的权威性，将小说更彻底地拉入消费社会。具体而言，香港电影工作者对香港小说信息的增值服务，主要表现在他们对香港小说的改编行为上。

首先，当代香港电影掌握着当代香港小说的改编选择权，谁可以被改编谁不可以被改编，都由电影媒介说了算。香港电影对香港小说的选择存在着以下三个前提：一是香港电影制作上要求省钱省时间以达到最低成本，所以香港电影剧本写作向来是一个很随便的过程，能把现成的小说改编成电影，既省事又可以保持电影的艺术性。二是香港电影追求票房，或讲述老百姓自己的故事，以一种贴近凡俗生活的态度吸引大众，或以另类人的另类故事满足观众的好奇心，为快节奏下生活的市民

---

① ［英］迈克·费瑟斯通：《消费文化与后现代主义》，刘精明译，译林出版社2000年版，第37页。

带来感官上的刺激。三是香港通俗文化占据主流地位，香港文学以通俗小说为主打，不仅数量多而且质量高。作为一种通俗艺术，香港电影对香港小说的选择的根本原则是：小说改编要符合电影的客观规律，即符合大众的审美趣味。所以香港通俗小说最受香港电影的青睐，每每走上银幕和观众见面。

　　其次，香港电影工作者并不是将小说照搬照抄。虽然这种手法作为"再现"方法仍然存在，如许鞍华对张爱玲小说《半生缘》的影像展示，但对大部分香港电影来说，"再现"手法湮没了电影导演的创造力，未免显得不甚高明。所以，大部分香港电影对小说采取了"变形"与"近似"的手法。

　　"变形"是指电影对小说内容的增删、重组，但电影仍保存了小说的大部分材料。如对西西小说《哀悼乳房》的电影改编。1989年，香港作家西西发现自己患上乳腺癌，于是她根据自己的亲身经验，写出《哀悼乳房》。这部书充满感悟与理性思考，获得1992年《中国时报》"开卷十大好书"和《联合报》"读书人最佳书奖"。然而如同题目的改变，影片《天生一对》在采取了《哀悼乳房》的主题——"一个女人患了乳腺癌"的同时，对小说整体进行了"变形"。如果说小说讲述的是一个女性在患病后对女人身体的哲学思考，电影则是对现代女性生活的外在表现，小说带着关于生命的沉重感，电影则是一出喜剧。对照原著，我们发现在影片里，一个女经理与男友从斗气到和解，加入了一夜情、争风吃醋、商场竞争等大众喜剧的情节，编导为了吸引受众，用这些低俗情节冲淡了小说的形而上意图。当女主角得到男人的许诺，怀着哺乳情结被推进手术室后，原著已经变得面目全非。从改编的角度看，《天生一对》在运用《哀悼乳房》的同时，改变了原著的情节和意旨，是"变形"改编手法中增添的运用。电影需要的是小说所讲的故事，一个好故事必须不蔓不枝，让观众的精神集中到影片结束的那一刻。对于有些小说，"变形"式的删减手法是必不可少的，如对李碧华小说《青蛇》的电影改编。原著人物关系复杂，青蛇对白蛇、白蛇与许仙、许仙与青蛇、青蛇与法海之间都存在暧昧关系，小说中的许仙是一个卑鄙小人，小说中的法海将白蛇镇在雷峰塔底，到了"文化大革命"，因白蛇的后人造反巧合推倒了塔，放出了白蛇。最后，两个蛇妖又蠢蠢欲动，重新投入男欢女爱的角逐之中。这样写固然会增强小说的趣味，但是显得过于庞杂、枝节横生，如果电影直接再现原著，会让观众摸不着头脑，失去兴趣。电影《青蛇》果断剪去了原著中与"许白爱情"主线不相干的关联，删去了许仙的背叛、法海春心萌动以及水漫金山后的所有章节。影片中法海象征着非人性的天道，许白象征着人性大爱，青蛇则象征着对天道等一切权威的叛逆。编导经过修剪，集中了原著的"精气神"，使电影主题突出，观众在徐克的"声色轰炸"下也不至于迷失方向。

电影导演在一部小说的刺激下得到新的灵感，借用小说的素材表现自己的趣旨，电影与小说之间呈现出"貌合神离"的现象，我们称之为"近似"改编手法的运用。这种手法的运用对小说的破坏更严重。典型的例子如张彻的成名之作《独臂刀》，影片选取小说《神雕侠侣》中杨过被郭靖收养，但娇纵的郭女失手砍掉了杨过臂膀的情节进行改编，杨过在影片中化身为齐门刀客的养子方刚，被齐女砍掉臂膀后，方刚练成绝技，关键时刻救了面临危机的刀客一家。《独臂刀》中赤膊厮杀的人物，充满粗线条的情节，是一部体现张彻阳刚美学的电影，却与以杨过小龙女之间至美爱情故事为主线的《神雕侠侣》相去甚远，只能看出原著的骨架，血肉都已被张彻替换。又如王家卫的《东邪西毒》。虽然在电影片头注明金庸原著，片中人物在小说里也确有其名，但是没有人会相信这是金庸的原著，所以此片又被戏称《射雕英雄传》的"前传"。影片发生在大漠，充满了武打和感情戏，但很容易看出这是借金庸武侠的外壳写了一篇香港都市的寓言，其实是王家卫讲述后现代人的生存体验，与金庸的小说没有多少关系。这样的影片还有许鞍华改编自《书剑恩仇录》的《江南书剑情》、《戈壁恩仇录》以及其他导演的《笑傲江湖之东方不败》（1991）、《东方不败之风云再起》（1992）、《飞狐外传》（1993）、《碧血剑》（1993）、《天龙八部之天山童姥》（1994）、《倚天屠龙记》（1993）、《东成西就》（1993）等。在这些电影中，小说基本已被抛离出去，对导演来说，小说只是一堆可有可无的材料，多半是为了唤起受众在消费过程中对消费历史的回忆，用来构建另一个消费快感而已。

　　香港影视媒介文化人与小说的关系代表着消费社会里大众对视图化的进一步要求。波德里亚深刻地指出了这种增值服务的本质："经常有人说西方的伟业就是将全世界商品化，将每一事物的命运都拴在商品的命运上。而事实将表明，那伟业从来就是将全世界审美化——其弥漫全球的景观化，其图像化改造，其符号学的组织活动。"① 对当代香港小说来讲，影像工业的干涉就是加速了传统文学品质的消减。

----

① Jean Baudrillard, *The Transparency of Evil*: *Essays on Extreme Phenomena*, trans, James Benedict, London and New York, 1994, p. 16.

第八章

当代香港小说在内地传播的
话语文本分析

当代香港小说的发展，呈现出多元并进而通俗小说后来居上的态势，其在内地的传播，也主要是通俗小说获得了巨大的成功。香港的通俗小说，量多而质优，在中国通俗小说发展史上书下了独具特色的浓重一笔。本章先就当代香港小说的发展进行阐述，其次总述香港通俗小说的写作特点，最后对其颇具影响力的女性写作单独分析。

第一节　当代香港小说在内地
传播的场域分析

"场域"一说，来源于法国学者布尔迪厄。他将场域界定为"在各种位置之间存在的客观关系的一个网络（network），或一个构型（configuration）。正是在这些位置的存在和它们强加于占据特定位置的行动者或机构之上的决定性因素之中，这些位置得到了客观的界定，其根据是这些位置在不同类型的权力（或资本）——占有这些权力就意味着把持了在这一场域中利害攸关的专门利润（specific profit）的得益权——的分配结构中实际的和潜在的处境（situs），以及它们与其他位置之间的客观关系（支配关系、屈从关系、结构上的对应关系，等等）。"① 在布尔迪厄看来，每一场域都有各种资源构成不同形式的资本，也都具有各自占主导地位的资本，特定的资本分配结构形成特定的场域。资本又分为经济、社会资本与文化资本。在社会场域中，资本的不平等分布决定了空间中的等级结构，掌握经济政治权力的统治者位于社会空间的最高层，有丰富文化资本的知识分子也属于统治阶级。在统治阶级内部，权力阶层拥有更多经济资本和社会资本，相对缺乏文化资本，占据权力场中的正极。场中的知识分子富于文化资本，相对缺乏经济和社会资本，位于权力场的负极，即统治阶级中的被统治阶层。② 场域最本质的特征是：它是处于其间的行动者争夺合法性（legitimation）的场所，争夺对场域的支配性价值、评价标准的垄断的结构空间，也是行动者争夺有价值的支配性资源的空间场所。布尔迪厄认为，场域中的斗争就是争夺符号权力的斗争。

在文学场域里充满了符号权力的斗争。但这个特殊的场

---

① ［法］布尔迪厄、华康德：《实践与反思》，李康、李猛译，中央编译出版社 1998 年版，第 134 页。

② 张意：《文化与符号全力——布尔迪厄的文化社会学导论》，中国社会科学出版社 2005 年版，第 310 页。

域，遵循着"输者赢"（the lost win）的逻辑。[①] 在自主性与非自主性作家的斗争中，文学场逐渐分化为一个两极对立的亚场（sub-fields），自主作家占据统治地位。

香港小说在内地传播的场域是一个特殊的文学场，其特殊表现体现在以下三个方面。

第一，正极与负极的界限不清。套用场域理论，我们可以假设：香港文学场中，从事严肃小说创作的小说家们占据着场中的正极，通俗小说家们占据着负极。纯文学小说家因为坚持艺术的独立性而在文学界享有很高的声望，他们得到了比通俗小说家多得多的象征性利益，所以支配着文学场的评价标准，统治着通俗小说作家。然而观照当代香港小说在内地传播的文学场域，在内地文化市场上大行其道的是当代香港通俗小说，在一般内地受众看来，香港小说就是流行小说。虽然这是一种很片面的看法，但由于内地纯文学创作传统源远流长，本身的纯文学创作功底就很丰厚，一般香港纯文学很难再进入内地产生重要影响，反而是通俗小说另辟蹊径，打开了内地一片广阔的俗文学天地，内地受众受到当代香港通俗小说的巨大影响远远超过了香港纯文学。他们也很难分清谁是香港纯文学小说家，谁是香港通俗小说家。"正因为是殖民地，香港社会从来没有士大夫或士绅阶层，也不受士大夫或士绅传统的领导和统治，香港居民的文化背景，以市井文化为主，工商次之，士再次之。人们的价值观念，态度和处事方式，都和中国传统或其

---

① ［法］布尔迪厄：《艺术的法则：文学场的生成和结构》，刘晖译，中央编译出版社 2001 年版，第 76 页。

196

他华人社会以'士为四民之首，商为四民之末'的程序很不一样。"① 在内地，作家在相当长时间里，扮演着人民精神导师的角色，而在香港，作家的社会地位一直不高。没有一种"士"的因素诱惑香港小说家进行纯文学创作，更没有一种严肃艺术理念支撑香港小说家进行纯文学创作，这是当代香港纯文学小说先天不足的原因。此外，香港政府在很长一段时期内不支持华文文学的建设，这意味着香港小说家必须面对市场用笔杆子讨生活。"在香港，从事严肃的文学创作，大概从来没成为过社会文化的主流，不过是在主流的思想与态度以外，提出'另类'的思考与态度罢了……严肃文艺作品，其大部分也寄生在通俗的报刊上，策略性地与一个社会的主流意识进退周旋罢了。香港通俗的报刊，好处是包容性和多元化，一般来说没有政治条框的直接干预，偶然还可以容纳新人，容许实验。但商业性的报刊，也有本质上的限制，基于销路的考虑，它的包容性也有反覆，开放性亦常有调整。文艺在商业性社会里生存，常常要玩种种游戏。"② 20世纪五六十年代的香港小说场域中，严肃小说家与通俗小说家都习惯用文化资本换取场外的金钱和政治资本。"面对一个并不鼓励文艺，给文学创作提供生活和艺术帮助的制度，香港从事文学创作的朋友感到了压力。他们一方面要从事可以维生的实际工作，另一方面又要从事写作事业。在赚钱和写作的双重标准面前，不少作家妥协了，向流行文学倾斜。原本唯美的徐訏，20世纪60年代所写的作品，包括60万字的巨著《江湖行》，都少了过去那种精致

---

① 何慧：《香港当代小说概述》，广东经济出版社1996年版，第10页。
② 也斯：《在香港写小说》，《香港文学》1990年第4期。

的谋篇布局，变得信马由缰起来。原来强调文学的社会责任的李辉英，20世纪60年代所写的长篇小说《四姐妹》也有了流行小说的味道。阮朗的小说更是如此。仿佛向商业化妥协势在必行。"① 张爱玲受美国新闻处约请，重译台湾作家陈纪滢的反共小说《荻村传》，所得翻译费高达一万多美元。卢昭灵说："这笔稿费，可能是香港文学史上出现过的至高记录。"② 很难说张爱玲的《赤地之恋》、《秧歌》不是严肃文学，也很难说她创作的这两部小说没有受到"绿背文化"的影响。同样，很难把徐速的《星星·月亮·太阳》与通俗小说截然分开，也很难说阮朗写《金陵春梦》时没有持左派政治观点。在布尔迪厄的文学场域理想模式中，赢得支配权的自主作家不会屈从于非自主性的政治权力和商业利益，但在20世纪50年代的香港，从事严肃文学创作的小说家与通俗小说家都卷入了各种政治旋涡中，他们的小说多成了政治的工具、金钱的附庸。此后的香港文学场域中，艺术独立的文学作品更少看见，大众文化影响下香港文学场中的正负极范围含混不清是一个重要原因。

第二，"输者赢"定理在香港小说对内地传播活动中的失效。文学场作为不同于物质、经济场域的精神及符号生产场，处于社会空间中权力场的被支配阶层。"这一场域获得独立自治正是以该场藐视普通的经济利益，追求一种'颠倒的经济逻辑'（reversed logic of economy）为标志。"③ 反观当代香港小说场域，这种"颠倒的经济逻辑"被颠倒了过来。当代香港小

---

① 何慧：《香港当代小说概述》，广东经济出版社1996年版，第44页。

② 刘登翰主编：《香港文学史》，人民文学出版社1994年版，第202页。

③ 张意：《文化与符号权力——布尔迪厄的文化社会学导论》，中国社会科学出版社2005年版，第311页。

说作家们并不想一直待在较低的社会地位上，虽然这样低的社会地位在理想文学场模式中可以转化成巨大的象征性利益，但是在香港，没有支持纯文学创作的观念，也没有机构来承认这种转化的可能性。一方面，是当代香港小说家紧紧追随场外的经济利益。或因为生计问题，像徐訏、徐速等人，自20世纪50年代来到香港之后，都在报刊上进行大量的通俗小说连载来换取"稻粱"。不少作家都坦承自己所写的是所谓"半严肃半流行的作品"。黄思骋回忆说："在五十年代初，我们赖以生活的只是憧憬和愿望，每一个人都像清教徒一样，过最简单的生活，只要有一间面积几十英尺的霸王屋，一张桌子和一把椅子，就足以把日子捱下去……"① 或根本把小说当作一种商业，如梁凤仪对书籍市场的"排炮式"攻势。"自1989年至1996年短短六年间，梁凤仪已出版的小说、散文和实用工具书总数达100本……1992年，她的作品开始风靡中国内地。研讨会、新闻发布会、签名售书，刮起了一阵强劲的'梁氏旋风'。接着是将小说改编成电影电视，获取更大的名利双收。"② 梁凤仪笔下不禁流露出一股商人作家的自豪："要说成本轻，那就没有轻得过一个作家的成本了，只一管笔，及一叠纸，沙沙沙的把字写满了，寄出去，一本畅销书就有几十万元的版权收入。"③ 她步金庸的后尘，利用自己的作品为创业铺路，《明报》已成为香港三大报之一，梁凤仪的出版集团也成为香港年营业额最高的三家出版社之一。另一方面，在香港从

---

①　黄思骋：《往事如烟——记〈人人文学〉》，《文艺》1983年第7期。
②　何慧：《香港当代小说概述》，广东经济出版社1996年版，第305页。
③　梁凤仪：《心涛》，人民文学出版社1994年版，第21页。

事媚俗的大众小说写作，反而得到了社会场域中社会、政治资本的认可。殖民地的身份使香港的纯文学得不到官方的认可，因为带有启蒙意味的纯文学将会使港人感觉到作为一个自然体与生俱来的权利和作为一个中国人的困境。"市政局、港台、廉署等往往会向那些被视为是'流行文学作者'的人士招手，与他们合办讲座，征文或合编选集，利用这些占着大众文化生产前线的作者们的名气，以广招来。而那些在传统文学观念中被藐视的流行文学作者，也乐于趁此机会，建立自己在新兴建制中的地位。这种特殊的建制化过程，也许是香港社会所独有的，一方面它反映了当权者对文学文化的一种态度——依然以商品经济的观念套用到文化文学的认知上，认为有市场需求有叫座力的文化产品，才值得招揽吸纳；另一方面亦显示了香港没有支配性的文艺标准或路线，没有学院或非学院的身份争论，但同时也是标准混乱，随意凑数的特征。"[1] 在香港写通俗小说，不仅获得了商业上的成功，取得了巨大的经济效益，而且在象征性利益方面也得到了正面的支持和评价。金庸小说不仅风靡了华人世界，甚至成为华侨子弟学习中国文化与汉语的教科书，而且创下了可观的收入，并得到了一大批广有学识的知识分子们的支持。美国学界一代汉学大家陈世骧是第一个公开高度评价金庸小说的学者，他分别于 1966 年及 1970 年写信给金庸，对金庸小说推崇有加，称赞《天龙八部》"实一悲天悯人之作……而在每逢动人之处，我们会感到希腊悲剧理论中所谓恐怖与怜悯。"[2] 1994 年，北京师范大学教授王一川将

① 罗贵祥：《大众文化与香港》，香港青文书屋 1990 年版，第 50 页。
② 金庸：《天龙八部》，香港明河社 1978 年版。

金庸纳入自己主编的《二十一世纪中国文学大师文库·小说卷》，并将金庸排名第四，强调金庸的"现代新武侠小说的出现，本身就标志着中国武侠小说在境界上的崭新拓展，并在总体上上升到一个前所未有的高度，也推动了现代中国小说类型的丰富和发展。"① 金庸小说逐步走进纯文学的殿堂，写进内地权威版的语文教材，得到了很多连内地纯文学都得不到的"经典"待遇，这就是当代香港小说场域中"输者赢"定理被推翻的有力证据之一。当代香港通俗小说没有处在被独立艺术支配的地位上，它们在内地的传播过程中反而一赢再赢，形成了当代香港文学场域中的"马太效应"。

　　第三，两极对立的消失。非自主性的香港小说家在文学场外获得了巨大的经济收益和世俗声誉，已经激怒了自主性的小说家。"媚俗作品的要害是所谓'读者喜欢这样的'。但这其实是一个虚假的并不见得符合事实的口号或藉口。正如一些电影商所说的'迎合观众的胃口'一样，为色情粗俗的电影、胡闹电影做制作的借口。他们并未对五百万香港人口做过什么调查，断然肯定读者和观众就有那样的胃口。真是咄咄怪事！……所谓'迎合胃口'之论实在不通之至。那是一种强加的理由。再说，文化工作者可以没有使命感，道德心，一味只是'迎合'消极情绪，而不做一点'引导'？这决不等于说文化、文学工作者就是'救世主'，而是说，搞意识形态，搞艺术的人可以不顾良心，放弃责任，只限在一部分观众读者尾巴要毒给毒，要色给色，要三角恋就给三角

---

　　① 王一川主编：《二十一世纪中国文学大师文库·小说卷》，海南出版社1994年版，第6页。

恋吗？"① 然而当创作媚俗作品的非自主小说家将外部标准引入到文学场中，以已获得的经济、社会资本换取文化场中的符号资本时，绝大部分自主性小说家并没有与他们划分界线，以维护文学标准的纯粹性。他们反而对通俗小说采取了默许包容的态度。美国批评家费德勒认为，后现代主义作家已与现代主义作家的精英意识彻底决裂。在文章《越过边界——填平鸿沟：后现代主义》中，他认为后现代主义艺术是倾向于通俗艺术的艺术。后现代主义从西部小说、科幻小说、色情文学以及其他一切被认为是亚文学的体裁中收取养分，它将填平精英文化和大众文化之间的鸿沟。它基本是以通俗小说为主，是"反艺术"和"反严肃"的。② 当代香港现代主义文学，特别是进入到也斯、西西一辈年轻作家的后现代主义写作时，小说文本采用大量的拼贴手法，呈现出强烈的游戏意识。同时，通俗小说表现出强烈的更新意识。当代香港武侠小说又被称为新武侠小说，是由于武侠小说逐渐跳出"为武而武"的束缚，走上了重侠、重情之路。新武侠的开创者梁羽生曾说："武侠小说，有武有侠。武是一种手段，侠是一个目的。通过武力的手段去达到侠义的目的。所以侠是最重要的，武是次要的。"③ 虽然只是一字之差，却体现出新武侠小说家利用严肃文学中的"人学"精神对旧武侠小说进行了改造。由梁羽生开始，新武侠注重对中国传统文化的借用，

① 东瑞：《我看香港文学》，获益出版事业有限公司1995年版，第10页。
② ［荷］佛克马·伯顿斯编：《走向后现代主义》，王宁等译，北京大学出版社1991年版，第18页。
③ 柳苏：《侠影下的梁羽生》，《梁羽生的武侠文学》，台北风云时代出版公司1988年版，第43页。

小说中往往充满了古典文学、哲学、历史典故与地方风土人情的修饰，小说人物除了具备高超的武艺，还具备相当高的诗词歌赋修养、琴棋书画技艺。梁羽生的武侠小说始终贯穿着为国为民赴汤蹈火的微言大义，金庸的小说《天龙八部》、《鹿鼎记》更多体现了一种现代人的困惑与矛盾。温瑞安说："武侠小说如果要复兴，首先得把武侠素材加以都市化，现代化和生活化，才有可能使'侠者'亘古长存。"① 在言情小说方面，作家们的花招也层出不穷。"像许多流行小说家一样，在可能的范围内，林燕妮也尝试过多种策略去叙述故事。早期的短篇小说大多采取横断面式的结构。如《痴》就采取了一个遗体告别的横断面，所有过去的情爱纠葛，都在悠悠这个人物的几个出其不意的动作及旁人的反应中铺陈；《嫁不掉的美女》则是三个美女同时置身三个不同场景的并立，把三个人不同的性格加以渲染。长篇小说如《迷》，采用的是倒叙，《堕胎的女人》则是新闻体。"② 香港通俗小说的此类做法符合美国学者费斯克对消费文化的收编功能的定义。美国学者费斯克在对消费文化的收编功能进行分析时，着重分析了牛仔裤的符号学意义，他指出："'收编'理论告诉我们，对抗式的符号竟转化成它们所抗争之对象那里可以谋得的好处，而时髦的破旧服装也成为另一套商品：破牛仔裤的破旧性，远不是对消费主义的反抗，而变成扩展并增强消费主义的一条途径了。"③ 当代香港小说出现了一种雅俗互融的

① 潘亚暾、汪义生：《香港文学概观》，鹭江出版社1993年版，第442页。
② 刘登翰主编：《香港文学史》，人民文学出版社1994年版，第491页。
③ ［美］约翰·费斯克：《理解大众文化》，王晓珏、宋伟杰译，中央编译出版社2001年版，第24页。

表现，其实这说明了作为消费文化一种表征的通俗小说具备了强大的"收编"能力，在不断的吸取纯文学创作手法的同时，它并没有变"雅"，雅文学的传统本质不会因为通俗小说的换脸而改变。但在内地传播的过程中，当代香港通俗小说正是通过雅俗合流的假象，进一步巩固了自己在内地传播的文学场中的反支配地位。

通过借鉴场域概念，我们已经可以看出，当代香港小说在内地传播的过程中，通俗小说利用香港文艺标准的缺乏、消费文化的垄断，不断排挤着纯文学创作在香港文学场域中的地位，它们在对内地传播的过程中获取了丰厚的场外经济利益，而且在内地比纯文学得到了更多的场间象征性利益，香港纯文学在内地传播的过程中不但"输"了，而且没有"赢"。在传播过程中，当代香港通俗小说取得了暂时的胜利，获得了比严肃小说更多更好的传播机会。

第二节　在内地传播的香港通俗
小说的文本特征

当代香港通俗小说在内地的传播，有力弥补了改革开放初期内地大众文化消费品匮乏的不足，带给内地受众耳目一新的阅读趣味。刚刚接触香港小说的内地受众很容易被其内容所吸引，这是受众接触新事物的正常反应，也是当代香港小说传播者精心编制传播话语的结果。从总体上看，在内地传播的香港通俗小说在文本上表现出情节设计精巧、噱头显明与描写具象化的特点，当代香港通俗小说的传播内容也具备了更具观赏性的大众品格。

　　传播内容即传播者试图传播的信息。传播内容是传播者
与受众双重建构的产物。一方面，传播者根据自身需要进行
编码；另一方面，传播者可以传播什么样的内容往往也需通
过受众的反馈加以选择。当代香港通俗小说是小说家和读者
大众双重合力的结果，读者必须有一种想要阅读通俗小说的
需要，小说家才能进行写作，否则不能构成传播回路，小说
家无从写起。在香港 20 世纪 50 年代开始工业化向后工业过
渡后，香港消费社会迅速膨胀，资本主义已经从过去对生产
的控制进而控制工人转变为通过控制商品的意义和符号而控
制消费者。各种娱乐休闲活动与一般消费当中的角色对人们
越来越重要，消费的重要性最终取代了工作的重要性。而另
一方面，从 70 年代末开始，中国内地现代化进程加快，大量
的消费娱乐场所纷纷建立，内地大众生活水平提高、工作时
间减少，需要大量的文化消费产品。所以说，普通大众对阅
读消遣的需求推动了香港通俗小说的兴起。50 年代以后，香
港各种通俗小说，如武侠、言情、科幻、侦探、恐怖、玄幻、
黑幕、历史等诸多形式纷纷勃兴。这类通俗小说无论怎么翻
新内容，其目的与形式都不会有太多变化。因为大众希望阅
读到的，是小说对其所理解的世界的重复言说，他们只希望
从中得到工作后疲惫心灵的抚慰，感官上的刺激，以及阅读
小说与购买商品之间的相似快感。通俗小说的预设读者是一
批较被动的人，他们只能让艺术形象自然地流过他们的头脑，
让情感自由地发泄，自己处于一种没有防范的催眠状态中。
通俗小说可以满足一般读者大众的需要和愿望，可以实现他
们在生活中从未实现过的"白日梦"。当邂逅香港社会现实

情境时，香港通俗小说用绕开生活中现实困难而展开情节的手法代替了对残酷现实问题的追问。但通俗小说掩盖了事实的真相，提供的只是廉价的消遣和一种读者无需付出昂贵代价的虚假的愉悦。

从某种程度来说，通俗小说的内容往往带有很大的虚幻性，然而，它却常常能令人如痴如醉，这就不得不使人感叹它的传播手段之高明。在传播过程中，为了更好地达到传播目的，传播技巧的运用非常重要。传播者在加工信息、制作符码、传递信息的过程中可以采用各种策略和手法。高明的当代香港通俗小说总是不动声色、灵活巧妙地运用了丰富多彩的传播技巧来进行信息制作，不仅在香港，而且在内地都达到了最佳的传播效果。当代香港通俗小说的传播技巧，可以从以下几个方面进行分析：

一　讲好故事的重要性

故事是事件在时间上的堆砌，情节却包含了事件内部的因果联系。情节是故事的高级阶段。以往的香港通俗小说基本上都是报上的连载小说，在报纸的方寸之地吸引读者，必须要言简意赅，每天都要设计一个高潮或悬念，所以一个好的小说家务必要是一个会讲故事的人。

当代香港通俗小说特别注意到了设计情节结构的重要性，使通俗小说的可读性比以往任何时候都大大加强了。武侠小说中，金庸小说的情节结构设置可算典型。《笑傲江湖》中令狐冲在出场之前，已被金庸写得有声有势、令人崇拜，但一出场他的命运就发生了转折，回到华山被罚面壁思过，因突然发现秘笈武功突飞猛进，却又被自己心爱的人疏离，接着又遭受不白之冤被逐出师门，后来又身受重伤几乎丧命。就在这种种不利的情况下，令狐冲最终赢得了一切。此书也因此被"金迷"捧为"中国的希腊悲剧"。《射雕英雄传》中郭靖、黄蓉在轩辕台上正当生死关头，作者却写郭靖看着北斗七星发了呆，因此从中领悟了九阴真经使二人化险为夷。再比如，在《神雕侠侣》结尾，当杨过从乱军中救了郭芙丈夫后，郭芙才醒悟原来自己一直爱着杨过。金庸的故事讲得真可谓情节曲折，惊险刺激，婉转缠绵。言情小说中，第一位将恋爱题材定位于都市的亦舒就很擅长设置悬念。在《香雪海》中，首先极力渲染一个黑衣女郎的种种：地位神秘——整个航班为她推迟飞行；出手不凡——一个人包下整个音乐厅；桀骜不驯——当着董事会所有高管的面理发，撞碎别人的帆船……这些夸张的用笔只是为了将读者的好奇心推向一个又一个的高点，最后陡然将谜底揭开，此女子因母亲的小妾身份而被家族遗弃造成性格分裂，继承巨额遗产后游戏人生。《她比烟花寂寞》中的正在演艺事业顶峰的女主人公却弃世自杀，将全部遗产留给只采访过她两次的记者，让人百思不得其解，最后谜底揭开，结果也是同样的简单。此类例子在当代香港通俗小说中不胜枚举，这里不再赘述。当代香港通俗小说最大的法宝就是绘声绘色的讲故事手法，它们总是善于抛出一个个富于悬念的包袱，然后再一个个地抖开，使之真相大白。读者大众的心理也就一次次被抛起，又一次次被放下，像过山车一样，满足了瞬间阅读的快感，丢掉书以后，丝毫不影响他们继续正常地生活，什么也不会再想。

　　虽然这样想尽办法设计情节，但流行小说还是会给读者重复雷同的感觉。其讲故事的套路不外乎俄国学者普罗普在《民间故事形态学》中提出的那些。对当代香港通俗小说的模式重复的批评不会断绝。艾柯（Eco）在论述通俗小说的结构时指出："这些小说具有同样的叙事结构，这种叙事结构可被归结为与游戏相似的一系列范畴。各种类型的场面在每一部小说中都出现，尽管顺序有所变化，在这个意义上，程式（scheme）是不变的。作者为了防止叙事结构枯燥乏味，吸收了一些枝节内容和不可预测的事件，为基本情节编排增添了生动和趣味。""犯罪小说产生重复；它故作煽情，实际上是以一种想象力的懒惰重新证实读者所读的故事，不是通过叙述已知事物而是通过叙述未知事物来产生逃避。读者事先知道下一步将发生什么。"① 丁永强先生曾列出了武侠小说的 15 种"核心场面"，用以说明武侠小说情节模式。它们是："（1）仇杀：以武相争，正不胜邪。（2）流亡：武逊一筹，孤雏余生。（3）拜师：异人相救，授以武功。（4）练武：艰辛困苦，锻炼武功。（5）复出：武功初成，游侠江湖。（6）艳遇：武艺超卓，侠女倾心。（7）遇挫：武技未熟，遭尝败迹。（8）再次拜师：再磨武技，更上层楼。（9）情变：情海生波，侠士心伤。（10）受伤：武逢强敌，侠士铩羽。（11）疗伤：得逢奇遇，疗伤复武。（12）得宝：因缘巧合，获窥武典。（13）扫清帮凶：大展武威，肃清次敌。（14）大功告成：武决高下，一了恩仇。（15）归隐：看破世情，偃武归田。"② 其实，这不只是香港武侠小说独有的模式。王剑丛先生论及当代香港科幻小说时说道："这类作

---

① ［美］戴安娜·克兰：《文化生产：媒体与都市艺术》，赵国新译，译林出版社 2001 年版，第 86 页。

② 参见陈平原《千古文人侠客梦》，人民文学出版社 1992 年版，第 194—195 页。

品大体上有一个相对固定的结构，那就是：世上所以有……那是因为……之故。如：世上所以有宗教那是因为外星人来到地球后沉睡了，需要唤醒以拯救人类（《心变》）；传说中的明代沈万三所以有聚宝盆，那是因为外星人留下来的一架精密的金属复制机（《聚宝盆》）；空中所以有‘不明飞行物’，那是因为外星人放出来搜集人类灵魂的器物（《搜灵》）；世间所以有‘借尸还魂’之事，那是因为人的灵魂，原来是‘一组电波’被‘频道’相同的人错收之故（《迷路》）；传说中所以有透明人（隐身人），那是由于被外星人遗留在地球上的一种能发透明光的物体所照射之故（《透明光》），等等，例子很多，不必一一列举。"① 当代香港通俗小说沿着"平静—矛盾出现—矛盾解决—恢复平静"的老路子进行创作。在这里，通俗小说受到其本质的束缚——它不是一种独立的艺术创作，它面向大众，与消费勾结，它不想让任何受众变得不安。而读者大众也需要会讲故事的通俗小说，虽然故事模式不断在重复。

二　噱头的重要性

当代香港小说受众对小说的阅读期待不仅仅是要情节上一波三折，而且要求能满足自己的猎奇心理，小说要有带来快感的噱头。通俗小说家对此积极迎合，他们在小说中提供了以下几点：

首先是小说时空一般都跨越古今中外。新武侠小说的发生背景都在古代。梁羽生的小说背景都处于民族矛盾异常尖锐的历史时期，如关于南宋抗金的《塞外奇侠传》、《武林天骄》、

---

① 王剑丛：《香港文学史》，百花洲文艺出版社 1995 年版，第 375 页。

《联剑风云录》、《鸣镝风云录》，反清复明的《七剑下天山》，清末义和团运动的《龙虎斗京华》。金庸小说的背景也是如此。言情小说中李碧华的《秦俑》发生在遥远的秦朝，《诱僧》发生在唐代，《胭脂扣》、《川岛芳子》发生在民国的伪满洲，《霸王别姬》发生在"文化大革命"时期的内地。倪匡的科幻小说更是将故事空间推向了日本、美国，甚至宇宙。小说家将时空从现代当下环境中分裂出去，一方面为天马行空的虚构想象提供了方便，另一方面也充分满足了读者对现实生活"超越"的要求。

其次是小说的题材要大胆涉禁，无论是性、暴力还是其他隐私，最好能和现实当前最热门的话题联系上。如在《鹿鼎记》中，康熙对韦小宝说，自己虽比不上尧舜禹汤，但是励精图治、爱惜百姓，现在已是天下太平，人民安居乐业，明朝的皇帝哪一个能比得上自己？现在反清复明不很可笑吗？梁凤仪很多小说故事发生背景都与"回归"有关，小说中的商界人士不是积极引资建设内地，就是坚持投资使长征火箭顺利升空的爱国英雄。在当代香港女性小说家的作品中，性与金钱简直成了两个必不可少的话题。林燕妮小说中的主人公都是成熟美丽而有钱的女性，她们生活在一个男女关系开放的环境里，拥有大量的性伴侣。"林燕妮利用当代都市中种种时髦手段把她们包装得精致，雅洁和奢华。例如，坐最名贵的跑车，穿最名贵的衣服，有最出众的外貌，最不俗的举止谈吐。"[①] 再如李碧华的《胭脂扣》，如花已死，但仍爱着生前的少爷，演绎了一段人鬼恋；《霸王别姬》中程蝶衣与段小楼更是开同性之恋的

---

① 何慧：《香港当代小说概述》，广东经济出版社1996年版，第259页。

先河，还索性将这段感情穿插在颇引人注意的"文化大革命"期间；《青蛇》更是夸张，两男两女展开了一场四角恋。李碧华自己就认为："任何好看的小说不外八字真言：痴男怨女，悲欢离合。"这些噱头确实让大众大饱眼福，不但满足了好奇心，还满足了窥视癖。

最后，内地受众还可以从小说家对正典的解构中得到快感。后现代解构主义者反对现代结构主义的"元结构"和"绝对意义"，认为意义存在，但绝对意义不存在，文本符号可以任意置换，反复书写，从而使得解构和意义不断消解和重构，不断延伸下去。这种解构主要表现为当代香港通俗小说对历史、正典的改写。武侠小说的故事因为大多发生在古代，因此改写正史频率比其他通俗类别小说要高得多。虽然有的武侠小说家对正史持严肃考证的态度，但在其笔下的小说主人公直接参与到正史的发生中，有的甚至起到了关键的作用，这本身就带有一种游戏消解历史本身的意味。如在梁羽生的笔下，大宦官魏忠贤可以有个私生女，抗金英雄岳飞的外孙女可以与金国的公子结合，清朝词人纳兰性德爱慕一个女侠客。金庸笔下的著名历史人物也很多，如皇太极、康熙、李自成、袁崇焕、张三丰等，在《鹿鼎记》中，韦小宝这一个反英雄形象出现在小说中，直接参与了很多历史事件形成的过程，正是韦小宝的参与才有了历史上的中俄《尼布楚条约》，他还远赴莫斯科，参与中俄关系的建设。历史在小说中不过是一种调侃、逗笑的调料。言情小说改编起正典来也毫不留情。李碧华的《青蛇》就是对中国古代小说《白蛇传》的肆意改写，在她的笔下，许仙完全是个小人，法海也是个春心萌动的花和尚，白蛇与青蛇不仅是姐妹，还是一对同性恋人，同时许仙与白蛇、白蛇与法海、法海与青蛇之间仍有情爱关系，完全是为了情色而情色。在 20 世纪 60 年代香港历史小说崛起的过程中，也涌现出一批善于改写正史的好手，他们善于在中国历史中挖掘可供现代人发挥想象的细节，进行大胆虚构，在描写历史人物时，注重从感情、艳情的角度对其进行重新塑造。例如，石人的小说《成吉思汗》、《第一美人》、《迷楼恨》，董千里的《铜雀台之恋》、《柔福常姬》、《玉缕金带枕》，南宫博的《洛神》、《江山美人》、《杨贵妃》、《赵飞燕》，金东方的《赛金花》、《香港金瓶梅》等等。

三　语言的具象性倾向

有学者指出，电影的出现就意味着文学的死亡。这种观点不免偏激，但也确确实实道出了小说目前的处境。"梅罗维茨（Meyrowitz）认为，电视是一个社会活动场所，它对公众的巨大影响远远不同于印刷媒体。他认为印刷品（图书和报纸）产生和巩固了扩大社会群体之间差异的社会等级制。原因在于学会阅读印刷信息所需要的技能水准，人口各个阶层所能达到的技能水准存在程度差异。相比之下，电视更容易为所有社会群体接受，无论这些人的年龄和受教育的程度如何。部分原因在于，电视节目中不存在难度不等的符码序列；无需辨认必须首先学会的复杂符号。"[1] 20 世纪 70 年代以后，电视在香港的普及夺走了许多读者，而大量的根据金、梁小说改编的电视连续剧，更带给观众全新的视觉享受。新武侠小说在香港开始走下

---

① ［美］戴安娜·克兰：《文化生产：媒体与都市艺术》，赵国新译，译林出版社 2001 年版，第 21 页。

坡路。从 80 年代中期开始，香港又流行起了武侠和动作打斗类的漫画书，此类漫画摆脱了连环画的字画配读的讲述方式，更直接地用画面挤占文字空间，进一步趋向用连续视觉效果表意。整个文艺界屈从大众文化的发展方向，越来越朝着视觉化的方向发展，文字因素越来越淡薄，当代香港通俗小说在阅读市场的竞争力面临严峻的挑战。现代读者在阅读文学作品的时候，往往会被由电影电视培养起来的审美习惯所左右。大部头小说对人物心理的长篇渲染、自然环境的细致刻画和说教式的社会分析已经毫无优势，受众更希望看到其对行动的模仿，希望小说描写也能像影视一样动起来，多提供活的、快节奏的画面。

敏感的香港通俗小说家不会对这种变化置之不理，他们采取了具象化的写作方法，尽量的"轻薄短小"，使小说向电影电视靠拢。

首先，语言短促化，尽量在一句话中给读者提供最多的信息。如李碧华小说《潘金莲之前世今生》：

　　血，滴答、滴答而下。在黄泉路上，凝成一条血路。

　　此处是永恒的黑夜，有山，有树，有人。深深浅浅，影影绰绰的黑色，像几千年前的一幅丹青，丹青的一角，明明的有一列朱文的压边章，企图把女人不堪的故事，私下了结，任由辗转流传。

　　很多很多大小不同的脚，匆促赶着路。一直向前，一直向前。

从金庸到温瑞安的武侠小说中也能看出这种变化——句式

越来越短，如果说金庸的小说还有细细品味的需要，那么后者的小说就是一部信号集，只是充满了各式各样能够刺激读者的符号。如温瑞安的《斩马》：

> 他、要、出、剑
>
> 他，要，出，剑
>
> 他——要——出——剑
>
> 他……要……出……剑

其次，描写镜头化，试图将故事拆分为影视剧中一个个分镜头。如《霸王别姬》中：

> 她交叉双手，眼角睒着对面的菊仙姑娘。
>
> 云石桌上铺了一块湘绣圆布台，已堆放一堆银圆、首饰、钞票……
>
> 老鸨意犹未尽。
>
> 菊仙把满头珠翠，一个一个的摘下，一个一个的添在那赎身的财物上。
>
> 还是不够？她的表情告诉她。

最后，情节剧本化，把小说对行动的模仿转变成充满矛盾冲突的剧本语言。如亦舒小说《喜宝》中的一出：

> "我想念你，妈妈。"我说，"你或许不相信，但在这个世界上，你只有我，我也只有你。"
>
> 老妈眼泪流下来。"女儿。"

"妈妈。"我们拥抱在一起。

哭完一场之后我淋浴，换上干净衣服，与老妈在一起吃饭盒。我细细打量她，她也细细打量我。

……

"我倒有件事要告诉你。"她忽然郑重地说。

我抬起头，我听出她语气中有不寻常。我母女俩相依为命这许多年，还有什么不知道的。

"什么事?"我问。"爹又要结婚?"

"不是他，是我。"

我缓缓吸进一口气，站起来，"你! 姜咏丽女士，你!"

"是的，我。"她喝一口茶，"是我要结婚。"

喜宝从英国飞回香港探母，刚到家就遇上"喜事"，母女团聚的喜悦蒙上一层阴影，人物的感情急转直下。小说以人物的对话方式展开，矛盾冲突在短短的篇幅内发展到高潮，读来有一种"看戏"的感觉。

电影艺术是通俗艺术中的一种，它的诞生对当代文学艺术影响深远。当代香港通俗小说在受到影视业冲击后，采取了以上所述的应对策略，积极向电影靠拢。这种态度是其通俗本质使然，也是纯文学小说做不到但必须面对的。

通过从形式、题材和语言三方面的分析，我们可以对香港通俗小说的文本的媚俗性特征有一个大致的了解。当代香港通俗小说的价值目标"就是对于此刻的关注。这一关注在某种程度上类似于进餐对于肚腹的抚慰，出发点到最终目标都没有终极关怀的承诺"。① 它的文化特征之一就是消解了文学的层阶，把传统中关于文化的高级与低级、典雅与粗俗的区隔作了否定。它不是精致的文化，而且尽管在不断吸取精致文化元素，但并没有向精致化发展的动力。

第三节　在内地传播的当代香港女性写作文本特征

20 世纪 70 年代末，香港文坛涌现出了一大批女性小说家。她们之中，既有南来的王璞、陈娟、李男、周蜜蜜、金东方等人，也有从台湾来港的施叔青、钟玲等人，还有香港本地作家钟晓阳、辛其氏、陈宝珍、黄碧云、亦舒、李碧华、林燕妮、梁凤仪、严沁、西茜凰等人。女性小说家以女性特有的敏感和细致，体察生活与情感，创作活动十分活跃，在当代香港婚恋家庭的题材上有很大的突破。她们的出现，撑起了当代香港小说创作的半边天。在对内地传播的过程中，这些女性小说家的作品在内地的受众数量、范围巨大，有的影响力甚至超过了男性小说家的作品。

当代香港女作家的大面积涌现，有着多方面的原因。首先，香港经济的繁荣发展是此现象的必要前提。一方面，大量男性从事商业工作，把文学创作领域让给了女性；另一方面，经济的发展使高等教育得到普及，很多女性接受了良好的教育，使她们的社会地位有了很大的提高，并可以从事各

---

① 王岳川主编：《媒介哲学》，河南大学出版社 2004 年版，第 61 页。

方面的工作，包括写小说。其次，洗衣机、吸尘器、洗碗机等家用电器的发明，超市、快餐、家务外包等现代服务业的出现，进一步把女性从繁重的劳动中解放出来，同时消费社会的到来给了大众更多的休闲娱乐时间，她们和男性消费者一样，可以创作，而且需要阅读。然而传统的"女性阅读，就是父权制度把妇女仅仅作为阅读文学作品的对象，作为文学作品的倾销市场"①。女性读者只能按照男性安排好的美学标准和意识形态来阅读。按这种推理，女性阅读不是为了自身，而是为了男性，阅读的结果自然会使她们走进男性安排好的模式而浑然不知。最后，西方妇女解放运动的发展波及港台地区，女权主义对女性角色的重新定位和争取男女平等的斗争，不但使社会受到很大震动，而且掀起了女性对自我认识的一场革命，在这个过程中，女权主义者"努力建造女性写作的话语系统和表达方式，根治女性失语症，颠覆男性写作方式，又要创造自己的文本系统"②。女性作家认为必须更加突出妇女的写作差异，这种差异不仅仅是性别上的，还是个性上的，她们要从根本上改变传统塑造女性形象的方式。

　　当代香港女性小说的创作成果成绩斐然。20 世纪 70 年代末开始传播至内地的主要女性作家的代表作品有：钟玲的《轮回》、《美丽的错误》，陈宝珍的《找房子》，钟晓阳的《停车暂借问》、《流年》、《细说》，施叔青的《香港故事》，辛其氏的《红格子酒铺》，王璞的《补充记忆》，黄碧云的《盛世

---

　　①　张首映：《西方二十世纪文论史》，北京大学出版社 1999 年版，第503 页。
　　②　同上书，第507 页。

恋》、《她也是女子，我也是女子》、《温柔与暴烈》，亦舒的《我的前半生》、《流金岁月》、《喜宝》、《香雪海》、《玫瑰的故事》、《独身女人》，林燕妮的《痴》、《盟》、《缘》、《浪》、《他在我房间》，严沁的《青藤丝》、《故人·风雨》、《烟水寒》、《帘卷西风》、《两情长相忆》，岑凯伦的《七色情》、《八月樱桃》、《白马王子》、《爱神》，李碧华的《胭脂扣》、《霸王别姬》、《潘金莲之前世今生》、《川岛芳子》、《秦俑》，梁凤仪的《豪门惊梦》、《千堆雪》、《强人泪》、《醉红尘》、《昨夜长风》、《花帜》、《归航》，等等。

当代香港女作家的小说作品多贯穿着强烈的女性意识，流露出对男权社会的反抗和书写自身的要求。纵观在内地传播的香港女性小说家作品，她们的小说文本大多表现出了以下一些特点：

首先，小说对女性的爱欲意志作了大胆的肯定。如钟玲小说《莺莺》中，莺莺轻视传统的明媒正娶，只要求元稹真真切切地爱她。《轮回》中，一个受到保守教育的把自己当成神圣不可侵犯的女子，在求爱者含恨离世后，才翩然醒悟原来自己需要的是真爱。陈宝珍小说集《找房子》中，因丈夫婚外情离婚的女人，大胆地投入另外一个已婚男人的怀抱。钟晓阳《停车暂借问》中，已婚的赵宁静在香港遇到旧时恋人，便毅然和富裕的丈夫分手。施叔青小说《"完美"的丈夫》中的李愫虽然嫁给一个上海富人家的公子，但因为家庭无爱，她毅然选择分手。《窑变》中，两个不满婚姻生活的男女相爱，分别告别自然的家庭而同居在一起，他们是情人，但并不把对方当作生活的唯一。《愫细怨》中，妻子尊重丈夫的外遇事实，又与他人相爱。如果说这些作家的小说重在肯定爱欲的美好，对纯真爱情的向往，作品还重在女性心理分析和男权批判的话，从亦舒小说开始，女性小说出现了"向外转"的倾向。她们不满足小说只是心理活动的展示，对两性之间的关系采取了暴露多于分析的写法。"性"这一敏感话题在其后的小说创作中成为焦点。如亦舒小说《喜宝》中，年轻美貌且受过西式教育的喜宝，先把自己卖给了一个支付她的学费的韩国人，然后又毫不犹豫地当了老富翁的情妇，她深知："这是一卖笑的社会。除非能够找到高贵的职业，而高贵的职业需要有高贵的学历支持，高贵的学历需要金钱。"[①] 但是她在每一次金钱与性的交易之初，都要求男方爱她，起码是口头的表达。在《寻找家明》中，一个混迹酒吧，入过黑帮，被包养过的风尘女子，拥有了自己的酒吧、别墅、汽车，与一个成功人士无异。她告诉别人："你还想搭救风尘女子，你看小说看得太多了。现在不是啼笑姻缘时代，我们并不苦，苦的是你们。"[②] 这些赤裸裸的两性关系暴露在她们的笔下，让人不知这是对社会的控诉还是对社会现实的肯定。有学者论到："亦舒是香港第一个将爱情小说定位于城市的作家。在亦舒的小说里，专制的家长、封建的社会制度都早被无形的资本主义体制取代。资本主义看不见的手不仅伸向个我的躯体，甚至渗透到个我的内心。亦舒小说探讨的，就是城市人在内化了（internalize）资本主义价值观念后，所剩无几的'爱的能力'。亦舒的小说，虽然不乏匪夷所思的情节描写，但求哗众取宠，语不惊人死不休，但她最好的作品，尤其是短篇小说，都能够把握到生活与浪漫的辩证关

---

① 亦舒：《喜宝》，香港天地图书公司 1984 年版。
② 亦舒：《寻找家明》，香港天地图书公司 1986 年版。

系，写出了现代男女的恋爱困境。"① 在林燕妮小说《除夕》中，一个妻子被劫匪劫财之后，主动献身，以此作为报复丈夫的手段。小说《补遗夫妻》里，一个十七八岁的女孩子，换男友如换衣服。宿舍室友问她这两年，和多少男生约会过，她不经意地说："大概 60 个左右吧。"毕业最后几个月跟一个男同学同居起来，然后各自若无其事地分手。后来她接受第一个向她求婚的人，成了别人妻子，后又因感觉婚姻跟恋爱不能画上等号，不久便离婚，屡次改嫁。在其他女小说家的笔下，爱情和性欲也成了吸引读者的噱头。她们的观点暧昧于批判与屈从之间。

女权主义认为，女人在社会关系中处于被动地位、被看地位、第二性地位是由文化史造成的，是以往文化史中根深蒂固的社会性别观形成的。她们强调的性别差异主要是一种社会性别（gender），而不是因为自然性别（sex）。但是在消费社会中，这种试图解放社会性别的运动，被转化成解放自然性别的运动。"既然女性和身体在奴役中曾连结在一起，那么女性的解放和身体的解放的联系也是合乎逻辑且合乎历史的……但是我们看到这种同步的解放是在女性与性欲之间的基本意识混淆根本尚未廓清的情形下进行的……最合适的说法是：女性，既然她以前作为性被奴役，今天作为性被'解放'，那么她只是到今天才获得了充分发展，以至于此后我们看到这种几乎是不可逆的混淆以各种形式加深着，因为正是随着她的一步步解放，女性越来越被混同于自己的身体。但前提条件是：实际上，表面上解放了的女性被混同于表面

---

① 林达生：《亦舒新论》，《博益月刊》1988 年第 7 期。

上解放了的身体。"① 大众传播重新让女人处在被看、依赖、柔弱、依附的地位，又把女人的自然性别纳入商业社会的审美标准，女性的身体特征被夸大，变成了一种功用性美丽，变成了商品。当代香港女性小说多从女性解放的起点出发，在对女性性别心理的分析过后，逐渐向外转，呈现出以暴露女性身体、性欲为特点的写作方向，也许她们认为这是对传统男权女性形象、两性关系的颠覆，但是这只会再次落入消费社会男权主义的陷阱，并且陷得更深。所以说，当代香港女性小说从爱欲开始，又回到了爱欲本身，绕回了原点。

其次，对传统两性形象的颠覆。长期以来，文化史上的女性形象分为两种，一种以基督教圣母玛利亚为原型，代表着圣洁与贤良；一种以潘多拉和夏娃为原型，代表着邪恶与诱惑。前者在文学史上是所有美好形象的集合，后者在文学中集中表现为对女性的丑化。当代香港女性小说中，对这两种形象做了不遗余力的颠覆。在《喜宝》中，女主角一方面为金钱出卖肉体，一方面对爱情要求很高，对爱情上的讨价还价寸步不让，形成一种矛盾。在小说《香雪海》中，香雪海开始便以一种桀骜粗鲁、飞扬跋扈的女富婆形象出现，但在真情之下，她又作为一个美而惠的角色出现。这些角色不是单纯的邪恶，也非纯洁。梁凤仪的小说中，女性一开始都是美而惠的化身，但是在男权社会屡受挫折，由最初的自暴自弃形象走向女强人形象，如《誓不言悔》中的遭遗弃的富人妻徐曼明，《谁怜落日》中家道中落的千金小姐汉至谊，

---

① ［法］波德里亚：《消费社会》，刘成富、全志钢译，南京大学出版社2000年版，第150—151页。

《世纪末童话》中遭上司刁难的白领孙凝,《花魁劫》中丈夫离世的小妾容璧恰,等等。再如李碧华小说中女扮男装、比男子还有男子气的女人川岛芳子,成为鬼魂但比男人更有情义的如花。与重塑小说女性形象相对,香港女性小说家对男性形象不怎么看好,甚至进行丑化。钟晓阳《停车暂借问》中,女主角放弃了优裕的生活想和旧情人在一起,但懦弱的男人采取了躲避的策略,离开香港去美国了。梁凤仪笔下的男主角极少是正面人物:《誓不言悔》中的男主角丁松年是一个小气自私的男人,《强人泪》中的赵一波是一个阴险的强人,《花帜》中的杜晚晴嫁给了一个利用女人的"漂亮朋友",《心涛》中的汤阅生,自己通奸在外,还要指责妻子的不忠。在梁凤仪笔下,男人只是一种衬托女人的背景,无论是他们抛弃女性,还是他们爱上女性,都不妨碍女人最终战胜男人。李碧华的《青蛇》中,许仙是一个卑鄙的小人,法海是一个虚伪的和尚。《胭脂扣》中,相比如花的痴情,十二少的欺骗更让人觉得他连鬼都不如。与当代香港女性小说中的女性比起来,男性总是要矮半头,处处显得猥琐。

最后,作为女性写作的延伸,当代女性小说积极向影像转化。在传统男性创作的主流电影中,女性不具备独立的人格。"女人作为形象,男人作为看的承担者","看的快感分裂为主动的男性和被动的女性。起决定作用的男人的眼光把他的幻想投射到风格化的女性形体上","她们的外貌被编码成强烈的视觉和色情感染力"①。影片中的女性作为男人世界

---

① [美]劳拉·穆尔维:《视觉快感与叙事性电影》,周传基译,李恒基、杨远婴主编《外国电影理论文选》,上海文艺出版社1995年版。

的附庸被纳入影像系统，只是物化的符号、"被看"的客体。她们大多承担着"花瓶"的角色，对片中男性形象进行衬托。"新浪潮以后，香港很多女导演纷纷拿起摄影机，刻意以影像作为明志、宣扬的工具，从关注社会形象、生活方式、婚姻恋爱等方面来透视女性特有的敏锐触觉、情感和气质，表达独属于女性的立场与意识。"① 着重表达女权主义的电影，注重在男女之间的情感关系上表达女性欲望，并将女性放在绝对主体的位置上，展现出女性独特的自省意识。与之相应的是，很多女性作家的作品成为电影的改编对象。如亦舒的《玫瑰的故事》、《朝花夕拾》、《流金岁月》、《喜宝》、《珍珠》、《玉梨魂》、《独身女人》、《星之碎片》、《胭脂》都被改编成电影。李碧华的小说几乎都有与电影联姻的关系，其中，《胭脂扣》夺得1989年香港电影金像奖、第十届巴黎三大洲电影金球奖以及意大利都灵电影节评委特别奖，《霸王别姬》获得第四十六届国际电影节大奖，成为第一部获此殊荣的中国电影。根据小说改编的电影在商业上的成功，也极大地提高了当代香港女性小说的知名度，扩大了在内地传播的受众数量与范围。

　　女权主义者强调，女性作为独立自主的存在，要想以完全独立的话语系统来重建女性世界的真实，必须解构男权统治下的艺术机制。当代香港女性小说创作是女性表达解构欲望的一种文学现象。作为一种权利解放运动，它似乎已经开始偏离运动的主旨，消费社会中女性的解放道路，还很曲折漫长。然而

---

① 张燕：《"看"与"被看"——香港电影中的女性形象透视》，《电影艺术》2003年第2期。

作为现代思想解放运动的产物，女性写作仍然起到了启蒙的作用，在内地传播的过程中，当代香港女性小说家的作品起到了培育社会化、启蒙现代性等重要作用。

第九章

当代香港小说在内地传播的
媒介分析

　　大众传播是一种高度社会化的传播活动。作为一种社会过程，大众传播对社会发生作用，施加影响，作为社会系统中一个子系统，大众传播又受到社会的有力控制。"噪音"最先使用在电信学研究中，泛指那些不符合信息本来意义而又附着在信号上的意义或物理形式。在这里，我们借用噪音的概念，泛指在传播过程中，传播信息受到社会系统控制所形成的产物。当代香港小说在内地的传播过程中也受到了来自政治、经济、文化等社会系统的控制，直接影响了文学信息在内地受众中的传播效果。本章试图分析当代香港小说接受控制后的文学信息变化情况，同时梳理其进入内地的路径。

第一节　内地对当代香港小说传播的过滤机制

　　现代传播学中的媒介系统依赖论强调媒介依赖关系的双向

性——互为依赖的关系。"个人、集体、组织及其他社会系统乃至整个社会都依赖于使用媒介控制的信息资源实现其目标；而媒介系统也有其自身的目标。为了实现这些目标，它也无法仅仅使用自身控制的信息资源，还必须利用由其他系统控制的资源。"① 媒介系统依赖论还从合作与冲突的角度去认识媒介系统与其他社会系统之间的互赖关系：一方面，由于双方为了实现各自的目标都不得不依赖于对方控制着的资源，因此都愿与对方合作；另一方面，双方互为依赖的事实又孕育着冲突的可能性，即双方为争取控制对方拥有资源的主动权而有引发冲突的可能性。以此理论观照香港小说在内地的传播，我们可以发现，当代香港小说在内地的传播过程中，媒介系统一方面必须与内地政治、经济与文化等社会子系统展开合作；另一方面它又与社会各系统之间存在冲突，这种冲突集中表现为内地在接受香港小说传播时的三种过滤机制。

第一种最显而易见的过滤机制即政治因素对传播信息的过滤。媒介系统依赖论认为政治过滤机制具有强制性、直接性的特点，它可以通过行政控制手段对传播媒介进行监控，既可以对传播活动进行审查，即只允许那些通过政府批准，领到许可证件的组织或个人从事传播活动，也可以对某些敏感的传媒进行审查，还可以对传播活动进行立法，对违反法规的传播行为予以严惩。"传播媒介在同国家的关系中，既不是无冕之王，也不是平等伙伴，更不是可恶的对手，它们正像一个受到信赖的囚犯，它良好的表现可以赢得某种特权，但被关押仍然是不

① 胡申生、李远行、章友德等：《传播社会学导论》，上海大学出版社2002年版，第23页。

可抹煞的事实。"① 在所有的控制中，政治控制是最重要的，同时也是最强有力的。

　　由于内地的政治特色，国家政治对文学创作一直具有非常重要的影响。改革开放前，内地的文学政策以毛泽东《在延安文艺座谈会上的讲话》为代表，奉行文艺从属于政治的政策措施。1980 年，邓小平在《目前的形势和任务》中指出："我们坚持双百方针和'三不主义'，不继续提文艺从属于政治这样的口号，因这口号容易成为对文艺横加干涉的理论依据，长期的实践证明，它对文艺的实践利少害多。"② 1983 年，在十二届三中全会上，针对文艺界思想松动的速度，邓小平又在《党在组织战线上和思想战线上的迫切任务》时强调指出："一些人……用他们的不健康思想、不健康作品、不健康表演，来污染人们的灵魂。精神污染的实质是散布形形色色的资产阶级和其他剥削阶级腐朽没落的思想"，"他们却热心于写阴暗的、灰色的、以至胡编乱造、歪曲革命历史和现实的东西……社会主义条件下人的异化……个别的作品还宣传色情……'一切向钱看'的歪风，在文艺界也传播开来……不少人竟用一些庸俗低级的内容和形式去捞钱……迎合一部分观众的低级趣味……'一切向钱看'、把精神产品商品化的倾向，在精神生产的其他方面也有表现"，"精神污染的危害很大，足以祸国殃民，它在人民中混淆是非界限，造成消极涣散，离心离德的情绪，腐蚀人们的灵魂和意志，助长形形色色的个人主义思想泛滥，助长

---

　　① ［英］戴维·巴勒特：《媒介社会学》，社会科学出版社 1989 年版，第 70 页。

　　② 邓小平：《邓小平文选》（1975—1982 年），人民出版社 1983 年版，第 221 页。

一部分人当中怀疑以至否定社会主义和党的领导的思潮"。①
毫无疑义，内地的文学政策的变化不能不对当代香港小说在内
地的出版发行产生影响。

在改革开放前，香港文学被视为资本主义文学毒草，由于
要严防资本主义的和平演变，严禁香港文学在内地出版流通。
"20世纪60年代初，少数文学作品，《金陵春梦》得由旅客过
海关时偷带到广东各地，其余时候，《金陵春梦》虽以揭露了
国民党腐朽统治而带左派色彩，但因有描写嫖妓等腐朽场面被
官方禁止，只许在大学图书馆内部阅读，而且只允许少部分特
权读者借阅。"② 改革开放后，经济的迅速发展和物质生活水
平的不断提高，给政治、思想、文化带来了巨大的变化。国家
对出版业政策放宽，各家出版商也循序渐进地跟上，一些揭露
反共势力腐朽没落的当代香港小说得以首先出版。1979年，
内地出版的第一本当代香港作家的小说便是反映香港底层人民
生活的《虾球传》。与《金陵春梦》命运不同，阮朗的另一部
小说《华灯初上》因通过善良的女主角当舞女后受尽凌辱和敲
诈勒索的描述，被认为是"淋漓尽致地揭露了香港这个'人间
天堂'里的一切假、恶、丑，对'小人物'寄予深切的同
情"③，得以与他另一部揭露香港社会阴暗面的作品《香港大
亨》一起出版。宋乔的《侍卫官杂记》漫画式地揭露蒋介石
流氓集团的凶狠残暴，于1981年出版。通俗历史小说家高旅

---

① 邓小平：《邓小平文选》（1975—1982年），人民出版社1983年版，第
42—44页。

② 参见黄子平《"香港文学"在内地》，《香港文学节研讨会讲稿汇编》，香
港市政局公共图书馆1997年版。

③ 周文彬：《当代香港写实小说散文概论》，广东高等教育出版社1998年版。

的《金屑酒》揭露了封建统治集团内部的黑暗，得以早早与内地读者见面。"福建人民出版社1981年出版的《香港小说选》收30位香港作家48篇作品，其'后记'清楚地表明了对于这些描写'资本主义制度下的香港的形形色色'之作的出版意图，因其'反映了摩天高楼大厦背后广大劳动人民的辛酸和痛苦，同时揭露和鞭挞了香港上层社会那些权贵们的虚伪和丑恶'。"① 因批判资本主义赤裸裸金钱关系被放行的小说还有海辛的《出卖影子的人》、《乞丐公主》，陈浩泉的《香港小姐》，白洛的《香港狂人》、《暝色入高楼》，陶然的《平安夜》、《香港内外》，张君默的《香港子夜》与陈娟的《香港女人》等。另一方面，政治因素也卡住了一些香港小说家作品的传播。改革开放初期，虽然出版政策有所放松，但出版社仍不敢轻举妄动。刘以鬯的小说《天堂与地狱》因其具有的批判现实主义精神，先于其代表作《酒徒》、《对倒》在大陆出版。舒巷城的小说《太阳下山了》在出版时被更名为《港岛大街的背后》。"在意识形态视角中，现代主义是资产阶级作家才采用的创作方法，无产阶级作家和进步作家均不屑于运用这一手法，故这时期出版的香港作家作品，运用的绝大部分是现实主义创作方法。陈若曦在香港发表的《尹县长》，本与内地80年代流行的'伤痕文学'合拍，但由于其发表的媒体'有问题'或创作方法非内地约定俗成的现实主义手法，故被排斥在外。"② 1981年，广东科技出版社出版了金庸的《书剑恩仇录》，花城出版

---

① 钱虹：《香港文学：由"弃婴"到"公主"——1979—2000年香港文学研究述评》，《华东师范大学学报》2004年第4期。

② 古远清：《香港文学内地传播简史》，《中国文化研究》2001年第2期。

社出版了梁羽生的《萍踪侠影》，广东《武林》月刊也开始连载梁羽生的另一作品《白发魔女传》。但出版商担心触碰"宣扬流氓黑社会意识形态"的政治红线，虽然出版后书籍热销，但不敢多出。在考虑出版倪匡小说时，又因为他有1957年从内地"叛逃"香港的"历史问题"，所以只好作罢。至于张爱玲的《秧歌》、《赤地之恋》，那就更是难以进入内地出版商的视野了。

　　第二种过滤机制可称为经济因素对传播的控制。当某些人对文学传播受到政治的干预感到忧心忡忡时，另一个阴影已悄悄来临。正如施拉姆所说："经济控制远比政府的控制对大众媒介施加的影响更为有力。"① 文学批评家纽曼（Newman）哀叹："古典集权社会在生产环节上进行图书审查。一个寡头垄断的民主社会在发行环节上进行图书审查……如果一本书应当印行，但因为它卖不到五千册而被拒绝，这就是审查。如果一部小说有二万名潜在的受众，但只有其中的四分之一的受众读到它，因为没有人评论、推销和购存，这就是审查。无论由于意识形态对立、官方的无知、冷漠的密谋策划，还是由于自由市场的急切需要，产生的效果是一样的——弃绝了合法享有权利的受众，失去了读者群。例如，如果有人告诉我们，一本反现行社会体制的小说在波兰的印刷数量很少，没有得到宣扬，没有人评论，这本书很快不允许被印刷，我们知道各种缘由。在这里，这种事情每天都发生，我们却没有对此感到愤慨……超级市场以其自身方式进行审查的程度同文化部审查的程度是

　　① 胡申生、李远行、章友德等：《传播社会学导论》，上海大学出版社2002年版，第241页。

一样的。"① 在改革开放初期，出版社在市场经济的压力下迅速商业化、媚俗化，造成很多当代香港通俗小说不分良莠涌入内地。这个时期的内地接受机制中，经济因素起到了非常重要的作用，一些香港纯文学小说在这个时期被忽视了，而当代香港各式各类的通俗小说都在"没有反共内容"的底线下大举北伐。这个时期正是出版界改革时期，各单位纷纷脱离计划财政的控制，自谋生路，所以在经济利益的驱使下，出版社什么畅销就印什么。万人迷的香港新武侠小说暂且不论，科幻小说方面，仅 1988 年一年内，北京出版社就一口气出版了倪匡的 10 部小说。四川文艺出版社也在 1989 年 6 月一个月的时间内出版了张君默的 3 部小说。陈娟的侦探小说《昙花梦》第一次就行销 50 万册。言情小说进入大陆的时间比较早，它抓住了特定年龄的女性读者群，也备受内地出版社的青睐。内地先是"亦舒热"，接着轮到岑凯伦、严沁，然后又是林燕妮，马上又有李碧华，最后又是梁凤仪。就梁凤仪的小说出版来看，"人民文学出版社于 1992 年推出她十多部作品，当时北京最大的王府井新华书店一天卖出她 2000 余册作品"。② 而这仅是一个小说家、一家出版社、一天的情况。这些小说的出版情况还没有考虑到大陆疯狂的盗版行为。与此形成鲜明对比的是，当代香港纯文学被排斥在内地出版视野之外，造成了传入内地的当代香港小说一条腿长，一条腿短的症疾，容易引起内地受众对其形成"文化沙漠"的偏见，矮化了香港文学在内地人心目中

---

①　［美］戴安娜·克兰：《文化生产：媒体与都市艺术》，赵国新译，译林出版社 2001 年版，第 75 页。

②　古远清：《香港文学内地传播简史》，《中国文化研究》2001 年第 2 期。

的形象。所以在王朔的眼里，"港台作家的东西都是不入流的，他们的作品只有两大宗：言情和武侠，一个滥情幼稚，一个胡编乱造"。① 造成这种狭隘的见解，大陆出版业"一切向钱看"的过滤机制难逃其咎。

第三种过滤机制是文化因素对传播的影响。文学传播既是一种文学信息的传播活动，又是一种文化的传播活动，并在特定的文化语境下展开，必然要受到文化的制约。与前两种过滤机制相比，文化因素的过滤是一种"软"过滤。根据接受美学理论，"读者并非纯洁无瑕，从未受到以前的社会和文学纠缠，作为某种文化处女来到作品面前，他并不是完全公正无私的精神或者一张白纸，让作品刻上自己的碑名。"② "一部文学作品并不是独立自足的……并不是一座文碑独白式地展示自身的超时代本质，而更像是一本管弦乐谱，不断在它的读者中激起新的回响，并将作品文本从语词材料中解放出来，赋予它以现实的存在。"③ 任何一位接受者都具有自己独特的"期待视野"，即一种内化了的文化心理结构，它决定了小说中哪些会被接受哪些会被排斥。不同文化体系下的受众有不同的集体无意识和心理文化结构，因此也具有不同的期待视野。因此在某种意义上来说，受众所接受的东西，正是他们所期待接受的东西。按照接受美学的观点，任何文学接受的发生都必须以接受者的历史文化积淀为背景。民族文化传统的"先结构"决定了接受者的期待视野。包含

---

① 王朔：《我无意对金庸人身攻击》，《广州日报》1999 年 11 月 8 日。
② ［英］特雷·伊格尔顿：《二十世纪西方文学理论》，伍晓明译，陕西师范大学出版社 1987 年版，第 99 页。
③ 张廷琛：《接受理论》，四川文艺出版社 1989 年版，第 2 页。

着想象中的故国、期望中的道义的当代香港新武侠小说，那些描写符合中国传统对爱情、审美要求的言情小说符合了内地接受者的期待视野，所以一经出版就获得了最抢眼的影响，可谓"民族的文化精神与审美心理像血液，像一个民族的灵魂，它流淌在民族的血脉中，主宰着民族的生存、走向与特征"① 这句话的有力佐证。此外，内地文化转型期间，民众对现代文化、新知识、新视野的向往，也参与构建了当代内地接受者的期待视野，引起了内地出版商的注意。所谓文化转型时期"是指在某一特定时期内，文化发展明显产生危机和断裂，同时又进行急遽的重组与更新"②。在这个时期内，社会当下文化发展产生了危机，急需借助适应于本身的外来文化进行"重组"原有文化。J. T. 肖指出："文学形式与美学情趣一旦落伍时，作家们就可能从本国文学过去的表现形式中去寻求适应眼前需要的答案；他们也可能向国外探索，去发现能表现和满足他们的文学意愿的东西……一般说来，国内外相互对立的文学运动和代表人物会在这时同时出现，各种不同的、可能被吸收的国外影响会纷至沓来。"③ 同理，内地受众在弥合传统文化的同时，急需一种前卫的、符合新时代心理需求的文化元素来重组原有文化。香港是中国不可分割的一部分，但长期与内地隔绝，独立的经济发展与独特的后殖民政治使其成为内地在改革初期的一个重要的他者角色。虽然不是异国，但香港的现代美学情趣正是改革开放初

---

　　① 范伯群，朱栋霖主编：《1898—1949 中外文学比较史》，江苏教育出版社 1995 年版，第 71 页。

　　② 乐黛云等：《比较文学新编》，北京大学出版社 1998 年版，第 1 页。

　　③ 张隆溪：《比较文学译文集》，北京大学出版社 1982 年版，第 37 页。

期内地缺乏而亟待补充的事物。那些带着浓厚现代生活气息的当代香港小说扑面而来，与内地受众的阅读期待相吻合，强烈吸引了他们的兴趣，所以也是内地出版商发掘开发的重点。另一方面，文化过滤机制也将一些不符合内地受众阅读习惯的当代香港小说排除在外。中华民族固有一套伦理道德观、人生观与自然观，体现在文学作品中就是具有中国趣味的审美观点、生活方式和价值追求。内地消费文化落后香港很远，而且思想观念也更加守成，"发乎情，止乎礼"的传统对香港小说的传播具有一定的影响。所以一些走得太远的当代香港小说不可能在内地获得广泛市场，如犯罪小说、黄色小说、黑社会小说等。

传播活动是一个系统的社会活动，当代香港小说在内地的传播也同样受到各个社会子系统的制约，在内地政治、经济、文化三方面的过滤之后，当代香港小说的本身面目已经发生了改变。但我们相信，随着两地之间交流的日渐频繁，文学间对话的不断展开，内地接受过滤机制会发挥更积极的作用，一个更全面、受更多读者关注的当代香港小说面目将更清晰地展示在内地人的面前。

第二节　当代香港小说在内地
传播的主要途径

随着现代大众传媒的蓬勃发展，其显明的强权特征引起了学者们的注意。"那些有价值的文化在今天只能与媒体话语权力相联系才能存活……媒体本来是一个工作平台，结果今天的平台变成了一切——媒体成为文化工业的垄断者、权力的拥有者（包括播出者、发行者）。"① 另一方面，媒介使一种媒介可以变成另一种媒介的"内容"，"文字的内容是语言，正如文字是印刷的内容，印刷又是电报的内容一样"。② 媒介改变着文学，不仅改变着文学的载体，而且已经成为文学的一部分。当代香港小说在内地的传播过程中，受到传播渠道的制约，也已被媒介修辞。传播技术在文学传播中的作用不言而喻，而传播技术在日新月异地发展着。传统大众传播的主要渠道有报纸、书籍、期刊、电影、电视，而科技的发展，互联网的应用，大众传媒正向小众传媒发展。所谓小众媒介，是指用于个人及小规模受众获取信息或进行娱乐的媒介，如个人电脑、电子游戏机、移动电话、卡拉 OK 等。与传统媒体相比，小众媒介在传播方式上具有不可替代的特殊性。首先，它们具有数字化特征。数字信号提高了传送质量，也扩大了复制的数量。其次，它们还具有多媒体的特征。声音、影像、文字、数据等可以混为一体进行传播，与传统媒介相比，它们能满足人们多种感官的享受。最后，它们还具有个性化的特点。以电子游戏为例，开放式的游戏程序设计使玩家的每一种选择都会带来不同的结果，其随机性和仿真性特别是联网后在线互动模式极大地展现出玩家独特的控制力和个性休闲。传媒的更新，势必导致文学传播的巨大变化，因此在考虑当代香港小说在内地的主要途径时，必须要关注新媒介在传播中的作用。下面就将从四个

---

① 王岳川主编：《媒介哲学》，河南大学出版社 2004 年版，第 13 页。

② ［加］麦克卢汉：《理解媒介——论人的延伸》，何道宽译，商务印书馆 2000 年版，第 34 页。

主要的传播途径进行分析。

一 香港小说的纸媒传播

香港文学自诞生之日起，就与报刊媒体保持着紧密的联系。香港报刊媒体的历史悠久，世界上第一家用活体铅字排印的中文报刊就诞生在香港。1907 年，《小说世界》和《新小说丛》创刊，成为相关历史上最早的文学期刊。此外，香港报纸的数量巨大，人均持有报纸数在世界排在前列。刘以鬯说："谈香港文学，应该从 1874 年谈起。"① 在他看来，香港文学的起点，是 1874 年《循环日报》首次发行，并创办该报副刊的时候。"香港报纸有一个很大的特点，就是副刊的篇幅往往多过新闻。副刊上的文章大多是娱乐性的，主要有小说、散文等。六十年代流行过小说版，整个副刊登连载小说，以各种不同类型的作品，吸引不同的读者，引他们每天去'追'；就像后来看电视连续剧一样。"② 香港新文学小说就诞生在这些报纸副刊阵地里，"从 1927 年开始，香港报纸差不多每一种都开辟一个新文学副刊，纯粹登载新文学作品。这里面有《大光报》的'大光文艺'副刊；《循环日报》的'灯塔'副刊；《大同日报》'大同世界'副刊；《南强日报》的'过渡'副刊；《华侨日报》的'华岳'副刊；《南华日报》的'劲草'副刊以及《天南日报》的'明灯'副刊等等"。③ 这些副刊随报纸一起每天与读者见面，在旧文学氛围浓厚的香港，起到了

---

① 刘以鬯：《香港文学的起点》，《今天》1995 年第 1 期。
② 刘登翰主编：《香港文学史》，人民文学出版社 1994 年版，第 261 页。
③ 同上书，第 72 页。

推广白话小说、启蒙现代港人心智的作用，并且不少的文学青年在它们的奖掖之下从事起小说创作。可以说，香港报纸的副刊是香港新文学的摇篮。香港报业同质化程度很高，激烈的竞争使各大报纸将文学副刊作为吸引读者的卖点，20世纪50年代的当代香港通俗小说，正是在这些版面中找到了一方立足之地，渐渐成长壮大起来。香港刊登纯文学的期刊还有《香港文学》、《香港作家》、《城市文艺》等杂志。这些立足于香港当地的报刊在内地市面上很少见到，受众数量有限，一般在各大图书馆、学校才能阅读到，所以传播的效果受到了限制。

期刊作为一种定期发行、选择性强的传播渠道比出版社的出版具有灵活、更具时效性的特点。1980年10月，金庸的《射雕英雄传》抢先登陆广州《武林》杂志，一年后，刘以鬯的《天堂与地狱》、海辛的《寒夜的微笑》、阮郎的《黑裙》等短篇小说集才通过广东人民出版社出版。在时间上，内地期刊对当地香港小说的传播抢了出版业的先，但是期刊在分量上毕竟要低于书籍专著。看到流行小说的巨大市场潜力之后，各出版社急不可耐地同流行小说打起了交道。当代香港通俗小说选择通过书籍出版渠道进入内地后，受众数量众多，影响远远超过了报刊渠道。香港新武侠小说的读者不分男女老幼，群众基础深厚，于是遭到陕西人民出版社、四川文艺出版社、四川民族出版社、时代文艺出版社、北京三联书店、百花洲文艺出版社、中国文联出版公司、中外文化出版公司、广东旅游出版社、花城出版社、黑龙江人民出版社、昆仑出版社、华岳文艺出版社、中国友谊出版公司、湖南人民出版社、上海古籍出版社、福建人民出版社、海峡文艺出版社、作家出版社、华夏出版社、贵州人民出版社等全国各个省份各种性质出版社的哄抢。可以说，内地出版社的商业化转型离不开香港流行小说的帮助，当代香港通俗小说给内地出版社带来的巨大经济效益为其转型提供了丰富的经验和资本积累，同时，内地出版业的仓促商业化也过滤了当代香港小说中的非通俗元素，造成出版初期香港小说文本的单一。

二 香港小说的影视传播

传播学者麦克卢汉认为现代电子媒介的发展将人类从印刷文化自上而下的统治中解放出来，以文字为主要媒介的传统传播方式给人类带来的异化命运得到揭露。在人与人之间的交流过程中，形体、行为方面要占 93%，而文字仅占 7%，以印刷文字为渠道的传播具有直线性、逻辑化的特点，这也是导致工具理性泛滥的原因。大众传播的影像化把人类带出了这种困境，最接近人天性的视听活动也又一次回到了人本身。但这种供人类"视"、"听"的对象又是被人操作过的对象，并非真实的对象本身，而是一种"仿真"。通过对现实感触的模拟，仿真技术让缺席于某种场景的受众获得临场式的感官刺激。在当代传媒中，表现为电影电视技术，特别是 3D 影像技术的发展。"大众传播的这一技术程式造成了某一类非常具有强制性的信息：信息消费之信息，即对世界进行剪辑、戏剧化和曲解的信息，以及把消息当成商品一样进行赋值的信息、对作为符号的内容进行颂扬的信息。简而言之，这是一种包装。"① 作为当代重要传播媒介的电影电视等具象技术，它们对世界的真实肆意分割、曲解，将其包装为一种符号销售给大众，在被仿

---

① ［法］波德里亚：《消费社会》，刘成富、全志刚译，南京大学出版社 2000年版，第 130 页。

真欺骗的大众眼里，真实世界就是电影电视里的世界。其实，在仿真的世界里没有什么是真实的，就连我们的消费欲望都不是真实的，而是由广告拟像从外部挑起和建构的。电影电视的仿真性维护着消费社会的持续进行，并使大众的眼睛从文字上移开。当代香港通俗小说对电影电视主动投怀送抱，却仍遭到影视的挑挑拣拣，文字中能够转换出影像的那部分才能得到改编。而从某种程度上说，当代香港小说整体在被影视榨取之后已不再是文学，它们只是在影视中小说的残留物。

当代香港电影电视业在文化史上创造了辉煌的成就。改革开放伊始，作为香港流行文化中最有影响力的香港电影电视流入内地，给内地观众的心灵造成了巨大的冲击，甚至比香港通俗小说带来的文化震惊还要大。1983 年，电视剧《霍元甲》在内地首次播出，该剧带来的轰动效果形成连带效应，《陈真》、《霍东阁》、《射雕英雄传》、《上海滩》等经典港剧接踵而至，共同开启了内地电视界的"港剧时代"。"以港剧为代表的香港流行文化登堂入室，数百部各类港剧相继'北进'占领内地文化市场，成为当时很多内地观众不可或缺的休闲方式和青少年成长的青春见证，夸张一点说，它们甚至成了内地整整一代人难忘的集体记忆。"① 香港电影电视在内地获得的成功，使无数内地观众得以通过银幕、荧屏了解到被消解后的当代香港小说。反过来，无论内地观众是否意识到银幕、荧屏上上演的是当代香港小说的残留物，但因为受到热捧，香港小说也得以源源不断地得到香港电影电视的改编，通过影像渠道被内地受众接受。

① 张宗伟：《激情的疏离："后九七"时代香港电视剧"北进"之旅》，《当代电影》2008 年第 1 期。

由于是当代中国新武侠小说的发源地，当代香港武侠片数量最多，影响也最大。"1949 年，朱愚斋在《工商日报》上连载黄飞鸿武侠小说，新加坡电影商温伯陵投资，成立永耀电影公司，开拍黄飞鸿系列电影，导演胡鹏、吴一啸共同执导，这个系列创下了世界电影集数最多的纪录。"① 当代香港小说被电影改编次数最多的莫过于金庸小说。1958 年，香港电影史上第一个专门摄制粤语武侠片的电影公司"峨嵋影业公司"开始有系统地改编金庸小说为电影。1958 年，胡鹏执导的《射雕英雄传》首开纪录。1963 年，张瑛、蔡昌执导的《倚天屠龙记》杀青，其后《碧血剑》、《雪山飞狐》、《鸳鸯刀》、《书剑恩仇录》、《神雕侠侣》、《鹿鼎记》、《笑傲江湖》等作品都被改编成电影。香港电影业另一家巨头——邵氏电影公司对金庸的小说改编也紧锣密鼓地展开。1977 年，张彻导演的《射雕英雄传》面世，之后他还将《神雕侠侣》、《侠客行》、《飞狐外传》、《碧血剑》或第一次，或重新在银幕上演绎。另外邵氏金庸电影还有楚原导演的《倚天屠龙记》、《书剑恩仇录》，鲍学礼导演的《天龙八部》，刘仕裕执导的《新飞狐外传》。1990 年，由徐克监制，胡金铨执导的《笑傲江湖》出品，此片被誉为"新武侠电影的开山之作"，也被一些学者誉为迄今改编最为成功的金庸电影。1992 年，潘文杰导演的《飞狐外传》、王晶编导的《鹿鼎记》出品。1993 年，张海靖执导的《碧血剑》、王晶执导的《倚天屠龙记》出品。此外不同名但仍根据金庸小说改编的电影，有张彻的《独臂刀》，许鞍华的《江南书剑情》和《戈壁恩仇录》，胡金铨总导演，徐克、程小东、李惠民执行导演的《笑傲江湖》系列，刘镇伟导演的《射雕英雄传之东成西就》，王家卫导演的《东邪西毒》，钱永强导演的《天龙八部之天山童姥》，等等。言情小说与电影也是联姻不断，其中李碧华小说是最大的赢家。自1988年关锦鹏将其小说《胭脂扣》送上银幕后，她的每一部小说几乎都得到了改编，而且获奖甚多，其中内地导演陈凯歌执导的《霸王别姬》，被认为是三部最重要的"文化大革命"电影之一。别的作家如张爱玲的《倾城之恋》、《半生缘》被许鞍华搬上银幕，《红玫瑰与白玫瑰》被关锦鹏改编。亦舒的作品《玫瑰的故事》、《朝花夕拾》、《流金岁月》、《喜宝》、《珍珠》、《玉梨魂》、《独身女人》、《星之碎片》、《胭脂》都被改编。20世纪90年代后，梁凤仪的多部作品也被拍摄，出品了《昨夜长风》、《拥抱朝阳》、《我要活下去》等影片。科幻片不是香港电影的强项，虽然也产生了根据倪匡小说改编的电影《蓝血人》，但结果是批评不断。

港剧中也是武侠小说被改编的次数最多。创造了"公案"与新派武侠相结合风格的温瑞安，作品频频被搬上荧屏，一本《四大名捕》就已拍成近20个版本的电视剧。在武侠剧中，还是金庸武侠剧最吃香，不论香港还是内地的影视剧导演都对其小说百嚼不厌。"《神雕侠侣》、《鹿鼎记》和《天龙八部》等一度成为回归初期内地电视台的收视冠军，在1997—1999年间，港剧重新占据了内地引进剧市场的主要份额，1999年春节前后更是出现了全国十几个上星频道同时播出港剧《天龙八部》的情景。"① 2000年，内地电视剧导演张纪中开始翻拍

① 张宗伟：《激情的疏离："后九七"时代香港电视剧"北进"之旅》，《当代电影》2008年第1期。

《笑傲江湖》，2002 年翻拍了《射雕英雄传》，2003 年翻拍了《天龙八部》，2006 年翻拍了《神雕侠侣》，2007 年翻拍了《碧血剑》与《鹿鼎记》。虽然这些翻拍的电视剧并不叫好，但是仍然取得了较高的收视率。

正像布尔迪厄所说的："电视所提供的是一种文化快餐，是事先已经消化过的文化粮食，提供预先已形成的思想。"① 当代香港小说通过电影电视在内地得到了广泛的传播，这种影像传播方式产生的影响超过传统的书籍出版渠道，但也改变了原来属于小说艺术的东西，这种东西即本雅明所说的"灵韵"。"非语境化一方面导致一种文化的全部象征内容（symbolic repertoire）大幅度增加，但另一方面，由于一再被复制、并置和剪辑，全部象征内容中的每一项内容的有效性会被非语境化降低……一旦形象和概念失去了它们的影响力，就会出现孤注一掷地寻求替代物的情况，由于过度使用和不断重复，这些替代物相应地被排空了意义。"② 当代香港小说大规模的传播意味着小说内容被非语境化，在这一过程中，作为特定种类的文学失去了其作为具有特定指涉的文化符号所应有的特权地位。一些独具感染力的小说文本由于在不同种类的媒体上多次曝光，就失去了它们的最初意义，获得了新的内涵。温瑞安在电视上看到自己的作品后问："真不明白他们买版权干吗？既然花了钱买版权，却把原著改动得面目全非，不如自己重写一部更实惠"，"我住在酒店闲时就看电视，我看到一部改编自《四大

---

① ［法］布尔迪厄：《关于电视》，许均译，辽宁教育出版社 2000 年版，第30 页。

② ［美］戴安娜·克兰：《文化生产：媒体与都市艺术》，赵国新译，译林出版社 2001 年版，第 25 页。

名捕》的电视作品，那部电视剧中的四位名捕居然是二男二女，而且还双双恋爱起来，后来有热心读者打电话问我电视里播的是谁，你问我，我问谁呀？而前不久看到金庸《天龙八部》的一个电视版本，剧中乔峰和段誉为了爱人互相争打，这完全违背原著的精神"。① 当代香港小说在电影电视上的亮相宣告了流行文化在内地的到来，这一刻，消费文化中的各种元素紧紧凝聚在一起，和它们来的目的一样——只是为一批被规训了的受众果腹，并不屑对文化的高低作出回答。

三　香港小说的网络、游戏传播

截止到 2001 年 6 月底，中国大陆网民人数达到 3000 万。作为一种综合性的传播媒体，网络快速而全面地介入人们的生活，以其大众化、全球化、数字化、多媒体化、即时性、交互性等显明的优势，吸引了越来越多的受众的眼球。自互联网出现以来，文学传播活动受到了很大的冲击，涌现出一大批很有影响力的网络作家，小说传播活动也以互联网为平台展开，获得了更多的受众。通过交互式传播方式，网络小说也取得了比传统文学传播活动更高效的传播反馈。

网络传播渠道的意义之一是在很大程度上减少了传播过程中的"把关人"数量。在传统文学传播过程中，小说家的作品必须经由编辑、出版商、书商等好几道把关人的筛选，作品能不能发表，必须经由品位不同的人把关定夺。在这种情况下，小说创作受到很多的限制。而文学通过网络传播，使每个有创

① 李彦：《温瑞安：写武侠小说是我的责任》，《北京青年报》2002 年 12 月6 日。

作冲动的网民都可以成为网络文学的生产者，"赛博"世界的无限性为小说写作者们提供了极为广阔的创作空间和极其方便的发表条件。可以说，网络媒介前所未有地扩大了大众的文学参与机会和话语权。意义之二是网络传播带来了一种没有任何限制的自由与个性化写作，"网络为文学爱好者提供了一种在现实社会中难以形成的平等、开放、自由的创作环境，无论是在创作的理念、动机、题材、体裁方面，还是在表现手法、语言技巧方面，参与者都可以无所顾忌，畅所欲言"。① 写手们自由地创作，没有出版商要求他写什么、怎样写，也没有编辑的严格的选稿标准，网络小说家们要做的只是在不违反法律的底线上，敲击键盘、编辑文字，然后上传粘贴文件，作品就可以与读者见面了。网络传播的意义之三是提高了受众对传播信息的反馈速度。自 WEB6.0 技术问世以来，网络传播方式发生了很大变革，以前印刷和电影电视的单向、一对多的信息制造、传播到接受的单向联系，变为传播者与接受者能够及时互动、平等对话的回路关系。当网络小说脱胎于作家之后，读者可以通过 QQ、留言板、论坛等互动平台与作家交流，作家可以向读者进一步阐释自己的作品，读者也可以发 E-Mail 向作家建议小说的修改。对小说信息传播者来说，这意味着传统小说家权威地位的消失，作家向下俯视的启蒙式话语转变为平视的交流，小说家不再是生活的局外人，而是大众中普通的一分子。对文学作品来说，网络媒介的大众化性质，意味着小说品味的通俗化、描写的平面化、叙述的零碎化与思想深度的浅易化。

网络推动了大众文化的发展，也给通俗小说带来了极大的

---

① 江冰：《网络文学的传播优势与发展障碍》，《文艺争鸣》2007 年第 12 期。

传播空间。言情、武侠、侦探、恐怖、历史小说在网络的虚拟空间里大放异彩。以娱乐休闲为主要目的的网络读者需要大量的无深度读物，而当代香港小说与网络的邂逅，对香港小说特别是通俗小说在内地的传播来说，无疑是一种契机。1993 年，世界上第一个中文新闻讨论组 ACT（alt. chinese. text）开始在美国出现，而当代香港小说的网络传播也同时开始。据方舟子的回忆说："最早从事这项工作的是一位网名叫'诸葛不亮'的早期网人，他买到了一本盗版的《天龙八部》，缺了十几页，便借了一本完整的版本，权当打字练习，将这十几页输入了计算机，在 1993 年 5 月间陆续张贴到 ACT。差不多同时，有一位台湾的网友也贴了《倚天屠龙记》的第一回。这些就是金庸作品电子化的滥觞。以后也有人断断续续地零星输入金著的一些章节，比如《笑傲江湖》、《倚天屠龙记》的几回。在 1995年，有人完整地输入了《神雕侠侣》，成了网上第一部完整的金著。"① 在这之后，香港小说的传播主要以电子书的形式在网上传播。20 世纪 90 年代中期，海外新兴的中文网站如"太阳升"、"新语丝" 等开始搜集整理散落于 ACT 上的中文电子文本，建立起早期的"电子文库"，供读者免费取阅。1997 年后，内地以书库类为主的个人网站如雨后春笋般纷纷涌现。在这类电子书库中，武侠小说是非常重要的栏目，"可以轻易地在几乎所有书库类网站中找到众多武侠名家的专辑。更为难得的是，一些民国武侠小说家如还珠楼主、白羽、平江不肖生等人的作品也被挖掘出来制作成为电子本，这无疑对武侠小说阅

① 方舟子：《互联网上的"金庸"》，王敬三主编：《金庸小说 2003 年浙江嘉兴国际研讨会论文集》，香港天马出版有限公司 2006 年版，第 703 页。

读领域的拓展及理论研究的深化，提供了非常宝贵的资源。今天，在大多数文学书库类网站中，金庸、古龙、司马翎、独孤红、卧龙生、郑正因、李莫野、黄玉郎……新的、老的、熟悉的、陌生的，这些名字并列在同一个页面上，只要点击，就可以进入该作家的电子文集选择作品"。① 此外，言情小说如林燕妮、亦舒、李碧华、梁凤仪的作品，科幻小说如倪匡的作品，历史小说如高旅、金东方等小说家的作品纷纷被制作成电子书，既可在线阅读，又可下载，通过手机、mp3 等更灵活的小众传媒进行阅读。

在信息技术高度发达的今天，电子游戏紧随计算机技术的进步出现。通过高度的仿真技术，电子游戏可以将上之远古、下至当代，甚至未来人类文明史上的任何人物、事件、场景进行模拟，也可以将异域或任何甚至不存在的异类空间展现在受众面前，可以说，电子游戏充分体现了传播学家提出的"内爆"概念。这使本身就具有离奇虚幻、跨越时空特征，并能带给读者极强的在场幻觉与虚假的梦想实现感觉的当代香港武侠小说成为中国电子游戏最好的模拟对象。20 世纪 90 年代中国电玩市场开始发展，《大唐群侠传》、《金庸群英传》、《传奇》、《武林群侠传》、《仙剑奇侠传》、《剑侠情缘》等一大批武侠游戏风靡市场，对香港新武侠在大陆的传播起到了推波助澜的作用。其中，香港小说家黄易的作品传播具有典型的网络、游戏传播特点。黄易是一位通俗小说大家，自 20 世纪 90 年代初至今，共推出了《超级战士》、《大剑师传奇》、《星际浪子》、

---

① 秦宇慧：《试论网络传媒中的武侠小说》，《西南大学学报》第 33 卷第 3 期。

《幽灵船》、《破碎虚空》、《覆雨翻云》、《寻秦记》、《大唐双龙传》及《边荒传说》等畅销两岸三地的通俗作品。他的小说是武侠、奇幻、历史、言情等小说的大杂烩，同时他又积极向纯文学小说的创作技法学习，小说作品具有十足的通俗娱乐性。如果说金庸、梁羽生等前辈的武侠小说是被动地通过网络游戏进行传播，那么黄易及其当代通俗小说家就是在积极与网络、游戏联姻。黄易积极迎合网上读者的阅读口味进行写作，有意向游戏色彩靠拢，他的小说一般字数超长而且情节无限延伸，人物角色的结局具有开放性、故事的场景变换具有异域性。如《大唐双龙传》中，主要人物通过各种历险积攒江湖经验，与游戏中必须打通一个个游戏关口，完成电脑交给的任务，获得经验值的上升，最终达到升级的效果是一样的。黄易小说点击率曾达到每日 24 万次的惊人纪录，同时也很容易就吸引了游戏开发商的注意。

当代香港小说自觉或不自觉地采取了网络、游戏的传播渠道，对其自身来说，这是继书籍出版传播、电影电视传播后的第三种传播渠道，也是继 20 世纪 80 年代的读者、90 年代的观众后吸引的一批新兴的玩家接受群体。这个年轻的群体将会把当代香港小说的影响持续下去，但对他们来说，小说原本留在游戏中的残迹比电影电视中还要模糊不清。

四　其他新型媒介文化人的渠道作用

在这之前，本编已论述过"新型文化媒介人"作为当代香港小说的编码者参与小说写作、增添小说信息附加值的功能。其实，新型媒介文化人不断可以发动小说的传播，而且可以作为一种传播渠道存在。大众传媒是大众传播生产资料的直接控制和使用机构，也是现代传播特权的所有机构。作为传播渠道的新型媒介文化人控制着传播的生产资料，左右着舆论的最新动向。当代香港小说在内地传播的过程中，"新型媒介文化人"群体不但作为媒体的一部分存在，而且从小说传播过程的背后跃至前台，起到了引领潮流、推波助澜的重要作用。小说研究者与批评家在当代香港小说传播过程中的作用，突出体现了新型媒介文化人是一种带有主动性的传播路径。

当代香港小说研究者与批评家的渠道作用，是传播学"两级传播"理论的实践。传统传播学枪弹理论（bullet theory）认为，大众传播的信息如同枪弹一样，只要"命中目标"，受众就会应声倒下；又仿佛"皮下注射器"（hypodermic needle theory）一般，受众接受的信息会像注射的药水一样发挥效用。[①]学者拉扎斯菲尔德在《人民的选择》中认为，"观念常常是从广播与报刊流向舆论领袖，然后由舆论领袖（opinion leader）流向人口中的不太活跃的部分"。[②] 所谓舆论领袖，是指受众中具有一定权威的人物，他们有能力先于一般大众了解到传播信息的内容，然后将从媒介上获得的信息加上自己的见解，传播给他们周围的人，从而对周围的人施加影响。拉扎斯菲尔德提出的传播路径可抽象为这样一种模式：大众媒介—舆论领袖—一般受众，所以此理论又被称作"两级传播"理论。消费社会里的文化产品极大丰富，读者似乎拥有着对文化产品的选择权。而事实上，读者得知一部小说的信息主要来源于媒体，真

---

① ［美］沃纳·赛佛林、小詹姆斯·坦卡德：《传播理论：起源、方法和应用》，郭镇之等译，华夏出版社 2001 年版，第 290 页。

② 参见［英］麦奎尔等《大众传播模式论》，祝建华译，上海译文出版社 1987 年版，第 69 页。

正的选择权仍交给了大众传媒。当代香港小说研究者与批评家在小说传播过程中，扮演着重要的"舆论领袖"角色。虽然舆论领袖们对一部书好坏的评价并不重要，所谓"关键在于要使大家能谈论这本书；这样，就是一份糟糕的印刷品也能同好的印刷品一样盈利"①，但根据他们所形成的两级路径的状态，可以将他们的活动分为正、负功能两种路径。

正功能路径即当小说信息流过时，可以为小说带来正面价值和意义的路径。当代香港小说的研究者和批评家们带来的正功能路径也分为两种，一是开展各种关于当代香港小说的研究；二是在各种场合发表认可性的文学评论。

前者在当代香港小说传播内地的过程中起到了重要作用。由于政治原因，从20世纪50年代到70年代末，香港小说在内地的传播微乎其微，能首先接触到当代香港小说的内地受众就是文学研究者群体。1982年，"首届台港文学学术研讨会"在广州暨南大学举行，虽然作为香港文学研究的第一次尝试，与会者只能选择刘以鬯、舒巷城两位作家作为香港文学研究的突破口，但是其标志性意义是巨大的。研究范围的扩大体现在1984年在厦门大学举行的第二届台港文学研讨会，会议论及的香港作家除了舒巷城外，还增加了李辉英、白洛、夏易等人。"至80年代末，分别在深圳、上海举行的第三届、第四届'台港暨海外华文文学研讨会'上，不仅有关香港文学的论文分别达到17篇与18篇之多，而且有多位香港学者、作家应邀赴会，直接与内地研究者进行面对面的交流与对话，会议论文

---

① ［法］罗贝尔·埃斯皮尔：《文学社会学》，于沛选编，浙江人民出版社1987年版，第48页。

数字的增长其实也显示出香港文学的研究领域已较前大大拓宽与深化……尤其值得注意的是，虽然当时有不少内地学者对香港通俗小说能否作为文学关注、研究的对象尚存有戒心和疑虑，但金庸和亦舒，这两位一刚（武侠小说）一柔（言情小说）的著名香港作家，已开始进入研讨范围。"① "香港中文大学中国文化研究所于 1987 年 12 月召开了'国际中国武侠小说研讨会'，这个研讨会是世界上第一个以'武侠小说'为对象的学术研讨会，标志着武侠小说正式打入学术殿堂。与会者全是学术机构中从事文学批评的学者，不但包括中国的两岸三地，还有来自法国的学者雅克·潘帕诺（Jacque Pimpaneau）和安德烈·莱维（Andre Levy）。在参加这个研讨会的与会者中，有香港背景或联系的学者包括郑树森、陈永明、马幼垣、邝健行、刘绍铭及黄维梁等，全是从事中国文学研究的著名学者。"② 1998 年，美国科罗拉多州大学东亚语言文学系主办了"金庸小说与 20 世纪中国文学国际性学术研讨会"，这是第一个正式以"金庸小说"命名的国际性学术研讨会，这个会议的召开，标志着香港通俗小说开始登上国际学术舞台，发出了香港文学渐强的声音。此后内地与香港关于香港文学的研究交流越来越频繁，影响也越来越大。与此同时，内地研究者在返回内地之后，积极主编或参与当代香港小说选集或专辑，很多小说作品才得以在内地与读者见面。学者们研究注意力的转移，往往标志着一种文学将成为关注的焦点。当代香港文学随着

　　① 钱虹：《香港文学：由"弃婴"到"公主"——1979—2000 年香港文学研究述评》，《华东师范大学学报》2004 年第 4 期。
　　② 陈硕：《经典制造——金庸研究的文化政治》，广西师范大学 2004 年版，第 63 页。

"1997"的临近，越来越引起了学者们的注意，各种研究性著作纷纷出版，并在1997年前后形成高潮。1995年，易明善的《香港文学简论》、王剑丛的《香港文学史》出版。1996年，山东教育出版社出版了王剑丛的《20世纪香港文学》，许翼心的《香港文学观察》、何慧的《香港当代小说概述》也分别在花城出版社、广东经济出版社出版。1997年，古远清的《香港当代文学批评史》、刘登翰主编的《香港文学史》、潘亚暾和汪义生合著的《香港文学史》面世。1998年，周文彬的《香港当代写实小说散文概论》出版，1999年，袁良骏的《香港小说史》、施建伟等著的《香港文学简史》、严家炎的《金庸小说论稿》也先后出版。这些研究著作的出版，反映出随着香港回归，香港文学在内地的传播影响之大，引起专家们的关注，进而对整个香港文学做出研究也是大势所趋。"从80年代末开始，香港文学的各种'选集'在内地的出版逐渐增多，前期那种清一色写实作品或'流行小说'大举'北伐'的局面开始改观。这些'选集'的编选、出版大体或是内地与香港作家的合作成果或是内地学者赴港进行学术研究的'副产品'。前者如斯峻编的《香港小说精选》（人民文学出版社，1988），姚学礼、陈德锦合编的《香港当代诗选》（人民文学出版社，1989）等，尤其是《香港当代诗选》收入了92位有代表性的当代香港诗人的诗作，较完整地呈示了80年代香港诗坛的艺术风貌；周季胜、张诗剑主编的《香港当代文学精品》，共分小说卷、散文卷、诗歌卷7册，收入了香港当代文学中除剧作外各个文类的'精品'之作。后者如艾晓明编选的《浮城志异——香港小说新选》（中国人民大学出版社，1991），钱虹编选的《香港女作家婚恋小说选》（中国友谊出版公司，

1990），《冬天的梦呓——香港女作家散文小品精选》（华东师范大学出版社，1994）等。"① 这些由学者把关的香港文学作品选集，对当代香港纯文学在内地的传播，无疑是一种强有力的支持。当代香港严肃小说在内地的传播直接体现了文学信息通过"舆论领袖"路径流向下一级受众的"两级传播"特点。

　　发表文学见解和文学评论，是研究者与批评家们长于一般大众的优势，他们的言论往往作为"舆论领袖"的意见附加在小说信息上流向下一级，对大众产生巨大影响。早在1966年，著名美国汉学家陈世骧就称赞《天龙八部》道："实一悲天悯人之作……而在每逢动人之处，我们会感到希腊悲剧理论中所谓恐怖与怜悯。"② 在很多学者的眼里，香港新武侠小说已经成为一种权力符号，在文学研究场域中，对金庸的评价也代表着"金学"研究者与"反金学"研究者对场域话语霸权的争夺。早在1985年，学者张放在《克山师专学报》第4期发表了《金庸新武侠小说初探》，成为第一个吃螃蟹的人——这是内地第一篇关于金庸小说的研究论文。其后"金学"渐渐势长，长江后浪推前浪，年轻学者陈墨在内地文学研究界大张旗鼓地研究金庸，成为所谓的"金学专家"。陈墨的《金学研究》系列共5部著作，逾100万字，江西人民出版社一口气全部出版，并将其列入"国家八五重点出版规划"。其友人慨叹："一位在当时还不满三十岁的年青评论家的著述享受如此厚待，这恐怕也是一个创新的纪录吧？况且还是'不登大雅之堂'的

---

　　① 钱虹：《香港文学：由"弃婴"到"公主"——1979—2000年香港文学研究述评》，《华东师范大学学报》2004年第4期。

　　② 金庸：《天龙八部》，香港明报社1978年版，第2127页。

武侠小说研究。"① 1988 年，复旦大学教授章培恒发表评论，认为金庸武侠小说比姚雪垠的《李自成》写得好。北京大学教授严加炎在北大举办了"金庸小说研究"选修课，并称金庸的小说是一场静悄悄的革命。1994 年，金庸小说选入内地出版的《二十世纪中国文学大师文库·小说卷》，主编王一川将他排在第四，强调金庸的"现代新武侠小说的出现，本身就标志着中国武侠小说在境界上的崭新拓展，并在总体上上升到一个前所未有的高度，也推动了现代中国小说类型的丰富和发展"②，引起了广泛争议。同年，北京大学授予金庸名誉教授称号。1999 年 3 月，金庸受聘为浙江大学人文学院院长，2000 年正式通过博士生导师资格认证，成为浙江大学博士生导师。1993 年第 3 期的《通俗文学评论》开设"金学经纬"专栏，1997 年为迎香港回归而特出"金庸专号"。1997 年 11 月，内地第一家金庸学术研究会在金庸的故乡浙江海宁成立，同时不定期地推出会刊《金庸研究》。"1997 年至 2000 年间，不同的学术机构先后举办过很多规模不一的'金庸学术研讨会'，包括杭州大学主办的'金庸学术研讨会'（1997）、美国科罗拉多大学主办的'金庸小说与 20 世纪中国文学国际学术研讨会'（1998）、台湾汉学研究中心、中国时报人间副刊与远流出版社公司联合主办的'金庸小说国际学术研讨会'（1998）及北京大学主办的'2000 年北京金庸小说国际学术研讨会'（2000）。"③ 学者们不断将金庸小说正典

---

①　陈墨：《海外新武侠小说论》，云南人民出版社 1994 年版，第 5 页。
②　王一川主编：《二十一世纪中国文学大师文库·小说卷》，海南出版社 1994 年版，第 6 页。
③　陈硕：《经典制造——金庸研究的文化政治》，广西师范大学 2004 年版，第 15 页。

化，也许正是为了争夺权威话语权，根据布尔迪厄的观点，文学研究场域的活力和生机，正是体现在这些由异端挑起的生生不息的符号革命中。在这场"静悄悄的革命中"，金庸武侠小说的传播得到了前所未有的加强。

负功能路径即当小说信息流经时，能从侧面增加小说传播中价值和意义的路径。这主要体现在文学论争上。1994 年，鄢烈山在《南方周末》发表《拒绝金庸》一文，论道："我的理智和学养顽固地排斥金庸（以及梁羽生古老之辈），一向无惑又无惭……我固执地认为，武侠先天就是一种头足倒置的怪物，无论什么文学天才用生花妙笔把一个用头走路的英雄或圣人写的活灵活现，我都根本无法接受。"[①] 1999 年 11 月 1 日，王朔在《中国青年报》上发表《我看金庸》，指责金庸小说是四大俗，"第一次读金庸的书，书名字还真忘了，很厚的一本书读了一天实在读不下去，不到一半搁下了……这套书是七本，捏着鼻子看完了第一本，第二本怎么努力也看不动了"[②]。编辑兼作家何满子接二连三发表《为武侠小说亮底》（上海《文汇报》，1999 年 7 月 23 日）、《为旧文化续命的言情小说与武侠小说》（《光明日报》1999 年 8 月 12 日）、《就言情、武侠小说再向社会进言》（《光明日报》1999 年 10 月 28 日）、《破"武侠小说"之新》（《中华读书报》1999 年 12 月 1 日）、《鲁迅是武侠小说的守护神？》（《南方周末》1999 年 12 月 17 日）、《作孽啊作孽！》（《文学报》2000 年 2 月 17 日）以及《该研究的是什么》（《中华读书报》2000 年 3 月 1 日）等多篇文章

---

① 鄢烈山：《拒绝金庸》，《南方周末》1994 年 12 月 2 日。

② 王朔：《我看金庸》，张峰编：《王朔挑战金庸》，广州出版社 1999 年版。

批评香港流行小说。袁良骏大声疾呼："一些吹捧美化武侠小说的文章、著作也满天飞舞，似乎武侠小说真成了中国文学的精华、瑰宝、'经典'，可以以之骄人、万世不朽了。面对这些梦呓和扯谎，我感到愤怒和悲哀！我为中国文学一哭！我为中国青年一哭！"①。同时，袁良骏将自己对金庸的评论编辑成《笑看金庸》一章，录入《准"五讲三嘘集"》中。这些尖锐泼辣的批判很快演化成几场香港小说迷与批评家之间的大论战，遗憾的是批评家们的言辞被消费社会立刻"收编"，转变成炒作必需的调料，而香港小说及小说家们在内地更加提高了知名度。这也许是一直反对金庸等香港新武侠小说的人在冷静之后应该思考的问题。

其他还有各种文艺人士带来的传播渠道。"在香港，金庸小说曾几次被改编成话剧演出，包括香港话剧团的《乔峰》（1981）及《笑傲江湖》（1989）、港湾剧团的《鹿鼎记》（1997）及前进进戏剧工作坊根据《鹿鼎记》中人物阿珂创作的《阿珂》（2001）；香港经昆剧团及湖北省京剧院一起改编《神雕侠侣》为京剧，并于2001年开始在香港及内地演出；作曲家阿镗于1989年写成《神雕侠侣》交响乐，于1992、1994及1996年分别在台湾及香港演出；另外还有中乐乐章，包括吴大江的《射雕英雄》及陈能济的《神雕侠侣——问世间，情为何物?》。"② 这些高雅艺术对通俗小说的兴趣，让人始料不及。2003年，陕西电视台在华山之巅举办"金庸华山论剑"

① 袁良骏：《武侠小说指掌图》，新华出版社2003年版，第274页。
② 陈硕：《经典制造——金庸研究的文化政治》，广西师范大学2004年版，第17—18页。

大型文化活动，于是金庸登上华山，与"棋圣"聂卫平、"巴蜀鬼才"魏明伦、"关中刀客"杨争光、"江湖游侠"司马南等人齐聚一堂。这些文艺人士在陕西电视台的"议程设置"下，与收看转播的受众一起为金庸的小说做了场盛大的宣传。

第十章

当代香港小说的内地受众分析

　　根据传播学理论，受众也称受传者，指通过传播媒介对传播信息的接受者。大众传播中的"受传者"始终是某些个人，但经常会被传播机构看作是一个具有某种普遍特性的群体，因而往往被称为"受众"。传统传播学子弹理论（bullet theory）将受众看作是一种思想成分单一的同质群体，大众传播的信息如同枪弹一样，只要"命中目标"，受众就会应声倒下。但在现代传播学者看来，受众人数众多，成分复杂，他们总是有选择地接受传播媒介提供的信息。1964 年，雷蒙德·鲍尔在《顽固的受传者》一文中指出："现在可以看到，传播媒介的效果在广大受传者中远不是一样的，而是千差万别的，这是因为每个人在心理结构上是千差万别的。"① 受众广泛分布于社会的各个阶层，具有规模大、分散、异质、匿名与无组织性的特点。"受传者并不是信息的被动接受者，而是信息的主动使用者。传播者所发送的信息只有首先引起受传者的注意，才会

---

① 中国社会科学院新闻研究所：《传播学》（简介），人民日报出版社 1984 年版，第 19 页。

被受传者根据自己的认知需要加以理解和记忆。"① 在当代香港小说传播过程中，读者大众既是小说文本的积极索求者，也是主动活跃的意义产生者，当代香港小说在内地传播的受众广泛，可以将他们按照信息使用的目的分为三个类型。文学传播不但给读者大众提供了小说负载着的信息，而且还为他们心理结构重塑提供主要材料来源。当代香港小说的内地受众在接受信息时，又有着三种不同的心态。

第一节　当代香港小说内地
受众结构分析

受众结构从形式上说是稳定的，而从内容上看却是变化的。受众结构的变化受自身规律的制约。这个规律就是受众在接受信息时的选择性。传播学中"使用与满足"理论着重研究受众使用大众传播的目的，伊莱休·卡茨（E. Katz）早在 1959 年就曾指出，过去的研究集中在大众传播媒介"给了人们什么"现在的研究则应转向对"人们用媒介做什么"的探讨。② 受众依据自己的需要、兴趣和心理状态选择不同的信息，从而构成不同的受众单元。即使就某种具体的传播媒介而言，其受众结构也是变化的。随着当代香港小说在内地传播渠道的丰富，内地受众对小说信息的使用也有了不同

---

① 周庆山：《传播学概论》，北京大学出版社 2004 年版，第 42 页。

② ［美］沃纳·赛佛林、小詹姆斯·W. 坦卡德：《传播理论：起源、方法和应用》，陈韵昭译，福建人民出版社 1985 年版，第 262 页。

的目的，可以根据他们接受渠道的区别，将小说受众分为三种类型。

第一种受众称之为小说的书籍阅读者。此类受众可谓分布广泛。就香港武侠小说来说，其受众的职业包括了一般普通百姓和国家领导人，在性别年龄上，涵盖了男女老幼各个层次。1979年，著名数学家华罗庚在英国伯明翰邂逅梁羽生，刚刚看完《云海玉弓缘》的华罗庚向他表达了自己是一个忠实的"梁迷"，并做了"武侠小说是成人的童话"的著名一评。金庸小说的不断经典化，始作俑者是几个文化水平很高的大学教授，他们不但是金迷，而且利用话语权力向全社会宣扬金庸小说。邓小平同志在工作之余喜欢以打桥牌、看金庸小说为休闲。1981年7月，邓小平在北京会见金庸时说到他的小说，认为从中得到"历经磨难才能终成大事，这是人生的客观规律"的领悟。这件事从侧面说明了香港武侠小说在内地拥有的受众范围之广。1991年，《语文学习》第四期刊登的一篇关于某校初中生课外阅读情况的调查报告显示：在初一学生涉猎港台言情小说的女生读者中，看得最多的看了11本，平均每个女生看了5.6本；男生中看得最多的有4本，平均每人1.6本；初三女生中阅读最多的达32本，平均每人19.8本；男生中看得最多的达5本，平均每人2.1本；初中各年级的女生几乎每人都有阅读港台言情小说的经历；初一男生中，阅读者占男生总数的37.5%，初三男生阅读者占男生总数的42.8%，男生阅读者的增长比率比以往有了大幅提高。香港言情小说抓住了内地年轻一代读者的审美心理，拥有一批固定的女性读者群，所以出现一个香港言情小说家淡出热潮之后，马上会有另一个言情小说家被追捧，香港言情小说在20世纪八九十年代的内地长盛不衰的现象。另据《羊城晚报》1993 年 3 月 27 日的报道，人民文学出版社于 1992 年 8 月推出梁凤仪的财经系列小说后，在中国内地掀起了一股强劲的"梁凤仪旋风"。调查显示，梁凤仪小说引起了大学生读者的兴趣：某校 91 级选修社科文献检索课的中文、历史班学生 50 人，其中看过梁凤仪作品的就有 48 人。仅 1993 年 4 月份，前来该校图书馆期刊部咨询（包括口头咨询与书面咨询）的就达 30 多人次。当代香港言情小说受到了不少受过高等教育的年轻人的追捧，除了读者的赶潮流、好奇心之外，香港言情小说在通俗读物类里写得好、质量过得了关也是吸引他们的原因之一。

第二种受众是根据香港小说改编的电影电视等影视媒介的观众。随着内地文化事业的发展，大众传播机构广泛建立，特别是电视在中国的逐步普及，挤压了很大一部分香港小说书籍的市场。根据传播学家施拉姆的"传播获选的或然率公式"，受众按照经济学的"最省力原理"获取信息，受众一般愿意用最小的付出获得最大的回报。内地受众在很大比例上是一部分文化教育程度比较低的受众，比起阅读书籍，他们更愿意选择影像媒介的传播方式接受当代香港小说信息。另外，大众在接受影视信息传播时，一般以娱乐休闲为主要目的。当代香港通俗小说使用程式化模式，在曲折的情节中添加了颇有吸引力的各种"噱头"，故事人物一般都分为显明的善恶两派，很容易地迎合了中国大众心中固有的二元结构图式，所以当它们通过改编走上荧屏后，引起了内地观众的喜爱。再者，改革开放初期，由于反映新文化、新思想、新个性的内地文化产品的暂时缺位，大众喜闻乐见的娱乐内容在香港电影电视中得到了体现，所以收看香港电影电视节目也是大众的必然选择。特别是根据香港新武侠小说改编的武侠电视剧，因为具备强大的娱乐性、综合性而成为内地受众最喜爱的一种影视娱乐方式。这些武侠电视剧往往综合历史、神话、掌故、言情、侦探、喜剧等元素，场景多发生在名山大川之间，主人公多是由俊男美女组成，观众只需打开电视屏幕就可将这一切尽收眼底，给他们以亲临其境的快感。其次，香港小说与电视剧经常以一个或几个家族的兴衰成败作为故事展开的脉络，而在内地经济转型之前，内地人有着深厚的"家"的概念。一个大家庭在内地既是哺育后辈的摇篮，也是生产生活的基础单位，这种文化上的同根同源性也造成了香港电视剧的热播。当时由于香港电视剧都在晚间播出，内地观众几乎都围绕港剧设计自己的晚间活动，每到《霍元甲》、《射雕英雄传》等老牌港剧播出的时候，往往会出现万人空巷的收视奇观。这一方面说明了当代香港电视剧电影拥有一大批忠实的观众，另一方面也反映出香港电影电视在内地文化娱乐产品不丰富时，是大众唯一而又无奈的选择。

第三种受众可以称之为根据香港小说制作的电子游戏的玩家。游戏与艺术之间的关系是一个古老的哲学命题，伽达默尔说："游戏是人类生活的一种基本职能，以至于人类文化没有游戏基因是完全不可想象的，人类祭祀中的宗教仪式就包含着某种游戏因素。它们对于自由的追求在本质上是一致的。"① 人类具有娱乐的本性，消费社会里的大众更需要不同的娱乐方式达到价值观认同的实现。与当代香港武侠小说密切相关的武

① 胡经之：《西方文艺理论名著教程》（下卷），北京大学出版社 2003 年版，第 338 页。

侠游戏为受众们提供了这样一个平台。至今，武侠游戏开发商已将梁羽生、金庸、黄易等小说家的作品改编成了电子游戏，出现了《大唐群侠传》、《白发魔女传》、《金庸群侠传》、《仙剑奇侠传》、《风云》等一批玩家众多的武侠游戏。根据香港武侠小说改编的武侠电子游戏，不但解构了小说本身，而且也解构了小说故事赖以存在的历史背景。通过仿真技术，游戏展现给游戏者的是一个以武侠小说为蓝本构建的虚拟世界，在游戏世界里，玩家可以像小说人物一样到处流浪不受限制，通过各种方式完成游戏任务达到升级提高的目的。游戏世界是一个虚拟的自由世界，体现的是小人物参与历史变革的游戏主题，暗合了大众渴望自由、希望改变历史的心理。武侠游戏采用了香港武侠小说通常采用的成长模式，每个玩家都可以体验从一个默默无闻的小人物变成赫赫有名的大侠的心路历程，满足了大众对英雄的崇拜心理。同时武侠游戏直接将小说中的暴力打斗场面转化为视觉感受，玩家可以将自己的破坏无意识心理充分宣泄出来而毫无罪恶感。因为电子游戏既有声音的模仿，画面的重现，又有语言文字聊天技术，玩家可以比通过书籍阅读、影视观看得到更形象直观、更开放自主、更具交流性的感官享受，所以深受一些青少年、中青年受众的欢迎。另外，随着武侠游戏的推广，香港新武侠小说得到了玩家"反哺"式的阅读。一般武侠游戏都由小说改编得来，所以游戏中很多人物在小说里都确有其名，一些关卡任务的设置都与小说描写有或多或少的联系。游戏开发商这样做无非是想吸引一批看过香港武侠小说的读者参与游戏，但这样一来使得很多游戏玩家在游戏过后阅读了相关武侠小说，即游戏感受的延迟心理使他们对小说产生了兴趣，或是在游戏的过程中阅读相关小说，期望从中了解游戏设置的秘密，掌握玩游戏的技巧。在这个过程中，电子游戏与武侠小说达成了双赢的局面，共同分享了一批年轻的受众。

文学信息的接受者是一个复杂的群体，接受者之间的关系具有重复交叉的结构特点，根据不同的标准，受传者可以被划分为不同的受众群体。以上是根据当代香港小说在内地传播的媒介渠道的不同，对接受者的群体划分。这样的划分掩盖了一个事实，那就是受众在接受小说信息之前持有各种各样的心理期待，在接受信息的同时他们持有不同的解读方式，在信息接受完毕后，他们有着对信息不同的理解和反馈，他们的确是一个个千差万别的接受者。

第二节 当代香港小说内地受众的
接受心理分析

大众内部结构的复杂多变性使大众的内部形成了很多多元化的接受单位。现代传播学认识到，大众传播并不是面向一个同质结构的群体进行信息放送，传播者与媒体面对的是由各种复杂的小众群体组成的受众。现代传播学中出现了"分众传播"的概念。在接受文学信息的过程中，接受者的心理是多种多样的，但他们不同的心理总是趋向于特定的接受目的。社会心理学家马斯洛认为人的需要按照强度的差异可以分为依次递进的五个层次。这五个层次分别为：生理需要（即维系生存的基本需要，如吃、喝、性等）；安全需要（即对安全环境的渴盼，包括住宅、工作场地、秩序等）；社交需要（即希望得到友谊、爱情、家庭的温暖）；尊重的需要（即体现为每个人都有自尊心，希望得到别人的认可、赞赏和尊重）；自我实现的需要（这种自我实现被定义为"人的潜力、才能和天赋的持续实现，被定义为人的终身使命的达到与完成，被定义为不断地向人的综合与统一迈进的过程"）①。根据马斯洛提供的心理图式，我们可以将传播过程中受众的接受心理分为以下几种：第一种是求知心理。现代人深处信息的包围之中，现代人必须要对各种信息做出决定和选择，如果脱离了信息，现代人将会处在与社会脱节的被动处境中，所以接受大量而准确的信息并做出正确选择是现代人必须的要求和能力。此处所说的求知，并不单指知识表层的传递和信息捕捉。这种求知心理不但为了增强内地接受者的社会知识，而且以提高受众自我意识和自我修养为目的，它实际上是一种文化传播和文化教育，使受众能完善提高自己，更好地适应人生和社会。第二种是认同心理。人是社会动物，无法脱离群体生活，人在行动过程中要不断从来自周围环境的反馈中判断自己的行为是否正确，所谓"镜中我"，也有需要被他人接受与尊重的心理，所谓"从众心理"，这些都需要人主动获取信息。第三种是娱乐心理。娱乐和消遣需要的产生出自人的本能，来自现代传媒的大量信息都可以帮助受众打发时间、释放情绪，消费社会的信息传播更是有意识地控制受众的娱乐心理，使受众对娱乐信息呈现出一种依赖感。当代香港小说在内地的接受者规模大、范围广，仍可以根据以上三种信息接受心理将他们分为以下几类：

---

① 参见 B. R. 赫根法《现代人格心理学历史导引》，文一、郑雪、郑敦淳等编译，河北人民出版社 1988 年版。

一、寻求真知的受众。此类受众在接受当代香港小说信息的过程中，抱有强烈的求知心理。在改革开放以前，内地作家的小说创作均遵照毛泽东《在延安文艺座谈会上的讲话》的要求，艺术为政治服务，小说的意识形态气息浓厚。改革开放初期，内地读者得以与当代香港小说见面，多姿多彩的香港小说给内地读者很强的冲击。内地读者从代表流行文化的当代香港小说中如饥似渴地吸取信息，这些外来信息向他们展示着一个似乎更现代、更有朝气、更人性化的美好社会。这种求知心理又可以分为以下三种。

第一种是重新发现生命主体意识的求知心理。消费社会虽然给现代人带来了种种虚伪的假象，但它在客观上又促使了个体对生命意识的重视，很大程度上展现了生命活动丰富开放的一面。在流行文化未在内地出现以前，内地的文化生活在丰富程度上讲，是闭塞与单调的。在政治的刚性教育下，内地人所理解的人性大多是一些"好"、"坏"、"善"、"恶"之类的二元对立性格，所有人性的复杂性、性格上的矛盾在内地的主流话语中几乎不存在。正常的人性生活都被强烈地压抑了起来，对物质生活的追求被认为是不正常的"小资产阶级情调"，男女之间的关系是两个互相陌生的世界之间的关系。这是一种病态的人性，也是内地对人性扭曲的理解。所以当内地人第一次阅读当代香港小说时，受到的不仅是对小说写法的重新认识，更是对人性的重新发现。当内地读者第一次阅读《香雪海》时，一开始会将女主人公纳入反面人物一系，她是资产阶级小姐，又那么桀骜不驯，似乎又有点作恶多端的味道，再加上一袭黑衣，活脱脱一个女恶魔的形象。但让读者期待受挫的是，女主人公在最后又是那么的富有人情味，不仅深深吸引了男主角关大雄，也令读者为她的早逝而扼腕。女主角形象在内地读者的眼中是飘忽不定的，因为这个女主角完全不同于内地八个"样板戏"中的女性形象，她的所作所为充满人情味，读者困惑于小说家亦正亦邪的写法。又比如香港武侠小说，"任何一位曾被金庸所真实征服过的读者都会明白，金庸小说真正迷人之处，在于它提供给你一种赏心悦目的享受，在这里，精神的解放和生命的高扬高于单纯的思想启蒙，审美的兴奋淹没了接受知识的乐趣。所以金庸小说的'门道'，就在于'热闹'之中，也即就是热闹本身。换言之，金庸小说的独特在于较一般武侠作品更为热闹，拥有一种生命的热烈。但这份生命的热烈离开了武侠群雄们热闹的人生景观便无从着落"。①《倚天屠龙记》中，身遭大难的谢逊为报仇历尽千辛万苦，四处杀人行凶，成了个不折不扣的恶魔。到冰火岛后，当听到婴儿啼哭时他竟受到生命诞生的感动，收敛了魔性。当再次找到仇人时，谢逊却不取他的性命，只是刺瞎他的双眼，为了令自己"再也不能在世间为恶"，又自废武功向天下谢罪。到最后，他了却恩怨出家为僧。整个故事中，从为非作歹到生命感动再到宗教拯救，谢逊的形象既是人，又是魔，还是圣，这个复杂的人物形象对内地读者来说是一次全新的领悟，这种男性形象也是新中国成立后小说创作中没有过的。再如《神雕侠侣》中由爱生恨的李莫愁，由温柔娴静的淑女眨眼变成屠尽老幼的"女魔头"，让读者心理矛盾的是，虽然她罪行累累，但直到临死时投身熊熊烈火，口中还唱着："问世间，情是何物，直教生死相许？"她的性格也是复杂的，她为爱执著的一生让人欷歔不

---

① 徐岱：《论金庸小说的艺术价值》，《文艺理论研究》1998 年第 4 期。

已。当代香港小说中充满了生命力的人物形象，他们突破了内地刻板的二元对立人物性格观念。这对内地读者来说是一种新的震撼，因为，当代香港小说中的人物形象亦正亦邪，高大与卑微同构，他们才更像是现实生活中的人，内地受众感受到的心灵震撼，只是他们通过当代香港小说对现实的重新发现。

　　第二种求知心理是试图提前理解成人世界的心理。在当代香港小说的传播接受者中，很大一部分受众是年轻读者，他们正处于还未进入社会或即将进入社会的年龄阶段，对未来充满想象和向往。他们或想通过小说学习前人的经验教训，或想通过小说了解经商赚钱的致富技巧，迫切需要一种途径了解这个成人世界的方方面面，这时候，题材五花八门，内容形形色色的香港小说成了他们最方便的渠道。《羊城晚报》1993年3月27日的调查报道证明，在当代大学生中间，梁凤仪的小说备受欢迎。其中最重要的原因之一莫过于她的小说被称为"财经小说"，充满了对工商社会激烈竞争的逼真描写。早在成为一名小说家之前，梁凤仪就已经是香港商界著名的女强人，她先后在香港金融界的市场推广、公关公司、联合交易所等机构工作，业绩斐然。在成为小说家后，她的小说自然会加入自己的亲身经历，小说的写实成分必定会吸引所有对工商界感兴趣的读者。"这里有女强人顾长基两度力挽狂澜的《豪门惊梦》；有被遗弃女子庄竞之对忘恩负义的情人进行报复的《醉红尘》；有写传统女子变为现代女性，敢与雄霸商场的大男人一争高低的《花魁劫》；有记录下一段段人海恩仇，为自己、为香港的真正发达与安定而奋战的《今晨无泪》；有写一家庭主妇突然感悟，立志奋斗成叱咤风云的企业巨子的《风云变》；有展现商场巨人办事法则，让你窥视他们的内心世界的《尽在不言中》；有揭露人与人之间千种利害冲突，展示人海惊涛，卷起恩怨情仇的《千堆雪》；有布置陷阱，让对手陷入灭顶之灾的《九重恩怨》；有写商人巨子官商勾结，达到不可告人的政治与经济目的的《强人泪》……"① 这些小说暴露了刀光剑影的香港商界各种阴谋斗争与儿女情长，它的戏剧性冲突也许是日常生活中不存在的，但是对正面临市场经济体制改革的内地青年来说，具有很好的警示作用和指导意味。其实财经类通俗小说在国外已有很长的历史，而这些内容是当时内地小说所不可能具备的。市场先行，经验滞后导致了内地受众急需能够参照学习的财经小说，所以当人民文学出版社刚刚推出《醉红尘》、《花魁劫》、《豪门惊梦》三部小说时，总印数就马上超过了 27 万册。

　　第三种求知心理是希望通过小说对香港、对内地社会有一个全新的了解。在改革开放前，香港与内地的文化交流很少。内地官方将香港文化定位为资产阶级腐朽文化，对香港小说施行政治审查，只有很少一部分被认为是反映香港资本主义社会本质的现实主义作品得以在内地图书馆传播。而斩断了脐带的香港自 20 世纪 60 年代经济腾飞之后，与内地之间的隔膜日渐加深，处于后殖民文化语境的香港人也以经济优势心理自居，在他们的小说、影视作品中的内地也以不光彩的形象出现。香港是一个以中国传统文化为根，融合各种殖民文化的现代大都市，一些在内地都已消失的文化现象在香港却得到了保存。香港文化不仅是一个值得研究的城市现代化个案，对内地来说，香港还是一个值得参照的文化他者。当代香港文学自觉的标志

――――――――――
　　① 张绰：《梁凤仪小说中的财经风云》，《学术研究》1993 年第 1 期。

即是它独特的都市文学品质的形成，当代香港五光十色的都市生活深深吸引了内地的大众，在改革开放初期，亲近这种现代性的唯一途径就是亲近当代香港小说。无论是早先传播的批判现实主义作品，还是后来流行一时的武侠、言情、科幻和历史小说，香港都市生活或在小说中有详细的描述，或在小说中作为背景浮光掠影般出现，通过人物的言行举止，流露出鲜明的现代特征。小说受众在接受香港小说之后，很容易将现实与小说进行对比，产生强烈的反差感，虽然这其实是现实与虚构的问题，但很大程度上被作为内地与香港的实际区别进行反思。此番对比思考仍是有意义的，这种偏出主流媒体宣传进行的个人阅读发现可以使内地受众较真实地了解香港的历史、政治、经济、文化以及不同阶层人士的伦理价值观的变化，有利于被扭曲的香港形象在受众心中及时还原，也有利于内地受众在打开国门认识世界之初找到一个中国的发达地区样本进行参照。

二、寻求社会认知的受众。社会态度包含着人生观和世界观，对人的认知、感情和动机尤其对社会成员的价值评价和动机目标选择起重大作用。依照社会心理学家沙莲香的观点，社会认知、社会感情和社会动机构成了社会态度。[1]　"社会认知是人的社会行为的基础，它的最初阶段是社会知觉，在此基础上形成社会印象和社会判断，由此，大体完成社会认知过程。"[2]　社会感情是对社会行为起发动和定向作用的主观情绪和情感。而有某种社会认知，就有对这种认知对象的心理上或

---

[1]　参见沙莲香《社会心理学》，中国人民大学出版社1987年版，第238—244页。

[2]　胡申生、李远行、章友德等：《传播社会学导论》，上海大学出版社2002年版，第101页。

主观上的体验和感受。至于"社会动机，顾名思义，是驱动人的社会行为的基本力量"。[①] 文学中"载道"与"为人生"的说法从另一个角度讲，即在强调小说要培养读者大众的社会认知，使他们对社会进行清醒正确的判断，从而对现实抱有支持或否定的社会感情，最后形成驱使读者大众进行社会行为的动机，或维护现有社会结构，或对社会进行改造。从传播目的上看，就是要受传者养成传播者所试图让受众达到的社会态度。从这个角度上说，任何一次传播都是一种宣传，当代香港小说的文学传播也不例外。"大众文化这样一种生活方式及其价值观念越来越来多地影响后发展国家（特别是像中国这样的处在社会转型期的发展中国家），并在很大程度上扮演着启迪'现代性'的功能。"[②] 应该说，当代香港小说在内地的传播，对内地大众的社会态度形成具有重要的影响，这些影响主要有以下两个方面：

首先是对社会成员与社会文化之间的关系进行了积极的整合。在"文化大革命"期间，一些中国优秀传统文化的因子几乎丧失殆尽。与内地相比，一些在内地已销声匿迹的中国传统文化却在隔江相望的香港得到了较好的保留。这些文化元素体现在香港小说中，在传播到内地以后，唤醒了全国民众对传统文化美好的记忆。亦舒曾在《读副刊》中说："香港的小说毕竟是像中国小说的，有中国传统的优美。也许外表变了很多，但是心还是那一颗古典的心。"[③] 如在李碧华的小说中：《生死

---

① 周晓虹：《现代社会心理学》，上海人民出版社 1997 年版，第 205 页。

② 扈海鹏：《解读大众文化——在社会学的视野中》，上海人民出版社 2003 年版，第 3 页。

③ 汪义生：《文苑香雪海亦舒传》，团结出版社 2001 年版，第 145 页。

桥》对传统戏曲的描写和《霸王别姬》中梨园弟子的生活百态，以及老北京丰富的饮食文化；《诱僧》中素朴的彤云禅院和古中国政治中心长安的描写；《青蛇》中潇潇斜雨、孤山月照下的美丽西湖；《秦俑》中对悠久中华文明的追溯；《胭脂扣》中昔日繁华的石塘咀。这些对历史的勾勒与描画令人心动，中国的古典韵味流淌于字里行间。香港新武侠小说更是为受众还原了中华灿烂的五千年历史文化的大部分精髓，金庸以"飞雪连天射白鹿，笑书神侠倚碧鸳"武侠系列为华人世界虚构了一个成人的童话世界。"在小说中，举凡诗词曲赋、琴棋书画、医卜星相、传说掌故、风俗人情、三教九流无所不包。这些无疑都是中国传统文化富有特色的成分，金庸的博学多才使它们自然地融汇在小说的故事情节中，使小说无处不闪耀着传统文化的瑰丽神采。"① 新武侠小说的故事还蕴含着很多优秀的中国传统美德元素。儒家文化把"天、地、君、亲、师"五常作为五种世人应该尊崇的绝对典范，在金庸武侠小说中，经常将师道放在极其重要的位置，显示了传统文化关于人际关系中温情、挚情的一个侧面，也勾起国人对尊师重教等在20世纪六七十年代丢失的传统美德的重新审视。在中国传统文化中，对人格的要求各家均有论述，儒家讲求做人要"达者兼济天下"、"士可杀不可辱"、"富贵不能淫，贫贱不能移，威武不能屈"，道家崇尚自然、蔑视权威，追求人格的自由境界，墨家要求社会成员要"兴天下之利，除天下之害"。鲁迅认为"孔子之徒为儒，墨子之徒为侠"。梁启超、章太炎认为侠出于

---

① 田智祥：《从对传统文化的现代传承看金庸武侠小说对大众文化建设的启示》，《湖北教育学院学报》2005年第1期。

儒。在武侠小说中，侠客的基本操守是为人正直、伸张正义、视死如归，可以说，侠客形象是中国传统文化的结晶。《神雕侠侣》中，金庸借郭靖之口道出了自己对"侠"的理解："我辈练功习武，所为何事？行侠仗义、济人困厄固然乃是本分，但这只是侠之小者，江湖上之所以称我一声'郭大侠'，实因我为国为民，奋不顾身地助守襄阳。然我才力有限，不能为民解困，实在愧当'大侠'两字。你聪明智慧过我十倍，将来成就定然远胜于我，这是不消说的。只盼你心头牢牢记住'为国为民，侠之大者'这八个字，日后名扬天下，成为受万民敬仰的大侠。"[①] 这番话不知激起多少读者的共鸣，这种"有义不为无勇也"，在国家民族危难之时积极入世的儒家思想深深地沉淀在中国人的民族集体无意识中，虽然在"文革"期间受到了冲击，至今仍能动人心扉。在小说中，除了基本的儒侠还塑造了追求内心虚静的道侠令狐冲，"悲悯众生"、无欲无求、大彻大悟的佛侠无名扫地僧等等一系列侠客形象。受众接受这些脍炙人口的人物形象的同时，也重新受到中国传统文化潜移默化的熏陶。

其次，当代香港女性小说的传播对内地受众起到了女权启蒙的作用。《川岛芳子》中有一句话这样说道："女人所以红，因为男人捧；女人所以坏，因为男人宠——也许没了男人，女人才会安息。"这句话揭示了女性身处男权文化的汪洋大海中只能被男性完全操纵的结局。虽然女权的抗争看似徒劳，但她们只有通过徒劳的抗争才能发出自己微弱的自主的声音。当代香港文坛女性作家异军突起，她们力图改变传统男性写作下女

---

① 金庸：《神雕侠侣》，北京三联书店1999年版，第749页。

性被书写的命运。女权主义批评家艾莱娜·西苏说："女人不是被动，便是不存在。"① 在钟晓阳、亦舒、梁凤仪等众多香港女小说家的笔下，有意突出女主人公作为男权社会反叛者的形象。在数千年来女性被书写的历史中，她们统统是人所不齿的"妖女荡妇"，但在香港女小说家的笔下，她们被赋予了女权的意义。如在李碧华的小说中，无论是《胭脂扣》中的如花，《秦俑》中的冬儿，《霸王别姬》中的菊仙，《诱僧》中的红萼公主，《青蛇》中的白蛇、青蛇，《生死桥》中的丹丹，还是潘金莲，无一例外地具有不肯认命、敢作敢为的抗争意识。这种女性书写的小说在内地得到了广大读者的接受，并且培养了一批忠实的女性观众，在一定程度上起到了女性反抗男权的启蒙作用。

　　当代香港小说在内地的传播，也发挥了重要的社会化作用。"社会化就是指个人学习知识、技能和规范，取得社会生活的资格，发展自己的社会性的过程。"② 社会化可以分为两大类：一类是系统的、正规的教育。如学生在学校接受的社会化，以及犯罪者在监狱接受的改造。另一类是非正规的教育。如社会传统、群体亚文化、传播媒介对人的影响和教育。当代香港小说在内地的传播，具有非正规的社会化功能。从当代香港小说中，内地受众特别是青少年群体汲取了社会化的必要元素。一方面是他们对人际关系的认识。司马迁在《史记·游侠列传》中写道："今游侠，其行虽不轨于正义，然其言必信，

---

　　① 张京媛：《当代女性之文学批评·前言》，北京大学出版社 1992 年版，第 3 页。

　　② 费孝通主编：《社会学概论》，天津人民出版社 1984 年版，第 54 页。

其行必果，已诺必诚，不爱其躯，赴士之厄困，既已存亡死生炎，而不矜其能，羞伐其德，盖亦有足多者焉。"在武侠小说中，"义"的概念被提到一个很高的位置，言必信、行必果、一诺千金、助人为乐的侠客屡见不鲜。金庸认为："侠是不顾自己生命危险，主持正义，武侠小说是侠义的小说。义，是正当的行为，是团结和谐的关系……中国是横面讲的，讲究人际，所以集体、群体发达。义，是中国团结发展的重要力量。"① 在青少年受众心中，侠客多为自己崇拜效仿的榜样，侠客的人格魅力可以教育他们发扬传统文化中的美德，改善不良的社会风气。相反，如不正确引导，也可能会造成青少年形成沆瀣一气的同辈群体共同离轨。另一方面，香港小说中特别是言情小说类在内地受众中的传播，发挥了培养受众形成新的审美观与婚恋观的作用。内地的思想政治工作具有很强的刚性，其缺乏人性化和性教育工作滞后的缺陷一直遭人诟病。在经济发展、思想解放后，正规教育的缺位使香港小说担任起了这方面的任务。在香港通俗小说中，爱情与婚姻是一个永恒的话题，无论是哪种门类小说，都对这个话题进行了不同的描述。在梁羽生、金庸、亦舒、岑凯伦等人的小说中，男女主人公都对爱情抱有坚贞不渝且纯之又纯的观念，这类"纯情"描写很容易捕获青少年读者的心声。在小说中，女性往往长相美丽同时文化素质较高，另外小说大量提及的男女平等、女性谋求社会地位独立的描写，也会对内地受众的审美观、婚恋观造成影响。恋爱自由的观念是人权的应有之意，既要内心美又要

---

① 裘小龙、张文江、陆灝：《金庸武侠小说三人谈》，《上海文艺》1988年第4期。

外表美的审美态度也是人性正常的表现。对异性的好奇和对爱情的向往是青少年在青春期的重要心理，他们阅读此类小说纯属正常。将香港言情小说当作洪水猛兽严加防范，只会扭曲正常的人性。只要加以合理的引导，一些小说的接受完全可以弥补内地教育工作的不足，对青年受众日后将扮演的社会角色起到提前教育的作用。

三、寻求娱乐的受众。艺术起源的游戏说认为艺术类似游戏，产生于人类追求主观轻松自由的过程中。人们进行艺术欣赏的最直接目的不是为了接受教育，也不是为了接受启蒙，而是为了休闲娱乐。大众传播具有娱乐消费功能，并催生了娱乐性更强的大众文化。"大众文化是以大众传播媒介（机械媒介和电子媒介）为手段、按商品市场规律去运作的、旨在使大量普通市民获得感性愉悦的日常文化形态。"① 大众文化强调使普通大众获得娱乐休闲，从而将大众纳入了娱乐至上的消费社会。消费社会中充满了信息符号，"文化正是消费社会自身的要素；没有任何社会像消费社会这样，有过如此充足的记号与影像……我们社会中的一切均可以说变成了'文化的'"。② 消费社会中，受众接受的是一种混杂高雅低俗的文化，这种类型的文化尽可能地提供给受众各种娱乐方式，通过浅易的娱乐，受众对世界观和自我形象作出了肯定，而不是向固有的世界观和自我形象发出挑战。金庸从不否认他的小说的娱乐目的："我写武侠小说完全是娱乐"，武侠小说"基本上还是娱乐性

---

① 王一川：《当代大众文化与中国大众文化学》，《艺术广角》2001年第2期。

② ［英］迈克·费瑟斯通：《消费文化与后现代主义》，刘精明译，译林出版社2000年版，第77页。

的读物","本来纯粹只是娱乐自己、娱乐读者的东西"①。内地受众对当代香港小说的接受,集中表现出娱乐心理的两个方面:一种是对"白日梦"的补偿心理;另一种是对新鲜事物的猎奇心理。

每个人都有自己的"白日梦",消费社会中的大众的"白日梦"尤其多。消费社会一方面通过媒体、广告将价值意义赋予更多的商品,并不断地挑逗消费者的欲望,使商品增加更大的符号意义,造成大众的"多梦症"。另一方面,消费社会给予大众各种消费方式,使他们获得暂时的快感,但回到现实中又感到真正价值的遥不可及,充满了渺小与挫折感。在这种刺激机制下,大众的补偿心理应运而生。当代香港通俗小说在内地的传播,满足了大众的补偿心理,下面就用武侠小说为例对这种心态进行阐述。

首先,它们满足了内地受众对自由的向往。自古至今,中国人对自由有一种特殊的向往。他们幻想出各种乌托邦式的社会来逃避现实生活,因为他们面对的是封建中央集权重压之下的社会现实。"中国之言政也,寸劝尺柄,皆属官家。""按政界自由之义,原为我国所不谈。初自唐虞三代,至于今时,中国言治之书,浩如烟海,亦未闻有持民得自由。"② 而且根据费孝通先生在《乡土中国》中对传统中国社会的分析,中国的人际关系是一个以自我为出发点的特殊网状结构,每个人都处在这个大网上的交点位置。可以说,国人面对的是来自社会生

---

① 宋伟杰:《从娱乐行为到乌托邦冲动——金庸小说再解读》,江苏人民出版社1999年版,第5页。
② 马来平:《严复论束缚中国科学发展的封建文化无"自由"特征》,《哲学研究》1995年第3期。

活各个方面的压迫，他们对自由的向往格外多些。然而现实却从没有让他们的梦想成真，这只有依靠纸上的"江湖"世界给他们满足。"江湖"一词最早指的是"三江五湖"，随着语汇的演变，它的意思扩大到市井、草原、大漠、小岛、深山等一系列中央政权鞭长莫及的地区，被作者有意地淡化了政治色彩，成为一个虚拟的地理概念。行走在"江湖"上的侠客们，进可以行走通都大邑，退可以隐身深山孤岛，拥有无限的活动空间。《七剑下天山》中，群侠出没于回疆天山山脉，在中原与清兵对抗，在五台山刺杀康熙，后相聚钱塘江头，又在大漠草原行侠，大闹拉萨布达拉宫的天牢。《碧血剑》中，主人公在广西避祸，后到华山学艺，又在京都刺杀皇帝，遁身海外荒岛。侠客们身上最明显的特征就是司马迁说的"游"，他们不但可以走州过县无遮无拦，而且可以游离于世俗法度之外。"在至高无上的王法之外，另建作为准法律的'江湖义气'、'绿林规矩'；在贪官当道贫富悬殊的朝廷之外，另建损有余以奉不足的合乎天道的江湖，这无疑寄托了芸芸众生对公道正义的希望。小说中的江湖世界，只有作为虚拟的世界来解读才有意义，追求不受王法束缚的法外世界，此乃重建中国人古老的'桃源梦'，而欣赏侠客的浪迹天涯、独掌正义，则体现了中国人潜在的强烈自由、平等要求，以寻求精神超越的愿望。"[①]江湖世界里的侠客快意恩仇、轻生重义，好似李白《侠客行》所唱："十步杀一人，千里不留行。事了拂衣去，深藏身与名。"小说中描写的侠客浪漫的自由人身份，正是小说接受者

---

① 陈平原：《千古文人侠客梦——武侠小说类型研究》，人民文学出版社1992年版，第72页。

对现实生活的补偿。

其次，香港新武侠小说满足了内地受众对惩恶扬善行为的心理期待。"侠"的概念还包括一种道德感的约束。中国传统社会是一个人治社会，群众的法制观念淡薄，一般碰到的法律纠纷不会上诉官府，而首先想到的是私下解决。封建统治的腐朽使官官相护、官商勾结，一般百姓的冤屈在官府也不会得到正确的解决。所以中国大众的冤屈多而无处说理。这种情况下，普通大众只能幻想出行侠仗义的侠客替他们解决问题，武侠小说正投其所好。"'欲除天下不平事，方显人间大丈夫'（《古今小说·史弘肇龙虎君臣会》），'安得剑仙床下士，人间逼取不平人'（《醒世恒言·李汧公穷邸遇侠客》）——'平不平'乃武侠小说最基本的主题。"[①] 香港新武侠小说轻"武"重"侠"，在他们的小说中，武功好的人不一定是侠客，像田伯光就不可能称之为侠。在梁羽生看来，"侠"就是正义的行为，舍己为人、舍生取义，都是侠的精神。香港武侠小说、武侠影视剧受到内地受众的欢迎，反映了观众要求社会公正的强烈愿望和心理，在一定程度上也反映了国民法制观念的淡薄。

另外，它们也满足了受众的英雄崇拜心理。悉尼·胡克在《历史中的英雄》一书中论及公众对英雄伟人感兴趣的心理时，列举了三个主要原因。一是"心理安全的需要"。"时代不太混乱，特别是教育又有利于启发成熟的批判力，而不把人们的注意力固定在无条件服从的幼稚反应上，在这种情况下，寻找

---

① 陈平原：《千古文人侠客梦——武侠小说类型研究》，人民文学出版社1992年版，第107页。

父亲替身的需要就相应地减弱了。"反之，公众将努力寻找、祈求精神上的"父母"，以获得安全感和情绪上的稳定。二是"要求弥补个人和物质局限的倾向"。三是"逃避责任"，借建立英雄（侠客）形象来推卸每一个个体为命运而抗争的责任，自觉将自己置于弱者、被奴役者与被拯救者的地位，这才是真正意义上的"逃避责任"。[①] 20 世纪 80 年代中国内地开始改革开放，经济迅速转型，整个社会面临一场文化变迁，在新的社会文化还未完全建立，旧有文化已严重动摇的情况下，内地受众需要重新找回精神上的"父母"。江湖中刀光剑影，乱世纷争，总是有侠客现身，他们以大仁大义的精神和盖世的武功救黎民于水火之中，给混乱的武侠世界带来和谐的新秩序。在这里，一方面侠客已成为一种象征符号，成为 20 世纪八九十年代大众心中能将他们从乱世中拯救出去，重建社会秩序的英雄。另一方面，侠客与大众一样，多出身草莽，他们大多为社会底层的普通人，但他们最终建立起丰功伟绩，实现了自身的价值，读者大众不断地将自己的形象投射到这些侠客身上，他们就是现实中的郭靖、石破天、杨过、令狐冲、虚竹、韦小宝……最终，他们自己变成了英雄。"游侠之所以令千古文人心驰神往，就在于其拯救他人，而且也拯救自我……游侠精神可以说是亘古荒原上数朵惨淡而凄艳的小红花，它使得整个生活不至于太枯燥空寂。就改变历史进程而言，游侠即便有用，也是微乎其微。游侠的价值在于精神的感召，它使得千百年来

---

　　① 　陈平原：《千古文人侠客梦——武侠小说类型研究》，人民文学出版社 1992 年版，第 9 页。

不少仁人志士向往并追求那种崇高但'不切实际'的人生境界"①。人们崇拜英雄，也渴望能够建功立业、被人尊重、成为英雄，但这种愿望往往和人微言轻的现实身份产生巨大的反差。这种反差造成的强烈心理缺憾，可以由香港武侠小说以娱乐的方式弥补大众。

最后，香港新武侠小说从民众的角度出发，解构了政治和历史。武侠小说中重大的历史事件发生时，无论是激烈的抗金（《武林天骄》）、抗清（《碧血剑》）、抗洋（《龙虎斗京华》）的民族斗争，还是宫廷政变（《书剑恩仇录》），或是外交谈判（《鹿鼎记》），其中总发现侠客的身影。这些侠客多次与中央政权直接对抗，以他们的武功身手，杀掉一个皇帝易如反掌（《七剑下天山》）。历史在小说中不过是一种背景或调侃、讽刺的对象，如《笑傲江湖》对"文化大革命"的间接讽刺。东方不败做了教主后，排挤杀害元老，大搞个人崇拜。其手下纷纷拍马屁奉承东方不败："教主令旨英明，算无遗策，烛照天下，造福万民，战无不胜，攻无不克。属下谨奉令旨，忠心为主，万死不辞。""教主指示圣明，历百年而常新，垂万世而不替，如日月之光，布于天下，展下自当凛遵。""教主千秋万载，一统江湖。"连十岁小童也口口声声道："一天不读教主宝训，就吃不下饭。读了宝训，练武有长进，打仗有气力。"这种对历史的解构在香港新武侠中屡见不鲜，它们代表着大众文化的无深度感和去神秘感，满足了受众的娱乐要求。

当代香港小说还纷纷以各种"噱头"的方式吸引大众的注

---

① 陈平原：《千古文人侠客梦——武侠小说类型研究》，人民文学出版社1992年版，第202—203页。

意。这些噱头总结起来主要表现为：在题材上选择涉足禁忌和热门的现象，在主题上选择围绕性和暴力展开叙述，在叙述中选择跨越古今中外时间空间设计情节。这些噱头的设计是小说对受众猎奇心理的有意满足。如在武侠小说中经常描写到的"三妻四妾"现象，就是对男性读者"女儿国"情结的满足。主要表现为在小说中，众多女性对一个男性英雄的追求，如《天龙八部》中的萧峰、《射雕英雄传》中的郭靖，《鹿鼎记》中的韦小宝等人都众星捧月似的受到众多美女的追捧，男英雄对美女们避之不及。

中国香港，一颗璀璨的东方明珠，在百年沧桑中，这个美丽的南方一隅孕育出了令世界惊叹的繁荣驳杂的文化。作为一种文化生成物，多彩丰富的香港文学却广为学界争议。争议的热点是香港有没有文学，香港是不是文化沙漠的问题。几乎所有的隔阂与偏见都是由于缺乏沟通与对话所导致的。当代香港小说在改革开放之前是不为内地大众熟知的，随着它们在内地的广泛传播，内地对香港小说接受的过滤机制的不断健全，当代香港小说的面目也逐渐在内地读者眼前清朗起来。从一开始的武侠、言情到后来的纯文学传播交流，内地不论学者还是一般受众，对香港小说的认识都逐渐全面起来。当前怀疑香港有无文学的声音逐渐微弱，学界对香港文学的研究在不断加强，对当代香港小说的认识也在不断深入。只有通过不断的传播与反馈，我们对当代香港小说的认识才能不断修正完善，也只有对当代香港小说在内地的传播做一个比较全面的梳理，才能解释以上争议与偏见产生的原因，从一个较新的角度阐释问题的关键。

文学传播是文学活动中的关键一环，它联系着作者与读者，受到当下语境的制约，是作者形成文学信息与读者接受并反馈的过程，也是所有文学争议与偏见问题出现频率最高的环节。在内地传播的当代香港小说从传播的起点开始，就已经出现了小说的大众化倾向：香港通俗小说家在文学场域中获得了支配权，作为消费社会他者形象的严肃小说家失势，不断涌现的新型媒介文化人也在不断将当代香港小说嵌入消费符号中。在对内地的传播过程中，内地政治政策的变化与大众社会的形成致使内地受众对当代香港小说始终不能观其全貌，而失之偏颇。当内地的消费社会崛起之时，最先承载流行文化来到内地的当代香港小说成为千夫所指。当代香港通俗小说是在内地传播的当代香港小说的代表，内地文化守成主义者在指责它们带来的负面效应的同时，理性地分析其对内地文化变迁、社会现代化的正面价值与功能。毕竟，内地的消费文化是市场经济发展的必然结果，而当代香港小说对内地的传播意义重大。

　　隔阂多年的香港对内地的文化输出是具有积极意义的，回归后的香港与内地的交流更将自己与祖国紧密地联系在了一起。列维·斯特劳斯认为人类早先的"地方主义"创造了"有意义的美学和精神价值"，但随着科技、交通、传播的发展，人类族群间的差异趋向同一。而这势必将消除文化之间必要的距离与分歧，最终导致人类文化多样性的消失。① 在改革开放初期，当代香港小说的通俗文化、消费特性给内地受众以极强的"文化震惊"，但随着内地被卷入全球化浪潮，反观流入内地的当代香港小说，我们不会再有同样的感觉，因为两地在经济、社会、文化方面都已走向趋同。

---

　　① 参见［法］列维·斯特劳斯《种族与文化》，《列维·斯特劳斯文集》第13卷，中国人民大学出版社 2006 年版，第 173 页。

下　　　编

当代澳门小说在内地的
传播与接受

第十一章

当代澳门小说在内地的
传播语境

如果我们把文学和语言都看作是一个动态的概念，把文学生产和言语交际都看作是一个动态的过程，那么我们就可以借用语用学中"语境"（context）的范畴进行文学的外围研究，从而更好地揭示文学自身的规律和意义。在语言学家看来，语境是言语活动能够实施的先决条件，话语的范围、方式和风格等语言之外的各种因素都会影响和制约语言表达方式的选择。同样，文学之外的各种主客观因素也会对文学的创作和传播产生类似于语境的效果。语境是在语言交际中产生的，当代澳门小说在祖国内地传播的主客观语境也是在"小说创作—小说传播—小说接受"的动态传播过程中逐步形成的。

米兰·昆德拉曾经这样说过："对小说家来说，一个特定的历史状况是一个人类学的实验室。"① 考察当代澳门小说在

---

① ［捷］米兰·昆德拉：《生活在别处》，景凯旋、景黎明译，作家出版社1991年版，第5页。

内地的传播与接受在某种程度上也可以看作是一个人类学的解剖实验。"当代澳门小说"是一个有着特定时空内涵的审美信息，"当代澳门小说在内地的传播"又是一个动态的传播过程，因此考察当代澳门小说在内地的传播与接受首先便要对影响和制约传播活动的语境进行全方位的研究，既要对当代澳门小说在内地传播的政治、经济和文化语境做客观、静态的社会考察，也要结合传播活动中交际双方内在的心理和认知状态进行深层和动态的心理分析。

第一节　社会语境

当代澳门小说在内地传播的社会语境一方面表现为国家政治制度和意识形态对澳门文学在内地传播活动所作的政策支持和文化引导，另一方面又表现为内地经济发展和科技进步为澳门文学传播所提供的物质基础和技术支持。

文学与政治之间既不是从属关系，也不是平行关系，而是形成于特定社会历史语境中的一种双向交流、相互渗透、相互制约的功能性关系。文学与政治间这种对话交流的动态结构反映到当代澳门小说在内地传播的社会语境中，必然是当代中国的政治制度和意识形态对当代澳门小说所发出的认同性召唤。同时，文学在某种程度上也可以被看作是一种政治的想象，小说则是想象共同体形成的重要形式，正如西方著名学者本尼迪克特·安德森在《想象的共同体》一书中所说："在同质和空洞的时间里，小说与报纸这两种想象的形式为'重现'民族这种想象的共同体，提供了技术上的手段。"① 因此，在考察当代澳门小说在内地传播与接受的社会语境中，文学与政治的关联，小说传播与政治话语之间充满着无限丰富的理论可能。

由于澳门历史问题的特殊性，当代澳门小说在祖国内地得以传播首先得益于中葡两国政府在和平解决澳门问题上所作的外交努力。1979 年中国政府与葡萄牙政府正式建立了外交关系，并达成"澳门是中国的领土，通过友好协商来解决澳门问题"的协议。1987 年 3 月 26 日，中葡双方正式签署了《中华人民共和国政府和葡萄牙政府关于澳门问题的联合声明》，确定中国政府从 1999 年 12 月 20 日起开始对澳门行使主权。这个划时代的政治事件对于当代澳门小说在祖国内地的传播具有深远的意义，因为自此开始，澳门文学名正言顺地成为中国文学的一部分，并理所当然地获得了它在内地合法性传播与接受的通行证。

在澳门回归临近的 20 世纪 90 年代，中央政府通过图书出版、大众媒体和社会公益活动等公共渠道加大对澳门回归的宣传力度，竭力促进两地的文化交流和艺术传播。这一时期，文化宣传、新闻出版等部门联合国内知名出版社，在内地结集出版了大量全面介绍澳门社会、历史和文化的大型丛书，其中也包括不少优秀的澳门小说作品。1998 年中国友谊出版社出版了《澳门现代文学作品选》，鲁茂、陶里、周桐、林中英、劲夫、梁淑琪等当代澳门著名小说家的作品都被收录其中；1999 年底，由澳门基金会、联合国教科文组织澳门中心和中国文联

---

① ［美］本尼迪克特·安德森：《想象的共同体》，吴叡人译，上海人民文学出版社 2005 年版，第 23 页。

出版社联合推出的《澳门文学丛书》在京出版发行；1999 年 11 月人民日报出版社也正式出版了《澳门文学袖珍丛书》；1999 年 12 月辽宁教育出版社出版了由中国社会科学院文学研究所研究员杨匡汉和澳门日报总编辑李鹏翥联合主编的《澳门人文丛书》。内地的文学期刊如《当代文坛》、《世界华文文学论坛》等也专门开辟了澳门文学研究的专栏，引导内地文学批评界对澳门小说的关注。中央宣传部、文化部及广电总局审批核准了一大批反映澳门历史风云、人生百态的影视作品进入祖国内地各大影视中心，通过电影、电视等大众媒体扩大民众对澳门回归的关注。电视剧《澳门街》（《十月初五的月亮》）、《澳门的故事》、《澳门之恋》、《风雨澳门》、《澳门风云》，电影《大辫子的诱惑》、《豪情岁月》相继在全国各地热播，一度造成万人空巷的壮观，在内地掀起了一场如火如荼的"澳门热"。除此之外，中央政府还对全国各地筹办的庆祝澳门回归的庆典活动给予大力的支持，鼓励各地文化部门将澳门回归作为举国同庆的一件历史盛事来对待。这些都可以看作是中央政府在澳门回归祖国的伟大历史时刻对澳门文化和艺术领域进行的一次意义非凡的检阅和回顾，为当代澳门小说在内地的传播和接受营造了良好的舆论氛围。

1999 年 12 月 20 日澳门终于回归祖国，"一国两制"、"澳人治澳，高度自治"的制度构想开始在澳门得以成功实践。中央政府高度关注澳门社会的全面发展，特别成立了国务院港澳台事务办公室，专门负责协助总理办理港澳地区的各项事务，全力支持澳门同内地在经济、科教、文化等各个领域的合作与交流。"加强和推动内地同澳门在科教、文化等领域的交流和合作"已经连续两次被列入国家经济和社会"十五"和"十一五"的发展纲要之中，充分显示了中共中央和国务院对澳门与内地科教文化发展的高度重视。结束漂泊，回归母土的喜悦让全体澳门同胞更加满怀希望、踌躇满志地投入到了新澳门的建设之中。在中央政府的协助之下，澳门社会治安明显改善，澳门人民安居乐业，澳门同胞的国家观念和民族观念进一步增强。在澳门社会渐趋良性发展之下，澳门文坛以及小说界也步入了蓬勃发展的繁荣期。这一时期，澳门小说家的队伍迅速壮大，来自内地的学者和作家移居南国，与澳门本土作家汇聚形成了一支颇具数量和实力的作家群。同时，高素质的写作社团在澳门本土大量涌现。1987 年和 1992 年，"澳门笔会"与"澳门写作学会"相继宣告成立，并且创办了各自的文学刊物：《澳门笔汇》和《澳门写作学刊》，汇聚了岛内从事小说创作的大部分作家和反映澳门社会生活的优秀作品。伴随着岛内创作力量的壮大，澳门作家的主体意识日益增强，建立"澳门文学形象"的呼声日趋高涨起来："文学源于生活，生活不同，文学自然不同。就算作品质低量少，但如果在描写澳门生活，总是澳门人自己动笔来得真实、真切，谁也代替不了，谁也超越不了。"①

改革开放 30 年内地经济的腾飞和澳门回归祖国后经济的复苏为当代澳门小说在内地的传播奠定了坚实的物质基础。改革开放 30 年让中国经济取得了举世瞩目的成就，被称为"人类史上最伟大的实践"。短短 30 年间，中国民众生存与发展的要求获得了前所未有的尊重和满足。根据《中国二十世纪通

① 韩牧：《建立澳门文学的形象》，李观鼎编《澳门文学评论选》上编，澳门基金会 1998 年版，第 3 页。

鉴》提供的一系列数据：1981—2000 年，中国国民收入平均
每年增长 16%，人均国民收入逐年稳步提高，2002 年突破
1000 美元后，2006 年达到 2010 美元，比 2002 年翻了一番，
城镇居民人均可支配收入比 2002 年实际增长 52.7%。相对于
国民收入的持续快速增长，中国城镇居民家庭的恩格尔系数呈
现逐年下降的趋势，国家统计局的资料显示："与 1978 年的
57.5% 相比，2001 年中国城镇居民家庭恩格尔系数为 37.9%，
下降 19.6 个百分点。"① 这些翔实的数据都表明改革开放以来
中国内地居民的生活水平的确得到了明显的提升。

　　几乎与内地的改革开放同时，澳门在 20 世纪 80 年代初赶
上全球经济高速发展的末班车，和中国香港、中国台湾地区、
韩国等亚洲地区一道实现了经济的迅速崛起，并形成了以博彩
旅游业、出口加工业、金融业、房地产业为四大经济支柱的外
向型产业结构，成为"东方的蒙特卡罗"。回归后的澳门充分
发挥自己独特的区位优势和行业优势，不断向内地和海外扩展
发展空间，取得了引人注目的经济成果："2002 年至 2004 年
经济增长率连续 3 年超过 10%，2005 年达到 6.7% 的实质增
长，人均 GDP 已达到 2.4 万美元。与此同时，澳门特区政府的
财政收入也从 1998 年回归前的 107 亿澳门元，增加到 2005 年
的 230 亿澳门元。"② 作为国际自由港和单独关税区的澳门积极
把握回归后的各种机遇，继续实行自由港经济制度和高度自由
开放的金融政策，在英国《外国直接投资》杂志举办的

---

　　① 齐中熙：《中国恩格尔系数降幅加快》，《财经资讯》，人民网，2002 年 12
月 11 日。
　　② 曾坤：《澳门社会回归后的发展成果得到国际社会普遍认同》，《人民日
报》2006 年 9 月 22 日。

"2005—2006 年度亚洲最佳展望城市" 的评选活动中被评选为亚洲 "最具经济发展潜力城市"[①]。

　　在内地和澳门经济持续、快速、健康发展的大背景下，内地和澳门地区图书出版业的迅速崛起直接促进了当代澳门小说在内地的文本传播。自 20 世纪 70 年代末开始实施的中国经济体制改革将市场经济与社会主义之间的禁忌彻底打破，自由、活跃的图书出版市场在内地逐步形成，祖国内地与港澳地区的图书贸易往来更为频繁。同时，随着内地民众物质和文化消费水平的显著提高，肩负着满足人们精神文化需求的图书出版业发展更为迅速，内地的出版市场也渐趋完备。尤其是加入世贸组织之后，随着中国图书出版市场和图书零售业的逐步开放，更多的海外资本参与到了内地图书及期刊的出版和发行中来，更加速了内地图书出版业与海外图书市场的链接。根据中国新闻出版总署历年来公布的 "图书业发展报告" 提供的数据：中国每年出版各类图书的种类已不下 30 万种，是世界上最大的图书生产国，"2003 年中国出版业全行业实现增加值 1939.7 亿元，约占当年全国 GDP 的 1.7%"[②]。据《2006 年全国新闻出版业基本情况》调查，中国国内图书的出版种数由 1978 年的 14987 种上升为 2006 年的 233971 种，其中文学类图书达到 14812 种；图书总印数由 1978 年的 37.7 亿册上升到 2006 年的 64.1 亿册，其中文学类图书 15880 万册。第四次全国国民阅读调查显示：文学

[①]　澳门贸易投资促进局，http：www. ipim. gov. mo，2006－2－26.

[②]　新闻出版总署：《2004 年中国图书业发展报告》，中国网，2005 年 7 月 1 日。

类图书依然是中国读者接受程度最高的图书类别，在读者已购图书的市场份额排行上仍居首位。祖国内地图书出版业良好的发展态势和消费者的阅读需求直接促进了当代澳门小说在祖国内地的出版和发行。在澳门回归前后，内地各大出版社相继推出了一系列澳门文学作品的选集。比如，中国文联出版社在1999年出版发行了《澳门文学丛书》，丛书特设有小说卷，鲁茂的长篇小说《白狼》、江道莲的短片小说集《长衫》、方欣的中篇小说《爱你一万年》、寂然的系列小说《月黑风高》、周桐的长篇小说《晚晴》都被收录其中。中国友谊出版社在1998年出版发行了陶里主编的《澳门现代文学作品选》也专门设有"短篇小说卷"，编录了鲁茂、陶里、周桐、林中英、劲夫、梁淑琪等当代澳门著名作家的代表作品。还有不少优秀的当代澳门小说作品被内地出版社单独结集出版发行，如：1987年中国文艺出版公司出版了陶里的短篇小说集《春风误》，1999年中国文联出版社出版了寂然的系列小说《风高月黑》。当代澳门小说作品在内地图书市场的出版发行无疑扩大了澳门小说和澳门小说家在内地文坛的知名度。

与此同时，澳门岛内的报业和出版业也自20世纪80年代起迅速成长壮大。80年代之前，澳门出版业萧条，澳门的小说很难结集出版。80年代后，澳门的报界如《澳门日报》、《华侨报》和《大众报》都设有出版社，澳门出版社、澳门星光出版社先后成立，澳门基金会、澳门文化司署和澳门写作协会、澳门笔会也都纷纷成立出版机构。1983年6月，澳门作家秦牧与《澳门日报》李成俊社长、总编李鹏翥先生在澳门日报创办了澳门第一个纯文学副刊——《镜海》。此后，《华侨日报》、《市民日报》、《星报》、《正报》、《澳门市民报》、《澳门人周报》也先后开辟了文学副刊。这些报纸的文学专栏大量刊登了同时期的澳门小说，澳门著名小说家鲁茂和周桐也都是凭借着报刊连载小说而声名大振的。澳门基金会在1994年出版发行了凌顿主编的《澳门离岸文学拾遗》和陶里主编的《从作品谈澳门作家》，1996年又出版发行了陶里主编的《澳门短篇小说选》、由邓骏捷主编的《濠海丛刊——澳门华文文学研究资料目录初编》。澳门日报出版社在1994年出版了李鹏翥主编的《濠江文谭》，1997年出版了林中英和寂然的小说合集《一对一》，1998年出版了《澳门文学研讨集——澳门文学的历史、现状与发展》。特别需要指出的是，澳门文化司署在小说出版上也比较倾向于关注澳门土生作家的葡语创作，如1994—1997年间与内地的花山文艺出版社推出了"葡语作家丛书"，其中包括澳门著名的混血小说家飞力奇的《大辫子的诱惑》、《爱情与小脚趾》、《巴济里奥表兄》、《痛苦的晚餐》、《两姐妹的爱情》、《男儿有泪不轻弹》、《英国人之家》、《马亚一家》等。1999—2000年，澳门文化司署又先后与内地的海南出版社、三环出版社联合出版了康乃馨译丛的葡语小说作品，如《火与灰》、《猫》、《盲人的峡谷》等。

　　"信息时代像一个幽灵"，其巨大影响"并不亚于人类历史上一次急遽的动乱"①。在传统媒介和现代媒介平分秋色的今天，在图书出版业有效推动当代澳门小说纸质传播的同时，祖国内地和澳门地区因特网和宽带技术的普及也为当代澳门小说

---

① ［美］希利斯·米勒：《全球化时代文学研究还会继续存在吗？》，《文学评论》2001年第1期。

在祖国内地传播向质的飞跃提供了技术支持。

进入 21 世纪以来，互联网在祖国内地和澳门地区的普及速度令人惊叹。2008 年的 1 月 17 日，中国互联网络信息中心 CNNIC 发布了《第 21 次中国互联网络发展状况统计报告》（该报告为中国互联网领域的权威报告），报告说明："截至 2007 年 12 月 31 日，祖国内地网名总数量已达到 2.1 亿人，宽带网名数 1.63 亿人，每天增加网名数 20 万人"，并预计"2008 年底祖国内地网民数量将达到 2.85 亿人"，甚至超过美国的网民数。澳门地区互联网普及率也呈现持续上升的趋势，据《澳门互联网研究计划 2001—2007》的统计：截至 2007 年年底，澳门地区家庭上网计算机数达到了 12.7 万，占澳门地区家庭总数的 77%，上网家庭计算机的比例也逐年递增，由 2003 年 57% 上升到 2007 年 77%。

互联网技术在内地与澳门地区的普及不仅给我们的生活带来了巨大的惊喜和无限的憧憬，也逐渐改变了当代澳门小说在内地传播的媒介构成和内地受众的阅读习惯。一方面，当代澳门小说的传播格局逐渐由纸质媒介一统天下的局面向电子和网络媒介转变；另一方面也让网络阅读成为大众接受当代澳门小说的一种新方式，并被越来越多年轻人和有着较高教育程度的读者所接受。据中国新闻出版总署的一项阅读调查显示，国内近年来"阅读传统出版物的人数在以每年 12% 的速度下降，而阅读新媒体的人数则以每年 30% 的速度在增长"①。由中国出版科学研究所举办的五次"全国国民阅

---

① 柳斌杰：《新媒体的发展现状与趋势》，《传媒》2006 年第 12 期，第 48 页。

读调查"也清晰地呈现了祖国内地"图书阅读持续下降，网络阅读持续上升"的趋势：1999 年首次调查国民图书阅读率为 60.4%，2001 年为 54.2%，2003 年为 51.7%，2005 年为 48.7%，2007 年为 34.7%；而国内互联网阅读率则从 1999 年的 3.7% 增加到 2003 年的 18.3%，再到 2005 年的 27.8%，2007 年为 36.5%。最为值得一提的是，在 2007 年开展的"第五次全国国民阅读调查"中，中国的网络阅读首次超过纸质图书阅读。

　　网络的自由和快捷为内地读者阅读当代澳门小说提供了更多新兴高效的阅读形式。网络电子图书、网络图书馆和文学网站让内地读者通过互联网第一时间阅读尚未在内地图书市场出版发行的最新澳门小说。国内的新浪、网易、MSN、腾讯等大型门户网站都设有专门的读书频道供文学爱好者阅读，而在一些著名的中文原创文学的网站上，如红袖添香（http：//www. hongxiu. com）、起点中文网（http：//www. qidian. com）、榕树下（http：//www. rongshuxia. com）、逐浪网（http：//www. zhulang. com）、中国原创文学网（http：//wx. 91. com），读者既可以在线阅读许多澳门的原创网络小说，与澳门文友交流阅读感受，也可以摇身一变成为网络写手进行在线创作。一些澳门岛内的传统报刊为了适应新时代的需求也都纷纷开设了电子版本。比如，《澳门日报》（http：//www. macaodaily. com）、《华侨报》（http：//www. vakiodaily. com）、《澳门月刊》（http：//www. macaumonthly. net）都设有各自的文学副刊。身处祖国内地的文学爱好者只需连接网络、打开网页就可以足不出户地读到澳门最新的小说创作。同时，在新兴的博客时代里，很多当代澳门作家也都申请有个人的博客和网络空间供文学爱好者上访阅读，像澳门小说家寂然就有他的个人网站——"寂然世界"（http：//mypaper. pchome. com）。通过"博客"这种更具个性与快捷的传播方式，内地读者不仅可以阅读澳门作家的小说与创作感受，还可以给作家留言，甚至还能与作家进行在线交流。而眼下，中国的互联网正进入 WEB2.0 时代。在 WEB2.0 的浪潮里，作为主体参与到互联网中阅读当代澳门小说的内地网民，除了是互联网的使用者之外，还同时成为当代澳门小说主动的传播者、作者和生产者。由此，当代澳门小说在内地传播与接受活动中，内地接受者自主创造的积极性会得以大大激发，内地和澳门地区小说传播者与接受者之间的互动也会因此变得更加便捷和高效。这就使得不仅是澳门的专业作家，甚至是生活在澳门的普通文学爱好者都可以在互联网上建立自己的私人博客和个人空间来发表自己的小说创作，而内地的读者也可以轻松地通过互联网阅读他们的小说、发表自己的评论，甚至一同参与到小说的再创作中去。

第二节　文化语境

　　面对资本市场的世界一体、商品服务的全球共享、传媒资讯的普及蔓延和信息技术的快捷便利，人类在 20 世纪的最后 20 年里迅速构建了一个"地球村"，全球化终于成为不可抗拒的现实。这正像美国传播学家萨姆瓦所描述的："本（20）世纪 60 年代后期到 70 年代前期，是全世界在时间和空间上紧缩的时期。'全球村'的预言正在变为现实……由于偶然的和人为的原因，某些曾经显得遥远的，与世隔绝的文化，一下子与我们的关系密切起来。"① 事实上，全球化不仅出现在社会的物质生产领域，同样也会降临到与精神生产密切相连的社会文化领域。在贸易、金融、信息等方面都已充分显示了全球化的事实面前，全球化又迅速地从时间领域向意识和思想领域扩散，并深刻地触动和改变着中国的文化格局，文化的全球化已成为当代澳门小说在祖国内地传播不可或缺的一个文化语境。

全球化的文化语境首先给内地文学阅读者带来的是阅读视野的扩张，传统文学传播活动中传播者、接受者和文学作品局限于一国范围内的国家视野迅速被全球化的国际视野所取代。这种全球化的阅读视野让当今中国读者享受到了世界各种文明成果在当代中国文坛交融汇聚的文学盛宴，同时也被外来文化与本土文化间巨大的文化差异所深深震撼和吸引。在短短的20年里，曾经享誉世界、风靡西方文坛的各种文艺思潮，诸如意识流小说、黑色幽默、荒诞派戏剧、存在主义、魔幻现实主义、新小说派等现代主义、后现代主义等文学流派纷纷登陆内地文坛。由于特殊的历史原因，澳门文学也曾经一度是内地文学爱好者阅读领域的空白，正是在全球化的文化语境下，当代澳门小说才有机会和众多西方的文学思潮一起，逐步进入内地读者的阅读视线范围内。

文化一经产生，就必然要与其他文化产生交流。多元文化的碰撞与交融是文化全球化进程的必然结果，也是全球化文化语境的应有之义。文化的多元化，从时间形态上看，是一个既包含古代又涵盖现代，同时又吸纳外来文化并将其同化或与之

---

① ［美］拉里·A. 萨姆瓦，理查德·E. 波特，雷米·C. 简恩：《跨文化传通》，陈雷、龚光明译，三联书店1988年版，第2—3页。

结合不断产生新质文化的生成过程；从空间形态上看，又是一个外来文化与本土文化不断交锋、众声喧哗的多声部乐曲。当代澳门小说在内地的传播与接受所面对的正是这样一种在全球化语境下，外来文化与本土文化、现代文化与传统文化之间交融共生的复杂景象。而澳门本身就是一个东西荟萃的地方，它的文化构成里既有源远流长的中国文化作为根基，又有葡国文化越洋而来的补充，还不断受到东西方其他国家、地域文化的影响。刘登翰教授曾将澳门文学以及澳门文化这种多元共生的状态比作是"鸡尾酒"和"拼盘"，他在《澳门文学概观》中这样写道："从表面上看，澳门文化的多元性如鸡尾酒一样五彩斑斓；但深入分析，各种文化的相对独立性又如鸡尾酒一般层次分明，并不互相混合或化合。换一种比喻说，也可以说澳门文化是一种'拼盘'文化，虽然有其主导和主题的色块，但各个色块之间并不互相融合，各占一定的空间和形成各自的群落。当然，完全的互不发生任何一点交融是不可能的。就如鸡尾酒，在不同层次间含有一定的交融过渡。"①

全球化的世界发展趋势造成了暂时处于强势地位的西方文化在祖国内地得以强力扩展并逐步取得了话语霸权。美国著名政治学家萨缪尔·亨廷顿曾经有言："19世纪期间，西方的实力使得非西方社会越来越难以坚持，而且最终不可能坚持纯粹的排斥主义战略。20世纪交通和通讯的改善以及全球范围的相互依赖，极大地提高了排斥的代价。除了一些想要维持基本生计的小而孤立的农村社区外，在一个现代性开始占压倒优势和高度相互依赖的世界里，完全拒绝现代化和西方化几乎是不

---

① 刘登翰：《澳门文学概观》，鹭江出版社1998年版，第15页。

可能的。"① 改革开放后，西方社会的价值观、道德观乃至文艺思潮对当代中国进行了全方位、多层次的渗透和影响，而当代西方文坛流行的社会思潮、文艺流派和创作原则也被广泛而细致地介绍到了内地文坛。这使得一些内地小说家开始尝试着在他们的作品中吸收和借鉴这些新鲜多元的现代元素，文艺理论家们也结合着内地文坛涌现的具有一定现代主义色彩的作品来进一步阐释西方的某些新思潮。正是在 20 世纪 80 年代以来这样一种弥漫着浓厚西方现代色彩的话语氛围中，内地读者也逐渐培养起了顺应时代潮流的审美趣味和阅读鉴赏现代主义风格文学作品的能力。这在一定程度上为本身就有着西方文化影响因子和深受现代主义文学影响的当代澳门小说在内地的传播奠定了基础。

近四百年葡萄牙殖民统治的历史使澳门社会天生便具有中西混杂的文化特征，现代自由港和国际博彩之都的商贸地位又使澳门更多地浸染了现代商业社会光怪陆离的色彩。因此，当代澳门小说在主题和题材的选择上更注重承载现实人生广阔的社会内容，表现工业时代都市社会物欲横流、金钱主宰一切，人性扭曲异化的百味人生。陶里短篇小说集《百慕她的诱惑》中的每一则小说，长的不过万字，短的七八百字，却无比真实地映照出现代社会荒谬虚幻的人生百态。其中既有甘心做妻子的经纪人，把妻子的大腿做"摇钱树"去拍广告的无耻丈夫（《百慕她的诱惑》）；也有对渗透社会每一个角落、控制人们每一根神经、榨取人们每一分血汗钱的香港马事的描述（《来

---

① ［美］塞缪尔·亨廷顿：《文明的冲突与世界秩序的重建》，周琪等译，新华出版社1998年版，第64页。

自马肚的六个汉子》）；还有疯狂走私、贩卖人体器官的骇人听闻的边境小镇（《狄阿米》）。作家寂然则在中篇小说《抚摸》中，通过聚焦于青年男女种种特殊形态的"抚摸"来探索人性的幽微，用敏锐的触角抒写人生各种离奇古怪的情欲体验，表现出现代社会千奇百怪的人生原态。尤其是这部小说中对同性恋关系所作的大胆而直露的描写，与西方此类文学作品相比，可以说是有过之而无不及。

在艺术表现形式上，当代澳门小说除了沿袭西方现实主义小说客观写实的叙事传统之外，还借鉴、融合了许多西方现代主义乃至后现代主义小说的叙述手法和先锋理念。著名作家陶里深受西方超现实主义和拉美魔幻现实主义小说艺术的启发，他的小说往往既从现实生活中取材，又能对这些生活原型加以提炼和变形，虚构出许多并非现实所能有，甚至相当离奇和虚幻的故事。他在著名的短篇小说集《百慕她的诱惑》中将澳门社会的现实人生用"把现实改变成为像神经病患者产生的那种幻境"[①] 的虚幻和荒诞的手法加以改造，"写现实与虚幻结合的荒诞故事"，像一个魔术师一样"把一个虚幻的世界摆在读者面前"[②]。小说《摆渡姑娘》里的主人公在澳门、香港、西贡之间随意转换，在现在、过去、未来之间任意游走，在生与死的鸿沟之间自由逾越。陶里的其他小说，如《巩仙》、《渡姑》等也是时空交错、真幻迷离，读者仿佛在作者的引领下走入了博尔赫斯的神奇迷宫和马尔克斯的热带雨林。陶里还经常在小说中制造悬念、设置障碍，有意留下一些阅读空白，让读

---

① 龚翰熊：《现代西方文学思潮》，四川大学出版社 1987 年版，第 400 页。
② 陶里：《百慕她的诱惑·序言》，香港获益出版社 1995 年版。

者自己去思考和寻找谜底。而比陶里更为年轻的澳门作家，如寂然、梯亚、吕义平、梁淑琪等人则尝试在小说创作中运用意识流、后设、新小说等更具先锋意味的叙事手法。如寂然在系列小说《月黑风高》中，借鉴了博尔赫斯"按照魔术的程序和逻辑"[①] 的方法来讲述故事，并采用了后设小说的形式、故事套故事的开放结构和不确定的叙述人称来刻意营造小说的模糊效应。而在小说《抚摸》中，他又采用了多个人物为聚焦者的内部聚焦的叙述视角，实现了法国著名作家热奈特在首创"聚焦小说"时提出的"使目光和思维同时运动"[②] 的艺术追求，达到了保持人物内心的原生态，从而让小说具有了巴赫金所说的"人物大于叙述者"的审美效应。这种从人物的眼光、意识和思维进行叙述的艺术手法，在寂然的其他小说《二十岁的眼泪》、《恋爱》中等都有较为娴熟的运用。澳门的文坛新秀梁淑琪则十分擅长将意识流的写法渗入人生的写实，她的小说《死亡时间》、《等》、《圈》都是成功运用意识流手法的佳作。小说《等》的故事情节相当简单，记叙了刚从监狱获释的男主人公"静"为了与曾经的恋人"端怡"见面，而在他们10 年前约会的茶餐厅焦急等待的一个下午。小说几乎没有具体的情节叙述，但随着叙述时间的流逝，我们还是在小说主人公独白式的意识流动和复杂微妙的心理变化中强烈地感受到了小说意味悠长的主题：人生总是充满了无尽的等待。大量借鉴、吸收西方现代主义思潮又融合澳门本土文化特质的当代澳

---

① ［美］埃米尔·罗德里格斯·莫内加尔：《博尔赫斯传》，陈舒译，东方出版中心 1996 年版。

② 罗钢：《叙述学导论》，云南人民文学出版社 1995 年版。

门小说既是全球文化共融的产物，同时也是澳门传播者与内地接受者在传播活动过程中双向交流、互动，更是当代澳门小说在全球化语境下满足内地文学接受者新的审美需求的必然趋势。

　　面对外来文化思潮无处不在的渗透和冲击，处于当前状态的中国文化一直都在开放和交往中努力建构和生成我们自己的文化传统。"文化自觉"主义就是与西方现代主义争夺话语权的一股重要力量，在声势凶猛的全球化浪潮袭来之时，它坚持着"和而不同"的文化观念，强调在理性借鉴西方文化的基础之上构建本土文化的权威性，实现民族文学身份的认同，坚守与捍卫着我们的民族文化传统。文化自觉主义对当代澳门小说在内地的传播与接受也发挥了重要的作用，因为在那些仍然保留着中国文化传统和审美风格的当代澳门小说中，我们也发现了费孝通先生所倡导的"对其文化有自知之明，并对其发展的历程和未来有充分的认识"的文化观念。正像澳门学者庄文勇先生在《澳门文化透视》一书中所说的："几百年来澳门华人的文化价值观都承袭了中国儒家的文化价值观。"① 作为一种流传范围极广、社会影响极大的文学样式，当代澳门小说理所当然地承担起传承中华民族精神文化遗产与传统美德的历史使命。在陶里小说集《春风误》里，读者随处可见那些代表着中国文化特色的传统意象和文化习俗：太极拳、白居易的《琵琶行》、郑板桥的字体和齐白石的字画；孩童们在书院里齐声朗读"人之初"、"大地玄黄"；为男婴起名"苏虾仔"的闽粤习俗；过新年里拜神、放爆竹、吃年饭、走亲访友互拜新年……

---

① 庄文永：《澳门文化透视》，澳门五月诗社出版社 1998 年版，第 65 页。

这些极具中国性的文化意象和文学场景都成为当代澳门人承载集体记忆、寄托民族情感的文化符号，表现了澳门与内地文化同源、历史同根和永远割不断的血脉亲缘。当代澳门小说家在小说中所宣扬的家庭观、爱情观和道德观也处处折射出中国传统儒家文化精神的光芒。陶里小说《偶然》中四少年海边结义的纯真年华，《余琳玲》中深藏昔日恋情最终选择忠于家庭、承担责任的男女主人公，鲁茂在小说《白狼》中教育感化年轻人一心向善，积极进取的主题，都深深体现了中国传统文化精髓在当代澳门小说中根深蒂固的延续。与鲁茂齐名的通俗女作家周桐，也在多部婚恋题材的长篇小说中宣扬着人性的美好、真爱的伟大，诠释了她对中国儒家精神仁义之美的理解。在小说《半截美人》中，身残志坚的残疾少女通过自己的艰苦奋斗不仅找到了人生的方向，还获得了一段完美的婚姻。陶里在谈到澳门小说家的思想经验时这样认为："在作品之中，虽然有矛盾的情结发生，但没有大奸大恶的角色，没有血淋淋的死亡故事，所反映的都是以人性温驯忠厚的一面为主，符合孔孟思想的仁恕之道。"①

　　同时，我们还看到当代澳门小说所表现出来的中正温和的美学色彩也正是传统儒家文化"喜怒哀乐之未发"、"发而皆中节"的审美理想在文学风格上的体现。就像澳门学者所概括的那样："80年代澳门的散文、小说特征较为温馨，创作手法较为平实，艺术意蕴较为平和单一"，"是一种温情脉脉的文学

---

　　①　陶里：《澳门小说发展概略》，《现代文学作品选》，中国友谊出版社1998年版，第15页。

现象"①。这种中正温和的美，首先表现在小说叙述主体在表达作品思想倾向时适中有度、中立平和的叙述态度，而非剑拔弩张、暴风骤雨式的情感宣泄。长篇小说《白狼》中的主人公"白朗"虽然在年轻时走过不少人生的弯路，但最终还是选择改过自新并获得了内心的平静。然而，无论是对白朗年轻时胡作非为的批判，还是对他后来重新做人的肯定，以局外人身份介入故事的叙述者却始终在用一种平和宽容的语调来讲述主人公坎坷的身世。林中英的儿童小说尤其是这种温情美的典范，她在小说集《爱心树》里，用普天下最温馨的母爱和温婉平实的语言构建起了一个充满童趣、倡导真善美的人间乐园。而在周桐的长篇小说里，男女主人公错综复杂的爱恨情仇虽然总是让小说的情节跌宕起伏、矛盾重重，但小说的最终结局依然还是有情人终成眷属、家庭和睦美满的大团圆。《错爱》里曾经迷途的丈夫终归还是回到了身患绝症的妻子身边，《幻旅迷情》里失恋的少女也战胜了情欲与理智的冲突，重新回到了人生的正常轨道。

在艺术形式上，当代澳门小说也流露出对中国传统文化和古典美学意境的崇拜与向往，努力在小说叙述性的语言里营造出古朴冲淡的典雅诗意。竹潋风在短篇小说《遗失的年代》里，开篇就引用了宋代欧阳修的那首著名的《蝶恋花》："几日行云何处去。忘了归来，不道春将暮。百草千花寒食路，香车系在谁家树……依依梦里无觅处"，借用宋词婉约伤感的意境为整篇小说定下了低沉哀婉基调。随后小说又设置了一个时光倒流、主人公在梦幻中游走废墟的虚幻场景："'是非成败转

---

① 庄文永：《澳门文化透视》，澳门五月诗社出版社 1998 年版，第 67 页。

头空，青山依旧在，几度夕阳红！'隐约间有人低吟，然而，当我猛地回眸，一阵尘沙，看不见任何人，只见繁忙的马路对面，横亘着一虚倒塌的废墟，以及深锁在一堆'遗失'中那个幻灭的故事。"杨慎《临江仙》中的几句唱词用在这里不仅配合了小说的古典意境，且对小说的主题起到了画龙点睛的作用。而在小说的结尾："我低垂下头，泪盈于睫，嗫嗫地念着'众里寻他千百度，蓦然回首，那人却在灯火阑珊处！'"更令小说回味无穷。在这篇篇幅不长的短篇小说里，作者竹溆风先后三次引用中国古典诗词的名篇名句，足见中国传统文化对澳门作家影响之深。在澳门年轻作家寂然的一篇名为《你喝醉了》的短篇小说中也有一段这样文字："郑安安的记性很好，而且分析记忆能力很强，谈情说爱，妙语连珠，表情投入，激动时眼泛泪光，欢笑时笑意盈盈，事无大小都用心聆听。"由于排比、对仗和整散句的交错使用，使小说语言读起来错落有致、掷地有声，很有古典诗词的风韵。陶里擅长用诗的语言来写小说，他总是不自觉地用诗人的眼光来观照现实世界，在小说创作中尝试着打破诗和小说的界限，营造出一个个极富意境的诗化空间。在小说《过渡》的开头，他写道："我在过渡，我永远永远在过渡，在昨天，在今天，在或然的时间或空间，我都在过渡。"而小说的结尾则是一句参透人生的佛理式的顿悟："我在过渡……但是，彼岸在哪儿呢？"小说从诗意盎然的语言到深邃哲理的意蕴无不体现出中国古典美学以及禅宗思想对当代澳门小说的影响。

在国家繁荣富强、社会和谐稳定的政治语境和科学技术高速进步、经济持续健康发展的经济语境之下，当代澳门小说在内地的传播除了面对全球化语境带来的机遇和挑战，还要应对

305

消费时代下来自传播媒介和传播受众合力促成的文化大众化的挑战。文化大众化，首先应该归因于中国教育事业的大众化。从 1977 年内地恢复高考至今，中国的教育事业已经实现了历史性的跨越。而这 30 年也是当代澳门小说在祖国内地传播的最佳时期，这绝非偶然。1986 年 4 月颁布的《中华人民共和国义务教育法》首次把免费的义务教育用法律的形式固定下来，大大促进了中国教育在广大城乡的普及和中国民众文化程度的提高。根据《2006 年全国教育事业发展统计公报》公布的数据，截至 2006 年底，"中国已实现'两基'验收的县（市、区）累计达到 2973 个（含其他县级行政区划单位 205个），占全国总县数的 96%，'两基'人口覆盖率达到 98%。"除了基础教育的普及，中国当代教育的大众化更为显著地表现在高等教育的大众化进程中，1999 年开始的扩招政策使得此后中国高校的招生人数和在校生人数逐年增加，"2006 年全国各类高等教育总规模超过 2500 万人，高等教育毛入学率达到22%"。[①] 很快，中国高等教育的规模先后超过俄罗斯、印度和美国，成为世界第一，初步实现了高等教育的大众化。中国基础教育的普及和高等教育实现从精英教育到大众化的转变大大提高了内地文学接受者的人文素质，拓展了当代澳门小说的文化传播空间，对当代澳门小说在祖国内地的传播具有十分重要的意义。

教育的大众化为当代澳门小说在祖国内地的传播培养了一个规模不断扩大、知识层次不断提高的内地接受群体，而传播

---

① 教育部：《2006 年全国教育事业发展统计公报》,《中国教育报》2007 年 6月 7 日。

媒介的大众化则为当代澳门小说在祖国内地的传播提供了物质支持。大众化既是传媒的基本特征，也是传媒的存在方式。由于电子和信息技术发展带来的广播、电视、电影、报纸、书籍等传统媒介和网络、手机等新兴媒介传播成本的逐步降低，传播媒介在中国普通民众的生活中扮演的地位也越来越高。传媒的大众化一方面表现为媒介存在方式的大众化，另一方面还促成了内地社会人文精神和文化立场的大众化。因此在当代中国全新的文化语境下，当代澳门小说在内地的传播也会更加依赖于使中国文化大工业有机运转的各种大众媒介组织和以此为代表的文化阐释机制。

　　传播受众和传播媒介的大众化共同酝酿了当代内地文化语境的大众化。作为一种重要的审美信息，当代澳门小说本身所具有的平民化的文学特征也恰好适应了内地的大众化文化语境。当代的澳门作家无论是本土作家，还是南下、外来的移民作家，都生活在都市平民的世俗生活中，他们都有着和与普通百姓相似的生活经历和情感体验；无论是鲁茂、周桐等采用现实主义手法创作的小说家，还是后来进行先锋试验的陶里、寂然等小说家，表现澳门都市生活的原态和展现草根阶层的心态一直都是当代澳门小说在题材选择上的焦点。因此，浓郁的都市平民色调成为当代澳门小说尤为引人注目的艺术特征。当代澳门小说在一个个小人物悲欢离合的故事中流露出了当代澳门作家浓厚的民本思想和市民情怀。陶里在他的短篇小说集《春风误》的后记中这样的写道："我接触的都是小人物，他们以不同的形象出现在我的小说里。"① 担任《澳门日报》镜海副

---

① 　陶里：《春风误》，友谊出版公司1987年版，第284页。

刊主编的林中英认为澳门的小说"踏踏实实地写出了大千世界小市民的生活",而她本人的小说集《云和月》也将关注的焦点面向澳门的中下层社会,着力刻画出生活在拥挤都市中的小商贩、失业者、中学生、退休工人、小职员们各自的烦恼人生,表现他们在现实生活中的困惑和无奈。当代澳门小说家极力在小说中渲染的平民色彩使得当代澳门小说很容易便与祖国内地大众化的文化语境相融合。

第三节　心理语境

当代澳门小说在内地的传播与接受既是一个传播主体与接受主体共同参与的社会性活动,又是一个传受双方根据自己的目的和意图不断调整认知结构、选择认知语境的动态传播过程,因此考察当代澳门小说在祖国内地的传播语境,除了要对两岸社会的政治、经济和文化语境进行外部关注,还需对传播活动主体的心理预设、期待信仰和认知需求等主观因素进行内部分析。相对于政治、经济、文化等社会客观语境的显在与直观,传播者与接受者的认知结构和由各种设想、期待、信念组成的心理语境则是一种更为潜在与复杂的传播语境。传播者和接受者作为一种社会性的存在,总是生活在一定社会的政治、经济和文化语境之中,他们的认知结构和心理状况也不可避免地会受到社会客观语境的影响和制约,因此当代澳门小说在内地传播的心理语境与传播活动的政治、经济和文化语境始终密切相连。

一方面,当代澳门小说在内地传播活动的兴起与内地改革开放后历届中央政府对澳门地区所实行的政策制度以及澳门回归祖国的历史背景密切相关；另一方面，内地文学受众对澳门小说的了解程度也与报纸、广播、电视等大众媒体对澳门社会的宣传力度紧密相连。主流意识形态的政治话语和官方媒体的媒体话语强强联合并最终形成了一种强势的话语霸权，从而对内地的文学接受者产生了强大的吸引力，直接促使了相当一部分文学接受者对当代澳门小说的关注。在当代澳门小说在祖国内地的传播初期，伴随着由主流话语激发的文化民族主义而产生的从众心理和求知心理远远大于接受者们对澳门文学单纯的文学兴趣。由此，他们希望通过当代澳门小说增进对澳门本土地域文化、人文历史的了解，而那些带有浓浓"澳门味"和澳门地域特色的当代澳门小说就刚好满足了这部分接受者的心理需求。当代澳门小说具有十分强烈的本土诉求和地方意识，这正像澳门诗人韩牧在 1984 年倡导建立"澳门文学"形象时所说："澳门，从历史、政治、经济、生活习惯，甚至语言、语音，都是与其他地方有异的……文学源于生活，生活不同，文学自然不同。"① 当代澳门小说中常常会写到大三巴、妈祖庙、普及禅院、澳凼大桥、葡京赌场等澳门岛内地标性的名胜古迹。澳门作家沙蒙在小说中这样描写澳门码头："船缓缓地驶向澳门的码头，泥黄的水，旧旧的码头，叫澳门的码头古老到五十年代。"② 虽然经过小说艺术化呈现的澳门地景与真实的澳门风光有着许多差异，但依然可以让内地读者在澳门人的字

① 韩牧：《建立"澳门文学"的形象》，李观鼎编：《澳门文学评论选·上编》，澳门基金会 1998 年版，第 3 页。
② 沙蒙：《墙》，《澳门现代文学作品选》，华侨文艺出版社 1998 年版，第 32页。

里行间里嗅到一股浓浓的"澳门的泥土气息"①，甚至可以成为他们想象澳门风光的文学范本。不少澳门小说中在叙述语言，尤其是人物对话中所使用的粤语方言则更加生动地显示了澳门鲜明的地域文化特色，而让小说增色不少。在林中英表现澳门中学生生活的短篇小说《青春快板》里，出现了大量反映澳门文化积淀的口语、俗语以及在澳门年轻人中流行的新用语，比如，小说中将作弄人叫做"整蛊"、将爱打小报告的人称为"金手指"、称景况不佳或做事不顺为"瘀"，等等。除此之外，当代澳门小说还为我们讲述了土生葡萄牙人、中葡混血儿这类澳门特殊人群在澳门土地上悲欢离合的人生传奇。在江道莲的小说《施舍》中，一个因为自己是混血儿身份而憎恶亲生父母的年轻人，竟在码头将为自己送行的中国母亲当作乞丐的故事发人深省；陶里的短篇小说《安万达夫妇的遭遇》中"安万达"这个平凡的中葡混血儿在求学、婚恋、家庭和事业中起起落落的一生又让我们为之感叹；劲夫的小说《孽缘》中葡籍少年莎朗辉阴差阳错地与自己同父异母、中葡混血儿的妹妹产生的恋情更是催人泪下。而在一些土生葡人作家创作的小说里，内地读者则可以从土生葡人的独特视角回溯到澳门历史的深处，去感知各个历史时期中西文化在澳门的碰撞与交融。飞力奇的长篇小说《大辫子的诱惑》将贫穷美丽的华人妇女"阿莲"和高贵痴情的葡国男人"阿托欣"间那段异国恋情演绎得曲折浪漫、感人至深；而在土生澳门女作家江道莲的短篇小说《承诺》里，中葡男女的相爱是中西文化间相互吸引的证明，而中国姑娘用自己的死来实现对家族和恋人的承诺则是中

---

① 陶里：《澳门文学概括》，《香港文学》1994年第4期。

西文化相互冲突的悲剧。而另一些突破传统写法的当代澳门小说则可以看作是对澳门殖民历史的注解，如小说《蓝色的男人》中的"我"被"蓝色的男人"逼着发表演讲欢迎中东油王，而"我"又突然没有了嘴巴，不能讲话的荒诞故事分明就是作家对澳门特殊历史境遇所作的深刻隐喻和象征。这些颇具澳门特色的当代澳门小说在内地得以传播，不仅让内地读者的文化猎奇和求知心理得以满足，加深了他们对澳门人文、地理、历史等社会各方面的了解，而且已经上升到了一种试图通过解读"他者"形象来进行跨文化对话的更高层次的文学阅读了。

改革开放加快了内地的城市化进程，社会转型时期人们的思维方式、价值体系和心理结构也因此发生了显著而深刻的变化。传统的社会价值体系和社会心理不断发生嬗变，具有现代文化特征的社会价值体系和社会心理逐渐形成。表现在文学领域，就是整个内地文坛都有一种要为一直以来被高度强化的意识形态所压抑的文学自身的艺术追求和审美规范平反的艺术冲动，"革命加恋爱"的单调结构和"高大全"的脸谱画像显然再也不能满足内地文学读者的审美需求。与内地之前刻板说教的传统小说不同，既具现代都市气息又兼有魔幻神奇色彩的当代澳门小说自然令人耳目一新，很快便受到内地读者的欢迎。陶里的短篇小说集《百慕她的诱惑》便是一部成功借鉴、吸收、融合了拉美魔幻现实主义手法的杰作。在这部小说集里，陶里"把一个虚幻的世界摆在读者面前"[1]，让小说充满了各种离奇诡异的形象：人变成小动物在地上爬；现实中的人在消

---

① 陶里：《百慕她的诱惑》序言，香港获益出版社 1995 年版。

逝的历史中自由行走；幽灵附身；马肚子里走出六个汉子；可
以测试恋情真假的石卵……然而，读者却在这一个个看似荒诞
神奇的故事中参照出了现实世界的真假美丑。寂然的《月黑风
高》系列小说则对小说的结构艺术进行了大胆地创新和试验，
他在三篇相互独立而又浑然一体的小说中多次运用了"后设"
的手法，通过小说类似于魔术的逻辑训练和模糊性的艺术效果
不断挑战读者的阅读极限，构建起了一个完全有别于传统小说
的叙述迷宫。更加难能可贵的是，寂然在这个充满着实验性的
先锋小说里所要揭示的，正是澳门社会所存在的暴力犯罪、青
少年教育危机等颇具现实感和批判性的社会问题。小说中反复
出现的变态杀人狂"阿达"，分不清现实与虚构的作家"舒
飞"和初入江湖的问题少年"阿力"就如同一部喧嚣混乱的
复调音乐，从一个侧面展现了澳门现代都市的光怪陆离，同
时，寂然对于犯罪心理的细腻描写和精确分析也具有很强的现
代主义色彩。

在当代澳门小说的传播中，澳门的传播者和内地的接受者
在审美信息的选择上也依然保留了对民族传统文化的坚守，这
种在现代化和后工业化语境里与现代文化背道而驰、刻意回归
传统的心态，也反映了澳门作家与内地读者同根同族、血脉相
连的文化联系，这对于传受双方来说都具有十分深厚的心理根
基。几千年儒释道文化相容相济所产生的士大夫文化传统，作
为一种审美心理，已经经过全民族的长期积淀而形成一种"集
体无意识"，融入了中华民族的文化血液中，潜移默化地影响
着每一个中国人。越是在西方文化对民族文化和传统文化造成
强裂冲击的时刻，就越是会在文化的内部涌现出维护本民族传
统特色的怀旧心理。一方面，还保留着浓浓传统文化特质的当

代澳门小说满足了在多元文化中进行选择的内地读者回归传统的心理诉求；而另一方面，追寻民族共同体，寻找文化认同与回归母体文化的渴望也是澳门小说传播者梦寐以求的夙愿。从地缘分布上看，澳门与内地一衣带水、血脉相连；从历史渊源来看，澳门自古以来就是中华民族不可分割的一部分；从文化习俗上看，澳门文化是岭南文化的分支，与内地尤其是闽粤地区具有共同的文化信仰和民风习俗。澳门小说与内地小说的关系正像陶里在《澳门小说概略》这篇文章里所概括的："澳门的小说是继承中国的小说发展起来的，它的根在中国，所以是中国小说的一部分。"① 因此，内地读者在阅读当代澳门小说时，无论是对于小说中生活场景的描述、还是人物内在心理以及小说的情节设置，他们几乎不需要克服任何的心理障碍和文化隔膜，甚至很容易便与澳门作家产生深层的情感共鸣。澳门小说家劲夫的短篇小说《为谁呐喊》为我们描绘了一幅令人过目不忘的画面："记不清有多少个深夜，他独个儿跑到村后那小山上，坐在那棵古老而高大的松树头下，听静夜里蟋蟀的叫鸣；抬头远眺，点点星光没有丝毫神采，月缺的苍老，更被重叠的浮云掩盖，无尽的苍穹，虽是深邃五音，周围却显得低沉和灰暗。"小说的语言古朴淡雅、凝练含蓄，深夜下的古树、虫鸣、星光、残月、浮云、苍穹构成一幅凝重的泼墨山水画，极力渲染出世事的苍凉萧瑟与主人公的苦闷无助，极具古典意蕴，又深得中国"乐而不淫，哀而不伤"的审美要义，让人产生一种恍然隔世的错觉，在主人公余立明的身上似乎看到了中

---

① 陶里：《澳门小说概略》，《澳门现代文学作品选》，中国友谊出版公司1998年版，第3页。

国几千年来文人仕子失意落寞的身影。除了儒、释、道这些中国传统的主流文化，在中国民间流传已久的各种神秘文化，诸如命理、相术、鬼神等文化符号也在当代澳门小说中有着精彩的呈现。在小说《安万达夫妇的遭遇》中，葡萄牙血统的妻子之所以愿意嫁给土生葡人安万达，就是希望丈夫能带她一起回澳门，满足她对于中国风水学和占卜术的好奇。来到澳门后葡萄牙女人不顾中国婆婆的多次警告，偷偷复印了《奇门遁甲秘注》和《堪舆术数志异》两本中国风水书，最终"所有的复印文字完全消失，变成两卷白纸！但两本书的封面完全没有损伤"，而她对这些神秘学问的打探也让这个家庭遭受了莫名的厄运。古老的中国风水文化在陶里的这篇小说里被描述得神秘莫测，充满了诡异的色彩。甚至在土生葡人江道莲的《仙姑》、《许愿》、《王梅的婚事》、《未实现的预言》等小说中也多次涉及了古老神秘的中国文化。

　　在当代中国这样一个多元文化并存的开放社会中，没有哪一种文学种类能够像通俗小说那样集市场与读者的万千宠爱于一身，而这样的一种阅读趋势也是全球化和多元化的文化语境对内地文学接受者心理投射所产生的必然影响。由于历史的原因，"通俗小说"在中国的文学地位一直具有不确定性，直到改革开放之后，才在重写文学史的潮流中获得了较为公正的评价："在内容上以传统心理机制为核心的，在形式上继承中国古代小说传统为模式的文人创作或经文人加工再创造的作品；在功能上侧重于趣味性、娱乐性、知识性和可读性，但也顾及'寓教于乐'的惩恶劝善效应；基于符合民族欣赏习惯的优势，形成了以广大市民层为主的读者群，是一种被他们视为精神消费品，也必然会反映他们的社会价值观的商品性文学。"① 依据这样的标准，绝大多数的当代澳门小说都是富有现代意味的通俗小说。爱情总是令人心驰神往，是文学亘古不变的主题，在两性关系的书写中承载着广泛而普遍的社会生活内容。当代澳门小说的题材大多取材于澳门的市民社会，尤以表现两性关系的婚恋题材最为普遍，既有《恋姐情愫》对唯美浪漫爱情的美好向往，也有表现爱情失落与伤感的小说《云和月》、《勿忘草》和《遗失的年代》；既有神秘诡异力量主宰爱情的《石卵之恋》，也有在平实生活中相亲相爱的《水仙花开的时节》。当代澳门小说大都故事情节曲折、人物形象生动传神、文本浅显易懂，具有极强的通俗性，这也十分符合大众文化语境下内地读者追求休闲娱乐和心理补偿的阅读心理。周桐那篇曾经轰动一时的长篇小说《错爱》之所以备受内地读者的欢迎，很大程度上是因为小说男主人公"李怀民"最终在妻子与情人的情感角逐中回归了家庭，小说的圆满结局符合社会伦理道德以及普通大众对于男女两性关系的认同，也引起了内地读者的广泛共鸣。正像澳门学者所言，周桐的小说总是能"在这一层俗套的铺垫底下，却有不俗的刻画人性主题"②。而鲁茂同样是通俗小说的高手，他几十年来在报纸副刊上连载的长篇小说也都是在最常见的市民生活情态和最通俗的故事情节中劝人向善，享受人生。在其名作《白狼》中，鲁茂用最通俗平实的文字将主人公白朗如何误入歧途又如何悔过自新的离奇身

---

① 范伯群：《中国近现代通俗作家评传丛书·总序》，《中国近现代通俗作家评传丛书》，南京出版社1994年版，第1—2页。

② 廖子馨：《论澳门现代女性文学》，澳门日报出版社1994年版，第93页。

世写得跌宕起伏、引人入胜。周桐和鲁茂都是澳门最著名的报刊连载小说家，他们深谙通俗小说在情节设置与布局构思的巧妙，擅长设置悬念和伏笔，有意掩藏一些重要的细节使得小说的故事情节一波三折，以此不断刺激读者寻求和追问故事谜底的探求欲。例如在小说《白狼》里，男主人白朗的混血身世就是作者一直在小说情节中刻意隐藏的信息，直到故事的尾声才予以揭晓。

小说艺术的生命力还取决于"期待视野与作品间的距离，熟识的先在审美经验与新作品接受所需求的'视野的变化'之间的距离"①。因此，在注重表现都市情感生活与生存体验的当代澳门通俗小说里，拥挤忙碌的都市生活、无限膨胀的个人私欲、漂泊无依的生存困境、浮躁多变的情感经历，这些澳门作家和内地读者在当代社会生存空间中共同感受的生活素材就成了吕平义、寂然、梁淑琪等一些更具现代意识和先锋实验精神的当代澳门小说家们反复书写的主题。在吕平义小说《失踪的猫》中，主人公混乱梦幻般移动的意识流里漂浮着各色各样我们在日常生活中习以为常的现代文明符号：超市里五花八门的食品包装、靠生产避孕套发财的面包商、电视正在上演的猫食狗食广告和机器大战的卡通片……这些都是内地文学阅读者在现实生活中真实感受到的意象和场景，而作者却借助于意识流、黑色幽默、后设等小说形式与表现手法的革新将这些熟悉的生活体验"陌生化"，营造出既来源于现实又被超现实魔幻化了的艺术境界，从而在文本叙述者与内地读者之间建立起一

---

① ［德］姚斯：《接受美学与接受理论：文学史作为向文学理论的挑战》，周宁、金元浦译，辽宁人民出版社 1987 年版，第 31 页。

种若即若离、游移不定的对话关系。当代澳门小说对于传统通俗小说所作的现代、后现代的改造使澳门通俗小说由传统走向多元，迎合了内地年轻读者群对当代澳门通俗小说在题材都市化以及风格多元化的期待。

第十二章

当代澳门小说在内地的
传播模式

模式研究是现代传播学的一个热点和难点，也是我们正确认识人类传播现象的一把金钥匙。作为"一种符号的结构和操作的规则"①，模式研究可以将现实世界中业已存在的结构或过程的相关要点联系起来，并运用一种理论化和简约化的表达方式予以再现。"九九"澳门回归祖国以后，随着澳门和内地交往的日益频繁，澳门小说在内地的传播与接受已成为两岸文化交流的重要组成部分。我们可以借助于传播学中的模式研究对当代澳门小说在内地的传播与接受这一文化传播现象加以关照，将其复杂的传播过程用模式的结构和规则抽象出来，并对其中的基本要素和重要信息用理论性的简化形式来描述，从而更好地反映出当代澳门小说在祖国内地的传播情况。

整体互动的传播模式在传播学中被称作"阳光模式"，它

---

① ［美］沃纳·赛佛林、小詹姆斯·坦卡德：《传播理论起源、方法与应用》，郭镇之等译，华夏出版社 2000 年版，第 44 页。

为传播研究寻找到了一个辩证分析的有效途径。因为在该模式中，整体被看作是"互动因素的聚合与归并"，互动被当作是"整体形态的链条与部件"，整体与互动的有机统一则被视为"人类传播活动全面而综合的呈现"①。运用整体互动的传播模式来研究当代澳门小说在内地的传播和接受，首先要将澳门小说在内地传播的总体现象与人际传播、大众传播和网络传播三个子系统相结合，考察澳门当代小说在内地传播过程中的核心要素、次级要素、边际因素和干扰因素等四大圈层因素共同构成的整体关系，关注当代澳门小说传播的内在结构及其与文学、文化、社会等外部世界的复杂联系。同时当代澳门小说在内地的传播还是一个多方互动的过程。这种互动，一是指当代澳门小说在澳门地区和内地之间的相互沟通、相互创造和相互分享；二是指在当代澳门小说传播过程中各传播要素之间的相互制约、相互作用和相互影响。

第一节　当代澳门小说在内地的传播因素

　　整体互动的传播模式将渗透于传播过程之中，并能对传播活动产生一定影响的经验系统、客观语境、价值动机等因素统称为传播活动的边际因素。对传播活动经验因素的分析主要是考察传、受两者之间是否存在大体相同的经验系统，这涉及对传受两大群体的符号编译、思想意识和经验体察等

---

　　① 邵培仁：《传播模式论》，《杭州大学学报》1996 年第 2 期，第 167 页。

内在隐性传播因素的考察。整体互动传播模式中的环境因素指的是制约传播活动完成的客观环境，包括对传播和接受双方特定的政治、经济和文化等具体传播语境的考察。而价值因素主要是考察传播活动中传播者的传播动机和价值目标。由此可见，整体互动的传播模式研究对于经验、环境、价值等边际因素的分析是结合了对传播活动本身与外在世界联系的考察和对传播者与接受者两大传播要素之间关系的考察，而这也正体现了该模式的整体观念。整体互动的传播模式除了要对促进传播活动顺利进行的经验因素、环境因素和价值因素等正面的边际因素进行分析，此外，还不能忽视影响传播活动进行的各种干扰因素。

澳门和内地一衣带水，同根同祖的文化传统和华夏一体的民族心理是当代澳门小说在内地传播和接受的经验因素。地处我国东南沿海的澳门自古以来就是中国的领土，历史上曾被称为"香山澳"、"濠镜澳"。早在新石器时期，中华先人即在此创造文明。秦朝时为南海郡番禺县所辖，从晋代起属东官郡，隋朝时属南海县，唐代属东莞县，南宋时划入香山县。元末明初，中国军民开始在岛上定居。澳门与香港、广州鼎足分立于珠江三角洲的外缘，与内地的珠海市只隔一条不足一公里宽的濠江水道。澳门现有常住人口近60万，其中97%为华人。在民间宗教中，澳门人常拜土地公、财神、鲁班、朱大仙、关帝、包公、女娲等神灵，尤其特别信仰妈祖。澳门文化属于岭南文化的分支——香山文化圈，与中国传统文化一脉相承，在对儒家文化的传承上甚至比港台地区还要完整和纯粹，这正如澳门学者庄文勇先生在《澳门文化透视》一书中所说："几百年来澳门华人的文化价值观都承袭了中国儒家的文化价值观。"① 在澳门小说中，几乎处处可见代表着中国文化特色的传统意象与民间习俗。《神州在望》里，祖母那双畸形的三寸金莲让人过目不忘，椰油灯下母亲教我识字的《四书五经》记忆犹新。而在陶里表现海外华人生活的小说集《春风误》中，白居易的《琵琶行》、郑板桥的字体、齐白石的字画依然被华人殷实之家视为精神至宝；孩子们在书院里读着"人之初"、"大地玄黄"的古训典籍；潮汕地区为男婴起名"苏虾仔"的风俗依然在华人社会中延续；过新年依旧拜神、放爆竹、吃年饭、走亲访友互拜新年……这些在当代澳门小说中反复出现的传统意象和文化习俗表现了澳门与内地，尤其是与珠三角地区文化同源、历史同根。澳门资深作家李鹏翥的看法尤其中肯："澳门文学根须是从我们伟大祖国的文学树干伸延出来的。"② 除此之外，当代澳门小说家在小说中所宣扬的家庭观、爱情观和道德观也深受中国传统儒家文化精神的影响。陶里小说《偶然》中四少年海边结义的纯真年华，《余琳玲》中深藏昔日恋情最终选择忠于家庭、承担责任的男女主人公，鲁茂小说《白狼》教育感化年轻人一心向善、精进自励的主题，都是中国传统文化精髓在当代澳门小说中的传承，很容易就能唤起内地接受者深刻而广泛的文化共鸣。尤为值得一提的是，在飞力奇、江道莲等具有中西混血身份的澳门土生小说家笔下，小说所塑造的女性形象往往带有相当浓厚的东方气质。飞力

---

① 庄文永：《澳门文化透视》，澳门五月诗社出版社1998年版，第65页。
② 李鹏翥：《澳门文学的过去、现在及将来》，《澳门文学论集》，人民文学出版社1994年版。

奇小说《大辫子的诱惑》中以德报怨孝敬外国公婆的阿莲、《疍家女阿张》中地位低下却处处为他人着想的阿张，以及江道莲小说集《长衫》中为数众多的华人女性形象，都深深体现出澳门小说对中国传统女性美好品德的想象。她们内敛含蓄、温良敦厚、孝敬长辈、勤俭持家，十分符合中国传统道德观念中贤妻良母的女性形象。文化是一个民族的根和魂，在经济全球化和文化趋同化的当今世界，澳门小说同样承担着传承中华民族传统文化、增强民族自信心、培育民族精神的重任。

　　"澳门回归"这一历史事件对两岸所产生的巨大社会舆论力量成为加速当代澳门小说在内地传播与接受的主要环境因素。澳门作为中华人民共和国的一个特别行政区，在回归之后依然保持原有的政治经济体制、意识形态和生活方式，但是澳门人的心态却发生了根本的变化：他们是炎黄子孙，他们重新回到了祖国母亲的怀抱，由此开始真正掌握自己的命运，管理自己的城市，创造属于澳门人的财富。伴随着改革开放后中国综合国力的增强和国际地位的提升，澳门以强大的祖国母亲为后盾，在政治、经济、文化各方面的建设上取得了长足的进步。自澳门回归之后，中央政府和特区政府一直十分注重发展澳门的精神文明建设，鼓励澳门小说的创作和发表，并且大力支持澳门与内地两岸文学界就小说创作的艺术规律展开各种官方和民间的文化交流及学术研讨活动。澳门特区政府专门设立了"澳门基金会"来支持本土文学社团的建立和文学刊物的发行，如1987年成立的"澳门笔会"和1992年成立的"写作协会"就汇聚了鲁茂、陶里、廖子馨、周毅如、周桐、林中英等小说家，澳门笔会、澳门写作协会的刊物《澳门笔汇》与

《澳门写作学刊》也成为内地读者阅读当代澳门小说、了解澳门小说发展动态的一个很好的平台。1991年、1996年先后在内地出版发行的《澳门小说选》和《澳门短篇小说选》也都是由澳门基金会资助的。与此同时，为了配合对澳门回归这一中华盛事的舆论宣传，中央政府的文化宣传、新闻出版等部门也加大了对澳门文化的传播，大量全面介绍澳门历史、文化和艺术的丛书在内地结集出版。1999年，辽宁教育出版社出版了由中国社会科学院文学研究所研究员杨匡汉和澳门日报总编辑李鹏翥联合主编的《澳门人文丛书》，其中有一本《水湄文语》是活跃于当今澳门文坛的陶里、李成俊、李鹏翥、云惟利、孙静、庄文永等一批老中青文学评论家对澳门文学，特别是对八十年代以后当代澳门文学的评论文集。1999年底，由澳门基金会、联合国教科文组织澳门中心和中国文联出版社联合推出的《澳门文学丛书》在北京出版发行，这套丛书分为小说卷、诗词卷、散文卷、评论卷、青年文学卷5个部分，近400万字。人民日报出版社在1999年11月中旬也正式出版了一套《澳门文学袖珍丛书》。中国友谊出版社1998年出版的《澳门现代文学作品选》是在澳门即将回归祖国之时对澳门的文学艺术所作的一次检阅和回顾，其中收录有陶里、林中英、梯亚、梁淑琪等众多代表澳门当代小说最高水准的作家作品。内地的文学期刊，如《当代文坛》、《华文文学》、《世界华文文学论坛》等在海外华文文学领域颇有影响力的学术刊物也专门开辟了澳门文学研究的专栏，引导文学批评界对澳门小说的关注。当代澳门小说作为澳门社会生活的一面镜子，其在内地的传播一方面加深了内地普通民众对澳门文化习俗和民生百态的了解，另一方面也满足了内地部分纯文学受众对澳门文学的审美需要。

　　研究当代澳门小说在内地的传播活动还要考虑到传播者的传播动机和价值目标。当代澳门小说在内地的传播者，既包括代表主流意识形态的官方传播者，又包括以两地小说家、艺术家为代表的民间传播者，二者操持着不同的话语形态，他们的传播动机当然也不尽相同。一方面，促进当代澳门小说在内地的传播是加强两岸文化交流，促进中华文明和谐发展的应有之义，因此无论是中央政府还是澳门特区政府的新闻与文化出版机构都十分重视澳门小说在内地的出版和发行，努力加大对澳门小说家及其作品的宣传力度，力图让内地读者看到更多更好的澳门小说，进而加深对澳门社会现状的了解。另一方面，20世纪80年代后澳门文学界自觉建立"澳门文学形象"的意识逐渐觉醒，并成为当代澳门小说创作以及向内地传播的重要动力机制，而内地小说家也希望通过与澳门小说家的对话和交流来探讨小说艺术手法和思想内容的创新，从而更好地表现内地社会生活的新变化。当代澳门小说在内地的传播还反映了澳门传播者和内地接受者在审美需求和价值目标上的一致性。"喜怒哀乐之未发"、"发而皆中节"的"中和美"是传统儒家社会理想和审美理想的体现，也是当代澳门小说传播者对澳门小说在审美取向上的把握。林中英的儿童小说从各个角度反映了澳门少年儿童的生活，表现了澳门欣欣向荣的生活景象和澳门儿童天真快乐、纯洁无瑕的心灵世界，充满了温情脉脉的美：《爱心树》里把妈妈为自己买圣诞节礼物的钱捐给爱心树、梦见自己变成圣诞老人背着一大袋礼物和孤儿院的孩子们一起过圣诞节的小主人公"雪美"，仿佛是一个充满爱心的人间天使，让人顿生向往；《岭东的葡萄酒》里偷偷在家里按照爷爷的讲述学着酿制葡萄酒的"岭东",《偷探蝙蝠洞》里四个背着家人，乘船前往离岛的山坳探险蝙蝠洞的小男孩，又展现了澳门少年活泼可爱、勇于求知的一面；中篇小说《青春快板》又以日记的形式反映了澳门初中学生校园内外丰富多彩的生活，生动展现了一群青春勃发、朝气蓬勃的少男少女形象。鲁茂和周桐的长篇小说则在都市小人物的悲欢离合中表现人性的真善美，《白狼》中几经沉浮，终于幡然悔悟、重新做人的主人公黄白朗，《错爱》中为爱而死的葡萄牙女人安琪，都实现了澳门小说家通过小说规劝人生、教化世风的文学理想。而在小说的表现形式上，当代澳门小说也是简单而朴素，不事雕琢，作家的美刺讽喻往往也是深藏于文字和形象之下，显得含蓄而适中。因此，当代澳门小说对澳门人世温情的展现，对澳门人性真善美的刻画以及小说字里行间跳跃的中和之美，显然能够迎合部分内地读者对温情世界的向往和对传统文学审美观的留恋。

任何传播活动都不可避免地会在传播过程中受到"噪音"的影响，当代澳门小说在内地的传播也受到了外在文化环境的干扰和澳门小说内在缺陷的制约。在 20 世纪信息经济的快车道上，人类被卷入盲目追求物质利益和经济效益的欲望狂潮里，渐渐忽视了对文学这片精神家自留地的维护。文学的边缘化和小说的失落已经成为威胁全世界文明和全人类进步的一大危机。当代中国的内地文坛也不能幸免，小说的阅读和鉴赏也出现了与大众审美视线渐行渐远的趋势。纯文学包括小说的创作、阅读和传播成为圈内自娱自乐的消遣和一小部分人在象牙塔内的独角戏。当代澳门小说在内地的这一文化传播活动不可避免会受到这一潜在传播危机的影响。同时，澳门小说自身发展的不足也影响了它在内地地区的传播。澳门小说在内地的影响力远不及港台小说，既没有掀起内地通俗小说曾经风靡一阵的武侠热和言情热，也没有出现一个能像金庸和琼瑶那样在内地家喻户晓的小说家。面对几乎同样不利的外部环境和可利用的传播渠道，自身发展的滞后是当代澳门小说在内地传播的最主要的阻碍因素。从整体上看，当代澳门小说在反映社会生活的广度和深度上不及港台文学，对其自身丰富的历史文化资源的开发不足，这些都造成了当代澳门小说在思想深度和艺术水平上的欠缺。

第二节　当代澳门小说在内地的传播系统

当代澳门小说在内地的传播是一个整体互动的模式，其下包括人际传播、大众传播和网络传播三个子系统。三个系统之间协同并行、互动互进，共同绘制当代澳门小说在内地传播的壮丽蓝图。

一　人际传播系统

人际传播是指两个或两个以上的人之间借助语言和非语言符号互通信息、交流思想情感的活动，是传者与受者之间信息互动的过程。人际传播有如下特点：多是口头的、面对面的直接传播；信息的交流性强，反馈直接、及时；传播的空间和规模小。澳门当代小说在内地的人际传播模式不仅仅局限于一对一的二人之间进行，还可以是一对多，多对多，在组织与个人，组织与组织之间进行。当代澳门小说在内地的传播从狭义上来讲，多还是指传播者与接受者之间利用口头的语言符号面对面地对澳门的当代小说进行直接的交流与传播。澳门小说家亲自来到内地对其小说集的出版发行进行宣传，小说家和内地学者与读者畅谈创作的种种感悟，接受内地媒体的采访。2005 年在浙江省举办的第三届"世界作家看浙江"活动中，澳门小说家廖子馨作为澳门作家的代表参加了此次文学采风活动并接受了记者的采访。20 世纪 90 年代以来，内地和澳门地区文学团体还在两地举办了多次文学创作经验交流会和学术研讨会。1999 年 11 月，江苏社会科学界联合会和澳门基金会在南京共同主办了首次全国性的"澳门文学研究会"，来自澳门的著名作家和海内外的众多学者参加了此次盛会。2000 年 12 月在澳门召开了由澳门笔会和澳门基金会主办的"千禧澳门文学研讨会"，内地的不少学者在研讨会发言，并谈到内地读者对当代澳门小说的理解与期待。2006 年 9 月，澳门笔会秘书长廖子馨等四位澳门小说家来到江西南昌，与南昌作家协会的作家们交流创作经验。而此前，南昌的作家们也曾组团去澳门进行文化交流活动。

现在已经有越来越多的内地高校开设了有关澳门文学的专业课程和通识课程，通过师生互动的课堂教学加深了年轻一代对澳门文学发展概况和当代澳门小说创作现状的了解。甚至在位于中国大西北的陇东学院（原甘肃省庆阳师专）的港台文学研究的课堂上都有专门的一讲来介绍当代澳门小说家和小说，将其作为中国当代文学必不可少的一部分来传授，拓展内地大学生的文化视野。这就更不用说和澳门地区同属岭南文化的珠三角地区的高校和科研院所对澳门文学及当代澳门小说研究的重视了。暨南大学对港澳台文学的研究有着得天独厚的优势，暨南大学学报一直是澳门文学及当代澳门小说研究的学术阵地，该校还成立了专门的澳门文学研究中心（隶属于暨南大学现代文学研究中心）；多次与澳门当地的高校和文化团体开展文化交流和学术研讨活动。最近的一次是在 2007 年的 1 月 9 日至 1 月 12 日，该中心与澳门科技大学基础教育部联合举办了一场"新移民文学与文化"的高层论坛，其中就有对澳门文学中新移民小说现象的探讨。

在澳门回归之后，内地游客赴澳门观光旅游更加方便快捷，已经有越来越多的内地同胞踏上了澳门这片神奇的土地。内地游客不仅在旅游期间亲身感受澳门的本土文化，还会在旅游结束后成为澳门文化的第二传播者，将自己在澳门观光旅游的见闻感受有意无意地传播给周围的人。一些爱书的人士甚至会在观光之余带上几本还未在内地发行的澳门书籍回去。内地游客通过旅游传播澳门文化的活动当然也包括对澳门文学，尤其是对当代澳门小说的传播。

当然，随着现代社会通信科技的发展，人际传播逐步打破地域的限制，传播者与接受者之间可以借助更多先进的传播媒介进行非语言的信息交流，如写信、打电话、发传真、互发手机短信、网络视频等。虽然这样的人际传播借助了超语言媒介，但从本质上说只是延伸了传播者的传播空间，并没有改变当代澳门小说人际传播的特性，因此依然可以表述为：传/受者——受/传者的模式。

二 大众传播系统

大众传播是文学传播最有效的形式。当代澳门小说也最大限度地利用了报纸、广播、电视、期刊、书籍、电影等大众媒介在祖国内地进行传播。在大众传播系统内，当代澳门小说的传播者早已不再仅仅只是由小说作者汇聚而成的松散团体，还包括更具专业组织特性的报社、出版社、广播电台和电视台等媒体机构。

　　作为大众媒体存在已久的出版社理所当然地对当代澳门小说在内地的传播中发挥了主力军的作用。一些澳门小说的选集相继在内地出版发行，《澳门小说选》、《澳门短篇小说选》、《澳门现代文学作品选》。长江文艺出版社在 2006 年初推出了一本《2005 年世界华语文学作品精选》，其中收有多篇澳门小说家的作品，如陶里的《蝶殇》、林中英的《情系敦煌》、梦子的微型小说《市长》、路羽《与商禽在梦莲湖》。2003 年 8 月，人民文学出版社出版了一本《中国当代微型小说精华》，其中澳门的作品与香港和台湾一样被单独列出。陶里的短篇小说集《春风误》在 1987 年 3 月由中国友谊出版公司出版，其中收入《偶然》、《当他们在一起的时候》、《余琳玲》等 11 篇短篇小说；他的另一部短篇小说集《百慕她的诱惑》1996 年由香港获益出版社出版。1992 年花城出版社出版了澳门作家周桐的长篇小说《错爱》。1999 年寂然的短篇小说集《月黑风高》由中国文联出版社在北京出版。

　　一些以当代澳门小说作为研究对象的学术成果在内地的公开发表也大大提高了澳门小说在内地的知名度。如四川省作协主办的《当代文坛》开设有《台港澳文学之窗》的专栏，鼓励学者将关注的眼光投向港台地区之外的澳门文学；《暨南大学学报》上也刊登过多篇对当代澳门小说的评论，类似的学术期刊还有《世界华文文学论坛》、《中西文化研究》等。1989 年创办的澳门纯文学刊物《澳门笔汇》在内地高校的部分图书馆中也有收藏，该刊物是由澳门文学团体澳门笔会主办的，可以让内地读者及时看到最新的澳门小说。还有大批以论著形式出现的学术成果在内地出版发行：暨南大学出版社在 1993 年出版了《日出东方永向前：香港澳门文学研究论集》；鹭江出版社 1998 年出版了福建社会科学院刘登翰教授的学术成果《澳门文学概观》；中国文联出版公司 1998 年出版了由内地学者杨匡汉和澳门日报主编李鹏翥共同策划的《澳门人文丛书》，其中《水湄文语》一书收集了陶里、李成俊、李鹏翥、云惟利、孙静、庄文永等活跃于澳门文坛的批评家对于澳门文学思潮、文学现象和文学创作的文评，这些澳门本土学者为内地读者了解当代澳门小说的创作概貌提供了弥足珍贵的资料；国内外第一部澳门文学史《澳门文学简史》也在 2007 年由香港文学出版社出版。

内地各大电视制作中心和电影制片厂对小说原著所进行的影视改编也促进了当代澳门小说在内地的普及和传播。澳门土生小说家飞力奇的小说就是当代澳门小说与电影联姻从而扩大小说原作魅力的最佳例子。1988 年飞力奇的长篇小说《爱情与小脚趾》被葡萄牙电影公司改编为电影，虽然这部影片在 1990 年上映时观众反映平平，但飞力奇和他这部小说还是因此而名气大增，1994 年花山文艺出版社将这部长篇小说在内地出版发行。他的另一部长篇小说《大辫子的诱惑》1995 年也由珠江电影制片厂摄制为同名电影，影片中贫穷美丽的澳门女和高贵血统的葡国男跨越血统和身份的阻碍，经历岁月考验后终成眷属的爱情故事深深感动了内地观众，并在 1996 年获得中国百花电影节的最佳合拍奖和第四届北京大学生电影节最佳女主角奖。这部由小说成功改编的电影让更多内地读者知道了以飞力奇为代表的澳门"土生作家"，也让有着鲜明中葡文化杂糅特色的当代澳门小说真正走进了内地读者的视线。2006年4月，澳门特区成立之后第一部与内地观众见面的澳门电影《豪情岁月》在中国电影资料馆首次公开上映，这部以20世纪40年代抗战时期澳门社会为背景的爱情文艺片演绎了一段刻骨铭心、荡气回肠的爱情故事，并向内地观众展示了别具一格的澳门风情和风云涤荡的激情岁月。该片同时还参展了第13届北京大学生电影节并获得一致好评。

由此可见，当代澳门小说在祖国内地的传播无论在内容还是形式上都已经发生了质的改变。首先，现代的大众传媒机构已经不仅仅只是传播的媒介，有时甚至可以替换小说作者而成为当代澳门小说在内地的第二传播者；其次，传播的内容也不再是作为单一的文学体裁，而是经过加工和改编过的集知识、信息和娱乐为一体的公开的、可供全社会大众共享的精神食粮。这也就是说，在当代澳门小说在祖国内地的大众传播系统中，任何社会成员，不分组织、性别、年龄、阶层和职业都有可能在信息的无意接受中成为了这一传播的受传者，而不仅仅只是澳门文学的爱好者和研究者。因此，当代澳门小说的大众传播与传统的人际传播相比，是典型的传播者主导传播过程、受众被动接收传播的单向传播，即使有反馈也大多是一种事后有限的局部反应。当代澳门小说依靠大众媒介实现了澳门小说家与内地接受者之间精神上的间接沟通，他们之间可以是不再有任何必然联系的陌生人，能够跨越时空，因而是一种一对多、点对面的传播模式。

三　网络传播系统

"虽然个人电脑的拥有量还远未达到扩散曲线的最高点，

但电脑互传实际上已经多多少少成为现代社会所有成员日常生活的一部分。"① 网络的出现无疑为当今世界的任何一种传播活动开拓了全新的局面，也使得网络传播模式超越了传统的人际传播和大众传播。因为无论是"传者—受者"的人际传播模式，还是"传者—大众媒介—受者"的大众传播模式，都是一种单向、径直、稳态的线性传播模式，而以计算机为主、多媒体技术为辅的网络传播则是一种交互、交叉、动态的非线性（超文本）模式。

当代澳门小说在内地的传播除了借助传统的人际传播模式和大众传播模式外，也充分利用互联网和万维技术形成了网络传播的新模式。作为当代澳门小说直接传播者的小说作者可以在任意时间、在网络上的任意一个 IP 地址上进行小说创作，一旦其小说在个性化的个人博客或者是专业性的文学网站上发表，其作品就能在第一时间里被世界上任何一个角落的拥有互联网的计算机用户所欣赏。这样的传播模式一方面呈现出了传者—网络—受者的模式，是典型的中介传播模式；另一方面，又将网络技术、多媒体技术和超文本技术融为一体，不但具有发布的功能，而且实现了传者与受者之间交替视听的一对一、一对多、多对多的交流和互动，因而又具有典型的人际传播特点：传者—受者。因此当代澳门小说在祖国内地的网络传播模式不同于单一的人际传播或是中介传播，而是在互联网技术和多媒体技术的支持下实现了人际传播和中介传播在传播方式上的整合和传播效果上的增值。

---

① ［美］德弗勒，鲍尔·洛基奇：《大众传播学诸论》，杜力平译，新华出版社 1990 年版，第 371 页。

在越来越依靠互联网维系的地球村里，人类社会的种种传播活动都逐渐由人际传播和大众传播向网络传播转型，当代澳门小说在内地的网络传播也是大势所趋。当代澳门小说在内地的传播如果只是将网络作为传播的媒介和平台，如将作家已经发表的作品用电子文本的形式存储于专门的文学网站上、写手在个人博客上连载小说和发布新作的信息、作家在网络论坛中与读者进行交流，这样的传播模式虽然是集人际传播和大众传播之所长，但还不能算严格意义上的网络传播模式，仍然只是一种有限解读的"快乐文本"，而远非充满开放性与互文性的"极乐文本"。真正意义上的网络传播模式应该是一种可读可写的"开放的文本"，通过链接让传播活动显现出超文本性，让传播的文本充满互文性，让接受者能够进行多种表意实践的可能，让传播者与接受者之间展开共时性的互动。显然，这样的网络传播模式在当代澳门小说在内地的传播活动中还没有占主导。

通过对当代澳门小说在内地传播模式的研究，我们可以总结出当代澳门小说在内地传播的四个特点：首先，从传播者来看，当代澳门小说的传播者具有身份上的多样性和地域上的广泛性，既有澳门本地土生土长的小说创作者，又有内地、澳门和侨居于世界各地的华文文学爱好者，既有个体的文化精英，又有专业的文学团体组织，还有知识层次和人生经历各异的普通民众。其次，从传播媒介上看，当代澳门小说在内地的传播表现出了人际传播、大众传播和网络传播多种方式并存、传统媒介和现代媒介相互交融的特点，而且这一传播始终得到了内地和澳门主流文化的认同。再次，从传播内容上看，澳门东西交融的多元文化、曲折独特的历史背景和丰富多彩的现实生活，都为当代澳门小说提供了丰厚的创作素材，使当代澳门小说拥有独特而丰富的文化内涵。最后，当代澳门小说在内地的传播表现出了整体性和互动性的特点，随着当代澳门小说在内地传播力度的加强，内地受众接受和反馈的升温，最终又会促进澳门小说自身的繁荣和在内地的进一步传播。但我们也看到，由于历史和文化的种种原因，当代澳门小说在内地的传播现状还远未达到两地传播者期望的目标，特别是与港台小说在内地的传播热相比，当代澳门小说则明显人气不足。这也说明当代澳门小说在内地的传播与接受还具有更加广阔的发展空间。因此，当代澳门小说在内地的传播应更加深入发展这种整体互动的传播模式，将两岸乃至整个世界华文文学圈内的各种传播因素和传播要素有机结合，最大化地利用人际传播、大众传播和网络传播三大传播系统的有效资源，充分发挥它们各自的潜在优势来共同促进当代澳门小说在内地传播的繁荣前景。

第十三章

受众对当代澳门小说在
内地传播的影响机制

在整体互动的传播模式中，受众既是传播对象，也是传播主体，既是传播语境最重要的组成部分，也是传播效果最直观的显示器，离开了受众，传播活动的最终效果无法体现，传播也因此失去了基本意义。受众也是推动当代澳门小说在内地顺利传播的最基本力量，是当代澳门小说在内地传播关系中"传播动力的主要推动者"①、"完美的合作者"② 和"平等的伙伴"③，是参与中国当代文化创造、建构社会意义的主体。正是因为如此，考察当代澳门小说在内地的传播与接受在任何时候也离不开对受众的关注。本章试图通过对当代内地受众的群体构成和心理需求的客观分析，来进一步把

---

① ［美］威尔伯·施拉姆：《大众传播事业的责任》，张国良主编《20世纪传播经典文本》，复旦大学出版社 2003 年版，第 304 页。

② ［美］E. M. 罗杰斯：《传播学史》，殷晓蓉译，上海译文出版社 2002 年版，第 208 页。

③ ［美］威尔伯·施拉姆、威廉波特：《传播学概论》，陈亮译，新华出版社 1984 年版，第 202 页。

握当代澳门小说在内地传播活动中传播与接受、艺术生产与艺术消费之间的互动关系，揭示出内地受众自身复杂的构成机制和隐蔽的心理机制对当代澳门小说在内地的传播所产生的持久而深刻的影响。

第一节　内地受众的构成机制

"当代内地受众"这个称谓本身就蕴含着丰富的内涵，"当代"从时间上界定了受众所处时代的当下性，"内地"则从空间上划定了受众的地理界限，而"受众"这个集合概念则直观地体现了大众传媒时代文学接受者的社会群体性。笼统地说，时间和空间上的一致性让处于同一种意识形态之下的内地受众形成了共同的价值观念、情感方式、文化习俗和语言习惯，他们在传播活动中表现出来的特点和作用也应该一样。但实际上，受众从来就不是单独孤立的存在，而是分属于不同的社会集团或群体，有着各自不同的社会背景。即使是处于完全一致的传播语境里，面对着完全相同的传播内容和传播媒介，有着不同群体背景的受众也会有完全不同的反应。传播学研究表明："受众的群体背景或社会背景是决定他们对事物的态度和行动的重要因素，这种影响有时甚至超过大众传播的影响。"[1]因此，我们有必要对内地受众的社会结构及其性质做更为细致的考察，以阐明受众的构成机制是如何对当代澳门小说在内地的传播产生影响的。

---

　　① 郭庆光：《传播学教程》，中国人民大学出版社 1999 年版，第 174 页。

当代澳门小说在内地的受众是一个内部构成十分复杂的社会群体，总体而言，具有分布广泛、人数众多、城乡以及地域差别悬殊、接受水平不平衡的特点。虽然内地受众对澳门小说文本信息的接触通常是个人行为，但其阅读活动还是不可避免地会受到他所在群体的归属关系、群体利益以及群体规范的制约。当代澳门小说受众的群体背景也可以从两个方面来划分：一个是人口统计学意义上的群体，一个是社会关系意义上的群体，也就是说可以根据受众表现出来的自然属性和社会属性对其进行进一步的划分。按性别来分，有男性受众和女性受众；按年龄来分，有老年受众、中青年受众和儿童受众；按职业来分，有工、农、商等不同职业的受众；按照文化程度的高低来分，有高级受众和普通受众，按照政治态度和宗教信仰来分，有不同政治态度的受众和不同宗教信仰的受众。个人的群体属性会对受众者本人的性格和心理特征产生十分显著的影响，从而最终使受众在信息的需求、媒介的使用和反应方式上有千差万别的表现。

一　受众的年龄构成

小说源于生活又高于生活，是作家对现实社会生活的提炼和变形，这就决定了作家艺术地反映社会生活的小说与真实的现实生活之间必然保持着一定的距离，但这并不妨碍读者在小说字里行间的游走中感受时光荏苒、岁月蹉跎的沧桑。而在现实生活中，处在不同人生阶段的受众会拥有彼此截然不同的生活体验和人生经历，这也意味着由于所处时代不同，再加之不同时代的文化背景、社会环境、社会条件所经历的变迁，就必然造成受众在价值信念、生活方式和立场观点上存在着诸多差

337

异。正像《小说月报》主编马津海所言："年龄层次的差距和个人喜好的变化，使读者欣赏口味不同。纯文学类作品要想适应所有的读者，实际上是很困难的。"① 因此，受众的年龄构成会直接影响到受众在当代澳门小说在内地的传播活动中所表现出来的审美差异以及对传播渠道、传播媒介乃至阅读方式的选择。

一个时代的主导阅读群体从年龄构成上看，应该是由年富力强的中青年人组成，这是由人类特定的生理机制和心理机制所决定的。据 2006 年公布的《中国六城市图书零售市场读者调查报告》② 显示：19—35 岁的中青年为中国的核心读者群，占总读者人数的 73.1％。青少年读者，精力充沛，求知欲强，对新事物往往较为敏感，接受能力和理解能力都处于人生的黄金时期；而且这个年龄阶段的读者又大多处于求学和事业的起步阶段，经历单纯，生活负担较轻，不会受到太多其他社会责任的牵连，倾注于阅读上的时间和精力也会相对集中，因此这个年龄阶段的读者往往是小说等文学作品最忠实的读者。与中青年读者相比，老年读者随着年岁的增长，身体的各项机能下降，对新事物的的关注度和敏感度也会大大降低，思想和眼界逐渐趋于保守，因此老年读者更适合反复品味经典，对于良莠不齐、纷繁庞杂的当代小说往往会力不从心。但与此同时，老

---

① 马津梅：《市场是出版的指针》，《中国青年报》2005 年 1 月 2 日。
② 该报告由全球唯一提供中文图书零售数据连续跟踪服务的"开卷书业信息服务机构"提供，基于全国有代表性的一千多家书店门市的零售检测数据，选取北京、上海、广州、成都等六座城市 14 岁以上的读者进行调查后，对 2005 年图书零售市场的基本状况作出全面的描述，并结合产业背景对中国图书零售市场的特点、趋势等作出分析和年报。

年读者大多有着丰富的社会经验和人生阅历，眼光更为深刻和犀利，更强调对社会道德感、责任感等传统价值观念的坚守，从而更加注重从小说的思想内涵和教育意义等道德层面来对小说进行评判和筛选，偏向于阅读那些具有教化警示作用和育人向上的作品。

　　针对内地不同年龄构成的读者群与当代澳门小说在祖国内地传播现状的影响，我们一方面可以结合当代澳门小说整体的艺术特质来说明小说与读者之间的关系，另一方面也可以对各个不同历史时期的内地青年读者的阅读趋向加以区分说明。从当代澳门小说创作的实际情况来看，内地各个年龄段的文学爱好者似乎都可以在当代澳门小说中找到适合自己审美趣味的作品。至今仍活跃在当代澳门文坛的鲁茂、陶里等老作家，他们的小说多带有浓厚的人文关怀，以写实的手法关注澳门本土的社会现状，小说惩恶扬善、劝人向善的教化宗旨都十分符合思想趋于成熟、性格趋于稳定的内地中老年读者；而寂然、沙蒙、梯亚等主张对小说进行文本试验和形式创新的澳门年轻小说家则更受内地青少年读者的欢迎。当代澳门小说是从20世纪80年代中后期才开始正式进入内地文学领域的。80年代内地的文学受众往往是身处于高校象牙塔中的青年教师和学生，他们力求摆脱上一代人在政治意识形态话语束缚之下读小说的阅读困境，一方面重新高举文学审美的旗帜，另一方面大张旗鼓地将西方当代文化思潮引进内地；20世纪90年代之后至今的文学受众则主要是伴随着改革开放成长起来的一代人，他们成长的环境更为自由，物质条件更为丰富，社会的文化氛围更为多元和开放，他们追求个性，张扬激情，叛逆极端，但也更善于接受新事物，擅长利用快捷的信息渠道来阅读小说。因此从这二十多年内地青年受众的审美倾向来看，内地青年受众对小说在审美层面上的创新性与时代感的要求是愈来愈强烈。

二 受众的性别构成

内地受众的性别构成也是考察受众构成机制对当代澳门小说在内地传播影响关系的一个重要标准。人类社会是由男女两性构成的，男女两性受众的性别比例以及两性在生理、情感和思维上存在的差异也会对文学的接受产生影响。

一般来说，男性偏于理性思维和逻辑思维，而女性偏于感性思维和形象思维，反映到文学阅读趣味上就是男性受众倾向于阅读历史、战争等严肃题材和反思意味浓厚的思想类小说，而女性受众则更偏爱反映婚恋、家庭生活题材的情感伦理类的通俗小说。男女两性受众在小说阅读倾向上的差异对当代澳门不同类型的小说在内地的传播产生了直接的影响。当代澳门小说中有相当一部分的小说是社会写实类小说，这些小说聚焦澳门社会的现实，揭示澳门社会的弊端，具有类似于严肃文学的警示作用和现实意义。这部分小说从思想倾向上就比较符合内地男性读者的阅读品位。澳门作家杨星显创作的长篇纪实小说《钱庄风云》就是一个很好的例子，该小说从反映当代澳门经济界商战现实的残酷入手，借以对当代澳门社会的方方面面予以全景式的展现。在内地男性受众的审美眼光中，这类走宏大叙事路线、深挖现实意义并具有鲜明时代感的长篇巨著都是能称得上是"有质感"的好书。因此该书1988年在内地首次出版后立即引起了强烈反响，并在1990年获得首届"中国大众文学奖"。1999年浙江文艺出版社推出的"澳门风云系列"，其中包括澳门作家萧显的《雪影寒门》、《兰心傲气》、《英雄本色》、《澳城逐鹿》、《怒海雄鹰》、《美女心魔》等六部中篇小说，小说用写实的手法展现了澳门赌城的江湖险恶与惊心动魄的帮派之争，集历史写实、江湖义气、英雄情怀、爱恨情仇等众多男性受众喜爱的小说元素于一身，一经出版立即畅销。

　　但从整体上看，当代澳门女性小说家在内地的知名度远胜于澳门男性作家，澳门言情类通俗小说在内地的销量也明显优于其他题材类型的小说，这与内地女性读者群的崛起有着直接关系。有调查显示：近年来内地女性受众人数呈逐年上升的趋势，中国城市男女阅读率总体比率已达到12∶13，女性读者的比例在2005年首次超过男性3.8个百分点①。显然，女性受众的崛起与中国社会的发展进步是一致的。随着中国社会现代性的提升和西方女性解放思潮在内地的蔓延，内地女性参与社会、享受教育的程度也逐年上升。社会角色的转变和社会地位的提升保证了内地女性在物质和精神上均获得了前所未有的独立和自由，女性在精神消费上的需求也愈加强烈。据北京开卷图书市场研究所2006年公布的《中国六城市图书零售市场读者调查报告》显示，内地有52.67%的女性认为阅读是自己生活中"不可缺少的一部分"，并有相当一部分的女性读者表示偏好于文学艺术类图书，超过三成的女性表示自己最喜欢"与女性有关的题材"。"受众即市场"，女性受众越来越成为小说等文学产品的主要消费群体，内地图书出版市场也随之出现了

────────

① 北京开卷图书市场研究所：《中国六城市图书零售市场读者调查报告》，《文汇报》2006年1月。

一股"女性小说"出版热，具有女性化审美倾向和情感特征的当代澳门小说也必然随之走俏。周桐、林中英、廖子馨、沙蒙、梁淑琪等都是内地受众较为熟悉的澳门女作家，她们的小说风格各异，题材多样，但却都十分擅长以爱情和婚姻为切入点来对两性关系予以关注。周桐的长篇小说《错爱》、《晚晴》，林中英的短篇小说《云和月》，梁荔玲的长篇小说《今夜没有雨》等都曾经在内地文学市场取得了不错的反响。当代澳门小说中这类以性别体验为关注视角的小说往往隐藏着女作家们鲜明的情感倾向和深刻的创作意图，她们对爱情、婚姻的描述也分别从男女两性的双维视角贴近了内地受众的阅读期待，一方面在对爱情的感性的歌咏上迎合了内地女性读者群的浪漫主义情怀和对理想爱情的守望，另一方面又从婚姻的理性的审视上符合了内地男性读者通过小说反观人生，参透现实的理性思考。

三　受众的地域构成

我们的祖国幅员辽阔、疆土广袤，地域之间的文化差异悬殊，生活在不同地区的受众不可避免地会受到本地风土习俗与文化习惯的浸染，以致影响到受众对小说的阅读品位和审美心理。澳门与我国广东省的珠海、中山一衣带水，隔海相望，从秦朝起就隶属于当时的南海郡番禺县所辖；从文化属性上看，澳门文化与我国东南沿海地区的文化习俗十分接近，又同属于岭南文化分支之一的香山文化圈。因此地处于我国广东、甚至是福建等沿海省份的读者在阅读澳门小说时，不仅会对小说中描绘的文化习俗和生活场景十分熟悉，而且对小说中出现的方言俚语也倍感亲切。与之相反，内地其他地区受众却由于地域文化的隔阂和一部分语言障碍，在阅读当代澳门小说时就会比南方读者有更多的心理不适，这种负面的阅读体验和受挫心理一旦在澳门小说的文本阅读中被反复积累，就会使受众心理演变为更加顽固的心理拒绝和排斥，这势必会对当代澳门小说在内地的广泛传播产生不利影响。

受众地域构成的差别，除了会影响受众阅读当代澳门小说时心理距离的亲疏远近，还会表现出由于受众群体特征所形成的一个地区在文化氛围上的差异，从而间接影响到当代澳门小说在本地的传播情况。上文提到的广东、福建等沿海省份虽然在文化传统上与澳门有着天然的亲缘性，但这些地区的文化教育水平却普遍比许多中国的内陆省份要低，文化氛围也淡薄得多。这与南方沿海地区长期以来以经商贸易为主、重财轻文的社会风气有关。因此，在被称作"南蛮"之地的南方省份，当代澳门小说作为一种文化消费品和艺术欣赏品的文化价值显然还没有被充分地利用和挖掘，当代澳门小说的传播也还没能取得最佳的传播效果。

四　受众的知识层次构成

受众的文化程度、知识层次决定了受众的文化涵养、文学素质和审美趣味，也会对受众接触、使用媒介以及获取信息的能力造成质的差别。

按照当代澳门小说内地受众的知识层次以及他们在传播内容和传播媒介前的表现，我们可以将这个特殊的受众群体共时性地划分为精英受众和普通受众两类。在内地高等院校、科研院所专门从事文学批评的专家学者以及在出版社、报社、杂志社、电视台工作的媒体人是当代澳门小说在内地传播的精英受众，他们文化层次较高，人文底蕴丰厚，从事教育、出版及传媒的职业又让他们拥有必然的社会优势，这个层次的受众代表着一个时代的文化品位和精神追求，引领着内地文学市场的阅读潮流。而来自大众阶层的普通受众则在数量和规模上占有绝对优势，是时代阅读和文化市场的主力军，但他们的阅读动机盲目而偶然，阅读时间零散而随意，阅读兴趣广泛而多样。由于存在着教育程度和社会地位的差距，精英受众和普通受众在面对当代澳门小说在内地的传播时依然存在着一个"把关"与"传输"，"再接受"与"被领导"的不平衡关系。"舆论领袖"和"信息灵通者"的地位让精英受众成为当代澳门小说在内地传播的二级传播者，而普通受众则成为当代澳门小说在内地的最终接受者。随着网络等新兴传播方式的加入，精英受众和普通受众两大接受群体之间存在的"知沟"会越来越大，但二者之间的制约关系也会继续发挥作用，即只有精英受众的审美标准得到了普通受众的认可和接纳，当代澳门小说才能在祖国内地实现真正意义上的社会传播。

然而，即便是同一知识层次的受众，他们在特定的时代语境中对当代澳门小说在内地的传播所发挥的作用也不能一概而论。20世纪80年代中期至90年代中期是当代澳门小说在内地传播的起步阶段，这一时期中国社会发展的重心转移，精英文化逐渐与曾经是主流文化的政治意识形态话语相分离，并一度发展成为内地文化的主导力量。内地的精英受众理所当然地成为精英文学最得力的接受者和传播者。遗憾的是，当时的精英受众把绝大部分的审美注意力投向了曾经被政治话语所遮蔽的西方文学及其启蒙之下的中国现代文学，充斥于整个中国文坛的是引入西方文艺思潮和重写中国文学史的现代激情。这样一来，与浩瀚庞大的世界文学和中国现代文学被中断几十年的大片空白相比，弹丸之地的澳门，几部新近出版的澳门小说集、作品选和几个陌生的澳门作家都显得那么单薄与微不足道，也势必无法吸引当时精英受众的眼球。

而在20世纪90年代之后，随着祖国内地市场经济的进一步深化，社会的商品化效应逐渐滋生消费文化，消费文化又催生了大众文学，精英受众的审美标准转眼间就被普通受众的消费意识所取代，通俗小说成为中国文学的新宠，普通受众的消费需求得到了文化市场的最大响应。当代澳门小说是对澳门当代社会生活的艺术反映，是澳门百味人生的浓缩，具有浓郁的市井气息和平民色调。从小说类型上来说，当代澳门小说既有平民百姓爱恨情仇的婚恋小说，也有江湖恩怨、血雨腥风的黑幕小说，还有尔虞我诈、硝烟弥漫的财经小说。虽然当代澳门小说本身汇聚了内地普通受众心仪的各种通俗文化的元素，但在通俗小说盛行的20世纪90年代，当代澳门小说在内地的传播还是遭遇了前所未有的挑战。一是中国当代通俗文学自身的丰富和发展所带来的竞争，处于成长繁荣之中的内地"新小说"和创造了一个又一个经典传奇的港台言情小说、武侠小说都已经吸引了内地相当数量的普通受众。另外，商业大片、流行歌曲、电视连续剧等大众文化形式又在更大程度上超越了内地受众在年龄、性别、地域和文化层次上的构成差别，分散了更多内地受众阅读、接受当代澳门小说的时间和精力。而这样一种趋势也只会随着信息社会人们对报纸、广播、电视、网络等大众传播媒介与日俱增的依赖而愈发增强，因此，关注当代澳门小说这样纯文学的内地受众势必会越来越少。

第二节　内地受众的心理机制

　　按照年龄性别、文化层次、地域环境等自然属性和社会属性的标准，当代澳门小说在内地的受众可以被划分为不同结构层次的社会群体。但无论从属于哪一个社会群体，受众首先是人，具有人的生理机制和心理机制，而传播活动只有作用于受众的心理机制，以心理为中介，传播的效果也才能最终体现。当代澳门小说在内地的传播也不可避免地会受到内地受众一系列特定心理机制的影响。这其中既有受众主动对当代澳门小说传播活动所作的选择性心理行为，包括受众在阅读当代澳门小说时文化心理的认同和需求心理的满足，又有受众对外在传播环境所作的遵从性心理调节，包括威信心理效应和从众心理效应。

一　认同心理

　　澳门是我国领土不可分割的一部分，澳门文化是华夏文化千年延续的分支，因此当代澳门小说在内地的传播从一开始就牵动了内地受众对澳门的民族情感与爱国热情。回顾澳门文学的发展历程，澳门文学始终与内地文学血脉相连。古代澳门文学原本就是中国古代文学尤其是岭南文学的分支，澳门新文学也是在"五四"文学运动的直接影响下兴起的，国内革命战争期间又不断有内地知名作家旅居澳门并用自己的文学创作来带动澳门文学的进步。到了新时期，内地文学的新思潮也有力地推进了当代澳门文学的蓬勃发展。当代澳门小说无论是从思想内容、艺术风格乃至语言特色都始终与中国文学传统一脉相承。澳门文学的根在中国，这已经成为了当代澳门作家的共识："澳门文学的根须是从我们伟大祖国树干延伸出来的"①，"华文文学里流淌的血总有中国人的血，有中国文学传统的血缘"②，"澳门文学同其他海外华文文学一样，其血缘来自中国，其精神、其手法植根于神州大地"③。当代澳门小说擅长逼真的社会写实和复杂的人情刻画，澳门作家坚持寓教于乐、针砭时弊的创作观念，都与中国传统小说重现实、重世俗的实用主义倾向一致；而澳门小说中正温和的行文风格与温情和谐的美学色彩更是对中国传统文化讲究"喜怒哀乐之未发"、"发而皆中节"之"中和"的审美理想的继承；在小说语言上，当代澳门小说所特有的中国古典诗性的韵律美以及规范纯正的汉语使用也让当代澳门小说保留了浓浓的中国味。

文化是心理的一个重要组成部分，正像人类学家布拉德·肖尔所说："最好把文化想象为一个庞大的、由各种不同的模式组成的集合体，或者是心理学家有时所称的图示。"④ 当代澳门小说根深蒂固的中国味道是中国本土文学之外任何一种外来文学所不具备的，这种与生俱来的文化亲缘性成为当代澳门小说在祖国内地传播的最大优势，不断刺激着内地受众在传播和

---

① 李鹏翥：《澳门文学的过去、现在和未来》，《濠江文谭》，澳门日报出版社 1994 年版，第 5 页。

② 同上书，第 11 页。

③ 陶里：《澳门文学概况》，《香港文学》1994 年第 4 期。

④ Brrad Shore：*Culture in Mind*：*Cognition*，*Culture and the Problem of Meaning*，New York：Oxford University Press1996，p. 44.

接受过程中产生认同和偏向的选择性心理。无论是小说的情节设置、场景描绘，还是在小说中人物的心理情绪、处事方式，内地读者都能在当代澳门小说中深深体会到澳门城和澳门人永远不变的中国心。老阿婆的三寸金莲、祠堂门前热闹的舞狮、家家户户迎春的爆竹是当代澳门小说中经常出现的文学意象，它们使当代澳门小说深深烙上了中国传统文化的印记，浸染了几代澳门人对祖国深情的思念与向往。当代澳门小说中甚至展现出了澳门人重家庭、讲孝道、守礼节等极具中国特色的情感与思维方式，这让内地受众固有的文化习惯和认知心理得以延续，并从中找到同根共祖的文化认同感和民族自豪感，连接起两地民众血浓于水的骨肉深情。

二　需求心理

受众的需求是传播的原动力，也是文本意义的起点，只有真正满足受众心理需求的文学作品才能真正被受众所接受。静观当代澳门小说在内地传播的历史进程，拥有不同生活背景和社会属性的受众群体势必会有各式各样的心理需求，但认知需求和娱乐需求依然是内地受众在接受当代澳门小说时最主要的两种心理需求。

四百年华洋杂居、中西共处的历史铸造了澳门兼容并包、独具特色的都市风情，东西方文化在此并存发展，传统与现代并行不悖。一部分内地读者选择阅读当代澳门小说正是出于对澳门这座南国岛城独特文化景观猎奇尝鲜的认知需求。小说是社会的一面镜子，以写实为主流、以本土关注为主要文化特征的当代澳门小说本身就具有极强的认知功能，并因此成为内地民众了解澳门最直观和最生动的文字资料，让内地读者足不出户即可在文学的世界里获得澳门印象。浓郁的地方特色和本土气息让当代澳门小说散发出浓浓的"澳味"，这既是澳门小说家林中英所说的"半岛生活在他们心中的投影"，也是最吸引内地读者阅读小说、认知澳门之处。"大三巴"、"妈祖庙"、"普及禅院"等澳门特有的历史文化景观是澳门小说中常见的场景；占卜、星相、风水等中国神秘文化以及极具中国特色的传统意象与做礼拜、洗礼等西方宗教习俗的并存让读者领略了澳门东西文化并置共存、相安无事的奇特景象。澳门被称为"东方的蒙地卡罗"，再斯的《生之梦》、刘心安的《心雾》和邝淡奇的《血的赌博》可以看作是澳门博彩业的写真，让内地读者亲眼目睹澳门赌城的侧面；而鲁茂的《护士日记》、余行心的小说《快活楼》和星显的《钱庄风云》等具有社会批判意识的"问题小说"则让读者正视澳门社会在灯红酒绿、车水马龙的繁华之下掩盖着黑恶势力猖獗、治安犯罪严重的黑暗现实。在澳门这个东西交融、华洋杂居的海岛城市里繁衍生息了几代澳门人，他们平凡人生中的悲欢离合、儿女情长是澳门小说家常用的创作素材；尴尬身份的中葡混血儿、偷渡而来的移民、里巷弄堂的小市民，这些集中代表澳门特性的边缘人群也成为当代澳门小说的主角。当代澳门小说对澳门社会风貌和人情事态的展现，让内地读者可以在澳门小说虚拟的文字空间里欣赏到南国岛城的澳门多元交融、独具特色的文化魅力，感受到历经沧桑的澳门人四百年风云历史的命运沉浮。在这纵横交错的时空中，当代澳门小说家力图为我们描绘出一幅澳门过去、现在和未来的历史画卷，展现出历代澳门人独特的情感方式和生活状态，当这种强烈的本土诉求和现实关注被浓缩于当代澳门小说之中，并作为一种信息符号向内地受众输出时，就已经远远超出文学本身的功能，而被赋予了特殊的认知价值与求知意义，满足了内地读者在认知层面上对澳门文化的渴求。

中国当代社会消费主义和大众文化的流行极大程度上改变了内地受众的阅读心理，紧张忙碌的社会生活使人们更愿意在工作之余选择一些能让自己彻底放松的消遣休闲类的文化产品。这种放松休闲娱乐的心理需求被西方学者描述为"快乐回报"①和"游戏理论"②，正如英国著名的文化社会学家豪泽尔所说："娱乐、放松、无目的玩耍是生活不可缺少的一部分，从心理学生理学上说来，是保持和焕发旺盛精力，刺激和加强活动能力所必需的……纯艺术纵然对许多人来说是纯粹的自我实现，但不一定是现实必需品。"③这样一种类似于弗洛伊德"唯乐原则"（pleasure principal）的心理需求反映在文学阅读上，必然是受众的文学趣味由审美转向了娱乐和消费，受众开始以一种文化消费、精神娱乐和文学休闲的角度参与文学活动。文学阅读也不再只是一种陶冶灵魂、认知世界、阐释人生和完成梦想的审美活动，而变成了"一种精神快餐，只需要提供一种吃的快感，一种立即消失的热能，而不需要提供促使身体发育、健康成长的维生素和蛋白质"。④受众休闲放松的心理需求势必让风花雪月的言情小说、传奇色彩的玄幻小说和快意人生的武侠小说等俗文学

---

① Schramm, W: "The nature of News", *Journalism Quarterly*, 26, 259 – 69.

② Stephenson, W: "The ludenic theory of News reading", *Journalism Quarterly*, 41, 367 – 74.

③ ［匈］阿诺德·豪泽尔：《艺术社会学》，居延安译，学林出版社1987年版，第583页。

④ 尹鸿：《世纪转型：当代中国的大众文化的时代》，《电影学术》1997年第1期。

成为内地文坛的新宠。

当代澳门小说擅长社会写实，浓郁的都市平民色调和典型的市民文化风俗让当代澳门小说本身就极具通俗性。再加之许多当代澳门小说最初都是以报刊连载的形式发表在澳门本地报纸的副刊之上，因此澳门本土作家对于通俗小说的创作技巧、写作套路，甚至是大众的阅读心理都有着十分丰富的经验。1990年在内地举办的"首届中国大众文学奖"的评选中，澳门作家杨星显的长篇小说《钱庄风云》成功获选，对澳门商界的经济生活及众生相给予了全景式的展现。在言情小说方面，20世纪80年代周桐的《错爱》、林中英的《云和月》，20世纪90年代凌棱的《有情天地》、徐敏的《镜海情怀》、吕伟雄的《中山风情》，新世纪虞暇的《青涩果》分别代表了三个不同时期当代澳门言情小说的成果。除了所谓的"财经小说"和"言情小说"，当代澳门小说在奇幻类和武侠类等新通俗文学方面也有出色的表现：澳门作家萧玉寒擅长用虚构玄幻的色彩来重构三国历史，推出了《诸葛亮师徒神算风水纪》、《三国异侠传》等别有情趣的历史传奇，其中《三国异侠传》充满了玄幻色彩，包括《天机隐侠》、《炫龙幻剑》、《侠影神魔》、《青龙之斗》等六部分传，精彩纷呈、引人入胜。但是当代澳门小说与港台小说有一个很大的区别就在于：当代澳门小说在追求娱乐性和通俗性之余，还更多地保留了中国文学的载道传统，小说家针砭时弊、劝人向善的创作意图十分明显。创作了大量婚恋题材并深受大众喜爱的澳门女作家周桐一直力求让自己的小说做到雅俗共赏，她说："希望我的小说能娱乐读者，倘读者在娱乐之余，能感受到作者一点挣扎向上的意念，便是我最大的欣慰。"① 周桐的这种雅俗合流的创作姿态在鲁茂、林中英、陶里等澳门作家的笔下都有所表现，他们的小说往往能从人性剖析和人间真情的主题上挖掘出较为深刻的社会意义，并对当代社会和世俗人生予以理性和寓言式的思考。澳门著名学者李鹏翥先生的一段话或许可以看出当代澳门小说界对小说创作与文学接受关系的思考："怎样争取读者在娱乐之中接受文学性强的作品，接受具有社会功能的作品，是许多敢于面对现实的作家所不能不考虑的问题。"与当代内地文坛一些一味媚俗的文学作品相比，当代澳门小说所表现出的这份社会良知和时代责任感显得弥足珍贵，但同时也对内地受众的鉴别能力、文化层次和审美趣味提出了更高的要求。

三　遵从性心理

在考察受众心理机制对当代澳门小说在内地传播所产生的影响时，除了要分析受众求知、认同、娱乐等心理需求的具体表现，还不应忽视传播活动中受众的某些群体心理特征所产生的心理效应，它们会进一步对传播过程产生影响。受众的心理效应对当代澳门小说在祖国内地传播活动所产生的影响主要表现在威信效应和从众效应上。

在当代澳门小说在内地的传播过程中，澳门小说的传播者在内地受众心目中的权威性和可信性一定程度上会影响到受众对当代澳门小说文本艺术价值的判定与评价。这种由传播过程的其他因素影响到信息本身的心理效应就是所谓的"威信效应"。传播学研究认为，受众心理上的威信效应与传播者密切

---

① 周桐：《我的小说创作历程》，《错爱代序》，花城出版社 1992 年版。

相关，传播者的可信度越高，其说服的效果就越大，对受众产生的威信效应就越大，反之则越小。当代澳门小说在内地的传播者是由代表主流文化的官方机构、代表精英文化的学术机构和代表大众文化的传媒机构三者组成。由于不同历史时期社会时代语境的变迁，以上三大传播者各自的决策力和影响力不一，他们在中国受众心目中的权威度和可信度自然高低不同，由此对内地受众所产生的心理效应也不一样。代表主流文化的官方传播者因为得益于政治意识形态的保证，在受众心中永远拥有最高的权威性，这在"九九"澳门回归前后当代澳门小说在内地的图书出版热中表现得尤为突出，但这种效应往往与社会主流文化运动相伴，缺乏应有的独立性和持续性，无法让当代澳门小说真正深入受众的内心。代表精英文化的学术机构，在精英受众心目中是文化价值和学术价值的最高标准，但能否得到普通受众在大众文化层面上的认可还需要在进一步的传播活动中证实。代表大众文化的传媒机构才是普通受众的方向标和代言人，当代澳门小说要在内地取得最广泛的传播就必须依靠大众传媒的力量来赢得普通受众的接受。应该指出的是，在当代内地社会多元化和大众化的文化语境里，受众不会完全依靠某一个传播者的威信作出心理效应，因此必须联合多个权威传播者的形象来增强当代澳门小说在内地受众心中的威信效应，从而促进小说文本的传播。澳门土生作家飞力奇的小说就是这样一个成功的范例。1994 年飞力奇的长篇小说《大辫子的诱惑》由澳门文化司署和花山文艺出版社联合在内地出版发行，这是内地和澳门官方力图在澳门回归之前扩大澳门文化在内地影响力的一个举措，随后 1995 年内地的珠江电影制片厂将《大辫子的诱惑》摄制为同名电影，并在 1996 年获得中国

353

百花电影节的最佳合拍奖。澳门地方政府最高文化机构的策划、内地较有影响力文学出版社的发行、电影艺术的改编与宣传、中国电影艺术最高奖项的授予，诸多权威传媒的参与和宣传无疑为《大辫子的诱惑》这部澳门小说在祖国内地获得更好的传播效果大增筹码。

随着当代文化信息资源的充实和获取信息途径的多元，内地文学受众在文学作品的阅读方式和阅读内容上都面临着更多的选择。此时，受众个体的从众心理就会在文学选择中发挥作用，出现传播学中所谓的"马太效应"，即越是畅销的书籍越是有更多的人去看，而越是关注少的文学作品就越有可能被打入冷宫。提起香港小说，大名鼎鼎的金庸和他的武侠小说让众多的内地读者如痴如醉、如数家珍；卫斯理的科幻小说、亦舒的言情小说、梁凤仪的财经小说多年来也一直畅销内地，各自拥有一定规模的忠实稳定的读者群。而台湾琼瑶的言情小说在内地更是到了妇孺皆知、如雷贯耳的程度，几十年来一版再版，搬上荧屏后更是万人空巷。与同是华文小说并且在思想内涵和艺术水准方面不相上下的港台小说相比，当代澳门小说在内地的受欢迎程度就显得逊色太多。这就与当代内地受众的从众心理有关。社会心理学有一种"沉默的螺旋"理论，该理论认为个人在表明自己的观点时，通常会先对周围的意见环境进行观察，当发现自己属于"多数"或"优势"意见时，他们便倾向于积极大胆地表明自己的观点；反之则屈于环境压力而转向"沉默"。在当代澳门小说在祖国内地的传播过程中，有不少内地接受者正是在这种"沉默的螺旋"心理影响之下，趋同于在舆论中占优势的意见，对知名度与流行度都不及港台小说的当代澳门小说视而不见或关注较少，从而遗憾地错过了当

354

代澳门小说这番奇特的风景。只有个体受众在不断的阅读实践中逐步提高自己的鉴赏水平和接受能力，才能从根本上改善当代内地受众对当代澳门小说的接受水平，增强优势意见的科学性，减小从众心理对当代澳门小说在内地传播产生的不利影响。

结　语

当代台港澳小说在内地
传播与接受的效果

　　一般认为，文学传播的效果主要关涉文学文本与受众之间的关系，考察文学的传播效果主要就是考察受众对文学信息的接受以及受众对信息在心理、情感和行为等层面的反馈。而在我们看来，文学的传播效果则是一个与文学文本、传播媒介、受众都有联系的相当复杂的系统工程。作为影响当代台港澳小说在内地传播效果的重要因素，文学文本、传播媒介、受众在内地的当代台港澳小说的传播与接受过程中形成的是一种互动互利的关系，它们不仅共同扭结成一股合力促进了当代台港澳小说资源和信息在内地传播时间和空间中的流变和重组，而且作为重要的制约性力量进入了内地文学的内部，推动了内地作家身份、媒介功能、受众接受心理的变化，从而构成了动态的当代台港澳小说在内地传播与接受的效果史。

第一节　作家身份的变革

1949 年至改革开放之初，内地作家都是作为无产阶级国家干部而服务于官方的。此时，由于整个国家的政治资源与文化资源全部被官方所垄断，因而，一个作家的成功和名声，往往与他的作品在多大的程度上体现了官方的意志相联系。在这样一种社会结构中，官方不仅将作家纳入中国文学艺术界联合会和中国作家协会这样的组织机构之中，而且通过这样的组织机构贯彻政治观念与文学观念。作家的身份既然被体制化和政治化，那么，作家就不能不按照官方的意志进行文学创作，而任何背离了官方意志的作家则势必会在背离组织之时弄得身败名裂。这种作家身份的体制化在整体上提升了作家的社会地位的同时，也使作家成为官方利益的代言人与政治制度的依附者，极大地影响了作家自我意识的发挥。

随着当代台港澳小说在内地传播的深化和市场经济大潮的涌动，内地作家的生存状态与身份发生了根本性的变化。事实上，内地文学的市场化既源于国家政治经济体制转型的需要，也与在内地传播的市场化的当代台港澳文学的刺激与推动有关。当狂疾迅猛的高度市场化的当代台港澳文学伴随着汹涌的市场经济浪潮涌入内地时，它冲击的就不仅仅是作家借以存在的文化、政治、经济三者相互衔接、相互补充的"超稳定"社会结构，而且推动了作家身份由体制化、政治化向娱乐化、商业化的变革。

首先，是作家身份的娱乐化和明星化。在市场经济社会中，由于名声就是一种智力资本，因而，推广并提升这种智力资本，成为许多当代台港澳作家获取社会地位与经济利益的重要手段。香港作家梁凤仪认为，"写作数量本身也是宣传"，"宣传就是搭擂台，要标新立异，宣传是可以接受的游戏规则"。"不介意批评我的人"，"说好说坏都是宣传，我都欢迎"。① 金庸则强调："我认为娱乐性很重要，能够让人家看了开心、高兴，我觉得并不是一件坏事。小说离开了娱乐性就不好看了，没有味道，我认为这是一种创作的失败……不重视读者的感受，不重视故事，老是要从小说的内容里寻找思想，寻找意义，这就变成'文以载道'了，这不是文学。"② "金庸热"、"梁凤仪热"、"琼瑶热"的浪潮之所以能从台港澳波及海外华人地区再冲击到内地，一个很重要的原因，就在于金庸、琼瑶、梁凤仪等台港澳作家善于包装自己和推销自己。他们通过各种传播途径与方法，或利用报纸、书籍、广播、电视、电影、话剧、游戏软件、网络等媒介扩大自己作品的曝光率，或借助各种书展、新闻发布会、作品研讨会等提升自己的知名度。

金庸、琼瑶、梁凤仪等当代台港澳小说作家在支持名誉的市场机制下建构的这种娱乐化、明星化身份和自我价值认同，在冲击着内地作家身份的集体认同感时，也给内地作家以深刻的启示。他们逐渐发现，在市场经济社会中，名声既然已经成为了可以创造经济利益的宝贵资源，那么，作家要想拥有丰厚的资源，他就不能不最大限度地扩大自己的知名度。于是，从

---

① 转引自马相武《梁凤仪小说与大众文化》，《中国人民大学学报》1995 年第 1 期。

② 张英：《学问不够是我的一大缺陷》，《南方周末》2002 年 7 月 31 日 21 版。

政治身份束缚中挣脱出来的内地作家，为了赢取更多公众的关注度，开始急不可耐地从书斋走向媒体，走向公众，以精心包装的形象频频在视听和平面等媒体亮相。像卫慧、周洁茹、陈薇、九丹、春树、韩寒、郭敬明等就特别突出了外在形象的可看性，"美女作家"或"美男作家"成为了他们的主要卖点。卫慧等"美女作家"们往往在展示她们作品中都市丽人身体美的同时也推出作者本人充满诱惑迷人的玉照，它在挑起大众的窥探欲时，也促成了她们作品的畅销与名气的提升。郭敬明等男青春偶像作家或在博客上展览自己的半裸照片，或在公众面前大秀自己外表和衣着的"酷"。于是，文学场变成了演艺圈，读者阅读小说在很大的程度上是因为"美女作家"或"美男作家"外表的赏心悦目。而偶像派作家为了获取更大的知名度和经济利益，则不断地制造新的看点来诱惑读者。采访演讲，博客传播，挑起论争，制造新闻，这些偶像派作家始终将自己置于舆论的风风雨雨之中。而舆论的风雨不仅没有对他们构成实质性的伤害，而且常常被他们打造成为了炫人耳目的独特而诱人的景观。于是，他们的身价伴随着每一次商业炒作不断升值，在社会上引起的消费欲望则越来越强。

其次，是作家身份的世俗化。如果说，作家的政治身份要求作家必须"铁肩担道义，妙手著文章"，作家追求的是"立德立功立言"，那么，市场经济的大潮则对这种作家的政治身份与诉求构成了前所未有的强大冲击。在市场经济社会中，大众的政治激情和社会关怀热情大为减弱，实用主义等观念则迅猛抬头并日趋发展成为社会的主导意识。甚嚣尘上的市场经济大潮裹挟着实用主义观念在冲击着作家"铁肩担道义，妙手著文章"的政治空间的同时，也毫不留情地推动着作家身份向世俗化、商业化的方向发展。而金庸、梁凤仪等当代台港澳作家的小说之所以能在内地流行，就在于他们的小说迎合了市场经济大潮和占据这种大潮中主导意识的实用主义观念。金庸说："我自己认为，工人、农民、下级兵士真正喜欢看的还是我们这种完全中国化的，比较通俗的小说，而不是很高深的，很深刻的现实主义的新闻与作品。"① 梁凤仪则说："我把作品当作商品，当作达到目的的工具，这是我的定位"，"推广工作是很商业化的活动"，"我就是拿我在商业上成功的推广模式来推广文学"，"目的是面向一般群众"，"写'粗糙的故事'是面向大众"。② 可以说，正是市场经济社会中生成的实用主义观念，在影响了作家身份诉求变化的同时，也促使金庸、梁凤仪、琼瑶等当代台港澳通俗小说在内地大行其道，并推动内地世俗化文学形成了一波又一波的流行浪潮。许多内地作家正是在市场经济大潮与当代台港澳文学的合力推动下，其身份与文学创作也急速向"世俗化"转型。事实上，当王朔等大陆作家的单位人身份色彩减弱而经济人身份日趋强化时，对王朔、阿城等来说，社会代言人的身份角色也就不能不让位于写作者的世俗身份，写作也就随着身份的专业原则的降低而成为众多手艺中的一种，作家身份也就成为了一种谋生的手段。王朔强调指出："大众文化中大众是至高无上的，他们的喜好就是衡量一部作品成败的惟一尺度"，"这就是大众文化的游戏规则和职业道德！一旦决定了参加进来，你就要放弃自己的个性，艺术理

① 欧阳国仁：《听金庸大师军艺"论剑"》，《解放军艺术学院学报》2007年第3期。

② 转引自马相武《梁凤仪小说与大众文化》，《中国人民大学学报》1995年第1期。

想，甚至创作风格。大众文化最大的敌人就是作者自己的个性，除非这种个性恰巧正为大众所需要"，"如今作家把自己穷死，那真不叫本事。弄出个好东西，当然应该卖个好价"。[①]
阿城在《棋王·小传》中就坦承："大家怎么活着，我也怎么活着。有一点不同的是，我写些字，找到能铅印出来的地方，换一些钱来贴补家用。但这像一个出外打零工的木匠一样，也是手艺人。因此，我与大家一样，没有什么不同。"正是缘于这种对作家世俗化身份的认同，王朔等人不再相信空洞的乌托邦理想，也失去了以天下为己任的精英意识，他们自觉地将自己看成大众的一员，将大众的日常生活视为生活的本真形态。池莉就坦率地说道："自从封建社会消亡之后，中国便不再有贵族。贵族是必须有两方面条件的：物质的和精神的。光是精神的或光是物质的都不是真正的贵族。所以'印家厚'是小市民，知识分子'庄建非'也是小市民，我也是小市民。"[②] 当池莉等作家将自己的身份与小市民的身份等同之时，它标志着的是内地作家与大众之间达成了"五四"以来从未有过的一种相互理解、相互欣赏的亲善关系。这种亲善关系决定了作家不能不以大众的趣味为趣味，以大众的追求为追求。大众喜欢什么，他们就写什么。大众喜欢休闲、实用的生活，他们就写休闲实用的生活；大众追求物质享受与性爱满足，他们就在小说中极力张扬物欲与性欲。像王朔的《玩的就是心跳》、《过把瘾》、《顽主》，刘震云的《一地鸡毛》，池莉的《热也好冷也好活着就好》、《有了快感你就喊》，何顿的《生活无罪》、《我

---

① 王朔：《无知者无畏》，春风文艺出版社 2000 年版，第 1、5 页。

② 池莉：《池莉文集·真实的日子》，江苏文艺出版社 1995 年版，第 223 页。

们像野兽》，贾平凹的《废都》，朱文的《我爱美元》等都无
一例外地表现了大众最世俗化的欲望——性爱和物质欲望。从
某种程度上说，王朔等人小说的巨大魅力正是来自于他们对大
众这种文化心理的洞察与体认。而他们的小说对这种文化心理
的表现则在使接受者获得了最愉快的精神满足时也促成了小说
在最为广大的群众中的流传。于是，作者在把握了文学作品流
通规律的同时，也大大提高了自己的名声，并获取了丰厚的经
济利益。

第二节　媒体功能的改变

传播媒介是文学信息、意义得以呈现的场所。一方面，作
家的作品必须借助传播媒介实现审美价值和社会价值，另一方
面，受众也只有通过媒介才能了解和把握作者的思想倾向和审
美意图。从某种程度上说，文学的传播机制正是一种由文学生
产者经由传播媒介发送、接受、反馈文学信息的动态的、系统
化的过程。然而，在内地的计划经济时期，人们更为注重的是
文学的生产，而对传播媒介具备的流通功能与由此引发的消费
功能认识不足，这在很大的程度上制约了作家艺术潜力的发挥
和作品的流通、消费。

与这一时期的内地不同，台港澳由于受西方国家的影响，
市场经济迅速发展。市场化社会，文学产品利润的最大化往往
不是由产品的质量决定而是由传播媒介对产品的运作和对受众
资源的控制来实现的，传播媒介超越文学产品本身成为决定文
学产品利润的关键因素，当代台港澳小说的生产、流通、消费

的各个环节，都无一例外地受到传播媒介的干预，传播媒介在当代台港澳小说产品的文化价值实现中占据了愈来愈重要的位置。从某种程度上说，正是传媒的发展和作用，生成了当代台港澳以文化产业为特征、以大众消费为目的大众化文学的丰富性形态。

金庸、琼瑶、古龙、梁凤仪、李碧华等作品的流行，就在于这些作家深谙传播媒介的这种重要性和运作功能，尽可能地利用了印刷媒介、电子媒介、网络媒介等多种媒介，使他们的作品获得了令人惊羡的轰动效应。金庸小说"以不同版本的书籍、屡拍屡新的影视作品、形形色色的漫画和卡通、变化万千的电子游戏等形式以及通过最新的网络，涌流于华语世界的文化市场"。① "脑筋转得快的电影商，目标锁定琼瑶，成就长达数十年，超越美国密契尔女士的《乱世佳人》。由琼瑶小说改编的电影，几乎集广大读者群而成为票房保证，几十年下来由别人买小说版权来拍，到后来琼瑶自组电影公司拍片，部部卖座之外，另有情节以外的特色。"② "在不长的时间内，梁凤仪小说写作出版发行在经济和社会两个效益上都很显著"，那是因为，她"高自觉和普遍地运用强大的大众传播媒介。广播、电视和报刊等大众媒介的传导，让尽可能多读者知道梁凤仪和她的小说，参与作品阅读或文化消费"。③

① 吴晓黎：《90 年代文化中的金庸——对金庸小说经典化与流行的考察》，戴锦华：《书写文化英雄——世纪之交的文化研究》，江苏人民出版社 2000 年版，第 86 页。
② 郭宁：《影视圈的常胜将军琼瑶》，《当代电视》1994 年第 9 期。
③ 马相武：《梁凤仪小说与大众文化》，《中国人民大学学报》1995 年第 1 期。

　　大众传媒在造就了金庸、琼瑶、梁凤仪等人小说的流行时，也给大陆媒介人以深刻的启示。他们发现，在市场经济社会，文学的社会价值更多的决定于媒介的形式而不是它传播的内容。大众传媒不仅可以为文学的传播提供更为迅捷的手段与方式，而且已经作为一种不可抵挡的重要力量进入文学内部，以市场化的理念和标准直接影响着文学的生产、流通与消费。由此，当代台港澳小说在内地的传播一方面促成了内地媒介人对媒介功能新的认识，另一方面，它也逐渐强化着内地媒介人和媒介机构的消费意识和权威意识。随着时间的推移，传播媒介在内地的市场经济社会中扮演了越来越为重要的角色，它们以无孔不入的渗透和介入方式对文学生产、流通和消费发生着重要的制约作用。

　　首先，是对文学命名权的强化。在传统社会，文学生产者一般拥有文学的命名权与解释权，传播媒介往往扮演的只是作者与读者之间联系人和传递者的角色。然而，在市场经济社会，文学产品以最大程度地获取利润为目的，文学产品的质量在高额的利润面前已显得不再重要。随着这种文学产品生产的主要目的的变化，文学的命名权也发生了重大的移位，大众传媒与机构代替文学生产者成为了文学的主要命名人，它开始支配文学的生产、流通、消费领域。大众媒介对文学的一种命名原则与策略是，突出文学产品的新颖性与独特性。于是，市场经济社会中文学的传播过程就成为了传媒不断在受众兴奋点和文学新颖性之间寻找契合点的过程。在市场经济社会，身体在获得了解放的同时也日趋成为了大众最好的被消费品，女性的身体更是成为了万众瞩目的兴奋点。为了满足大众的这种欲望，1998年7月，《作家》极为隆重地推出了"七十年代出生的女作家小说专号"。该专号推出的卫慧、棉棉、周洁茹、朱文颖、金仁顺、魏微7位女作家的作品与她们的"清秀、亮丽"的"明星照"相映成趣，在这里，美女作家的美的"身体"代替了她们的作品成为最大的卖点与刺激点，媒介在突显了女性写作中的"女性身体"的可看性时，也极大地满足了受众的窥视欲望。与此相似，"新世纪"文学的命名也与这种消费主义的语境中大众的求新心理密切相关。当时代的车轮轰隆隆地驶入21世纪的轨道时，大众对21世纪的文学充满着期待。为了更加突出21世纪文学的独特性，并使自己的文学命名起到先声夺人的效果，《文艺争鸣》杂志在2005年第2期隆重推出"关于新世纪文学"专栏。随后，2005年6月，《文艺争鸣》杂志社又与中国当代文学研究会、沈阳师范大学联合举办了"新世纪文学五年与文学新世纪研讨会"，进一步诱发了受众对"新世纪文学"这一命名的兴趣。此后，《文艺争鸣》一直坚持每期围绕"新世纪文学"这个新的文学命名展开讨论，这些讨论涉及新世纪文学命名的内涵、特质、发展趋向以及理论意义，而新世纪文学则在媒体操纵的这种命名与讨论中迅速在社会上流传开来。

　　大众媒介对文学的另一种命名原则与策略是，将文学命名与目标受众联系起来，使目标受众对命名发生强烈的认同意识。"80后文学"就是网络、《萌芽》杂志与美国《时代》周刊合力命名的产物。首先是网络为韩寒、春树、郭敬明等80后作家提供了一个宣泄、倾诉欲望的公共空间。他们中的许多人的作品都是先被各大网站隆重推出后才受到了出版商青睐的。其次是《萌芽》杂志。《萌芽》杂志策划的"新概念作文大赛"的得奖人囊括了韩寒、郭敬明、张悦然、周嘉宁、蒋峰等一大批80后代表作家，由于获奖，他们声名大增。此后就是《时代》周刊。该周刊在 2004 年 2 月 2 日将春树的照片登载在了封面上，并将春树与韩寒称为中国 80 后文学的代表。从 80 后文学的命名过程可以看出，这一命名是以广大中学生为特定受众群的，正因为它满足了广大中学生的叛逆心理与成长的渴望，这一命名在中学生中广受欢迎。

其次，是对文学事件、新闻事件的制造。在文学已经市场化的时代，大众传媒的市场对文学同样有着巨大的诱惑力，受众的注意力资源已被大众传媒视为商业价值可观的用之不竭的资源。于是，传媒总是利用市场运作方式和传播优势制造文学事件、新闻事件，将某些文学活动加以放大和强化，炒作成市场卖点和社会热点问题，以此影响和操纵受众的文学消费。在大众传媒的推波助澜下，一本书的出版，一个作家的推出，都成为了吸引眼球的或热闹或流行的文学事件和新闻事件。1992 年，贾平凹写出了《废都》，书还未出版，精明的出版商就开始利用大众传媒发布各种爆炸性信息，以此吸引受众的关注。先是一些媒介爆出这是一部当代《金瓶梅》、当代《红楼梦》的特大新闻，接着，十多家报刊又将该书的稿酬炒作为 100 万元。《废都》出版后，海内外各种媒体更是围绕着《废都》的"性"大炒特炒，在大众媒介的诱惑和刺激下，受众对《废都》的兴趣被激发出来，许多人就是循着大众传媒的重点指引的"性"的方向走向《废都》的。性爱成为《废都》吸引眼球的热闹景观或者流行时尚，而《废都》真正的文学意义则被媒介与受众集体遗忘了。1996 年，韩少功的《马桥词典》发表于《小说界》杂志 1996 年第 2 期，后由作家出版社出版单行本。旋即，《为您服务报》策划了对《马桥词典》的批评活动，该报在 1996 年 12 月 5 日第 9 版的《文艺沙龙》上同时推出了王干的《看韩少功做广告》和张颐武的《精神的匮乏》两篇文章，对韩少功及小说提出了批评。此后，《文汇报》、《书刊文摘导报》纷纷推出文章，将张颐武的"模仿说"置换成了"抄袭"，于是，引发了轰动一时的"马桥事件"。在"马桥事件"中，真正的主角已不再是《马桥词典》而是从幕后跃到了前台的媒介，"马桥事件"的意义也主要与文学关系不大而主要来源于论争本身，模仿与创造、模仿与过滤等一些可以在"马桥事件"中深入探讨的问题并没有获得展开，真正受益的是制造舆论并提升了自己知名度的《为您服务报》等媒介。

应该说，消费主义时代媒体的宣传对于文学传播是有利的，问题是，媒体宣传往往并不能体现文学自身的发展逻辑和文学本身的价值，而总是遵循大众欲望的变化逻辑对文学进行扩大或突显。"木子美事件"就是媒介使用包装方式对女作家笔下的身体进行色情化放大的结果。2003年6月，木子美的性爱日记在博客在线（www. blogcn. com）网站上推出，由于木子美较之卫慧、棉棉等对身体与女性性体验的表现更为细腻和直白，"木子美现象"旋即成为各大网站和报刊杂志的炒作对象。在各种媒介的喧闹声中，木子美的《遗情书》点击率与阅读率直线上升，而一些媒介的批判和攻击不仅没有打压作家的人气反而扩大了作品及其作者的知名度。于是，各种媒介就在以行为艺术的方式制造了这出身体表演事件时，也以木子美的身体和隐私谋取了自身最大的利益。

市场经济社会已改变了中国文学的生存环境与生存方式，大陆文化人理应以开放的视野和积极的姿态对传媒在社会文化生活中的主导地位加以理性而又辩证的认识。一方面，我们要看到传媒所遵循的消费逻辑强化了文学的商品属性而淡化了文学的思想价值，突出了文学的娱乐特性而削弱了文学的审美特性的一面。另一方面，我们也要认识到，无论传媒是以文学命名者的形象出现，还是以文学事件制造者的身份出现，它对传统的文学传播而言都是一种革命性的力量。它在很大的程度上将文学传播从政治权力主宰的格局中解放出来，促成了以自由表达欲望为特征的大众文化的丰富性。

第三节　受众心理的改变

一个不可否认的事实是，金钱与性是人类活动中不可或缺的两个方面。人之所以为人并不仅仅因为人有性欲，还在于人有金钱欲。性欲与金钱欲是人类最强烈的基本欲望之一，它们都是人类想得到某种东西或达到某种目的的希求或企盼的一种心理需求，是驱动着人对自然、社会进行着永不消歇的征服活动的生命本源力量。因而，文学对人性的挖掘，在很大程度上是不能离开对人的性欲和金钱欲等欲望的深度揭示的。然而，长期以来，中国当代文学在表现人的生活时，却恰恰将这两种人的基本的欲求拒斥在文学表现内容之外，"那时唯一具有合法性的文学是政治化的严肃文学，而满足大众消遣娱乐需要的通俗文学则不具有合法性，几乎等同于'黄色小说'；特别是在'文革'时期，以武侠和爱情题材为代表的通俗小说因被贴上'封、资、修'文学的标签而遭到彻底封杀"。[①]"改革开放

① 杨春时：《金庸、琼瑶小说的传播与大陆通俗文学的兴起》，《吉首大学学报》2002 年第 3 期。

之初，大陆文学依然以精英文学的形式出现，奏响的依然是沉重和紧张的主旋律。（如对文革伤痕的反思实际仍是与政治意识形态直接、紧密的契合）但人们的审美需求和阅读欲望是多层次的，其中，对文学艺术所持有的消遣娱乐心理期待，更不容忽视。同时，随着'解放思想'的呼声和经济改革的步伐，人们的观念正悄然发生变化，因受商业社会的影响，对文学作品的欣赏趣味必然更重娱乐消遣性。显然，读者的接受心理根本不是当时大陆文坛所关注的主题。港台这些小说正是以娱乐性标示自我而顺利进入大陆市场的。因此，这些文本涌入大陆时，人们发现了一个熟悉而陌生的世界……如金庸的武侠小说，以曲折离奇的情节、幽默活泼的语言、离经叛道的人物，让读者进入一个远离现实政治、解脱心灵重压的武侠天地；琼瑶的言情小说，则直露激情和爱，制造了一个爱情唯上的世外桃源"。[①] 可以说，金庸、琼瑶等台港澳作家的小说契合了20世纪90年代以来祖国大陆人性变化的一种新的动向，正因如此，"在20世纪80年代，金庸、琼瑶小说风靡大陆，出版量几乎无法统计，更有远远超过正版数量的盗版书销行。从大书店到小书摊，没有金庸和琼瑶小说是不可思议的。同样，没看过金庸和琼瑶小说的青年人恐怕也是不多的。可以肯定，金庸和琼瑶小说在大陆拥有最广大的读者，远非其他作家的作品所能比肩。由小说改编的电视剧的火爆，也助长了金庸热和琼瑶热。金庸热和琼瑶热经久不衰，一直持续到20世纪90年代，至今还余热未消。这种现象是中国现代文学史上罕

---

① 颜敏：《大陆对台港与海外华文文学的接受心理——以上世纪80年代和90年代为例》，《汕头大学学报》2005年第1期。

见的"。① 这种热潮即使在新世纪也仍未衰减。据"第四次
（2006）全国国民阅读与购买倾向抽样调查"最终结果显示：
在读者最喜爱的十位作家中，金庸与琼瑶占据了前四位的两
席，金庸甚至超越鲁迅、巴金位列第一。②

"金庸、琼瑶小说的流行和通俗文学的兴起，极大地改变
了人们的文学观念，提高了通俗文学的地位"。"通俗文学与大
众文化的兴起，不仅改变了文化与文学的格局，也改变了人的
精神生活。当代中国的青年一代不是在《钢铁是怎样炼成的》
和《青春之歌》的熏陶下成长起来的，而是在以金庸、琼瑶小
说为代表的通俗文学的影响下长大的。当代青年人的心理、人
格和世界观在很大程度上受到了通俗文学的影响"。③ 这种影
响主要表现为，由追求精神到追求物质，由追求理想到追求肉
欲满足。

在计划经济体制中，国家政治制度与社会是二位一体、没
有分离的，一个人，一旦被政治体制所抵制和排斥，他的精神
就将被放逐到无边的荒漠，他的灵魂就将无处安家。随着市场
经济的蓬勃发展，国家和社会开始出现分离，一个市场经济社
会的空间开始形成，这种市场经济社会空间作为一种以追求现
实利益为核心的相对自律的空间，对中国大众的心理形成了巨
大冲击，大众的阅读心理发生了根本性的变化。市场经济时代

---

① 杨春时：《金庸、琼瑶小说的传播与大陆通俗文学的兴起》，《吉首大学学
报》2002 年第 3 期。

② 晓：《发现最新阅读倾向 揭示读者心中最爱——"第四次全国国民阅读
与购买倾向抽样调查"最终调查成果公布》，《出版发行研究》2006 年第 9 期。

③ 杨春时：《金庸、琼瑶小说的传播与大陆通俗文学的兴起》，《吉首大学学
报》2002 年第 3 期。

的物质就像计划经济年代的精神那样成为了大众信奉的神话，人们不再相信一些鼓吹精神至上的小说及作者，而是对描述与表现人的物欲的小说情痴意迷。这种追求金钱等物欲满足的阅读心理一浪高过一浪地冲击着祖国大陆的作家，推动着祖国大陆小说由追求精神朝追求物质方向的深入发展。

在何顿、邱华栋、朱文等新生代作家的小说中，金钱欲作为人类最强烈的基本欲望之一，在以赢利为目标的市场经济社会中，不断为市场经济所刺激和调动，从而形成一种强大的驱动作用。发财致富，成为这些新生代作家小说中人物的共同心理和追求。在朱文《我爱美元》中，主人公"我""渴望金钱，血管里都是金币滚动的声音"。这种对金钱的渴望，使他觉得："尊敬这玩艺太不实惠了。我们都要向钱学习。"在何顿的《无所谓》中，不仅罗平、王志强等"对知识不感兴趣"，"在一起谈论的是赚钱"，"赚钱"才是他们的"正事"，就是一直在追求理想，企图在追求理想中"找到自身的价值"的李建国，在现实环境的逼迫下，最后也不得不为金钱而奔波、劳碌。在这里，人的精神追求被一种实利主义所取代，实利主义将人的一切需要都简化成对"金钱""实惠"的需要。这种价值判断显然根源于一种"金钱意识"。这种"金钱意识"作为何顿、邱华栋、朱文等作家小说中人物的一种人格准则，成为判定人物是否成功的先决性条件。也就是说，愈成功的人就愈有钱，而没有钱的人的人生则注定是失败的人生。这种以"金钱意识"来衡量人的价值准则，无疑强化了何顿、邱华栋等作家小说中人物急于摆脱贫困的焦灼心理。既然成功与金钱紧紧地联系在一起，那么，在市场经济社会里，经济上贫困而精神上优越的人就不可能完全赢得人们的钦羡。朱文的《我爱美元》中，主人公"我"认为："与金钱的腐蚀相比，贫穷是更为可怕的。"在这种以金钱为中心的市场经济社会里，没钱的人，不仅会像何顿《弟弟你好》中的"弟弟"那样，"因是穷教师被同学忘记在一旁"，而且也会像邱华栋《生活之恶》中的尚西林那样，由于"不仅没有钱，也没有权力、荣誉感和其他任何让他能感到骄傲的东西"，惧怕失去相爱了四年的女友眉宁。为了摆脱这种对贫困的恐惧的焦虑，使自我进入成功者的行列，"弟弟"、尚西林等将获取和占有金钱视为自己的奋斗目标，不择手段地加入到市场经济社会的利益竞争与搏斗中。

在这种利益的竞争与搏斗中，"弟弟"、尚西林等的行为是以"利己主义"为价值取向的。于是，金钱的诱惑和个人利己主义相纠缠，形成一种超社会、支配人们命运的神秘力量，随着"弟弟"、尚西林等求金者求金行为的不断深入和展开，求金者们的心理就会呈现出一种递进性的形式。"弟弟"等求金者获得的财富愈多，他们的求金心理就更加膨胀。这时金钱对求金者表现为一种强迫力量，它驱使着"弟弟"等求金者不断向敛财聚财的下一个目标奋斗。这种聚财敛财心理膨胀速度之迅猛，有时甚至是求金者本人都始料未及的。邱华栋的《哭泣游戏》中的黄红梅，当初从偏僻的山区来到繁华的京城时，她的目标是"想挣一点钱，回到四川家乡去养猪、种花"，一旦她经营餐饮业挣到很多钱后，她又觉得"对我来讲，我是赚了很多钱，但这还不够。"她的金钱欲像滚雪球一样越来越大，在经营餐饮业的同时，又经营娱乐业和房地产业。何顿的《太阳很好》中的宁洁丽，从医院辞职来到龙百万的百叶窗厂，是因为龙百万的百叶窗厂的工资比她原来工作的医院的工资高出一倍多，然而，随着与龙百万的关系不断加深，她"暗暗有那种把龙百万占为己有的想法"。而将龙百万占为己有的心理根源，则在于对龙百万百万钱财的觊觎。对这种求金行为的递进性，仅仅用"贪婪"去揭示黄红梅、宁洁丽等求金者的心理根源是难以全面和深刻的。事实上，在贪婪的外在形式后面，黄红梅等人这种求金行为的递进性往往潜藏着求金者对安全感的渴求和梦想。黄红梅等求金行为的驱动力来源于他们对贫困的恐惧，而对贫困的恐惧又是与人们对安全的渴求相联系的。当黄红梅等在贫困时，他们的目标是为自己赚取足够维持基本生存的钱财，以获取一种安全的感觉。然而，一旦进入激烈竞争的市场经济社会，黄红梅、尚西林等求金者要想获到安全感，就必须压倒对手。于是，要达到安全感所需的钱财就这样逐渐增加，而金钱作为一种等价物，又具有一种不能满足人的特点，这样，寻找安全—寻找金钱—寻找安全就形成了一种周期性循环过程。这种寻找金钱的周期性循环过程虽然并没有给黄红梅、尚西林等求金者带来实际意义上的安全感，然而，求金者在周期性求金过程中不断出没的市场经济社会空间，却提供了一种相对于计划经济体制中远不具备的个人自由发展的可能性。

　　饱暖思淫欲。市场经济在给人们提供了物欲满足的发展空间之时，也使得大众追求休闲、娱乐的心理日趋强烈。应和着大众休闲、娱乐心理崛起的节拍，计划经济时代那种理想的乌托邦式的文学日益被一种追求休闲、娱乐的文学所代替。在政治与私人空间不再合二为一之时，身体突破了传统理性规则的藩篱绽放出了它光彩夺目的美丽，属于个人的身体再次成为个人享受性和存在性的证明，人们醉醉于对展示肉欲满足的小说中不愿抬头。

如果说，改革开放之初张贤亮的《男人的一半是女人》、莫言的《红高粱》、刘恒的《伏羲伏羲》、王安忆的"三恋"和《岗上的世纪》中的性还有较强的神秘色彩，那么，20 世纪 90 年代初贾平凹的《废都》、陈忠实的《白鹿原》、莫言的《丰乳肥臀》、洪峰的《苦界》等就随着骤然升温的消费性阅读开始了对性与身体的自然性叙述。

在贾平凹等人的小说中，生命的自然性意味着的是一种对传统理性规范束缚进行冲撞、突破的本能力量。唐宛儿、田小娥等人的生命不仅是一个会跳动的躯体，而且也是一股强劲的、永不停歇的潜能。在中国这样一个推崇"存天理，灭人欲"的国度里，"人欲"一直被视为丑恶的东西，遭到外在礼教权威和内在的理性权威的多重压抑。因而，贾平凹等人的小说中对性本能的表现，其意旨就在于解放肉体的同时使生命获得自由和解放，并寻回那失落已久的人的自然、童真的本性。

此后，林白的《一个人的战争》、陈染的《私人生活》、徐小斌的《双鱼星座》等一些女性作家的作品拉开了女性躯体写作的序幕。既然在消费社会里身体已成为受众注意力的焦点，那么，陈染、林白等女作家就顺应着受众这种心理将叙事焦点确立于女性的身体。在他们的笔下，长期以来被传统文化遮蔽的女性身体的饥渴、压抑和伸张、快乐等获得了前所未有的坦诚、真实和充满血性的暴露。这种暴露，既是对中国几千年来道德规范对女性身体的束缚和压抑的反叛，也显示了女作家希图通过驾驭自己的身体来实现精神与肉体的双重自救的愿望。它促进了女性的感觉结构向自然、真实与完整的结构状态的回归，扩大和丰富了人的生命内涵，极大地满足了当代人生命冲动和感性体验的内在要求。

　　至20世纪末，女性作家的身体写作呈现愈演愈烈的趋势。身体的解放和对性欲满足的追求与获取，已成为卫慧的《床上的月亮》、《上海宝贝》、棉棉的《九个目标的欲望》、《一个矫揉造作的晚上》、周洁茹的《我们干点什么》等作品中的重要母题，一种快乐原则也成为他们小说的主要审美原则。在他们的小说中，性欲，既是推动人们追逐金钱和财富的驱动力，也是推动人们进行消费和享受的动力。随着性欲望的不断满足，人们的消费心理和行为也在不断膨胀和延伸。这种不断膨胀和延伸的消费心理，在极大地唤起人们的享乐感的同时，也将消费和享乐的生活方式等被传统理想原则支配下的文学所拒斥的东西转化为文学中全新的审美内容。于是，在这个以消费和享乐为荣的世界里，女性的身体写作已不再是女性的自救方式而成为了纯粹的身体狂欢式放纵，性欲与身体满足代替和遮掩了文学的其他功能成为主要甚至唯一的功能。而卫慧们则已成为世俗欲望的形象代言人。可以说，当代中国文学从来没有作品像卫慧等人的小说这样无所顾忌、无所羁绊地袒露出赤裸裸的女性身体，中国作家也从来没人像卫慧等人一样完全依据一种娱乐和享乐主义原则将身体的物质性打造得如此蛊惑人心。

　　在经过20世纪80年代末、90年代初向台港澳小说的欲望表现的模仿和借鉴的过渡阶段以后，20世纪90年代中期以后的祖国内地文学中的欲望写作的浪潮也一浪高过一浪，并逐渐占据了内地文学市场的主导权。至此，作为一种文学时尚的消费形式，台港澳风格的小说已经由一种文化品位而日趋广泛地对内地读者的生活态度和审美趣味发生着影响。

　　综上所述，随着时间的推移，当代台港澳文学对内地文学的影响已日趋广泛和深入，内地从作家身份到传播媒介功能再到受众的接受心理都发生了巨大的转向与变化。这种变化是追求利润最大化的市场机制迫使作为文化产业之一的内地文学所做出的功利性选择的结果，它导致了内地文学与台港澳文学在现代文学史中形成的既定格局的倾斜。如果说，在中国现代文学史上，台港澳文学主要是在内地文学的影响下发生的，那么，在中国当代文学史上，台港澳文学对内地文学的影响和干预就大大超越了内地文学对台港澳文学的影响和干预。总体看来，在当代台港澳文学影响和推动下走向市场化的内地作家的创作更为自由，读者的消费性、娱乐性欲望也日趋扩张。当然，我们也必须看到，作为中华文学大系统中的子系统的台港澳文学与内地文学构成的是一种相互发现、相互补充的关系。当代台港澳小说的生产观念、流通方式和丰富的娱乐性理应为内地的文学借鉴、学习，但这种借鉴学习必须融入内地文学自我的主体意识，一旦内地文学丧失了自我的主体意识，那么，内地文学就会永远笼罩在台港澳文学的阴影中。事实上，获得与失去从来都是相伴而生的，市场经济社会和当代台港澳小说在带给我们全新的价值观和审美观时，也带来了许多不完整的生命形式。不能不看到，金钱欲与肉欲只能保证人的低层次的基本需要，而不能满足人的更高层次的需要。对金钱欲和肉欲满足的片面追求和强调，造成的恶果是片面发展的"单面人"，这种"单面人"作为金钱与肉欲的奴隶，显示了人自身的异化和人与社会的异化。我们认为，个体生命的自由并不仅仅在于它的肉体性或物质性的满足，而在于它是一种以肉体、金钱（欲望世界）为基础以心灵（精神世界）为归宿的复合化的快感享受。个体生命只有在既拥抱欲望世界，同时也拥抱精神世界时，他才能沿着自爱的途径进入一个广阔的博爱之境，并获

得最高的肯定和最大的满足，由此，他才能成为一个完整意义
上的现代人。因此，我们既要警惕借批判拜金主义而否认金钱
欲与肉欲满足的合理功能与重要性，对金钱欲、肉欲以及当代
台港澳小说采取抵制和鄙视的态度的思想倾向，又要警惕借口
批判中国传统"重义轻利""灭人欲"等观念，从而在"更新
观念"的幌子下宣扬金钱、身体至上的思想倾向；既重视文学
的精神价值，又要重视文学的功利价值，坚持功利价值与精神
价值并重的原则。由此，我们才能在人类生存的最大时空范围
内，获得人的全面自由和发展，进而达到人与自然、人与社
会、人与自身的和谐。

参考文献

（一）著作类

［匈］阿诺德·豪译尔：《艺术社会学》，居延安译编，学林出版社 1987 年版。

［美］赫伯特·阿特休尔：《权力的媒介》，黄煜、裘志康译，华夏出版社 1989 年版。

［法］罗贝尔·埃斯卡尔皮：《文学社会学》，符锦勇译，译文出版社 1988 年版。

安兴本：《冲突的台湾》，华文出版社 2001 年版。

［苏］米·巴赫金：《小说理论》，白春仁、晓河译，河北教育出版社 1998 年版。

Brrad Shore：Culture in Mind，Cognition，Culture and the Problem of Meaning，New York：Oxford University Press 1996.

包恒新：《台湾现代文学简述》，上海社会科学院出版社 1988 年版。

［美］本尼迪克特·安德森：《想象的共同体》，上海人民文学出版社 2005 年版。

［法］让·波德里亚：《消费社会》，刘成富、全志钢译，南京大学出版社 2000 年版。

蔡益怀：《想象香港的方法：香港小说（1945—2000）论集》，中国社会科学出版社2005年版。

曹惠民：《多元共生的现代中华文化》，中国华侨出版社1997年版。

曹聚仁：《采访新记》，香港创垦出版社1956年版。

陈东林：《琼瑶批判》序言，时代文艺出版社2000年版。

陈连顺：《中国现代文学的回顾》，纵横出版社1978年版。

陈墨：《刀光剑影蒙太奇——中国武侠电影论》，中国电影出版社1996年版。

陈墨：《海外新武侠小说论》，云南人民出版社1994年版。

陈墨：《金庸小说之迷》，百花洲文艺出版社1992年版。

陈墨：《新武侠二十家》，文化艺术出版社1992年版。

陈墨：《中国武侠电影史》，中国电影出版社2005年版。

陈平原：《千古文人侠客梦》，人民文学出版社1992年版。

陈硕：《经典制造——金庸研究的文化政治》，广西师范大学出版社2004年版。

［日］池上嘉彦：《符号学入门》，张晓云译，国际文化出版公司1985年版。

［美］戴维·波普诺：《社会学》，李强译，中国人民大学出版社1999年版。

［英］丹尼斯·麦奎尔：《受众分析》，刘燕南译，中国人民大学出版社2006年版。

邓骏捷编著：《濠海丛刊——澳门华文文学研究资料目录初编》，澳门基金会1996年版。

丁帆：《中国大陆与台湾乡土小说比较论》，南京大学出版社2001年版。

东瑞:《我看香港文学》,获益出版事业有限公司 1995年版。

段京萧:《传播学基础理论》,新华出版社 2003 年版。

［德］恩斯特·卡西尔:《人论》,甘阳译,西苑出版社 2003 年版。

［美］E. M. 罗杰斯:《传播学史》,殷晓蓉译,译文出版社 2002 年版。

樊洛平:《当代台湾女性小说史论》,河南人民出版社 2005 年版。

范伯群、朱栋霖主编:《1898—1949 中外文学比较史》,江苏教育出版社 1995 年版。

飞力奇:《爱情与小脚趾》,花山文艺出版社 1994 年版。

费孝通主编:《社会学概论》,天津人民出版社 1984 年版。

福建人民出版社编:《台湾香港文学论文选》,福建人民出版社 1983 年版。

福建人民出版社编辑:《香港小说选》,福建人民出版社 1980 年版。

古继堂:《台湾小说发展史》,春风文艺出版社,辽宁教育出版社 1989 年版。

郭庆光:《传播学教程》,中国人民大学出版社 1999 年版。

何慧:《香港当代小说概述》,广东经济出版社 1996 年版。

何欣:《当代台湾作家论》,东大图书公司 1983 年版。

［美］赫伯特·马尔库塞:《单向度的人》,刘继译,译文出版社 1989 年版。

胡申生、李远行、章友德等:《传播社会学导论》,上海大学出版社 2002 年版。

扈海鹏：《解读大众文化——在社会学的视野中》，上海人民出版社 2003 年版。

黄会林主编：《当代中国大众文化研究》，北京师范大学出版社 1998 年版。

黄维樑：《香港文学初探》，香港华汉文化出版公司 1985 年版。

黄重添等：《台湾新文学概观》上册，鹭江出版社 1986 年版。

寂然：《月黑风高》，中国文联出版社 1999 年版。

江少川：《台港澳文学论稿》，北京大学出版社 1995 年版。

金宏达主编：《20 世纪台港及海外华人文学经典》，花山文艺出版社 1994 年版。

金庸：《碧血剑》，三联书店 1999 年版。

金庸：《鹿鼎记》，三联书店 1999 年版。

金庸：《射雕英雄传》，三联书店 1999 年版。

金庸：《书剑恩仇录》，三联书店 1999 年版。

金庸：《天龙八部》，三联书店 1999 年版。

金庸：《倚天屠龙记》，三联书店 1999 年版。

孔庆东：《金庸评传》，郑州大学出版社 2005 年版。

乐黛云等：《比较文学新编》，北京大学出版社 1998 年版。

黎湘萍：《台湾的忧郁——论陈映真的写作与台湾的文学精神》，北京三联书店 1994 年版。

黎湘萍：《文学台湾——台湾知识者的文学叙事与理论想象》，人民文学出版社 2003 年版。

李碧华：《霸王别姬青蛇》，花城出版社 2001 年版。

李碧华：《胭脂扣·生死桥》，花城出版社 2001 年版。

李碧华：《秦俑满洲国妖艳——川岛芳子》，花城出版社

2001 年版。

　　李碧华：《潘金莲之前世今生·诱僧》，花城出版社 2001 年版。

　　李鹏翥编：《澳门文学研讨集——澳门文学的历史、现状与发展》，澳门日报出版社 1998 年版。

　　李鹏翥编：《濠江文谭》，澳门日报出版社 1994 年版。

　　李毅刚编：《澳门小说选》，澳门出版社 1991 年版。

　　梁凤仪：《当时已惘然》，人民文学出版社 1995 年版。

　　梁凤仪：《飞越沧桑》，人民文学出版社 1995 年版。

　　梁凤仪：《洒金笺》，人民文学出版社 1994 年版。

　　梁凤仪：《我要活下去》，人民文学出版社 1995 年版。

　　梁凤仪：《心涛》，人民文学出版社 1994 年版。

　　梁荔玲：《今夜没有雨》，人民文学出版社 1988 年版。

　　林承璜：《台湾香港文学评论集》，海峡文艺出版社 1994 年版。

　　林燕妮：《痴》，博益图书公司 1984 年版。

　　凌棱：《有情天地》，澳门星光出版社 1991 年版。

　　刘北成：《本雅明思想肖像》，上海人民出版社 1998 年版。

　　刘登翰：《澳门文学概观》，鹭江出版社 1998 年版。

　　刘登翰：《台湾文学史》，海峡文艺出版社 1993 年版。

　　刘登翰主编：《香港文学史》，人民文学出版社 1999 年版。

　　刘俊：《悲悯情怀——白先勇评传》，花城出版社 2000 年版。

　　刘小丽：《当代香港小说的文学社会学分析：文学、辈代与社会》，香港中文大学香港亚太研究所 2002 年版。

　　刘以鬯：《酒徒》，中国文联出版公司 1985 年版。

柳苏：《香港文坛剪影》，三联书店1993年版。

柳苏等：《梁羽生的武侠文学》，台北：风云时代出版公司1988年版。

卢敦基：《金庸小说论》，浙江文艺出版社2000年版。

陆士清：《台湾文学新论》，复旦大学出版社1993年版。

陆扬、王毅：《大众文化与传媒》，上海三联书店2000年版。

罗贵祥：《大众文化与香港》，香港青文书屋1990年版。

［英］罗杰·迪金森编：《受众研究读本》，单波译，华夏出版社2006年版。

［法］罗兰·巴特：《神话：大众文化诠释》，许蔷蔷、许绮玲译，上海人民出版社1999年版。

吕伟雄：《中山风情》，澳门星光出版社1992年版。

［美］马歇尔·麦克卢汉：《理解媒介：论人的延伸》，何道宽译，商务印书馆2000年版。

迈克·费瑟斯通：《消费文化与后现代主义》，刘精明译，译林出版社2000年版。

麦奎尔等：《大众传播模式论》，祝建华译，译文出版社1987年版。

［捷］米兰·昆德拉：《生活在别处》，作家出版社1991年版。

莫内加尔：《博尔赫斯传》，东方出版中心1996年版。

尼克·史蒂文森：《认识媒介文化：社会理论与大众传播》，王文斌译，商务印书馆2001年版。

潘亚暾、汪义生：《香港文学概观》，鹭江出版社1993年版。

［法］皮埃尔·布尔迪厄：《艺术的法则：文学场的生成和

结构》，刘晖译，中央编译出版社 2001 年版。

沙莲香：《社会心理学》，中国人民大学出版社 1987 年版。

司马云杰：《文化社会学》，中国社会科学出版社 2001 年版。

［美］斯坦利·J. 巴伦：《大众传播概论》，刘鸿英译，中国人民大学出版社 2005 年版。

宋伟杰：《从娱乐行为到乌托邦冲动—金庸小说再解读》，江苏人民出版社 1999 年版。

孙英春：《大众文化：全球传播的范式》，中国传媒大学出版社 2005 年版。

台湾乡土作家选集编委会：《台湾乡土作家选集》，中国友谊出版公司 1984 年版。

陶里：《百慕她的诱惑》，香港获益出版社 1995 年版。

陶里：《春风误》，中国友谊出版公司 1987 年版。

陶里：《从作品谈澳门作家》，澳门基金会 1994 年版。

陶里编：《澳门短篇小说选》，澳门基金会 1996 年版。

陶里编：《澳门文学丛书》，中国文联出版社 1999 年版。

陶里编：《澳门现代文学作品选》，中国友谊出版公司 1998 年版。

［英］特伦斯·霍克斯：《结构主义和符号学》，瞿铁鹏译，上海译文出版社 1987 年版。

梯亚：《愚乐》，澳门日报出版社 2000 年版。

田锐生：《台港文学主流》，河南大学出版社 1996 年版。

王剑丛：《香港文学史》，百花洲文艺出版社 1995 年版。

王晋民：《台湾当代文学》，广西人民出版社 1986 年版。

王晋民主编：《台湾文学家辞典》，广西教育出版社 1991

年版。

王淑秧：《海峡两岸小说论评》，中国人民大学出版社1992年版。

王一川主编：《大众文化导论》，高等教育出版社2004年版。

王一桃：《香港文学与现实主义》，香港当代文艺出版社2000年版。

王岳川主编：《媒介哲学》，河南大学出版社2004年版。

［美］威尔伯·施拉姆、威廉波特：《传播学概论》，陈亮译，新华出版社1984年版。

［美］沃纳·赛佛林、小詹姆斯·坦卡德：《传播理论：起源、方法和应用》，郭镇之等译，华夏出版社2001年版。

萧显：《澳城逐鹿——澳门风云系列》，浙江文艺出版社1999年版。

萧显：《刘伯温师徒神算风水记》，青海人民出版社1998年版。

萧显：《诸葛亮师徒神算风水记》，青海人民出版社1998年版。

星显：《钱庄风云》，北岳文艺出版社1988年版。

星显：《赌国龙虎》，北岳文艺出版社1995年版。

萧玉：《风水大师传奇》，北岳文艺出版社1989年版。

萧玉寒：《三国异侠传》，珠海人民出版社2001年版。

小思编著：《香港文学散步》，商务印书馆（香港）有限公司2004年版。

徐敏：《镜海情海》，澳门星光出版社1990年版。

严家炎：《金庸小说论稿》，北京大学出版社2007年版。

杨匡汉主编：《扬子江与阿里山的对话》，上海文艺出版社1995年版。

杨匡汉主编：《中国文化中的台湾文学》，长江文艺出版社2002年版。

姚斯：《接受美学与接受理论：文学史为向文学理论的挑战》，辽宁出版社1987年版。

也斯：《香港流行文化》，三联书店1997年版。

叶维廉：《中国现代作家论》，联经出版公司1976年版。

亦舒：《玫瑰的故事》，敦煌文艺出版社2002年版。

亦舒：《喜宝》，香港天地图书公司1984年版。

亦舒：《寻找家明》，香港天地图书公司1986年版。

虞暇：《青涩果：花季雨季港澳台系列》，海天出版社2002年版。

袁良骏：《武侠小说指掌图》，新华出版社2003年版。

张国良编：《20世纪传播经典文本》，复旦大学出版社2005年版。

张首映：《西方二十世纪文论史》，北京大学出版社1999年版。

张意：《文化与符号权力——布尔迪厄的文化社会学导论》，中国社会科学出版社2005年版。

赵稀方：《小说香港》，三联书店2003年版。

赵朕：《台湾与大陆小说比较论》，海峡文艺出版社1994年版。

周庆华：《台湾当代文学理论》，扬智文化实业股份有限公司1996年版。

周庆山：《传播学概论》，北京大学出版社2004年版。

周桐：《错爱》，花城出版社1992年版。

周晓虹：《现代社会心理学》，上海人民出版社1997年版。

周毅如：《阿莲》，澳门日报出版社2007年版。

朱立立：《知识人的精神私史——台湾现代派小说的一种解读》，上海三联出版社2004年版。

朱双一、张羽：《海峡两岸新文学思潮的渊源和比较》，厦门大学出版社2006年版。

朱双一：《近二十年台湾文学流脉——"战后新世代文学"论》，厦门大学出版社1999年版。

庄文永：《澳门文化透视》，澳门五月诗社出版社1998年版。

（二）论文类

古远清：《内地出版有关研究香港文学的论著目录》，《文教资料》1999年第2期。

古远清：《香港文学内地传播简史》，《中国文化研究》2001年第2期。

何慧：《50年代以来的香港小说创作》，《学术研究》1997年第6期。

何慧：《香港流行小说的崛起》，《南方文坛》1997年第3期。

何亮亮：《竞争中的香港媒介市场》，《新闻与传播研究》1997年第2期。

胡晓玲、赵小琪：《当代香港电影的后现代主义显征》，《南阳师范学院学报》2004年第4期。

黄梦曦、施清彬：《香港传媒的现状与趋势》，《新闻知识》1999 年第 12 期。

黄思骋：《往事如烟——记〈人人文学〉》，《文艺》1983年第 7 期。

黄万华：《1945—1949 年的香港文学》，《中国现代文学研究丛刊》2004 年第 2 期。

黄文辉：《整体与具体——关于澳门文学研究的理论》，《世界华文文学论坛》2001 年第 1 期。

黄亚星：《边缘的怀旧者》，《华文文学》2004 年第 2 期。

江冰：《网络文学的传播优势与发展障碍》，《文艺争鸣》2007 年第 12 期。

黎湘萍：《族群、文化身份与华文文学》，《华文文学》2004 年第 1 期。

李惠娟：《论香港作家的商业化写作》，《广东外语外贸大学学报》2004 年第 4 期。

李若兰：《多元共生、和而不同——从澳门文化看澳门小说》，《世界华文文学论坛》1999 年第 3 期。

李运抟：《香港与大陆当代小说创作比较》，《学习与探索》2000 年第 6 期。

廖子馨：《澳门文学与报纸副刊》，《世界华文文学论坛》2000 年第 1 期。

刘登翰：《从悖论谈及澳门文学》，《江苏社会科学》2000年第 1 期。

刘登翰：《香港文学的文化身份》，《福建论坛》2000 年第3 期。

卢昭灵：《五十年代的现代主义运动》，《香港文学》1989年第 49 期。

马来平：《严复论束缚中国科学发展的封建文化无"自由"特征》，《哲学研究》1995 年第 3 期。

彭兰：《香港媒体网站发展概况》，《国际新闻界》2004 年第 2 期。

钱虹：《香港文学：由"弃婴"到"公主"——1979—2000年香港文学大陆研究述评》，《华东师范大学学报》第 36 卷第4 期。

秦宇慧：《试论网络传媒中的武侠小说》，《西南大学学报》第 33 卷第 3 期。

裘小龙、张文江、陆灏：《金庸武侠小说三人谈》，《上海文艺》1988 年第 4 期。

Schramm，W：The nature of News，Journalism Quarterly，26.

Stephenson，W：The ludenic theory of News reading，Journalism Quarterly，41.

邵培仁：《传播模式论》，《杭州大学学报》1996 年第2 期。

邵泽慧：《香港报业煽情化的市场成因》，《新闻大学》2003 年第 1 期。

盛英：《澳门多元化文学格局前景良好》，《世界华文文学论坛》2000 年第 1 期。

汤文山、李岚：《市场碎裂化背景下的香港传媒产业》，《国际新闻界》2006 年第 2 期。

陶里：《澳门文学概况》，《香港文学》1994 年第 4 期。

王剑丛：《澳门文学发展的独特足迹》，《世界华文文学论坛》1998 年第 2 期。

王宗法：《澳门文学的独特性》，《江苏社会科学》2000 年第 1 期。

吴士梁：《澳门回归为澳门文学掀开新的一页》，《世界华文文学论坛》2001 年第 3 期。

徐岱：《论金庸小说的艺术价值》，《文艺理论研究》1998 年第 4 期。

颜纯钧：《房子：精神的居所》，《东南学术》2000 年第 2 期。

颜纯钧：《香港小说发展的三重迭合格局》，《小说评论》1997 年第 2 期。

杨伯淑、李凌凌：《传媒观察〈资本主义消费文化的演变、媒体的作用和全球化〉》，《新闻和传播研究》2001 年第 1 期。

杨林夕、肖向明：《文学自由与市场规范的双向选择》，《当代文坛》2003 年第 3 期。

尹鸿：《世纪转型：当代中国的大众文化的时代》，《电影学术》1997 年第 1 期。

袁良骏：《20 世纪香港小说面面观》，《北京大学学报》1998 年第 6 期。

张绰：《梁凤仪小说中的财经风云》，《学术研究》1993 年第 1 期。

张燕：《"看"与"被看"——香港电影中的女性形象透视》，《电影艺术》2003 年第 2 期。

张宗伟：《激情的疏离："后九七"时代香港电视剧"北进"之旅》，《当代电影》2008 年第 1 期。

周建青：《香港传媒怪象成因及其根治对策》，《现代传播》2004 年第 5 期。

周萍:《澳门文学:不同见解中的思考》,《华文文学》2002 年第 3 期。

朱双一:《走向多元格化格局的澳门小说创作》,《世界华文文学论坛》2001 年第 1 期。

后　记

　　在文学越来越走向泛文本的时代，文学的内蕴变得日趋丰富而又庞杂，如果只固守"历史—社会学"原来的理论立场和批评方法，批评者显然已无力阐释日趋丰富而又庞杂的研究对象。因而，为打破文学研究与相邻一级学科之间日益严重的分离，以其他学科的知识阐释文学和文学理论，已日趋成为一部分批评者自觉的学术追求。多种多样的学科的理论的不断引入一方面极大地开拓了文学研究的空间，另一方面也常常促使批评者从新的视角审察、考核以往的社会—历史批评所形成的结论的科学性与合理性，为我们开启了多层次认识文学世界的一系列新的视角和新的思路。我认为，这种跨学科视野的融合，带给文学与文学理论研究的不仅是新的术语和新的观点，而更是一种新的观念和新的思维，它反映了当代学术研究从学科分类走向学科综合的过程。正是有鉴于此，我萌生了撰写《中国当代台港澳小说在内地的传播与接受》一书的念头。

　　改革开放是中国当代社会发展的分水岭，也是台港澳小说在内地从无到有，从少到多，从单一向多元，并被各层次文学阅读者逐步接受与过滤的文学传播过程。伴随着改革开放30多年来台港澳和内地的日渐密切的经贸往来与文化交流，海内

392

外对当代台港澳小说研究的视野也在不断扩展。由此，共时性
阐释的众多性与历时性阐释的扩展性在丰富着当代台港澳小说
意义的同时，也在丰富着研究者对当代台港澳小说的理解。大
致而言，这些研究又主要可以区分为作家作品研究、区域研
究、宏观式研究三类。首先是作家作品研究。给当代台港澳小
说家一个较为客观和真实的定位既是还原当代台港澳文学史的
需要，也是还原当代台港澳历史文化风貌的需要。黎湘萍的
《台湾的忧郁——论陈映真的写作与台湾的文学精神》、刘俊的
《悲悯情怀——白先勇评传》等著作，在中国传统文化流传的
大背景下确立了白先勇、陈映真等当代台港澳小说家作品的特
点以及它们对当代台港澳文学的独特贡献。其次是区域研究。
黎湘萍的《文学台湾——台湾知识者的文学叙事与理论想象》、
赵稀方的《小说香港》、朱双一的《台湾文学与中华地域文
化》等论著都用部分与整体联系的视角，在历史的深层次沟通
中对两岸四地中的某一区域的作家和作品进行了一种整体上的
考察和多维度的审视。再次是宏观式研究。像古继堂、刘登
翰、袁良骏、郑炜明等人的台港澳文学史、台港澳文学批评史
等就大都在宏阔的背景上对当代台港澳小说作纵向的文学史铺
陈和横向的理论概括。就已有的成果看，虽然个别学者已经注
意到对台港澳和内地进行整合性研究的重要性，例如，王淑秧
的《海峡两岸小说论评》、赵朕的《台湾与大陆小说比较论》、
丁帆的《中国大陆与台湾乡土小说比较论》、杨匡汉的《扬子
江和阿里山的对话——海峡两岸文学比较》、朱双一、张羽的
《海峡两岸新文学思潮的渊源和比较》等论著就都对大陆与台
湾文学进行了多方面的比较研究。然而，总体看来，海内外对
内地与台港澳小说的整体性研究非常缺乏。至于从传播学的角

度研究当代台港澳小说在内地的传播与接受，海内外学界就更没有人对其进行过自觉、系统的开掘。

为此，我于 2003 年以《中国当代台港澳小说在内地的传播与接受》为题申报教育部 211 项目子项目，经专家与上级有关部门审阅，被批准为"十五""211 工程"重点建设项目《现代传媒与中国社会、文化发展》的子项目。

在我看来，当代台港澳小说在内地的传播与接受既是一种文学现象，又是一种文化现象。本书以传播学研究方法为主，综合运用接受美学、心理学、人类学、历史学等多学科的理论与方法，从当代台港澳小说在内地的传播与接受的传播语境、传播者、传播内容、传播方式、受众等方面入手，去探寻当代台港澳小说在内地的传播与接受的意义，这不但对研究当代台港澳小说的审美建构和艺术呈现方式的独特性具有重要意义，而且对研究当代台港澳文化对内地的语言系统和思维方式的改造的价值具有不可低估的作用。本书之所以突出"传播"与"接受"，无非是想将二者联系起来进行考察时，梳理传播方与接受方互为促进、互为促动的互动关系，希图找到在这种传播与接受互动过程中语境、媒介的变化的积极的建设性意义。另一方面，随着两岸四地的文化间的交流日趋频繁，当代台港澳小说进入内地的现象也日趋繁复。本书在充分肯定当代台港澳小说在内地传播与接受的价值合理性和历史必然性的同时，将对当代台港澳小说在内地的传播与接受进行前瞻性的探讨。由此，本书就应对 21 世纪台港澳和内地文化交流的实际需要，不仅为当代台港澳小说在内地传播与接受研究的继续发展提供了实践上和智力上的支持，而且必将促进 21 世纪台港澳和内地文化的相互发现、相互补充和相互融合。

　　在本书出版之际，我要感谢武汉大学文学院领导，没有他
们的支持，本书不可能如此顺利地出版。中国社会科学出版社
编辑李炳青女士为本书的出版做了大量的工作，在此一并表示
深深的谢意。

　　本书的撰写分工如下：赵小琪：绪论，上编，结语，本书
纲目拟写、统稿和定稿工作。余坪：中编。张晶：下编。

赵小琪

2010 年 3 月 8 日于武汉大学